우리
지금
만나

지은이 | 정희경
펴낸이 | 권순남
펴낸곳 | (주)마야 · 마루출판사

1판1쇄 인쇄일 | 2015년 8월 19일
1판1쇄 발행일 | 2015년 8월 21일

등록일자 | 2008년 1월 7일
등록번호 | 제310-2008-00001호

주소 | 서울시 노원구 상계 1동 1049-25 신영산업 BD 602호
대표전화 | 02-2091-0291
팩스 | 02-2091-0290
이메일 | marubooks@hanmail.net

978-89-280-6225-6(03810)

값 9,000원

* 저자와 협의하여 인지를 붙이지 않습니다.
* 잘못된 책은 교환하여 드립니다.

「이 도서의 국립중앙도서관 출판시도서목록(CIP)은 서지정보유통지원시스템 홈페이지(http://seoji.nl.go.kr)와
국가자료공동목록시스템(http://www.nl.go.kr/kolisnet)에서 이용하실 수 있습니다.」
(CIP제어번호:CIP2015022323)

# 우리 지금 만나

정희경 지음

• 목차 •

프롤로그 …007
탐색전 …017
인식의 변화 …048
적신호 …081
그와 나의 거리 …122
집안 내력 …154
토닥토닥 …182
비밀인 듯, 비밀 아닌, 비밀 같은 …215
체대 나온 여자 …251
나비효과 …283
무지개를 그리는 소나기 …316
Healing Love …347
우리 지금 만나 …375
에필로그 …383
작가 후기 …400

프롤로그

출퇴근하기 편리한 교통수단이 지하철이라고 누가 말했는가.

출근 시간 8시의 지하철은 그야말로 생지옥이나 다름없다. 역에 수시로 지하철이 들어오긴 했지만 30초마다 기하급수적으로 늘어나는 사람들을 모두 감당하기엔 역부족이었다. 게다가 환승 구간이다 보니 계단에 올라갈 때도 발이 밟히는 건 기본이거니와 가만히 서 있기만 해도 사람들에게 떠밀려 자의 반 타의 반으로 지하철을 타고 내리게 되는 경우가 다반사였다.

"자, 잠깐만요!"

그러나 지하철 대란은 이제 시작에 불과했다. 한 정거장을 지날 때마다 벌떼처럼 몰려드는 사람들 때문에 우리의 어깨는 이미 사람들의 샌드백이 된 지 오래였지만, 그녀의 얼굴에서는 미소가 떠나지 않았다.

　오늘은 하강백화점에서의 길고 긴 1년간의 계약직 생활을 마치고 그토록 원했던 마케팅팀 정직원으로 첫 출근을 시작하는 감격스러운 날이었다. 그것은 어깨가 짓눌리는 고통 속에서도 미소를 유지할 수 있는 이유가 되기에 충분했다.

　하강백화점은 대기업과 연관 없는 독립적인 백화점으로 대기업 계열사들보다 규모는 작은 편이었지만, 3년 전 해외 브랜드 직수입으로 무서운 성장세를 보이더니 급기야 상장기업 대열에 합류했다. 게다가 평판 좋은 복지후생 제도로 늘 취업 준비생이 몰리는 꿈의 직장이었다.

　그러나 최종 면접에 합격했다고 모두 정직원이 되는 건 아니었다. 하강백화점은 계약 기간을 1년으로 두고 백화점 내에서 할 수 있는 모든 직무를 혹독하게 가르쳤다. 물론 정직원과의 차별 대우는 없었지만, 그만큼 사람을 뽑는 것에 신중을 더하는 편이었다. 우리가 입사할 때만 해도 총 9명이 뽑혔지만, 그중 중도 포기를 선언하지 않은 건 그녀뿐이었다.

　졸업 후 4년이나 늦은 28살의 나이로 시작한 정직원인 만큼 무슨 일이 있어도 내 발로 회사를 나가는 일은 없으리라. 우리는 집 앞부터 매고 나온 사원증을 만지작거리며 다짐했다.

　그때 우리의 가방에서 미처 진동으로 바꾸지 못한 휴대폰의 벨소리가 시끄럽게 울어 대기 시작했다. 그러나 좌우 앞뒤 건장한 장정들에게 꼼짝없이 밀착되어 핸드백을 들어 올리기가 쉽지 않았다.

끊길 줄 모르는 벨소리에 주변 사람들이 하나둘 두리번거리며 웅성대자 우리는 저린 팔을 주물러 가며 사람들 사이에 끼어 있는 제 가방을 들어 올리기 위해 온 신경을 집중시켰다.

사람들로 꽉 찬 지하철 내부 공기가 점점 탁해지며 답답함이 밀려왔다. 왼손으로 간신히 가방을 잡고 있던 우리가 오른손으로 가방 안에 있던 휴대폰을 집으려는데, 지하철의 급출발로 뒤에서 미는 사람들에게 떠밀려 앞에 서 있는 남자의 등에 머리를 부딪쳤다.

"악!"

곳곳에서 사람들의 외마디 비명이 터져 나왔고 심지어는 출처를 알 수 없는 거친 욕도 튀어나왔다. 부딪친 이마가 얼얼해져 있을 무렵, 머리맡에서 한 남자의 목소리가 들려왔다.

"저기요."

우리는 본능적으로 자신이 부딪친 등의 남자라는 걸 눈치껏 알아차렸다.

"네?"

"이제 내 엉덩이에서 손 좀 치워 줄래요?"

남자의 목소리에 웃음기가 섞여 있어 처음에는 농담인 줄 알았다. 그런데 말투에서 느껴지는 단호함에 우리가 고개를 들어 그의 얼굴을 바라봤다. 그녀 앞에 서 있던 남자는 고개를 반만 돌린 채 우리를 아래로 내려다보고 있었다.

우리는 그때 깨달았다. 가방에 있는 휴대폰을 집으려고 했던 자신의 손이 제법 단단한 무언가에 닿아 있다는 사실을. 그리고 그 단단한 것의 정체가 제 앞에 있는 남자의 엉덩이라는 것까지.

대한민국에서는 목소리 큰 사람이 이기는 법이라는 우스갯소리도 있지 않은가. 우리는 우선 엉덩이에서 손을 떼고 억울하다는 표정으로 오리발을 내밀었다.

"제, 제가요?"

"그럼 내 뒤에 그쪽이 서 있는데 다른 사람이겠어요?"

하지만 목소리도 내 본 사람이 낸다고, 확신에 차서 말하는 남자의 목소리가 커지자 우리는 반박할 기회를 놓쳐 버렸다. 설상가상 흥미로운 대화 주제를 들은 주변 사람들의 시선이 모두 두 사람에게 집중됐다.

"여자가 남자 엉덩이를 만진 거야?"

"어디? 어떤 여자야?"

사람들과 다닥다닥 붙어 있다 보니 듣고 싶지 않은 말도 귀에 쏙쏙 박혀 들려왔다. 그의 엉덩이를 만진 건 사실이지만 결코 의도한 일이 아니었기 때문에 우리는 조금 억울한 기분이 들었다.

오리발 내밀기를 포기하고 남자에게 해명하기 위해 우리가 몸을 비트는 순간, 다음 정거장에 도착한 지하철 문이 스르륵 열렸다.

"어? 어!"

"거참, 앞에 내렸다가 탑시다! 문 막고 있지 말고!"

역에 내리려는 사람들에게 휩쓸려서 의도치 않게 지하철에서 내리게 된 우리는 사람들이 모두 내리고 나서 다시 지하철에 몸을 실으려 했다. 그러나 먼저 줄을 서 있던 사람들이 우르르 지하철에 몰려 타는 바람에 우리가 다시 탈 수 있는 공간 따윈 없었다. 지하철에 탈 수 없음을 눈으로 확인한 우리의 표정이 울상이 됐다.

망연자실한 얼굴로 지하철을 타지 않는 우리를 본 사람들은 그녀가 남자를 성추행 후 도망치는 거라고 착각하고 모두 그녀를 쳐다보며 손가락질하기 시작했다. 졸지에 도망치듯 지하철에서 내리게 된 꼴이 된 우리는 상황을 파악하고 어떻게 해서든 다시 지하철을 타고자 했다.

-문이 닫힙니다.

그러나 스크린도어는 그녀의 마음을 몰라주고 매정하게 닫혀버렸다. 스크린도어 너머로 그녀에게 엉덩이를 잡힌 남자는 한쪽 눈썹을 올린 채로 이 상황이 어처구니없다는 듯 실소를 흘리고 있었다. 우리는 재빨리 들고 있던 핸드백을 들어 보이며 그게 아니었다는 의미로 팔을 들어 엑스를 그렸다.

"고의가 아니었어요!"

매정하게 떠나가는 지하철에 외쳐 봤자 소용없는 노릇이다. 변명할 기회조차 없이 완벽하게 지하철 변태가 된 우리는 억울함에 제 머리를 사정없이 헝클어뜨렸다. 기분 좋은 출근 첫날이 이상하게 꼬이고 있었다.

결국 지각할 위기에 놓인 우리는 택시를 탔다. 계약직 내내 한 번도 지각하지 않다가 정직원 출근 첫날에 지각을 하는 건 초심을 잃었다고 오해받기 딱 좋을 상황이었다.

평소 같으면 기본요금에 올 거리를 2배가 넘는 택시비를 주고 회사에 도착한 우리는 헝클어진 머리와 구겨진 블라우스를 신경 쓸 새도 없이 허겁지겁 사무실로 올라갔다.

"죄송합니다! 좀 늦었습니다!"

정신없이 뛰어오느라 사무실에 불이 꺼져 있는 수상함도 미처 눈치채지 못한 우리가 우렁차게 인사하며 문을 열었다.

"우리 씨! 정직원 된 거 축하해!"

그러나 문이 열림과 동시에 사방에서 튀어나와 폭죽을 터뜨리는 팀원들의 등장에 우리는 경기를 일으키며 사무실 칸막이에 엉덩이를 부딪쳤다. 예상보다 더 화들짝 놀라는 그녀의 반응이 재밌는지 팀원들은 서로 하이파이브를 하며 짓궂은 웃음을 터뜨렸다.

"체대 나온 사람 담력이 이것밖에 안 돼?"

마케팅팀에서 제일 연장자인 김천식 차장은 넘어진 그녀에게 손을 내밀며 말했다.

"마케팅팀에 들어온 걸 환영해, 우리 씨."

"역시 우리 씨가 팀 고르는 눈이 있다니까."

빠릿빠릿한 성격에 눈치까지 빠른 우리를 원하는 부서가 많아지자, 윗선에서는 그녀가 가고 싶어 하는 팀을 직접 고를 기회까지 주었다. 그래서 우리는 가장 팀원들과 호흡이 잘 맞았던 마케팅팀을 선택한 것이다.

"저 진짜 잘할게요."

우리는 자신을 위해 깜짝 이벤트를 준비해 준 팀원들을 향해 감동한 얼굴로 배시시 웃었다. 그녀의 인수인계를 담당했던 박영은 대리는 우리의 머리에 달라붙은 폭죽의 종이 뭉치를 대신 떼어 주며 말했다.

"더도 덜도 말고 하던 대로만 해."

"네. 대리님이 가르쳐 주신 대로 열심히 할게요."

싹싹한 우리의 대답을 들은 팀원들은 큰 소리로 박수를 치며 그녀의 입사를 환호해 주었다.

"그런데 오늘 팀장님이 좀 늦으시네."

우리의 환영식을 끝낸 천식은 9시를 가리키는 시계를 바라보며 출입문 근처를 어슬렁거렸다.

"새로 오신 팀장님 출근하셨어요?"

"응. 우리 씨 휴가 가고 나서 바로 다음 날 출근하셨어."

"정말요? 그럴 줄 알았으면 휴가 미뤘을 텐데."

기존에 마케팅팀을 맡았던 공상문 팀장이 대기업 계열사인 경쟁 백화점으로 스카우트되어 갑작스레 회사를 나가면서 마케팅팀 팀장 자리는 한동안 공석 상태였다. 그런데 하필 회사에서 우리에게 2주간의 휴가를 준 사이에 새로운 팀장이 부임한 것이다.

아직 팀장을 대면하지 못한 우리가 눈빛을 반짝이자 미혼인 영은은 그녀의 옆구리를 콕 찔렀다.

"우리 팀장님 완전 미남이야."

팀장을 언급하는 영은의 눈빛이 엉큼하게 변했다. 그 모습에 우리가 풋 웃음을 지으며 옆에 서 있던 준오를 가리켰다.

"준오 대리님보다 더 잘생겼어요?"

"우리 씨, 준오 대리가 어딜 봐서 잘생겼니?"

정색하는 영은의 반응에 기분 상한 준오가 콧방귀를 뀌며 말했다.

"내가 말했지? 난 독일 남자고, 서 팀장님은 이탈리아 남자라고.

우리 둘은 이미지 자체가 다르다니까."

"그래서 준오 대리 유머가 재미없었구나."

귀에 익는 남자 목소리에 우리가 무심코 뒤를 돌았다. 그리고 손에 든 것 하나 없이 가만히 서서 팀원들의 이야기를 듣고 있던 남자와 눈이 마주쳤다.

"팀장님까지 저 구박하시는 거예요?"

그의 얼굴을 확인한 우리는 준오의 팀장님이란 호칭에 경악하며 제 두 눈을 의심했다.

느린 걸음으로 걸어오고 있는 그는 분명 30분 전, 지하철에서 우리를 변태로 몰아붙인 장본인이었다. 하지만 남자는 기막힌 우연에 놀라는 기색도 없이 종잇장같이 새하얗게 질린 우리에게 씩 한번 웃어 보이고는 보란 듯 그녀 앞에 섰다. 우리는 본능적으로 뒷걸음질 치며 준오의 책상으로 바짝 달라붙었다.

"우리 씨, 인사드려. 새로 오신 서진원 팀장님이셔."

까맣게 타들어 가는 우리 속도 모르고 천식은 그녀 손을 잡아끌어 진원의 앞에 세워 인사를 시켰다.

"팀장님도 아시죠? 이번에 소문 자자했던 능력자 신입이에요."

"저희 팀에 복덩어리가 들어온 거죠."

두 사람 사이에 오가는 미묘한 기류를 파악하지 못한 팀원들은 그에게 우리의 칭찬을 늘어놓기 바빴다. 진원은 툭 밀면 금방이라도 책상에 엎어질 만큼 바짝 물러서서 경계하는 우리를 보며 피식 웃음을 흘렸다.

우리가 이곳에 있을 거라는 건 이미 알고 있었다. 전날 봤던 우리의 이력서 사진과 지하철에서 매고 있던 그녀의 사원증을 통해 기억을 일치시키는 건 어렵지 않은 일이었다.

하지만 도둑이 제 발 저리듯 자신의 얼굴을 보고 쟁반만큼 눈이 커지는 우리의 얼굴이 그의 흥미를 불러일으켰다. 진원은 아무 일도 없었다는 듯 특유의 사람 좋은 웃음을 지으며 그녀에게 손을 내밀었다.

"반가워요. 서진원입니다."

그가 내민 손을 바라보던 우리는 잔뜩 경계하는 얼굴로 우선 진원의 손을 맞잡았다. 친절한 목소리만큼이나 그의 손에서 전해지는 온기는 생각보다 따뜻했다.

"팀장님, 오늘 왜 이렇게 늦으셨어요?"

"아."

진원은 팀원들을 향해 우리가 만진 엉덩이 방향으로 슬쩍 몸을 틀었다. 설마 하는 얼굴로 바라보는 우리를 향해 진원은 싱긋 웃으며 말했다.

"지하철에서 어떤 여자한테 엉덩이를 잡혔거든요."

장난기를 가득 담은 얼굴을 하고 아침에 있었던 일을 언급하는 그의 말에 우리는 저도 모르게 진원의 손을 꾹 잡았다. 그 뒤에 어떤 말이 튀어나올지 몰라 조마조마해진 우리의 손바닥이 긴장감으로 금세 축축해졌다.

추행당했다는 진원의 말에 팀원들은 신고는 했냐는 둥, 그 여자를 붙잡았냐는 둥의 질문들을 던졌지만, 그는 아무 대답 없이 어깨를 으쓱거리며 우리를 바라봤다. 진원의 얼굴은 대신 대답하겠냐는 질문을 건네고 있었다.

"팀장님?"

우리에게서 시선을 떼지 않던 진원은 천식의 부름에 다시 고개를 돌리며 잡고 있던 우리의 손을 놓고 대답했다.

"걱정하지 마세요. 안 그래도 경찰에 신고하고 오는 길이니까."

맙소사.

진원이 손을 놓는 순간, 우리는 마지막 잡고 있던 동아줄을 뚝 놓친 것만 같은 기분이었다.

"어쨌든."

진원은 손목시계로 시간을 확인했다. 그녀와 지하철에서 마주쳤던 시간이 대략 8시 20분이었으니, 딱 38분 만의 재회였다.

"앞으로 잘 부탁해요, 한우리 씨."

진원이 이름 한 글자씩에 힘주어 말하는 것 같은 건 기분 탓이길 바랐다. 하지만 입매에 완벽한 곡선을 그리며 웃고 있는 그의 의미심장한 미소 앞에서 우리는 깊은 절망을 느꼈다.

탐색전

 자리 배정을 받은 우리는 망연자실한 표정으로 자리를 정리했다. 배정받은 자리가 하필이면 팀장실이 정면으로 보이는 자리였다. 블라인드라도 쳐 주면 좋으련만, 진원은 무표정한 얼굴로 마우스를 까딱거리며 모니터에 시선을 두고 있었다.

 탕비실에서 믹스커피를 타 오던 영은은 제자리로 돌아가던 중에 우리의 책상 칸막이에 몸을 기댔다.

 "우리 씨, 인사팀에서 필요한 사무용품 받아 와. 내가 챙기려고 했는데 본인이 직접 사인해서 가지고 가야 한대."

 "네, 제가 다녀올게요."

 인사팀에서 포스트잇과 볼펜, 클립, 백화점 카탈로그 등 사무용품을 잔뜩 받아 온 우리는 초조한 얼굴로 엘리베이터 층수 안내판을 바라봤다. 혹시라도 자리를 비운 사이 진원이 팀원들에게 오늘 지하철에서 있었던 일을 이야기하진 않을까 조마조마했다. 역시 사람은 무슨 이유에서건 죄를 짓고 살면 안 되는 거다.

쏜살같이 사무실로 돌아왔지만 정작 팀원들은 모두 밀린 일들을 처리하느라 분주해서 우리가 자리를 비우는지도 모르고 있었다. 안도의 숨을 쉰 우리가 자리에 앉자 기다렸다는 듯 사무실 전화가 울렸다. 정직원이 되고 나서 처음 받는 전화에 설렌 우리가 목소리를 한 톤 높였다.

"마케팅부 한우리입니다."

-잠깐 팀장실로 들어와요.

우리에게는 가히 저승사자 같은 목소리의 주인공이었다. 고개를 들자 아니나 다를까, 진원이 팀장실 안에서 수화기를 내려놓으며 그녀를 향해 검지를 까딱까딱 움직이고 있었다.

올 것이 왔구나.

우리는 천천히 심호흡하고 책상에 둔 수첩과 볼펜을 챙겨 조심스럽게 팀장실에 노크하고 들어갔다.

묵례하며 들어오는 그녀를 바라보던 진원은 턱 끝으로 소파를 가리켜 앉으라는 의미를 대신했다. 그러고는 자리에서 일어나 활짝 젖혀 있던 블라인드를 내렸다. 순식간에 두 사람만의 공간으로 변질된 팀장실 분위기에 우리의 긴장감이 더욱 고조됐다.

"긴장 풀어요. 회사에서는 일 얘기만 할 거니까."

잔뜩 어깨를 움츠리고 있는 우리를 향해 진원이 수려한 입매를 끌어 올리며 가볍게 웃었다. 그러나 그의 말이 우리를 더 좌절하게 만들었다. 이 자리를 빌려서 진원과 오해를 풀려는 그녀의 계획이 모두 수포로 돌아간 것이다.

"한우리 씨 출근 전에 업무 분담을 했어요."

업무라는 말에 우리는 가져온 수첩과 볼펜을 들어 메모할 준비를 마쳤다. 갓 정직원이 된 사람다운 열정 어린 모습에 진원의 입꼬리가 설핏 올라갔다. 능동적으로 움직이는 팀원은 어느 때에서든 팀장에게는 힘이 되는 존재였다.

"협력 회사 미팅은 김천식 차장이, 프로모션과 기획전 준비는 이준오 대리와 박영은 대리가 진행할 겁니다. 한우리 씨는 당분간 데이터 분석을 맡아 줬으면 좋겠어요."

"네, 팀장님."

"작년 4분기 골드락 매출 실적 자료 좀 보고 싶은데. 보고서 언제까지 가능해요?"

"내일 오전까지 드리겠습니다."

특별히 적을 만한 내용도 없었는데 우리는 수첩에 무언가를 열심히 적고 있었다. 진원은 호기심 가득한 눈으로 그녀가 메모하는 내용을 살펴보았다. 작년 자료라 기억하기 쉽지 않을 텐데 우리는 벌써 보고서에 들어갈 실적 내용에 대해 막힘없이 적어 가고 있었다. 2주 동안 쉬어서 긴장이 풀렸을 법도 한데 본인이 해야 할 일을 완벽하게 이해하고 있는 우리의 모습이 마음에 들었다.

"더 궁금한 거 있어요?"

"……저, 팀장님은 어떤 차를 좋아하세요?"

팀의 막내인 우리가 해야 할 일 중에 하나는 바로 팀장인 진원의 차 심부름을 하는 일이었다. 예상하지 못했던 질문에 진원은 픽 웃으며 매끄러운 제 볼을 쓸어 만졌다.

"무슨 차를 말하는 건지 모르겠는데."

"주로 드시는 차종이요. 커피라든지, 녹차라든지……."

차에 대한 취향을 파악하고자 했던 단순한 질문이었는데 그가 돌연 웃음을 터뜨렸다. 웃음의 의미를 알 수 없는 우리가 당황한 얼굴로 눈만 껌뻑이자, 진원이 소파에서 일어나며 말했다.

"난 또. 엉덩이 만진 게 미안해서 자동차라도 한 대 사 준다는 줄 알았네."

"팀장님!"

우리는 행여나 누가 들을세라 주위를 두리번거렸다. 엉덩이라는 말만 들었는데도 가슴이 자진모리장단으로 쿵덕거렸다.

"차 심부름 하려고 1년 계약직 한 거 아니잖아요. 내가 알아서 마실게요."

태연하게 화제를 넘기는 진원의 뒤통수를 보니 너무 얄미워서 저절로 입술이 꾹 깨물어졌다. 우리는 사무 의자에 앉는 진원을 졸졸 쫓아가서 그의 책상 앞에 섰다.

"그래도 심부름시킬 일 있으시면 저한테 전화 주세요."

우리의 말에 진원은 책상에 놓여 있던 휴대폰을 그녀에게 주었다. 영문을 모르는 우리가 받지 않고 가만히 서 있자 진원이 다시 한 번 휴대폰을 들어 올렸다.

"전화하려면 번호를 알아야지."

우리의 반응을 기다리는 진원의 눈에는 소년 같은 장난기가 가득 실려 있었다. 의도를 알아차린 우리는 그의 휴대폰을 가져가 번호를 입력하고 다시 진원에게 건넸다.

"업무 시간에는 언제든지 전화해 주세요."

그녀가 휴대폰에 남긴 전화번호는 다름 아닌 사무실 내선 번호였다. 070으로 시작되는 번호를 보며 어이없는 웃음을 터뜨린 진원이 졌다는 듯 순순히 대답했다.

"그러죠."

그의 장난에 호락호락 넘어가지 않은 우리는 당당한 걸음으로 자리에 돌아왔다. 지하철에서 있었던 일은 의도치 않은 사고였고, 아직 아무 말도 없는 걸 보면 진원도 은근히 그 일을 숨기고 싶어 할지 모른다는 혼자만의 생각을 기정사실화 시킬 때였다. 우리의 자리에 또다시 전화가 울렸다.

"마케팅팀 한우리······."

소개가 끝나기도 전에 반대편에서 뜻밖의 질문이 날아왔다.

-이번 주 금요일 저녁 어때요?

"네?"

자상하게 묻는 목소리 때문에 하마터면 데이트 신청이라고 오해할 뻔했다. 발신번호를 본 우리가 반문하며 팀장실을 바라봤지만, 블라인드가 내려져 있어서 그의 얼굴을 확인할 수가 없었다. 우리는 슬쩍 팀원들의 눈치를 보며 전화기 볼륨을 가장 낮게 내렸다.

-오늘 있었던 일, 나한테 사과해야 하지 않나?

"그게 사실은······."

사무실 전화로 아침에 있었던 오해를 구구절절 설명하기엔 듣는 귀가 너무 많았다. 우리가 뒷말을 잇지 못하자 진원이 대신 선수를 쳤다.

-금요일에 퇴근하고 봅시다.

마음대로 약속을 잡아 버리는 진원의 독단적인 행동을 말릴 틈도 없이 전화가 끊겨 버렸다. 생전 볼 일 없을 남이었으면 다시 전화를 걸어 무례하다며 쏘아붙였겠지만, 자신의 밥줄을 움켜쥐고 있는 상사와 얽혀 있으니 그야말로 미치고 팔짝 뛸 노릇이었다.

울며 겨자 먹는 심정으로 진원과 저녁을 먹게 된 우리는 일단 업무 수첩에 진원과 함께 먹을 저녁 메뉴를 적어 내려가기 시작했다. 어찌 됐든 원인 제공은 자신이 했기 때문에 저녁을 사야 할 사람 역시 본인이었다.

"다들 주말 잘 보냈어요?"

저녁 메뉴를 적다 말고 사악하게 웃고 있는 진원의 얼굴을 그리고 있을 때였다. 호쾌한 남자의 목소리에 우리가 고개를 번쩍 들었다.

"부사장님!"

마케팅팀으로 직접 찾아온 부사장의 등장에 일하고 있던 팀원들이 모두 기립하여 그에게 깍듯하게 인사했다. 자신을 향한 과도한 환대에 진욱은 팀원들을 향해 일일이 눈인사를 하던 중 반가운 얼굴을 향해 방긋 웃었다.

"한우리 씨, 출근했네요?"

"네! 부사장님!"

우리는 자신의 허리가 반으로 접힐 만큼 90도로 고개를 숙이고 나서 해사하게 웃어 보였다.

수십 군데 면접을 보러 다녔지만, 업무와 전혀 연관성 없는 체육대학 졸업이라는 우리의 자기소개서에 면접관들은 호의적이지 않았다. 하지만 그 가운데 진욱만이 유일하게 우리를 편견 없이 봐주고 면접까지 합격시켜 줬다.

"매입부 심 팀장이 우리 씨 마케팅팀에 왔다고 잔뜩 꽁해 있던데. 조만간 마케팅팀이랑 매입부 싸움 나는 건 아니죠?"

"부사장님, 우리 씨가 저 때문에 마케팅팀 왔다는 건 비밀로 해주세요."

준오가 제 이마를 짚으며 너스레를 떨자 진욱을 포함한 팀원들이 모두 웃음을 터뜨렸다. 진욱이 준오의 어깨를 주무르고 팀장실로 들어가자 영은이 입맛을 다시며 눈을 게슴츠레 떴다.

"정말 우월한 형제다. 어떻게 하나도 안 닮았는데도 둘 다 저렇게 잘생긴 거야?"

"형제요?"

우리가 순진무구한 얼굴로 되묻자 영은이 자리에 앉으며 대답했다.

"눈치 빠른 사람이 웬일이야? 서진욱, 서진원. 이름 들었을 때 감이 안 왔어?"

두 이름의 교집합을 찾은 우리의 얼굴에 놀라움이 스쳤다.

정직원 된 지 첫날부터 이런 놀랄 만한 일들의 연속이라니. 사물함에 미리 청심환이라도 사 둬야 할 판이었다.

"사장님은 밥 안 먹어도 배부르시겠다. 저런 아들들을 두셨으니. 나도 결혼하면 저런 아들 낳아야 할 텐데."

"박 대리, 아들 걱정하지 말고 결혼할 남자 걱정부터 하라고."

천식의 꽉 찬 직구에 준오는 물개 박수를 치며 깔깔 웃었지만 우리는 결코 웃을 수 없었다.

'내가 대체 오늘 누구 엉덩이를 만진 거야!'

우리는 오늘 공들여 한 화장한 얼굴을 두 손으로 가리며 아랫입술을 잘근잘근 씹었다. 정말이지 시간을 되돌리고 싶었.

자리에 앉은 우리는 수첩에 빼곡하게 적어 두었던 저녁 메뉴들을 살폈다. 돈가스, 초밥, 쌀국수 등을 적어 두었던 그녀는 모든 메뉴에 빨간색 볼펜으로 찍 밑줄을 그었다. 아무래도 평범한 저녁 식사가 되긴 힘들 것 같았다.


노크도 없이 벌컥 문을 열고 팀장실로 들어온 진욱은 마치 제 사무실인 양 늘어지게 기지개를 켜며 소파에 털썩 기대앉았다. 밖에서 들뜬 목소리로 부사장님이라고 부르는 우리의 목소리 때문에 그의 등장을 이미 알고 있었던 진원은 자리에서 일어나 진욱에게 다가갔다.

"부사장님께서 일개 팀장 사무실에 자꾸 들러 주시는 거, 영광으로 생각해야 합니까?"

"부사장보다 바쁜 일개 팀장 얼굴을 보려면 이 수밖에 없는데 별수 있나."

제 말을 여유롭게 받아치는 진욱을 본 진원은 고개를 절레절레 흔들며 맞은편 소파에 앉았다.

"나를 찾아오지 말고 형 사무실로 불러. 그럼 되잖아."

"교통사고 났던 녀석을 어디가, 어떻게 다쳤을 줄 알고 오라 가라 해? 몸은 괜찮아?"

진원은 고개와 팔을 이리저리 흔들어 보이며 괜찮다는 대답을 대신했다. 하지만 진욱은 본인 건강에 무신경한 동생이 못 미더웠는지 자리에서 일어나 진원의 몸을 훑었다. 팔과 어깨, 고개를 이곳저곳 돌려 보며 의사처럼 구는 진욱의 행동을 순순히 받아들이던 진원이 픽 웃음을 터뜨렸다.

"몸을 확인하겠다는 건지, 나를 때리겠다는 건지. 목적이 의심스러운데?"

진욱은 기분 나쁘지 않을 정도의 거리까지만 진원의 볼을 아프지 않게 밀었다.

"인마, 네 전화 받고 아버지가 얼마나 놀라셨는지 알아? 당장 네 집 처분시키고 집에 들이라는 걸 형수가 간신히 말렸다. 고마운 줄 알아, 너."

성북동에서 가족들과 함께 살던 진원은 회사에 들어오게 되면서부터 독립을 선언했다. 미국에서 온 지 얼마 되지도 않아 독립하겠다는 말에 진욱은 아쉬운 마음에 그를 설득했지만, 서른둘씩이나 되는 아들의 독립을 적극 지지하는 부친의 허락으로 독립할 수 있었다.

본가 근처로 집을 알아보라던 진욱의 말에도 불구하고 진원은 굳이 본가에서 제일 멀리 떨어진 곳으로 집을 구했다. 그것은 가족들에게 쭉 사생활을 방해받고 싶지 않다는 확고한 의사표시기도 했다.

"차는 고쳤고?"

"부품 들어오려면 나흘 걸린대."

"지하철로 출근하느라 고생했겠다."

미국에서도 겪어 보지 못한 지옥 같던 출근길은 다시금 떠올리는 것만으로도 아찔했다. 하지만 우리와의 웃지 못할 일들을 떠올리니 진원의 입가에 저절로 웃음이 새어 나왔다. 피식피식 정신 나간 사람처럼 웃는 동생의 표정에 진욱의 표정이 의뭉스럽게 변했다.

"왜 그렇게 웃어?"

"형이 한우리 씨 직접 뽑았다고 했지?"

"응. 내가 면접 봤거든."

"어땠어?"

자신의 밑에서 일할 사원에 대한 단순한 궁금증이라고 판단한 진욱은 우리와의 면접을 떠올리며 입가에 미소를 머금었다.

"독특했지. 면접 때 송판 격파를 본 건 처음이었으니까."

"뭘 했다고?"

"송판 격파. 한우리 씨 이력서 안 봤어? 체대 졸업생이잖아."

"아무리 체대라도…… 송판은 어디서 났는데?"

"내가 체대 졸업했으면 격파도 해 봤냐고 농담으로 물어봤거든. 그랬더니 가방에서 주섬주섬 송판을 꺼내더라고. 천진난만한 얼굴로 보여 드릴까요? 라고 묻는데 이제 와서 말하지만, 그때 진짜 섬뜩했다."

여리게 생긴 얼굴과 다르게 체대 졸업이라는 사실도 모자라서, 송판을 꺼내 격파를 선보였을 우리를 생각하니 절로 웃음이 터져 나왔다. 진원이 웃음을 멈추지 못하자 진욱도 그 당시가 생각났는지 따라 웃으며 당부하는 어조로 말했다.

"뭐든 열심히 하는 친구야. 옆에 두고 잘 알려 줘."

"글쎄, 옆에 두기엔 너무 위험한 여자라."

진욱이 왜? 라는 궁금증을 앞세우기도 전에 진원은 자리에서 일어났다. 대화를 마무리하려는 그의 행동에 진욱은 할 수 없이 따라 일어설 수밖에 없었다. 아무리 진원이 친동생이라는 사실을 사내 직원들이 안다고 하더라도 보는 눈이 많았기에 그의 사무실에 오래 머무를 수 없었다.

"주주들이랑 다른 팀장들이 너 예의주시하고 있는 거 알지? 회사에서는 앞뒤 생각 안 하고 무조건 직진하는 행동도 좀 줄이고. 그런 고집은 회사에서 쓸모없다."

"명심하겠습니다, 부사장님."

머리에 손까지 올리며 깍듯하게 경례하는 진원의 행동에 진욱은 손을 흔들며 사무실을 나갔다.

"직진하는 고집이라……."

진욱이 한 말을 읊조리던 진원은 창가로 다가가 블라인드를 슬쩍 내려 보았다. 무슨 즐거운 이야기를 하고 있는지 우리는 영은의 자리에서 방긋방긋 웃고 있었다.

"저런 얼굴로 송판 격파를 했다고?"

머리로 깼을까, 아니면 팔목으로 깼을까. 설마 허벅지로 깬 건 아니겠지. 기합까지 넣었으면 볼만했겠는데.

엄숙한 면접장에서 송판을 격파했을 우리를 상상하니 장난기 가득한 진원의 얼굴에 자꾸 웃음이 묻어 나왔다. 진원은 앞으로 우리에게서 발견할 키워드에 대해 점점 더 궁금해졌다.

"재밌겠어."

어쩐지 그녀 덕분에 지루할 거라고 단정 지었던 회사 생활이 재밌어질 것 같았다.

✥

출근하자마자 뜨끈한 칼국수가 먹고 싶다며 노래를 부르던 영은 때문에 팀원들은 본사 건물에서 멀지 않은 들깨 칼국수로 점심을 결정했다.

카탈로그에 들어갈 문구를 교정하느라 음식점에 맨 마지막에 도착한 우리는 입구에서부터 보이는 자신의 자리에 잠시 주춤거렸다. 천식과 영은, 준오가 한 테이블에 옹기종기 앉아 있었고 진원은 바로 옆 테이블에 혼자 앉아 있었다.

"우리 씨! 여기!"

입구에서 우두커니 서 있던 우리를 발견한 준오가 손을 흔들었다. 시선이 집중되자 우리는 어색하게 웃으며 진원의 앞자리에 앉았다. 주문한 왕만두가 먼저 나오자 영은이 앞접시에 만두를 나눠 주며 물었다.

"오늘 금요일인데 다들 뭐 하세요?"

"금요일이라고 별거 있어? 집에 가서 애나 봐야지."

"차장님, 너무 슬프잖아요."

"박 대리는 결혼하면 나보다 더 슬퍼질걸? 지금이라도 많이 즐겨 두라고."

결혼 적령기가 다가오면서 남모를 스트레스를 받고 있던 영은은 천식이 던진 주제가 달갑지 않아 고개를 돌려 진원을 바라봤다.

"팀장님은 오늘 같은 날 약속 없으세요?"

영은의 물음에 진원은 앞에 앉은 우리를 흘끗 바라봤다. 하지만 그녀는 아예 몸을 돌려 옆 테이블에 앉은 준오에게 일부러 말을 걸어 시선을 피하고 있었다. 그 행동이 묘하게 괘씸했던 진원은 태연하게 말을 꺼냈다.

"지하철에서 마주쳤던 변태랑 합의서 쓰러 가요."

팀원들 앞에서 다시 한 번 지하철 사건을 언급하는 진원 때문에 우리는 하마터면 입에 있던 만두소를 뿜을 뻔했다.

"합의해 주시려고요?"

"그러지 말고 콩밥 먹이세요."

진원은 소리도 제대로 못 내며 캑캑거리고 있는 우리에게 콩밥 대신 물 잔을 건넸다. 병 주고 약 주는 그의 행동에 마음 같아서는 이따금 테이블 아래에서 부딪치는 진원의 발을 뻥 차 버리고 싶었다.

"자수하고 선처 바라는데 모질게 굴 수가 없어서요."

"에이, 잠깐 불쌍한 척하고 뒤에서 웃을 사이코패스일지 누가 알아요?"

"맞아요. 공공장소에서 남자 엉덩이를 만질 정도로 대담한 여자라면 상습범일 확률이 높아요. 그렇지, 우리 씨?"

"아, 하하하, 네, 그, 그렇죠."

동조를 바라는 준오 때문에 졸지에 본인이 남자 엉덩이를 상습적으로 만지는 사이코패스임을 인정하는 꼴이 된 우리의 입에서 옅은 한숨이 새어 나왔다. 그녀는 공공장소에서 휴대폰을 매너 모드로 설정해 놓지 않은 벌을 톡톡히 받고 있었다.

"들깨 칼국수 나왔습니다. 뜨거우니까 조심하세요."

지하철 변태 처벌 방향에 대해 옥신각신하는 사이 5인분의 들깨 칼국수가 대형 그릇에 담겨 나왔다. 회사 생활에서 이런 경우는 늘 직급 순서대로 국자를 선점하는 것이 그들만의 암묵적인 규칙이었다. 천식은 국자를 들어 진원에게 먼저 건넸다. 진원은 깔끔하게 칼국수를 덜어 낸 그릇을 우리의 앞에 놓아주었다.

"매일 한우리 씨만 마지막에 먹으면 너무 불공평하잖아요."

진원은 얼떨떨한 얼굴로 자신을 바라보는 우리를 향해 씩 웃으며 눈썹과 어깨를 으쓱거렸다. 하지만 그녀는 입술을 삐죽거리며 살짝 고개를 까딱이고 한가득 퍼 준 칼국수를 후루룩 먹기 시작했다.

"요즘 추신수 타격이 좋네."

식당에서 틀어 준 야구 중계에 빠진 팀원들은 선수들의 정보를 공유하며 점심을 계속했다. 우리 역시 야구를 좋아해서 대화에 참여하고 싶었지만, 30초마다 한 번씩 곁눈질로 자신을 쳐다보는 진원 때문에 도저히 고개를 오래 들고 있을 수가 없었다.

그의 시선을 피하고자 굵은 면발의 진득한 들깨 칼국수를 꾸역 꾸역 먹다 보니 고소했던 맛도 점점 느끼해지기 시작했다. 우리가 팔이 닿지 않는 거리에 있는 새콤한 열무김치를 힐끔거리고 있을 때였다.

"여기 열무김치 하나만 더 주세요."

더는 칼국수가 목에 넘어가지 않아 젓가락을 깨작대던 우리는 열무김치를 시키는 소리에 빠끔히 고개를 들었다. 분주하게 움직이던 식당 아주머니는 진원의 부름에 접시에 열무김치를 가득 담아 와서는 테이블을 살피며 미안한 기색으로 무릎을 쳤다.

"내 정신 좀 봐. 사람이 다섯인데 김치를 하나밖에 안 드렸네."

"감사합니다."

진원은 아주머니가 준 열무김치 접시를 무심하게 우리 쪽으로 가까이 밀어 놓았다. 그의 매너를 봤다면 기립박수라도 쳤을 영은은 야구 중계에 정신이 팔려 이쪽 일엔 아예 관심이 없어 보였다.

이번에는 우리가 칼국수를 먹는 척하며 곁눈질로 진원을 바라봤다. 하지만 정작 열무김치를 시킨 그는 칼국수를 먹는 내내 단 한 번도 김치에 손을 대지 않는 것이었다.

우리는 혹시나 싶어 아주머니가 가져온 열무김치를 슬쩍 그의 앞으로 밀었다. 그러자 진원이 접시를 막으며 그녀를 바라봤다.

"한우리 씨 먹으라고 시킨 거예요."

사실 우리가 출근한 다음부터 진원은 모든 일에서 유독 우리를 먼저 챙겼다. 만약 준오가 우리에게 그랬다면 수상한 사이로 의심을 받았겠지만, 팀원들은 팀장이 막내에게 베푸는 단순한 친절 정도로 여기고 넘어갔다.

하지만 우리는 줄곧 운동을 해 온 터라 남자들과 동성처럼 지냈기 때문에 이성에게 이런 호의를 받는 것에 익숙하지 않았다. 게다가 얄밉다 싶을 정도로 장난을 걸어오다가도 이렇게 한 번씩 사람 마음을 말랑거리게 하는 친절을 베푸는 진원의 속은 도무지 알 길이 없었다.

'대체 무슨 꿍꿍이시냐고요, 서진원 팀장님.'

식사를 마치고 물로 입가심하는 진원을 빤히 바라보던 우리와 진원의 시선이 허공에서 맞닥뜨렸다. 고개를 피하려고 했지만, 밧줄처럼 꽁꽁 자신을 옭아매는 그의 시선이 피하기는 늦었다고 말하고 있었다.

왜요?

소리 내서 물어봐도 될걸. 진원은 마치 비밀을 공유하듯 우리만 알아볼 수 있게 입 모양으로 말을 걸었다. 웃는 얼굴로 제 얼굴을 뚫어지게 바라보는 진원 때문에 오히려 당황한 우리는 손을 휘저으며 아무것도 아니라는 의사 표현을 했다.

언제 터질지 모르는 시한폭탄. 우리에게 진원은 그저 시한폭탄 같은 존재였다. 평탄한 회사 생활을 위해서라도 우리는 오늘 폭탄에 달린 타이머를 제거하든지, 아니면 같이 터져 끝장을 봐야만 했다. 그녀는 휴지로 입을 닦으며 공연히 두근대는 마음을 다잡았다.

"나 먼저 퇴근할 테니까 다들 수고해."

"들어가세요, 차장님."

유치원에 있는 아이들을 데리러 가야 했던 천식이 먼저 자리에서 일어났다. 다음 주에 진행될 아웃도어 기획전 준비가 끝난 준오는 의자를 밀어 영은에게 다가가 소주잔을 꺾는 시늉을 하며 술자리를 제안했다.

"준오 씨가 사는 거야?"

"대신 2차는 영은 씨가 쏴."

"콜. 우리 씨 같이 갈래?"

우리는 퇴근 준비를 하는 진원을 슬쩍 바라보곤 고개를 가로저었다.

"죄송해요. 전 오늘 선약이 있어서요."

"데이트?"

"데이트는 무슨……!"

너무 컸던 본인 목소리에 우리가 아차 싶어 뒤를 돌아보았다. 아니나 다를까 팀장실 문을 열어 두고 있던 진원이 그녀를 묘한 눈빛으로 바라보고 있었다. 우리는 다시 영은을 바라보며 어색한 미소로 대답을 마저 했다.

"아니에요. 친구가 급하게 보자고 해서요."

"할 수 없지. 준오 씨, 둘이 가자."

입사 동기면서 동갑인 준오와 영은은 서로 티격태격 못 잡아먹을 듯이 굴었지만, 또 단둘이 곧잘 어울리기도 하는 톰과 제리 같은 사이였다. 술안주로 김치찌개와 어묵탕을 두고 대립하던 두 사람의 목소리가 점점 사무실에서 멀어졌다.

"준비 다 했어요?"

사방이 고요해지고 나서야 진원이 팀장실에서 나왔다. 우리는 자리에서 일어나 고개를 끄덕였다.

"네. 어디로 갈까요? 혹시 드시고 싶은 거 있으세요?"

어찌 됐든 우리는 그에게 약점을 잡힌 약자였다. 최대한 공손하게 물었는데도 진원은 그 말을 무시하고 앞장서서 사무실을 나갔다.

급하게 가방을 들고 뒤따라온 우리는 엘리베이터 앞에 서서 진원을 올려다보며 다시 한 번 조심스럽게 말을 꺼냈다.

"뭐 먹고 싶으신지 말씀해 주시면 제가 지금이라도 예약을……."

"내가 예약해 놨어요."

친절한 행동 뒤에 항상 자석처럼 따라붙는 그의 짓궂음을 알고 있었기에 우리는 다시 한 번 불안감이 엄습했다. 1시간 전 확인했던 신용카드 한도를 늘렸어야 하는 건가 후회가 될 무렵이었다.

"저녁은 내가 살 거니까 쓸데없는 걱정 그만하고요."

머리로 계산기를 두드리는 그녀의 심각한 표정을 본 진원이 낮게 웃음을 터뜨렸다. 이렇게 표정으로 감정이 고스란히 다 드러나는 여자는 처음이었다. 마치 얼굴에 '나 이런 생각 하고 있어요.'라고 전광판을 달아 놓은 것 같았다.

엘리베이터를 탄 두 사람은 어색하게 간격을 유지한 채 서 있었다. 그러나 퇴근 시간인지라 엘리베이터는 층마다 서서 사람들을 태웠다. 엘리베이터에 탄 다른 팀원들은 진원과 우리에게 인사를 하며 뒤에 서 있던 두 사람을 서서히 압박해 왔다.

꼼짝없이 사람들 틈에 갇히게 된 우리는 어디서 많이 본 데자뷔 같은 상황에 미간을 좁혔다. 진원의 뒤에 자신이 서 있는 것이 마치 일주일 전 지하철에서 만났을 때와 묘하게 비슷한 상황이었다.

그때 우리와 같은 생각을 하고 있던 진원도 그날이 떠올랐는지 어깨를 몇 번 들썩거리더니 웃는 얼굴로 고개를 돌려 그녀를 내려다봤다. 그 웃음의 의미를 모를 리 없는 우리는 민망한 얼굴을 붉히며 괜스레 말을 걸었다.

"왜, 왜 웃으세요?"

"또 손대면 소리 지를 거예요."

미쳤나 봐!

진원의 대답이 끝나기가 무섭게 엘리베이터가 지하 주차장에 도착했다. 다른 팀원들에게 여유롭게 인사하고 내리는 그의 뒤통수를 바라보던 우리는 주먹을 몇 번이나 쥐었다 펴며 마음을 다스렸다.

수리를 마치고 세차까지 완벽하게 돼서 돌아온 차에 시동을 건 진원은 조수석으로 걸어갔다. 그를 따라온 우리가 조수석 문을 열어 주는 진원과 차를 번갈아 바라봤다.

"이 차, 팀장님 차예요?"

"네."

너무 당연하게 대답하는 진원의 말에 우리가 고개를 갸웃댔다.

"차 있으면서 그날은 왜 지하철 타셨어요?"

"아. 지하철에서 또 변태 만날까 봐 한 대 샀어요."

"정말요?"

우리의 입이 쩍 벌어졌다. 생판 모르는 남이 엉덩이를 만졌다는 것이 진원에게는 차를 살 만큼 충격적인 일이었을 거라는 생각이 들자, 이 일을 가벼운 해프닝으로 여겼던 것이 미안하게 느껴졌다. 아마 자신이었더라도 공공장소에서 그런 일을 겪었더라면 불안감이 생겨 한동안 지하철을 타고 다니지 못했을 것이다.

우리가 미안해하는 표정으로 마른 입술을 쏠자 진원은 두 걸음 다가가 그녀의 손목을 잡고 조수석 앞에 세웠다.

"타요. 예약 시간 다 돼 가요."

진원의 재촉에 조수석에 올라탄 우리는 차 내부를 이리저리 살폈다. 하지만 아무리 살펴봐도 며칠 만에 뽑은 새 차라고 하기에는 곳곳에 사용 흔적이 있었다.

사장님의 아들씩이나 되는 그가 중고차를 샀을 리 없을 거라는 판단이 섰다. 우리는 운전석에 올라타는 진원에게 다시 한 번 물었다.

"정말 그 일 때문에 차를 사셨다고요?"

"얼마 전에 수리 맡겼다가 오늘 찾았어요."

아까와는 다른 대답에 우리의 얼굴이 어리둥절하게 바뀌었다.

"아까는 변태 만날까 봐 사셨다고……."

"변태 무서워서 차 샀으면, 내가 지금 한우리 씨를 옆에 태우겠어요?"

또 당했다. 그의 장난에 또다시 속아 넘어간 우리는 짓궂게 자신을 놀려 대는 진원을 흘겨보았다.

"저 놀리니까 재밌으세요?"

"놀리는 재미가 있다는 말 자주 듣죠?"

"아니요. 처음 듣는 얘기예요."

어렸을 적부터 운동에 조예가 깊던 우리를 함부로 놀릴 수 있는 이는 거의 없었다.

"그럼 앞으로 나한테 자주 듣겠는데요."

자신이 팀장이라는 이유만으로 차마 대들지도 못하고 분을 삭이는 그녀 모습이 꽤 귀여웠다. 진원은 입술을 뾰족하게 내밀고 있는 우리를 향해 가볍게 웃으며 검지로 안전벨트를 가리키며 시동을 걸었다.

금요일 퇴근 시간이라 예상대로 차가 밀리기 시작했다. 아무 말도 없이 긴 시간을 차에 타고 있으니 지루함에 자연스레 늘어진 하품이 났다. 우리가 입을 가리며 하품을 하는 모습을 흘끔 바라보던 진원이 정면에 시선을 고정한 채 물었다.

"다른 남자 앞에서도 그렇게 하품해요?"

"남자 앞에서는 안 하죠."

우리의 단호한 대답에 묘하게 무시당하는 기분이 들어 진원이 따져 물었다.

"그럼 난 여자예요?"

창가를 바라보던 우리가 고개를 돌렸다. 진원 역시 신호에 걸린 사이 고개를 돌려서 우리를 바라보며 대답을 종용하는 눈빛을 보내고 있었다.

하품을 한 게 기분이 나쁜 건지, 남자 앞에서는 안 한다는 대답에 기분이 나쁜 건지 의도를 금방 파악하지 못한 우리가 우물쭈물

대는 틈에 신호가 파란 불로 바뀌었다. 진원이 기다렸다는 듯 오른쪽으로 급커브를 하자 잠시 방심하고 있던 우리가 창문에 머리를 세게 박았다.

"팀장님! 아프잖아요!"

우리는 얼얼한 오른쪽 머리를 문지르며 더는 못 참겠다는 듯 그에게 버럭 목소리를 높였다. 하지만 돌아온 대답이 기가 막혔다.

"미안해요. 난 대답이 없어서 자는 줄 알았네."

"진짜……!"

정규직 전환을 위해 1년 동안 억누르며 잘 참아 왔던 본성이 본색을 드러내려고 했다. 여자 동기에 대한 배려 따윈 찾아볼 수 없는 체대에서 살아남기 위해선 무조건 독해져야 했다. 그래서 요조숙녀처럼 생긴 다소곳한 얼굴과는 다르게 성격은 괄괄한 편이었다.

무슨 말을 해도 순종적으로 대답하며 배시시 웃기만 하던 그녀가 험한 말이 튀어나오려는 입을 막고 있는 모습에 진원은 신기한 장난감을 발견한 아이처럼 호기심 가득한 얼굴로 그녀를 바라봤다.

"뭘 해도 웃는 줄만 알았는데 그건 아니었네요."

우리는 속에서 부글부글 열이 끓어올랐지만, 다시 차분한 가면을 쓰고 어색한 미소를 지었다.

"방금은 제가 좀 흥분을 해서……."

"난 흥분하는 한우리 씨가 더 좋은데."

"네?"

나지막한 중저음의 목소리로 '흥분하는 한우리'라고 하니 어감이 어쩐지 야했다. 우리가 당황해하며 얼굴을 붉히자 진원이 헛웃음을 지었다.

"지금 무슨 생각 해요?"

"제, 제가 무슨 생각을……."

말까지 더듬는 모양새가 더욱 그녀를 수상하게 만들었다. 진원은 민망해하는 우리를 더욱 놀릴 심산으로 말을 꺼냈다.

"변태 맞네."

"제가 왜 변태예요! 먼저 흥분했다고 한 건……."

"한우리 씨죠."

우리는 꿀 먹은 벙어리처럼 입을 꾹 다물었다. 그의 말대로 흥분이라는 단어를 먼저 쓴 건 본인이었기에 변명할 만한 말이 없었다. 그런데 진원이 다시 한 번 말을 꺼냈다.

"회사에서 너무 바보같이 웃기만 하면 만만하게 보이기 십상이에요. 이제까진 계약직이라 소속 없이 여기저기 눈치 봤을지 몰라도 앞으로 내 소속인 이상 겁먹지 말고 일해요."

정면에 시선을 둔 채 회사 생활에 대해 진지하게 조언해 주는 진원은 방금까지 말장난만 일삼던 남자와 동일인물인가 하는 착각이 들 정도로, 멋있었다. 특히 자신의 소속이라고 분명히 말해 두는 그의 태도는 이제까지 계약직 생활을 하며 진심으로 맘 붙일 곳 없던 우리에겐 큰 힘이 되는 말이었다.

한참 달리던 진원의 차는 서울 외곽에 있는 한정식집 채향 앞에 섰다. 넓은 마당이 있는 한옥 분위기의 주차장은 밝게 뜬 보름달

아래 한껏 고즈넉한 기운을 풍기고 있었다.

차에서 내리자마자 우리의 눈에 보인 것은 그곳에서 밥을 먹기 위해 기다리는 사람들로 보이는 기다란 줄이었다. 정장 차림의 회사원들로 보이는 무리도 있었고 가족들과 함께 온 사람들도 여럿 있었다.

우리가 줄 가장 뒷자리에 우두커니 서자, 진원은 그녀를 끌어당겨 손목을 잡고 줄을 선 사람들을 유유히 지나 식당 안으로 들어갔다.

"진원아!"

곱게 한복을 차려입고 카운터에 서 있던 한 중년 여성이 그를 보고 반가운 기색으로 서둘러 나왔다. 거리낌 없는 두 사람의 포옹에 우리의 고개가 갸웃댔다.

"잘 지내셨죠?"

"그럼. 미국에서 귀국했다는 얘기 들었는데 안 와서 섭섭해하던 참이었어."

이곳은 오랫동안 진원의 본가에서 음식을 담당했던 영진의 식당이었다. 처음에는 동네 조그만 가게를 얻어 시작했는데 손맛이 좋다는 소문을 듣고 찾아오는 사람들이 늘어나자 기복이 그간의 보답으로 가게를 내준 것이다.

"그런데 가족 모임이 아니었…… 구나?"

진원의 귀국 소식에 맞춰 당연히 가족 모임일 것이라 짐작했던 영진은 그의 뒤에 가려져 있던 우리에게 눈길을 돌렸다. 깔끔한 흰색 블라우스에 청바지를 입은 수수한 차림의 그녀를 본 영진은 온

화하게 웃으며 우리에게도 눈인사를 건넸다.

영진이 두 사람에게 안내한 곳은 6인 특실로 두 사람이 밥 먹을 공간치고는 지나치게 넓은 방이었다. 내부를 확인한 진원이 고개를 돌려 영진을 바라봤다.

"난 가족 모임인 줄 알고 일부러 큰 방 비워 뒀지. 이왕 예약해 둔 자리니까 여기서 식사해. 아니면 한참 기다려야 해."

"감사합니다."

진원을 따라 꾸벅 인사하는 우리를 본 영진은 미소를 지으며 자리를 떠났다. 방문이 닫히고 사람들의 시선에서 벗어나자 진원과 단둘이 방에 남은 것이 어색해 우리는 괜스레 온돌방 바닥을 이곳저곳 만지며 온도를 재는 척했다. 아직 흥분이라는 단어를 말한 민망함이 가시지 않은 상태였다.

반면에 진원은 마치 제집에 온 사람처럼 익숙하게 옷걸이에 겉옷을 걸더니 아무렇게나 펼쳐 둔 우리의 겉옷까지 맘대로 가져가 옷걸이에 같이 걸어 두었다.

"음식은 내가 알아서 시켰어요. 괜찮죠?"

"네."

그때 침묵이 파고들어 올 틈도 없이 곧장 음식이 나오기 시작했다. 두 사람이 먹기 과할 정도로 끊임없이 나오는 반찬에 놀란 우리는 허기진 배를 참지 못하고 밥공기를 열었다.

어느새 밥 한 공기를 뚝딱 비워 버린 그녀의 복스러운 먹성에 진원은 새삼 이곳에 오길 잘했다는 생각이 들었다.

"음식은 입에 맞아요?"

"네. 진짜 맛있어요. 앞으로 이런 곳에서 회식했으면 좋겠어요."

거한 식사를 마치고 휴지로 입을 닦는 우리를 지켜보던 진원이 식탁에 설치된 벨을 눌렀다. 그러자 종업원이 문을 열고 들어와 큰 쟁반에 반찬들을 담아 상을 치우기 시작했다. 깨끗하게 비워진 그녀의 밥공기에 비해 진원은 우리를 바라보느라 담아진 밥의 반도 먹지 못했다.

곧이어 다른 종업원이 간단한 다과를 준비해 상에 차려 놓았다. 진한 대추차 향을 음미하던 진원은 차를 한 모금 마시고는 우리의 반응을 살폈다.

"어때요?"

"향이 좋은데요."

뜨거운 차가 몸 안에 들어오자 우리의 마음에 안정이 찾아왔다. 느긋하게 앉아 차를 마시는 우리를 바라보던 진원은 차를 내려놓으며 말했다.

"자, 그럼 이제 못다 한 얘기를 마저 해 볼까요?"

식사 내내 입맛을 물어봐 주던 진원의 따뜻한 눈빛은 온데간데없고 기본적으로 장착된 장난기 섞인 짓궂은 눈빛이 대신 그녀를 반겼다.

하지만 배가 불러 오면서 긴장이 완벽하게 풀린 우리도 전과는 다르게 허리를 곧게 펴고 사뭇 다른 얼굴로 당당하게 목소리를 냈다.

"고의로 만진 건 아니었어요."

엉덩이를 만진 가해자치곤 다소 뻔뻔한 대답이었다. 진원은 삐딱하게 고개를 들어 그녀를 바라봤다. 되레 당당하게 이야기를 하는 우리의 태도를 보고 있자니 어쩐지 조금 괘씸해져서 또 한 번 놀려 주고 싶다는 생각이 들었다.

"그땐 본인이 만진 거 아니라더니?"

그날 적반하장 식으로 따지고 들었던 본인의 모습을 떠올린 우리는 아랫입술을 지그시 깨물며 변명에 나섰다.

"그때 휴대폰 울린 거 기억나시죠? 그게 제 휴대폰이었거든요. 제가 가방에서 휴대폰을 꺼내려는데 갑자기 사람들이 뒤로 밀치는 바람에……."

"그러니까 만진 건 인정?"

일의 원인은 들으려 하지 않고 자꾸 결과에만 초점을 맞추는 진원의 말에 우리는 한숨을 폭 내쉬었다. 하지만 이대로 잘못을 인정하기에는 억울한 면도 있었다.

그 행동까지는 차마 하지 않으려고 했지만 우리는 당시 진원의 엉덩이를 잡았던 손 모양을 재현해 내며 상황을 설명했다.

"제가 팀장님 엉…… 아무튼 그걸, 이렇게 대고 있었잖아요. 고의로 만지려고 했으면 이렇게 잡겠어요?"

우리의 설명을 가만히 듣고 있던 진원의 입꼬리가 씰룩거렸다. 다섯 손가락을 쫙 펴고 당시 상황을 재연하는 우리가 진지해서 더욱 귀여웠다.

"팀장님?"

남은 앞에서 열심히 설명 중인데 다른 생각으로 정신이 팔린 진원을 보며 우리는 고운 이마에 주름을 잡고 테이블을 톡톡 쳤다.

그는 정신을 차리고 인심 쓰듯 고개를 끄덕였다.

"속는 셈 치고 믿어 줄게요."

대답이 영 석연치가 않아서 우리는 재차 물었다.

"그럼 이제 그 일은 회사에서 언급 안 하시는 거죠?"

"언급 안 할게요."

"경찰서에 신고했다는 것도 취소해 주실 거죠?"

우리를 경찰에 신고한 적은 없었다. 스크린도어를 사이에 두고 가방을 들며 펄쩍 뛰는 우리의 행동을 봤을 때부터 오해였음을 알고 있었으니까. 다만 그 자리에서 이렇다 할 사과 한마디 받지 못한 것에 대해 응징을 해 주고 싶은 마음은 있었다.

굳이 거짓말이었다고 밝힐 생각이 없던 진원은 잠시 고민하는 척하다가 느리게 고개를 끄덕였다.

"선처해 드리죠."

"약속하신 거예요?"

"각서라도 쓸까요?"

"아니에요. 믿습니다."

심기가 불편해지려는 진원에게 우리는 초승달처럼 가늘게 휘어지는 눈웃음으로 상황을 무마시키려 했다. 그 모습을 본 진원은 제 머릿속 한우리의 키워드에 여우를 추가시켰다.

"나 한우리 씨한테 궁금한 게 있는데."

"뭐든지 물어보세요."

지하철 사건을 다시 언급하지 않는다는 말에 인심이 후해진 우리는 경계를 풀고 진원을 대했다.

"왜 전공을 안 살렸어요? 운동을 오래 한 것 같던데."

그녀의 이력서에 있던 체육 관련 수상 경력은 포기하기엔 아까울 정도로 화려했다. 꽤 오랜 시간 운동에 공을 들였음에도 불구하고 면접장에서 송판을 준비해 격파를 보여 줄 만큼 이 일을 해야 하는 이유에 대해 알고 싶었다.

"운동은 취미였을 때가 더 재밌더라고요."

사실 우리는 졸업 시즌에 맞춰 체육지도사 시험을 준비하고 있었다. 그러나 당시 친언니의 이혼으로 모친이 위자료를 준비하느라 경제적으로 힘들었던 시기라 마냥 공부만 붙잡고 있을 수는 없었다.

결국, 현실적인 이유로 체육지도사 시험을 포기한 우리는 뒤늦게 경영학을 복수 전공으로 들으며 다른 길을 찾게 됐다. 하지만 주 전공이 체육이라 운동밖에 몰랐던 그녀는 '스펙'이라는 난관에 부딪혀 결국 취업하는 데 4년이라는 시간이 걸리고 말았다. 취업이 늦어질 때마다 초조한 마음에 다시 체육 전공으로 진로를 바꿀까도 고민했지만, 지금 돌아가게 되면 다시 처음부터 시작하는 꼴이 되기 때문에 달리 방법이 없었다.

"그래도 좀 아쉽지 않아요? 쉽게 내려놓기엔 운동하면서 보낸 시간이 적지 않던데."

비록 멀리 돌아온 만큼 오래 걸리긴 했지만, 체육을 포기한 것에 대한 원망이나 후회는 없었다. 오히려 홀가분한 기분이었다.

"취업이 안 될 때는 힘들었는데 하강백화점 들어오고 나선 늘 즐거워요. 정말 재밌게 일하고 있거든요."

회사 일을 이야기하는 우리의 얼굴에는 그 어느 때보다 진심으로 즐거워하는 환한 빛이 묻어 나오곤 했다. 진원은 왜 다른 팀장들이 우리를 그렇게도 탐을 냈는지 조금 알 것 같았다.

자신이 내겠다는 우리의 등을 떠밀어 낸 진원은 계산 후에 영진에게 꼼짝없이 붙들렸다. 영진은 멀리서 누룽지 사탕을 집어 드는 우리를 바라보며 물었다.
"사장님께 아는 체해도 돼?"
"농담치곤 섬뜩한데요."
영진의 말만 믿고 당장 자신을 추궁할 제 부친을 떠올린 진원은 일부러 몸을 바짝 움츠리며 오싹하다는 시늉을 했다. 그의 행동에 영진이 입을 가리며 작게 웃었다.
"누군데 꼭꼭 숨기려고 해?"
"숨기는 게 아니라 불필요한 의심의 싹을 키우지 않는 거죠. 이번에 저랑 같이 일하는 신입이에요."
"신입이랑 단둘이 내 가게까지 와서 식사를 해?"
"앞으로 회사 생활 잘해 보자는 의미로 식사 한 끼 한 것뿐이에요."
제법 단호하게 선을 긋는 진원의 말에도 불구하고 영진은 뭐가 그리 즐거운지 만면에 미소를 가득 머금었다.
"좋은 소식 있으면 나한테 먼저 귀띔해 주기다?"
"아직은 정말 아무 사이 아니에요."
"아직이라는 말이 기분 좋게 들리네. 사장님께는 비밀로 해 둘게."

"형이랑 형수 포함이요."

진원은 카드를 건네받으며 영진에게 왼쪽 눈을 찡긋거렸다. 저 능구렁이 같은 녀석 속은 당해 낼 수가 없지. 영진은 대화가 끝나기만을 기다리는 우리에게 진원의 등을 떠밀었다.

영진과 인사를 나눈 진원은 멀뚱히 서 있는 우리에게 다가갔다. 우리는 입 안에서 사탕을 요리조리 옮기며 작은 입을 오물거리고 있었다. 제 입술만 뚫어져라 바라보는 진원의 시선을 느낀 우리는 민망함에 손바닥에 쥐고 있던 누룽지 사탕 하나를 내밀었다.

"드실래요?"

진원은 그녀와 사탕을 번갈아 보고 나서는 손바닥에 놓인 사탕을 집어 곧장 입안에 넣었다. 진원에게서 구수하고 달콤한 누룽지 향이 풍겼다.

"누룽지 사탕 좋아해요?"

"네. 사탕 중에서 누룽지 사탕 제일 좋아해요."

우리는 대답 후 해맑게 웃으며 먼저 식당을 나섰다. 그녀를 뒤따라가던 진원이 바구니에서 누룽지 사탕을 몇 개 더 챙겨 나가자 멀찌감치 서서 지켜보던 영진의 얼굴에 흐뭇한 미소가 피어올랐다.

우리는 집 앞까지 바래다준다는 진원의 호의를 열과 성을 다해 거절했지만, 그는 끝까지 집에 바래다주겠다는 의지를 보였다. 굳이 상사에게 집의 위치를 공유하고 싶지 않은 부하 직원의 마음은 전혀 모르는 눈치였다.

결국, 우리의 동네에 들어선 진원은 그녀가 알려 주는 길로 핸들을 돌리며 말을 꺼냈다.

"이 근처 살아요?"

동네는 맞지만, 그녀가 사는 곳은 진원의 차가 들어온 반대편 길에 있었다. 진원의 눈을 피해 적당한 주택가 근처에서 내려 돌아갈 생각이었던 우리의 몸이 움찔했다. 역시 거짓말은 천성에 맞지 않았다.

"네. 왜요?"

"신기하다. 나도 독립해서 이 근처 살거든요."

못 들을 걸 들었다는 듯 우리의 얼굴이 삽시간에 굳어졌다. 진원의 차가 들어선 곳은 우리가 다니고 있는 피트니스 센터 근처였다. 자칫 운이 없으면 후줄근한 운동복 차림으로 걸어 다니는 모습을 진원에게 보일 수도 있다고 생각하니 아찔하기 짝이 없었다.

"저 여기서 세워 주세요!"

한시라도 빨리 헤어져야겠다고 생각한 우리가 다소 급하게 말을 꺼냈다. 진원이 부드럽게 차를 세우자 우리는 안전벨트를 풀며 그에게 몸을 돌려 깍듯하게 인사를 했다.

"오늘 저녁 감사합니다. 안녕히 가세요."

"조심해서 들어가요."

우리는 냉큼 차에서 내려서 다시 한 번 허리를 꾸벅 숙였다. 진원의 차가 직진해서 골목을 꺾을 때까지 지켜보던 그녀는 차가 완전히 시야에서 사라지고 나서야 숨을 돌렸다.

정직원으로 출근한 첫 주인 데다가, 진원의 눈치까지 보느라 유난히 고단했던 일주일이었다. 집에 가서 따뜻한 물로 샤워하고 곧장 침대에 눕고 싶었지만, 요 며칠 운동을 쉬었던 몸이 뻐근하다며 아우성을 치고 있었다. 우리는 노곤한 하품을 쏟아 내며 터덜터덜 피트니스 센터로 향했다.

밤 9시를 훌쩍 넘긴 시간이었지만 피트니스 센터에는 이제 막 일을 끝내고 찾아온 직장인들로 붐비고 있었다. 목에 수건을 걸고 몸을 풀고 있는 우리를 발견한 그녀의 대학 동기인 현태는 신입 회원에게 스쿼트 자세를 바로잡아 주고 나서 우리에게 다가갔다.

"저 회원 예쁘지?"

우리는 현태가 곁눈질로 가리키는 여자를 보지도 않고 신고 있던 신발로 그의 발을 지그시 밟았다.

"아악! 야! 아파!"

"내가 손님한테 또 한 번 찝쩍대면 가만 안 둔다고 했지?"

현태는 울상을 지으며 밟힌 발을 동동 굴렀다.

"그래도 실패한 적 없거든?"

"사귀다가 몇 달 안 가 헤어지고, 그 손님은 피트니스 뚝 끊고, 그랬던 여자 회원들이 벌써……."

"아이고, 삭신이야."

똑같은 말을 몇 번이나 반복하는 우리가 지겹다는 듯 현태는 양손으로 귀를 막으며 못 들은 척 굴었다.

여자관계가 복잡한 것이 흠이었지만 현태의 트레이너 자질은 의심할 여부없이 훌륭했기에 우리는 이곳에 현태를 트레이너로 소개했다.

그러나 트레이너로서의 친절을 호감의 표현이라고 착각한 회원들이 그에게 고백했다가 차이거나, 현태와 만나다가 헤어지게 된 여자 회원들이 점점 늘어나면서 주기적으로 환불을 요구하는 회원들이 생기기 시작했다. 그런데도 관장이 선뜻 현태를 자르지 못하는 이유는 그를 보러 이 피트니스 센터에 등록하는 회원 역시 적지 않다는 이유에서였다.

"널 여기 소개한 내 입장도 좀 생각해 주라. 어?"

"알겠어. 알겠다니까."

말이나 못 하면 밉지나 않지. 건성으로 흘려 말하는 현태를 보며 혀를 끌끌 차던 우리는 창가에 있는 러닝머신으로 걸어갔다. 현태는 종종걸음으로 우리의 뒤를 쫓아와 말을 걸었다.

"나 스카우트 제의 왔다."

"진짜? 그럼 언제 관둘 건데?"

현태는 아쉬워하는 기색 하나 없이 오히려 홀가분해하는 우리의 반응이 섭섭했는지 불퉁한 얼굴로 그녀가 목에 걸고 있던 수건을 낚아챘다.

"어딘지도 안 궁금해?"

"어딘데?"

"제이투."

"그 여자가 기어이 덫을 놨구나."

피트니스 센터 이름을 들은 우리는 현태가 그곳으로 옮기지 않을 것을 알아차리고 실망한 표정으로 러닝머신 시작 버튼을 눌렀다.

제이투 피트니스는 얼마 전까지 현태가 일했던 청담동 부근에 있는 피트니스 센터이자, 그가 잠깐 교제했던 유명 여배우 C양이 다니고 있는 곳이었다. 매스컴에서 청순하고 가련한 여주인공 역할만 맡던 C양은 보이는 이미지와 다르게 헤어지고 난 후에도 현태에게 소유욕을 드러내며 그에게 집착하고 있었다.

현태는 우리의 러닝머신 손 턱걸이에 기댄 채로 물었다.

"네가 보기에도 함정 같지?"

"그 계약서에 사인하는 순간, 그 여자 먹잇감 되는 건 시간문제라고 봐야지."

"생각만으로도 끔찍하다."

최근 C양에게서 온 협박 문자를 보여 주며 하소연을 하던 현태는 등 뒤에 꽂히는 날카로운 시선에 본능적으로 뒤를 돌아봤다.

"선생님!"

그때 전신거울 앞에서 스쿼트 30개를 마친 신입 회원이 손을 들어 현태를 불렀다. 현태는 들고 있던 수건을 우리의 머리에 아무렇게나 올려 두곤 신입 회원에게로 달려갔다.

머리에 둔 수건이 바닥에 힘없이 떨어지자 우리는 수건을 줍기 위해 러닝머신을 멈췄다. 그러나 그녀가 뻗으려는 손 대신 한 남자의 손이 더 빨랐다. 감사하다고 인사하기 위해 고개를 든 우리의 눈이 일시에 커다래졌다.

"팀장님……?"

"설마 했는데."

우리가 말을 잇지 못하는 사이 진원은 떨어졌던 수건을 그녀의 어깨에 걸쳐 주며 어쩔 수 없는 남자의 본능으로 우리의 몸을 훑어보았다.

굴곡진 몸매가 고스란히 드러나는 운동복을 입은 그녀는 간간이 숨을 고르는 행동만으로도 뭇 남성들의 시선을 잡아끌었다. 진원은 마른침을 삼키며 뒤를 돌아 현태를 주시했다.

신입 회원에게 자세를 알려 주던 현태도 진원의 시선을 인식했는지 뒤를 돌았다. 현태와 눈이 마주친 진원은 시선을 피하지 않고 못마땅한 얼굴로 그를 바라보았다. 회원들에게 신뢰를 주는 탄탄한 몸매를 부각하는 현태의 복장이 어쩐지 눈에 거슬렸다.

진원이 현태와 눈싸움을 하며 묘한 신경전을 벌이고 있을 때 우리가 그의 어깨를 톡톡 두드렸다. 진원은 다시 몸을 돌려 그녀를 바라봤다.

"팀장님…… 설마 여기 다니세요?"

사실을 눈앞에 두고 있으면서도 우리는 그가 아니라고 말해 주길 바랐다. 진원과 또 다른 연결 고리가 있을 리 없다고 부정하고 싶었다.

"네. 며칠 전에 등록했어요. 동네 피트니스 중에 여기 시설이 제일 좋더라고요."

"아……."

그녀의 입에서 낮은 탄식이 터져 나왔다. 우연이 이쯤 되니 진원과 운명인 건가 싶은 허무맹랑한 생각마저 들었다.

"한우리 씨는 여기 오래 다녔나 봐요. 트레이너랑 친해 보이던데."

대화하는 중간중간 진원의 시선이 현태에게 가는 것을 본 우리가 고개를 끄덕였다.

"대학 동기예요."

"아, 대학 동기."

동기라는 말을 읊조리던 진원이 미간을 좁혔다. 현태 같은 우락부락한 몸을 가진 남자들 사이에서 장장 4년을 보낸 우리에게는 웬만한 남자 몸은 멋있게 보이지 않을 것이 분명했다. 진원은 괜스레 조금 더 어깨를 펴고 바르게 섰다.

"그럼 팀장님, 운동 열심히 하세요."

이 불편한 만남을 당장 피하고 싶기만 한 우리가 엉거주춤 인사를 하고 다른 운동을 하러 가려는데, 진원이 덥석 그녀의 팔목을 잡았다.

"한우리 씨."

"네?"

"나 여기 있는 기구들 사용법 좀 알려 줘요."

이건 또 무슨 소리인가 싶은 황당함에 대답조차 바로 하지 못하는 우리를 향해 진원이 주변을 둘러보며 말했다.

"보다시피 트레이너는 지금 바빠 보이고, 내가 여기서 기구 사용법을 물어볼 만한 사람이 한우리 씨밖에 없네요."

체육 전공인 그녀가 객관적으로 본 진원의 몸은 운동으로 다져진 몸이었다. 저런 다부진 체격을 가진 그가 피트니스 기구를 사용할 줄 모른다는 것은 아무래도 말이 안 됐다.

"음, 그게……."

"엉덩이가 좀 결리는 것 같기도 하고."

우리가 말끝을 흐리자 진원은 교묘하게 지하철 사건을 언급하며 그녀의 신경을 자극했다. 예상대로 엉덩이라는 단어가 나오자마자 우리는 동그란 눈을 치켜세웠다.

"그 일은 언급 안 하기로 하셨잖아요!"

"회사에서만 안 하기로 한 거죠. 여긴 회사 밖이고."

"그런 법이 어디 있어요?"

"저 트레이너가 한우리 씨 동기라고 했죠?"

진원은 당장 현태에게 다가갈 기세로 몸을 돌렸다. 기구 사용법을 알려 주지 않으면 당장 현태에게 지하철 사건을 이야기하겠다는 무언의 압력이었다.

그의 협박에 기죽지 않고 무시할 수 있으면 좋으련만 이제까지 그녀가 본 진원은 한다면 하는 성격이었다. 만약 그가 현태에게 지하철 사건을 말하게 내버려 둔다면, 그건 대학 동기들에게 평생의 놀림거리를 제공하고 마는 불행한 일을 자초하는 셈이었다.

"……따라오세요."

언제까지 이 약점에 휘둘려야 하는 걸까. 우리는 잔뜩 불만 섞인 얼굴로 운동 기구들이 있는 곳으로 앞서 걸어갔다.

"이 기구는 가슴 근육을 만들어 주는 벤치 프레스예요."

우리는 직접 벤치에 누워 팔을 가슴 위로 밀어 올리며 친절하게 시범을 보여 설명해 주었다.

그런데 운동 기구를 설명하는 내내 진원은 전체적인 동작이 아닌 제 얼굴만 빤히 바라보고 있었다. 설명해 달라고 해 놓고 듣는 둥 마는 둥 하는 그의 행동을 꾹꾹 눌러 삼키며 우리는 다른 기구들의 설명을 계속했다.

"이건 하체 운동 기구인 레그 프레스라고, 허벅지 근육을 만들어 주는 운동이에요. 남자분들이 기본적으로 많이 하는 운동이에요."

이번에도 우리는 시범을 보이기 위해 자리에 앉아 상체를 곧게 펴고 진원을 바라봤다.

"이 운동은 다리 간격이랑 무릎 간격이 중요해요. 간격을 유지한 다음에 그대로 다리를 다 펴기 전까지 뻗으시는 거예요. 손잡이 꼭 잡으시고요."

"아."

 유연한 몸으로 시범을 보이는 우리를 향해 진원이 영혼 없이 고개를 까딱였다. 설명하는 마지막까지 줄곧 시큰둥한 반응을 보이는 그를 보며 인상을 찌푸리던 우리는 손을 털며 자리에서 일어나 진원에게 말했다.

"이제 직접 해 보세요."

"뭐라고요?"

"그렇게 건성으로 대답만 하지 마시고 직접 해 보시라고요. 그래야 나중에 설명 없이도 기구를 쓸 줄 아시죠."

"꼭 그렇게까지……."

"빨리요!"

 체대를 졸업해서인지 운동을 건성으로 대하는 사람은 가만히 두고 볼 수가 없었다. 결국, 우리는 진원의 팔을 잡아끌어 그를 기구에 앉혔다.

"자, 천천히 기억 자 자세로 발판에 발을 대 보세요."

 차분하게 기구 사용법을 알려 주는 우리의 목소리는 유치원에서 떼를 쓰는 아이를 어르고 달래는 선생님의 나긋나긋함을 능가했다.

 진원이 자세를 잡고 다리를 뻗으며 몸을 움직이자 가만히 팔짱을 끼고 지켜보던 우리는 가까이 다가와 손을 뻗었다.

"터치 들어갈게요."

"뭘 들어가요?"

처음 듣는 진원의 당황한 목소리도 눈치채지 못할 만큼 우리는 이 순간 자신이 트레이너라는 생각으로 거침없이 진원의 종아리에 손을 갖다 댔다. 운동이 제대로 되고 있는지 확인하기 위해 종아리를 단단하게 눌러 보던 그녀의 손이 이번에는 허벅지 위로 향했다.

생각지도 못한 우리의 손길에 당황한 진원이 기구에서 내려오려고 했지만 이미 교육에 심취한 우리는 그의 자세를 교정해 주며 천천히 일러 주었다.

"이렇게 몸이 앞으로 나와 있으면 나중에 허리에 무리 와요. 어깨를 의자 뒤에 딱 붙이세요."

"저기, 한우리 씨?"

"지금처럼 다리 곧게 뻗으시면 운동 효과 없어요. 다 굽히시면 안 돼요."

진원은 기구에 누워 흘러내리는 머리를 귀 뒤로 꽂으며 진지하게 자세를 봐주는 우리를 빤히 바라봤다. 가르치기 싫어 죽겠다는 표정을 지을 땐 언제고, 지금은 안 가르쳐 달라고 했으면 어쩔 뻔했나 싶을 정도로 그 누구보다 열정적이었다.

우리의 열정에 보답하기 위해 진원은 하는 수 없이 그녀가 시키는 대로 정식으로 자세를 잡고 운동을 했다. 마침내 완벽한 자세를 한 진원을 본 우리는 흡족한 얼굴로 박수를 쳤다.

"지금 그 자세가 정석이에요! 이제 감이 오시죠?"

스스로가 잘 가르쳤다는 뿌듯함에 우리가 생긋 웃었다. 진원은 기구에서 내려오며 손을 홀홀 털며 어깨를 으쓱거렸다.
"마음먹고 하면 못 하는 게 없어요, 내가."
"팀장님 은근히 본인 자랑 심한 거 아세요?"
"요즘은 자기 PR 시대니까."

오만한 말이 전혀 오만하게 들리지 않게 하는 능청스러운 남자. 진원이 눈썹을 들썩이며 씩 웃자 우리도 덩달아 웃어 버리고 말았다.

우리에게 붙잡혀 몇 가지 운동 기구 사용법을 더 전해 들은 진원은 수건을 챙겨 남자 샤워실로 들어갔다. 옷을 홀딱 벗고 아무도 없는 샤워실 한가운데에 선 그는 망설임 없이 밸브를 돌려 찬물을 틀어 몸을 적셨다.

"진짜 대책 없다니까."

진원은 한껏 적셔진 머리를 뒤로 넘기며 거울에 있는 자신을 향해 읊조렸다. 한 시간가량 힘을 주고 있느라 괴로웠던 불룩한 제 분신을 떠올리니 눈앞이 아찔했다.

그간 꾸준히 피트니스를 다녔지만, 그는 여자의 운동복이 성적 매력으로 느껴질 수 있다는 걸 오늘에서야 깨달았다. 삐쩍 마르기만 한 줄 알았던 몸매에 드러나던 우리의 풍만한 가슴 굴곡은 가만히 있어도 단연 돋보였다. 그런 몸매로 가슴 운동 시범을 보이겠다며 벤치 프레스를 하고 있으니 당연히 운동하는 자세를 보려야 볼 수가 없었다.

찬물로 몸을 식히는 와중에도 우리를 떠올리고 있으니 다시 몸이 뜨거워지는 기분이었다. 이렇게 본능에 충실한 몸이라니. 진원은 고개를 세차게 저으며 아예 샤워기를 손에 들고 온몸을 구석구석 차게 식혔다.

간단하게 샤워를 마친 그는 탈의실 거울 앞에서 머리를 대충 털고 옷을 갈아입었다. 집에서 갈아입고 온 청바지를 입으려는 진원의 머릿속에 또 한 번 불쑥 우리가 떠올랐다.

거리낌 없이 허벅지를 만지는 우리의 손길은 분명 자연스러웠다. 부끄러운 기색도 없이 계속 제 하체를 만지던 손길을 떠올린 진원은 빠르게 청바지를 갈아입고 사물함 문을 닫았다.

"엉덩이도 모자라서 허벅지까지."

피트니스 센터에 들어오자마자 다른 남자와 친근하게 이야기를 하며 웃는 우리를 봤을 때 왠지 모를 질투심에 방해하고 싶다는 생각이 든 것은 사실이었다. 공손하게 말하면서 본인에게 최대한 거리를 두던 모습과는 다르게, 현태에게는 툭툭 내뱉는 말투 속에 범접할 수 없는 친근함을 담고 있었기 때문이다. 그래서 유치한 줄 알면서도 자신이 그녀의 상사라는 점과 다신 언급하지 않기로 약속했던 약점을 쥐고 우리를 흔들었다.

진원은 스킨로션을 바르지 않아 까칠한 제 얼굴을 쓸어내렸다.

"이러면 곤란한데, 한우리 씨."

하지만 지금 이 순간 제일 곤란한 사람은 다름 아닌 진원이었다. 그는 다신 언급하지 않겠다던 지하철 사건을 쥐고 흔든 대가를 톡톡히 받는 중이었다.

운동을 끝낸 우리가 샤워를 마치고 피트니스 센터를 나서려는데 1층에 내려와 있던 현태가 다급하게 그녀를 붙잡았다.

"아까 레그 프레스 알려 준 회원, 아는 사람이야?"

현태의 질문에 우리는 솔직하게 대답할 수 없었다. 진원이 자신의 팀장이라는 걸 알게 된다면 사교성 좋은 현태는 제 이름을 들먹이며 진원에게 친하게 지내자며 먼저 손을 내밀지도 모르기 때문이다.

"아니. 기구 사용법 좀 가르쳐 달라고 해서 알려 준 거야."

우리는 최대한 진정성 있는 목소리를 끌어냈다.

"너 그 사람 조심해."

"왜?"

"등록한 지 얼마 안 된 손님인데 아무래도 좀 꺼림칙해."

"뭐가 꺼림칙한데?"

"너한테 관심 있어 보여."

현태의 어이없는 설레발에 우리는 코웃음을 치며 고개를 흔들었다.

"말이 되는 소릴 해."

"나야말로 누구보다 말이 안 되는 소리라고 생각하고 있지. 그런 잘생긴 남자가 널 관심 있어 할 리가 없잖아."

진원이 주기적으로 피트니스 센터에 나오기 시작하면서 뭇 여자 회원들의 시선이 어느 순간 그에게로 집중되고 있다는 걸 현태는 이미 알고 있었다. 그래서 현태는 더욱 진원을 예의주시하고 있었다.

속을 긁는 현태의 말에 우리가 미간을 찌푸렸다.

"그런데 왜 조심하래!"

"왜 그 사람이 너한테 기구 사용법을 물어봤을까? 이해할 수가 없네."

"네가 너무 바빠 보여서 나한테 물어보는 거라고 하더라."

예상치 못했던 우리의 대답에 놀란 현태가 목소리를 높였다.

"진짜로? 그렇게 말했다고?"

"응."

우리는 뜸 들이며 마저 대답해 주지 않고 얼떨떨한 얼굴로 서 있는 현태의 팔을 붙잡고 흔들었다.

"왜 그러는데!"

"내가 그 사람한테 기구 사용법 다 알려 줬단 말이야. 알려 주고 나서 내가 얼마나 민망했는데."

현태의 말에 의하면 처음 피트니스 센터에 온 진원을 본 자신이 친절하게 모든 기구 사용법을 다 알려 줬다고 했다. 그런데 나중에 하는 말이 '전에 다 써 본 것들이네요.'였다고. 그랬던 진원이 우리에게 기구 사용법을 알려 달라고 했다니 현태 입장에서는 당연히 그의 이중적인 행동이 꺼림칙할 법도 했다.

"너 그 사람이랑 가까이 지내지 마."

"알겠어."

현태의 잔소리를 한 귀로 흘려들은 우리는 건성으로 대답하고 피트니스 센터를 나왔다.

우리는 혼란스러웠다. 그녀가 그간 파악한 팀장 서진원은 어떤 보고든 서론은 빼고 본론부터 말해 주는 걸 좋아하는 상사였다. 그만큼 쓸데없는 설명으로 시간 낭비하는 것을 좋아하지 않았다. 설령 심심하다 할지언정 사용 방법을 아는 기구들의 지루한 설명을 다시 듣고 있을 행동을 하진 않을 사람이었다.

"나 놀리는 게 재밌나."

하지만 기구를 설명하는 제 모습은 진지했기 때문에 지하철 사건을 언급할 때마다 울컥하던 모습과는 달라 별 재미를 못 느꼈을 것이다. 그런데도 진원은 설명을 그만 듣겠다는 말을 하지 않았다.

"나 좋아하나."

혼잣말을 중얼거리던 우리는 자신이 말하고도 좀 낯부끄러웠는지 일부러 큰 웃음을 터뜨렸다. 본의 아니게 엉덩이를 만진 일을 두고 몇 주를 괴롭히는 그가 자신을 좋아하는 거라니. 어림도 없는 일이었다.

집에 도착한 우리는 친언니 유라의 방문에 노크하고 문을 열었다. 마침 유라는 침대에 걸터앉아 조용히 책을 읽고 있었다.

"우리 왔어? 밥은 먹었고?"

세탁소를 운영하느라 늦은 시간에 들어오는 모친을 대신해 예나 지금이나 자신의 끼니를 제일 먼저 챙겨 주는 유라는 우리에겐 더없이 소중한 존재였다.

"응, 먹었지. 언니는?"

"나도 약국 사람들이랑 먹었어."

이혼의 아픔으로 한동안 울기만 하던 유라 때문에 우리는 늘 집에 오자마자 그녀의 얼굴을 살피는 습관이 생겼다. 다행히 대출을 받아 동네에 조그만 약국을 차리면서 차츰 안정을 찾기 시작한 요즘의 유라는 한결 편안해 보였다.

결혼하고 나서 처음으로 유라가 말도 없이 찾아와 울음을 터뜨렸을 때, 우리는 유라가 마냥 행복하지만은 않은 결혼 생활을 하고 있다는 걸 짐작했다. 한참 울고 난 유라는 진정되지 않은 울음을 억지로 삼키며 엄마에게는 말하지 말아 달라고 신신당부했다. 하지만 시간이 흐른 뒤, 우리는 언니 뜻대로 침묵을 지켰던 그날을 두고두고 후회했다.

그로부터 6개월 뒤, 잠잠했던 집안을 발칵 뒤집어 놓은 건 유라가 캐리어를 들고 나타나 이혼하겠다는 폭탄선언을 내뱉고 나서부터였다. 사랑하는 남편을 얻어서 좋은 집안에 시집가 잘 사는 줄만 알았던 첫째 딸의 이혼 소식에 모친인 현숙은 가슴을 치며 앓는 소리를 냈다. 현숙은 딸을 시집보내 놓고 그저 행복하게 지낼 거라고 믿고 싶은 대로 믿었던 자신의 어리석음을 탓했다. 그때 우리가 할 수 있는 것이라고는 모친의 참담한 얼굴을 바라보며 눈물만 뚝뚝 흘리는 유라의 손을 잡아 주는 것뿐이었다.

유라와 한참 수다를 떨고 방으로 돌아온 우리는 침대에 누워 휴대폰을 만지작거렸다. 하루 중 제일 평화롭고, 나른한 시간이었다. 오늘 하루 있었던 일들의 기사를 읽던 우리는 눈이 침침해지는 것 같아 휴대폰을 테이블에 두고 스탠드를 껐다. 순식간에 어둠이 싸인 방 안에서는 짤깍이는 탁상시계 소리만 나직하게 들려왔다.

다소곳하게 누워 눈을 감고 있던 우리는 몇 분 지나지 않아 다시 눈을 떴다. 분명 몸은 피곤한데 쉽게 잠이 오지 않았다. 우리는 테이블에 둔 휴대폰을 다시 집으려다가 그 옆에 있던 누룽지 사탕에 시선을 돌렸다. 채향에서 나와 그의 차에 타기 전에 진원이 쥐여 준 것이었다.

'난 흥분하는 한우리 씨가 더 좋은데.'

갑자기 차 안에서 진원이 했던 말이 떠오르자 우리가 벌떡 자리에서 일어났다. 나른하니 듣기 좋았던 목소리의 울림이 귓가에 맴도는 것 같아 그녀는 간지러운 귀를 몇 번이나 문질렀다.

'그럼 난 여자예요?'
'앞으로 내 소속인 이상 겁먹지 말고 일해요.'

진원과의 대화를 떠올리던 우리의 입가에 어느새 옅은 미소가 그려졌다. 그간 얄궂은 진원의 행동 때문에 속앓이를 했던 것은 까맣게 잊어버리고, 오늘 나눴던 기분 좋은 말들만 콕 집어 떠오르는 이유는 필시 연애를 안 해서 생긴 일종의 부작용 같은 것임이 분명했다. 게다가 아까 러닝머신을 너무 오래 뛴 탓인지 심장은 제 속도를 못 찾고 빠르게 두근대고 있었다.
"진정해, 한우리."
혼잣말을 나지막이 중얼거린 우리는 몽글몽글 떠오르는 진원의 상반신을 머릿속에서 지우기 위해 연신 호흡을 가다듬었다. 하지만 마음과는 다르게 자꾸만 피식 새어 나오는 웃음은 마치 감기와도 같아서 좀처럼 숨길 수가 없었다. 그렇게 우리의 마음속 신호등은 서서히 신호를 보낼 준비를 하고 있었다.

❖

 매달 타 부서와 함께하는 주간회의는 지루하기 짝이 없는 보고서 낭송회였지만, 오늘은 조금 특별했다. 회사의 모든 결정 권한을 진욱에게 일임했던 기복이 회사에 나와 회의에 참석한 것이다.
 회의 분위기는 그 어느 때보다 진지했다. 기복이 직접 홍콩에서 계약을 맺어 하강백화점 단독 입점에 성공한 맥캔 론칭에 문제가 생겼기 때문이다. 매우 사소한 문제였지만 그 문제가 가져오는 하강백화점 내 타격은 심각했다.
 "그래서 보도 자료를 뿌리고 있는 게 아이리스라 이거지?"
 "네. 오전에 언론사 지인을 통해서 확인했습니다."
 '아이리스'는 국내 백화점 매장에 가장 많이 입점한 전통 있는 쥬얼리 브랜드였다.
 최근 아이리스는 일명 한정판 쥬얼리를 만들어 희소가치를 보여 주며 폭발적인 마케팅 효과를 끌어냈다. 하지만 출시되는 제품마다 구하기가 어렵다 보니 소비자들은 점점 다른 브랜드로 눈을 돌리기 시작했다. 이 사태가 결국 매출 감소에 영향을 끼치게 되자 아이리스는 기자들을 포섭해 동종업계 제품들을 깎아 내리는 비열한 수를 쓰기 시작했는데, 조만간 하강백화점에서 론칭 예정이었던 맥캔에게 그 불똥이 튀었다.

홍콩 쥬얼리 브랜드인 맥캔은 협찬이 없음에도 불구하고 연예인들이 종종 패션 아이템으로 착용해 국내에서 인기를 얻기 시작했다. 게다가 가격 역시 착하다는 점에서 한국에 론칭만 된다면 훨씬 더 많은 사랑을 받을 제품이었다. 그 사실을 누구보다 잘 아는 아이리스가 맥캔의 독주를 막기 위해 악의적인 기사들을 배포하고 다니는 것이다.

"여론은 어때?"

"맥캔에 대해 모르는 사람이 더 많다 보니까 반응이 좋진 않습니다. 특히 A/S 문제를 계속 거론하고 있습니다."

"우리 백화점에서 2년 무상으로 처리해 준다고 반박 기사 냈어?"

"네. 그런데 저희 백화점이 분점이 없어서 지방 사람은 수리할 수 없는 거나 마찬가지라고 주장하고 있습니다."

"일이 골치 아프게 돌아가네."

기복은 한숨을 쉬며 보고서를 손에서 내려놓았다. 아직 입소문이 많이 나지 않은 맥캔은 한국에 내딛는 첫발이 무엇보다 가장 중요했다. 그러나 걸음마를 떼기도 전에 자꾸만 정수리를 짓누르는 아이리스 때문에 어렵게 따온 계약이 물거품이 되기 일보 직전이었다.

맥캔 단독 론칭을 위해 기복과 진욱이 번갈아 홍콩을 오간 것만 꼬박 1년 7개월이었다. 진욱이 부사장으로 취임한 지 어느덧 1년, 지금 시점에서 기복과 진욱은 주주들에게 하강백화점의 성장을 내보여야 할 시기였다.

깍지를 낀 채 생각에 빠져 있던 기복은 매입부 심 팀장을 바라봤다.

"심 팀장."

"네?"

"우선 심 팀장이 아이리스 쪽이랑 미팅 좀 해 봐. 동종업계 깎아 내려서 자기네들한테도 좋을 게 없다는 식으로 달래 봐야지."

자신을 지목하는 기복의 말에 심 팀장의 안색이 하얘졌다. 아이리스라면 그가 매입부의 수장을 맡으면서도 절대 상대하고 싶지 않은 업체 중 한 군데였다. 심지어 아이리스 쪽과의 미팅이라면 이 바닥에서 제일 뒤끝 길기로 악명 높은 장현성 대표와 직접 대면해야 했다. 심 팀장은 장 대표와 마주 앉아 있는 상상만으로도 탈모가 진행되는 것 같았다.

사회생활로 미루어 보아 이런 일은 잘해야 본전, 못하면 독박인 경우였다. 머리를 굴리며 빠르게 변명 거리를 찾던 심 팀장의 눈에 진원이 들어왔다. 그는 회의 내내 지루해 죽겠다는 얼굴로 태블릿PC를 만지작거리고 있었다.

"사장님, 이번 아이리스 건은 저희 매입부 말고 마케팅팀에 더 적합할 것 같다는 생각이 듭니다."

남 일 듣듯 무심한 얼굴로 인터넷 기사를 읽고 있던 진원이 그제야 고개를 들었다. 뚫어지게 자신을 바라보는 진원의 시선을 애써 무시하며 심 팀장은 기복과 진욱을 향해 말을 이어 갔다.

"이제까지 아이리스 장 대표와 제일 미팅을 많이 한 부서가 마케팅팀 아니겠습니까? 작년 아이리스 기획전 진행 때문에 마케팅팀이 장 대표랑 아주 많이 가까워진 것 같더라고요."

심 팀장의 말을 들은 기복이 사실 확인을 위해 진욱을 바라보았다. 진욱은 대답 대신 작게 고개를 끄덕였다. 그의 동의에 탄력을 받은 심 팀장은 옳다구나 싶어 더욱 큰 소리로 제 의견을 피력했다.

"저희 매입부는 아이리스 매장 관리에만 주력했기 때문에 장 대표와 친분이 깊지 않습니다. 어르고 달래는 쪽으로 방향을 잡으셨다면 마케팅팀이 적합하다고 생각……."

"입점 브랜드 담당자 미팅은 매입부 소관입니다. 아이리스 측과 더 친분이 있다고 해서 저희 팀 업무도 아닌 일을 떠맡고 싶진 않네요."

진원은 심 팀장의 말을 자르고 단호하게 거절 의사를 밝혔다. 기복과 진욱이 홍콩으로 드나든 수고를 모르진 않았지만, 부탁도 아닌 떠맡기기 식으로 자신의 팀에게 책임을 전가하는 심 팀장의 술수를 보고 있자니 모른 척 넘어갈 수가 없었다.

상황을 지켜보던 진욱은 난감하다는 얼굴로 기복을 바라봤다. 마음 같아서는 진원의 의견에 손을 들어주고 싶었지만, 워낙 중대한 사안인 만큼 이 문제에 대해서는 부서를 막론하고 해결을 하는 것부터가 순서였다.

잠시 진원을 바라보던 기복은 결정을 내린 듯 입을 열었다.

"아이리스 건은 마케팅팀이 진행하도록 합시다. 이번 기회에 아이리스에 걸맞은 프로모션 제안도 해 보면서 맥캔과 아이리스는 동등한 관계로 같이 간다는 걸 장 대표한테 각인시키는 것도 나쁘지 않겠네."

군더더기 없는 기복의 결정에 심 팀장의 얼굴이 꽃처럼 환해졌다. 졸지에 아이리스 건을 맡게 된 진원이 다시 한 번 반기를 들려고 하자 기복이 자리에서 일어났다.

"오랜만에 회사 나왔는데 부사장은 나랑 차나 한잔하지."

"네, 사장님."

혹시나 아이리스 건이 제 부서로 넘어올까 전전긍긍하던 팀장들은 서둘러 회의실을 빠져나갔다. 심 팀장은 얼굴 가득 웃음을 드러내며 미간을 좁히고 있는 진원에게 다가와 마음에도 없는 위로를 건넸다.

"장 대표가 심술이 고약해서 본인 안 되는 일에 남이 잘되면 그렇게 배를 아파해요. 그 심술이 맥캔 론칭으로 간 모양인데, 잘 해결해 봐. 사장님이 나보다야 서 팀장이 더 믿음직스러우니까 맡긴 거 아니겠어?"

능글맞은 웃음을 지으며 돌아선 심 팀장은 속으로 쾌재를 불렀다. 안 그래도 사장과 부사장 낙하산으로 팀장 자리를 꿰찬 진원이 마뜩잖았던 데다가, 자신이 눈여겨보고 있던 우리까지도 마케팅팀에 고스란히 뺏겨 감정이 좋지 않던 상태였다. 앓던 이를 뺀 사람처럼 속이 후련해진 심 팀장은 가벼운 발걸음으로 회의실을 빠져나갔다.

회의실 밖에서 진원이 나오기만을 기다리던 진욱은 점점 시야에서 멀어져 가는 심 팀장의 뒷모습을 바라보며 그의 어깨를 두

드렸다.

"한우리 씨 너한테 뺏겼다는 생각에 저럴 거야. 자기 밑에 두는 사람 수를 본인 능력이라고 여기는 사람이니까."

인기 한번 끝내주는 여자네. 진원이 못마땅한 얼굴로 표정을 굳히자 진욱은 살살 그를 다독였다.

"이번 일 네가 해결하면 낙하산이라고 말 많던 사람들 입 닫히는 건 시간문제야. 아버지도 그런 그림을 원하시는 거고."

팀장 자리에 앉은 지 얼마 되지 않은 자신에게 회사의 중차대한 임무를 맡긴 기복의 의중을 진원이 모를 리 없었다. 기복은 맥캔의 성공적인 론칭과 동시에, 주주들과 회사 내부에 그의 실력이 확실히 각인되길 바라고 있는 것이었다.

"그렇다면 기꺼이 원하시는 그림 그려 드려야지."

진원은 휴대폰을 들어 어딘가로 문자를 보내기 시작했다. 자신만만한 진원의 행동에 진욱은 당부의 말 역시 잊지 않았다.

"장 대표가 워낙 불같은 성격이라 쉽지 않을 거야. 긴장 늦추지 마."

"상여금이나 두둑하게 준비해 줘."

진원은 들고 있던 태블릿PC로 진욱의 허리를 쿡 찌르고는 씩 웃으며 먼저 자리를 떠났다.

사무실로 돌아온 진원은 곧장 팀 회의를 소집시켰다. 갑작스러운 소집에 눈치를 살피던 팀원들이 하나둘 회의실로 모였다. 평소 1시간이면 끝났을 임원회의가 2시간이 넘게 걸렸다는 것부터가 불길한 조짐이었다.

"최근에 맥캔이 언론에 안 좋게 오르내리는 건 다들 아시죠?"

맥캔 이야기에 다들 진지해진 표정으로 고개를 끄덕였다. 맥캔의 부정적인 여론으로 인해 회사 분위기가 다소 침체돼 있다는 걸 모를 만큼 마케팅팀에 눈치 없는 사람은 없었다.

"언론에 맥캔 이야기를 흘린 게 아이리스라네요."

"아이리스가요?"

아이리스라는 말에 팀원들의 시선이 모두 우리를 향했다. 그리고 예민한 진원이 그걸 놓칠 리 없었다. 다른 팀원들과 달리 심각한 표정으로 입을 꾹 다물고 있는 우리를 본 진원은 일단 모른 척하고 말을 꺼냈다.

"사장님이 우리 마케팅팀을 너무 신뢰하시는 바람에, 매입부에서 해야 할 아이리스 설득하는 일을 저희 팀이 하게 됐습니다."

"저희 팀이요?"

"네. 심 팀장 말로는 우리 팀이 아이리스 장 대표랑 가장 많이 미팅을 했다고 하는데. 아이리스 담당자가 누구였습니까?"

진원의 맞은편에 앉아 있던 천식은 헛기침을 한 번 하고는 어려운 얼굴로 대답했다.

"아이리스 미팅은 퇴사한 공 팀장이 도맡아 했습니다. 개인적인 친분도 있었고, 장 대표는 저희가 미팅을 가면 아예 만나 주지도 않았거든요."

백화점 내 마케팅 담당자와 브랜드 본사 마케팅 담당자가 만나 협의로 이루어지는 것이 보통의 프로모션 미팅이었지만, 아이리스는 늘 장 대표가 직접 회의에 참석해 마케팅에 대해 관여하곤 했다.

"그럼 장 대표와 미팅해 본 사람이 아무도 없는 겁니까?"

천식은 눈치를 보며 고개를 끄덕였다. 생각지도 못한 난항에 부딪힌 진원은 본인의 턱을 매만지며 상황을 정리했다.

공 팀장과 각별한 관계를 유지해 왔다면 새로 부임한 자신이 그 틈을 파고 들어가기란 쉽지 않은 일일 것이다. 이래서야 당장 장 대표와 남산으로 가서 '친해지길 바라'라도 찍어야 할 판이었다.

"저기, 팀장님."

쉽게 결론을 내리지 못한 진원이 본인을 부르는 소리에 고개를 들자 회의실 끄트머리에 앉아 있던 우리가 조용히 손을 들고 있었다.

"네?"

"제가 장 대표님과 미팅을 한 적이 있는데요."

"한우리 씨가요?"

"네. 제가 공 팀장님 따라서 장 대표님을 몇 번 뵌 적 있습니다."

우리를 위해 공 팀장과 아이리스 건을 맡았다는 사실을 일부러 감추고 있던 팀원들은 기어이 판도라의 상자를 열고 만 그녀를 안타까운 얼굴로 바라보고 있었다. 그제야 팀원들이 우리를 바라본 이유가 이해됐다.

"공 팀장 지시였습니까?"

"네."

까다롭기로 소문이 자자한 장 대표를 그녀가 상대했다니. 진원은 우리를 빤히 바라봤다. 대체 어느 정도 능력이기에 차장과 대리들도 쩔쩔매는 장 대표를 상대했던 걸까.

"이번 아이리스 건은 제가 진행하겠습니다. 다른 분들은 신경 쓰지 마시고 맡은 업무 진행해 주세요. 그리고 한우리 씨."

"네?"

"이 회의 끝나고 작년 아이리스 매출 실적 자료 가지고 내 방으로 들어오세요."

"알겠습니다."

짧았던 회의가 끝나고 진원이 사무실에서 나가자 준오가 한숨을 푹 쉬며 맞은편에 앉은 우리에게 말했다.

"공 팀장한테 아이리스 자료 다 받아 놨지?"

"그럼요."

"말하지 말지 그랬어. 그럼 팀장님도 쭉 모르셨을 텐데. 우리도 말 안 했을 거고."

돌아가는 회사 사정이 급하다는 걸 빤히 알면서도 팀원들은 우리와 장 대표와의 미팅 건에 대해 마치 입을 맞춘 사람들처럼 함구했다. 우리가 장 대표를 만나고 온 다음 날, 퀭한 얼굴을 하고 자리에 앉아 있는 모습을 봤다면 아무리 인정머리 없는 사람이라도 쉽게 말을 꺼낼 수 없었을 것이다.

모두가 우리에게 위로의 말을 건넸지만 정작 그녀는 장 대표와의 만남에 대해 크게 개의치 않았다. 왜냐하면, 아이리스 건은 그녀가 계약직 당시 처음으로 주축이 되어 맡았던 기획이었고, 그 기획으로 까다로운 공 팀장에게 인정을 받았기 때문이다.

"장 대표님, 생각보다 그렇게 나쁜 분은 아니세요."
"그 말 설마 진심은 아니지?"
"제가 빈말 하는 거 보셨어요?"

우리는 영은에게 여유롭게 웃어 보였다. 소문만 무성한 장 대표를 실제로 대면하지 못한 사람들은 그를 까다롭고, 무식하고, 돈밖에 모르는 졸부라는 표현을 쓰며 비하했지만 실제로 만나서 친해지기만 하면 오히려 단순한 성격이라 대하기 쉬운 이가 바로 장 대표였다.

"공 팀장님은 장 대표한테 굽실거렸을지 몰라도 서 팀장님은 절대 안 그러실 분이야. 두 고래 싸움에 우리 씨 등만 터질 수 있다니까?"

준오의 걱정 섞인 말을 듣고 있던 천식도 동의한다는 듯 연방 고개를 끄덕거렸다.

"팀장님께 장 대표님 성격 잘 말씀드려. 괜히 성격 건드렸다가 장 대표가 맥캔이랑 아이리스 둘 다 죽자고 덤빌지 모르니까."
"그럼요. 걱정하지 마세요."

팀원들의 걱정을 한 몸에 받던 우리는 생긋 웃으며 먼저 회의실을 나갔다. 태연한 얼굴로 장 대표와의 미팅을 준비하러 나가는 우리의 뒷모습을 지켜보던 팀원들의 눈은 경이와 존경의 빛으로 가득했다.

제 사무실로 들어온 진원은 그사이 걸려 온 부재중 전화를 보면서 짧게 미소 짓곤 통화 버튼을 눌렀다.

-어쭈. 전화 재깍재깍 안 받는 걸 보니 내 도움이 안 필요한가 봐?

본인이 필요할 때만 연락을 하는 진원이 야속했던 동훈은 흔치 않은 지금의 상황을 즐기려는 듯 그에게 빈정거렸다. 하지만 진원은 여유로운 얼굴로 책상에 걸터앉으며 말했다.

"착각하는 모양인데, 난 지금 네가 맘껏 잘난 척을 할 기회를 주는 거야."

뻔뻔한 진원의 대답에 동훈이 소리 내어 비웃었다.

-친구만 아니었으면 벌써 수신 차단했을 건데.

"한국에 친구 나밖에 없는 거 다 알아. 자료는 보냈어?"

진원이 연락한 배동훈은 그가 유학 당시 함께 지내던 룸메이트로, 현재 증권가에서 유명한 투자자산운용가로 이름을 떨치고 있었다. 그가 동훈에게 요구했던 건 아이리스 기업보고서였다. 사실 마음만 먹으면 진원도 얼마든지 구할 수 있었지만 동훈에게 구하는 편이 가장 정확하고 뒤탈이 나지 않는 안전한 방법이었다.

-벌써 보냈다. 그런데 기업보고서로 뭘 어쩌려고?

증권가에서 온갖 소문을 접하는 동훈이 아이리스와 하강백화점의 신경전을 모르고 있을 리 없었다.

"어르고 달래서 설득을 시켜야 하나, 짓밟고 뭉개서 굴복시켜야 하나 판단하려고."

-장 대표 만만하게 보지 마. 심사 뒤틀리면 물불 안 가리고 뒤집어엎는 스타일이니까.

"나도 만만치 않은 거 알잖아. 고맙다. 나중에 술 한잔 살게."

-야! 하강백화점에 나도 주식 있거든? 휴지 조각 만들지 말고 잘해라, 너!

하강백화점의 주식을 꽤 보유하고 있던 동훈이 다급하게 외쳤다. 그때 똑똑 노크 소리와 함께 우리가 산더미 같은 자료를 품에 안고 사무실로 들어왔다. 방대한 자료에 잠시 할 말을 잃은 진원은 동훈의 기운찬 외침에도 대꾸 없이 전화를 끊었다.

"그게 전부 아이리스 자료는 아니라고 믿고 싶은데."
"아직 밖에 자료 더 남았는데요."

우리는 소파 앞 테이블에 자료를 내려 두고 남아 있는 자료를 마저 가져오려고 했다. 하지만 그는 나가려는 우리의 손목을 잡아 소파에 앉혔다. 진원은 높이 쌓아 올린 자료 중 아무 파일이나 꺼내 눈으로 확인했다. 하지만 쓸모 있는 자료는 거의 없었다.

"다 필요 없고. 우선 매출 실적 자료부터 봅시다."

왠지 순탄치 않을 것 같은 직감에 진원이 관자놀이를 꾹꾹 누르는 사이 우리는 산더미 같은 자료 틈에서 용케 매출 실적 자료를 한 번에 찾아냈다.

"아이리스 L06 모델이 작년 여름에 나왔던가요?"

수요가 적은 여름에 유독 매출이 늘어난 점을 의아하게 여긴 진원이 물었다. 공 팀장이 하도 들들 볶아 대던 통에 아이리스 매출 실적이라면 눈감고도 읊을 수 있었다. 우리는 손에 쥐어진 자료 없이도 막힘없이 술술 설명했다.

"네. 그때 아이리스에서 마케팅 차원으로 L06을 블로거들에게 협찬한 적이 있었는데요. 블로거들에게 제공했던 만큼 판매량이

나오지 않아서 적자였다고 들었습니다."

"배보다 배꼽이 더 크셨네."

아직 브랜드 네임벨류를 추구하는 소비자들이 있어서 예전 명성에 간신히 지탱할 뿐, 지금의 아이리스는 벼랑 끝에 몰린 상황과 다름없었다.

"프로모션 리스트도 여기 있나요?"

"그럼요."

우리는 미리 찾아 둔 프로모션 리스트를 진원에게 건넸다. 작년에 하강백화점에서 진행했던 아이리스 프로모션 리스트를 살피던 그의 눈매가 한껏 가늘어졌다. 진원의 표정 변화를 지켜보던 우리는 그가 지금 어떤 내용을 보고 있는지 알 것 같았다.

"이 텀블러 정체는 뭐예요?"

"장 대표님이 텀블러 사업을 시작하셨는데 쫄딱 망하셨거든요. 본사 측에서 재고 처리하겠다고 텀블러를 사은품으로 써 달라고 요청했어요."

진원은 자료를 보면 볼수록 왜 아이리스가 맥캔과 함께 '너 죽고 나 살자'라는 식의 악수를 두는지 알 것 같았다. 이런 상황이라면 아이리스는 본인들이 무너진다 해도 전혀 손해 볼 것이 없었다.

진원은 지끈대는 관자놀이를 꾹꾹 누르며 자료를 덮었다.

"지금 아쉬운 건 우리 회사니까, 손 내밀어야겠죠?"

"장 대표님 자존심이 워낙 세셔서 한두 차례는 튕기실 거예요."

넙죽 손을 잡아 줘도 모자랄 판에 튕기기까지 한다니 기가 막혔다. 정말 상대하고 싶지 않다는 얼굴로 툴툴대는 진원의 모습에 심각한 상황이었는데도 우리는 실소가 터져 나왔다.

"죄송합니다."

금세 입을 가리고 언제 웃었냐는 듯 정색을 하는 우리의 모습에 진원도 이마를 문지르며 한숨 섞인 웃음을 지었다.

"일단 한우리 씨가 장 대표랑 미팅 날짜 좀 잡아 줘요."

이야기를 마치고 진원이 자리에서 일어나려는데 우리가 그에게 단도직입적으로 말했다.

"팀장님, 저도 미팅에 데려가 주세요."

진원이 장 대표에게 굽히고 들어갈 만큼 굽실거리는 성격이 아니라는 게 분명한 만큼, 장 대표 역시 자신보다 어린 팀장이 찾아와 당당하게 구는 것을 호락호락 넘길 사람이 아니었다. 아무리 실력 있는 진원이더라도 지극히 감성적인 장 대표를 상대하기란 무리였다.

적극적으로 나서는 우리를 바라보던 진원의 입가에 짙은 미소가 그려졌다.

"내가 불안해요?"

"장 대표님이 워낙 즉흥적인 분이시거든요."

"나도 꽤 즉흥적이라 잘 맞을 것 같은데."

"그렇다면 제가 그 자리에 무조건 가야겠네요. 즉흥적인 두 분 중재하려면."

진원 역시 좋지 않은 소문이 돌고 있는 장 대표와의 만남이 부담스러운 건 사실이었다. 하지만 자신보다 어린 아랫사람들을 하대하기로 유명한 장 대표가 그간 우리를 어떻게 대했는지 눈으로 보지 못했기 때문에 그녀와 함께 미팅에 가는 것이 옳은 일인지 판단하기 어려웠다.

하지만 장 대표가 우리를 작정하고 하대했다면 그녀가 이토록 미팅 자리를 가고 싶어 하는 것도 앞뒤가 맞지 않았다.

"정말 같이 가고 싶어요?"

"네."

"왜 같이 가고 싶은 건데요?"

"말씀드렸잖아요. 즉흥적인 두 분 중재하러 가고 싶다고요."

물론 장 대표와 미팅을 하게 되면 적어도 일주일간은 퀭한 얼굴로 출근해야겠지만, 자신을 받아 준 회사를 위해서라면 그 정도쯤이야 얼마든지 감당할 수 있었다.

"나 중재자는 필요 없는데."

"제가 안 가면 팀장님 후회하실 텐데요?"

"중재자 대신 내 편 할 거면 가고, 아니면 말고."

고민하던 진원은 결국 우리에게 손을 내밀었다. 이번 기회에 장 대표에게 그녀가 무시당할 만한 사람이 아니라는 것을 각인시키는 것도 나쁘지 않은 일이었다.

"당연히 팀장님 편이죠. 저 지금 서진원 팀장님 소속이잖아요."

우리는 지난번 제 소속이라고 말해 주던 진원의 말을 빗대어 대답했다. 자신이 이번 일에 도움이 될 수 있다는 게 기쁜 모양인지 그녀는 배시시 웃으며 자리에서 일어났다.

"혹시 선약 있는 날 있으세요? 미팅 잡을 때 참고하겠습니다."

"아뇨. 없어요."

"그럼 미팅 날짜는 장 대표님과 상의 후에 말씀드릴게요."

우리가 가져온 자료를 다시 들고 사무실을 나가기까지 진원은 앉은 자리에서 망부석처럼 자세를 고정하고 미간을 좁혔다. 분명 서진원의 소속이라는 말을 먼저 꺼낸 건 자신인데 그 말을 우리에게 다시 들으니 묘하게 마음이 들뜨는 것 같았다.

"은근히 여우라니까."

그렇지 않고서야 저렇게 사람의 마음을 들었다 놨다 하는 말을 서슴없이 할 순 없다. 진원은 잔상처럼 머릿속에 떠오르는 우리의 미소에 옅은 웃음을 머금었다.

 우리가 진원과 함께 장 대표와 미팅을 할 예정이라는 사실이 회사에 빠르게 퍼져 나가면서, 타 부서 사람들은 오가는 복도에서 그녀를 마주칠 때마다 "서 팀장님 가혹하다."라는 말로 진원을 험담하며 우리를 위로했다. 그들은 우리가 먼저 미팅에 가고 싶다 했을 거라고는 상상조차 하지 못하는 눈치였다.

 이야기가 와전돼 진원이 억울하게 욕을 듣게 되자 우리는 적극적으로 본인이 자원한 거라고 소문을 바로잡으려 했다. 하지만 해명을 하면 할수록 사람들은 우리에게 제 팀장을 두둔하는 마음씨 좋은 팀원이라며 칭찬을 듣기 바빴다.

 미팅 당일. 오후 업무를 일찍 마치고 장 대표의 회사로 찾아가기로 한 우리는 슬슬 책상을 정리했다. 영은은 자리에서 일어나 그녀에게 다가가 때아닌 인터뷰를 열었다.

"팀장님이랑 장 대표 만나러 가는 지금 심경은?"

"팀장님이 어떤 스타일인지 감이 안 잡혀서 조금 떨리네요."

우리가 장단을 맞추며 대꾸하자 이야기를 듣고 있던 천식도 몸을 일으켜 그녀에게 말했다.

"우리 씨, 월요일에 미팅 후기 말해 줘. 앞으로 나도 팀장님이랑 외부 미팅 나갈 일 있으면 참고하게."

"네. 가감 없이 말씀드릴게요."

우리의 대답이 끝나기가 무섭게 진원이 팀장실에서 나왔다.

평소 격식 없는 가벼운 차림으로 출근하던 진원은 오늘 정장을 차려입어 단정하고 무거운 느낌을 주었다. 장난기 있는 얼굴이라고만 생각했는데 무채색 계열로 옷을 입고 무표정한 얼굴을 하고 있으니 차가운 인상이 되어 전혀 다른 사람 같았다.

"한우리 씨, 출발하죠."

"네!"

우리는 팀원들에게 인사를 하고 진원을 따라나섰다. 익숙한 차가 눈앞에 보이자 그녀가 빠른 걸음으로 보조석 앞에 섰다. 진원이 보조석 문을 열어 주려고 다가갔지만 그런 매너에 일가견 없는 우리는 눈치 없이 스스로 문을 벌컥 열어 차에 탔다.

우리는 자동차 앞 유리로 진원을 바라보며 왜 거기 서 있냐는 어리둥절한 얼굴을 하고 있었다. 진원은 허탈한 웃음이 나왔다.

그사이 안전벨트까지 혼자 척척 맨 우리는 그가 차에 타자마자 대뜸 눈앞에 녹색 병을 내밀었다.

"이게 뭐예요?"

"아까 편의점에서 샀어요. 저는 마셨으니까 팀장님도 드세요."

그녀가 진원에게 건넨 것은 다름 아닌 숙취 해소 음료였다. 장 대표와 술자리를 가질 생각이 없던 진원은 고개를 가로저었다.

"장 대표랑 술자리까지 갈 만큼 미팅 길게 하지 않을 거니까 괜찮아요."

"나중에 후회하지 말고 드세요. 만나자마자 분명히 술부터 마시자고 하실 테니까."

"레퍼토리가 비슷한가 봐요?"

"한결같은 분이시죠. 진짜 안 드실 거예요?"

숙취 해소 음료에 의지할 만큼 술이 약하지도 않을뿐더러 본인을 통제할 수 없는 상황을 싫어하기 때문에 과음 역시 좋아하지 않았다. 하지만 우리의 호의에 진원은 태어나서 처음 마셔 보는 숙취 해소 음료를 단숨에 들이켰다. 어렸을 적에 먹던 물약 맛에 그가 인상을 팍 썼다.

"이것도요."

가벼운 마음으로 미팅을 준비한 진원과는 다르게 우리는 오늘 미팅을 위해 철저하게 준비해 온 듯했다. 진원은 그녀가 준 회사 서류 봉투를 열어 보며 물었다.

"이건 또 뭐예요?"

"장 대표님이 워낙 말 뒤집기를 잘하셔서 공 팀장님도 늘 서류를 준비하셨거든요. 내용 한번 확인해 보세요."

문서는 다름 아닌 다신 맥캔 브랜드에 대한 악의적인 기사를 내지 않겠다는 내용증명이었다. 서류 봉투 안에 달그락거리는 다른 무언가가 있기에 확인해 봤더니 동그란 모양의 인주까지 들어 있었다. 그걸 본 진원이 웃음을 터뜨렸다.

"한우리 씨 덕분에 장 대표에 대한 내 기대가 자꾸 커지네요."

"지장 찍힌 서류가 효력이 있다는 거 아시고 나서는 장 대표님도 본인이 지장 찍은 서류에 대한 반박은 안 하셨어요. 나중에 술 잔뜩 취하셨을 때 내밀면 찍어 주실 거예요."

"혹시 줄 거 더 남았어요? 은근히 기대되네."

"드릴 건 없고요. 팀장님이 알고 가셔야 할 게 몇 가지 있어요."

장 대표에 대해서만큼은 자신보다 우리가 더 잘 알고 있었기 때문에 진원은 아예 몸을 틀어 그녀의 말을 경청했다.

"우선, 장 대표님은 저를 쭉 정직원이었던 걸로 알고 계세요. 첫 미팅 때 공 팀장님이 그렇게 소개해 주셨거든요. 알고 계셔야 할 것 같아서요."

"이제껏 들어 본 공 팀장 성과 중에 제일 바람직하네요."

"그리고 장 대표님은 중간에 본인 말 끊는 걸 무척 싫어하세요. 그러니까 말할 타이밍을 잘 잡으셔야 해요. 그 부분은 제가 눈짓으로 알려 드릴게요."

"그럼 난 한우리 씨만 보고 있으면 되겠네."

"네. 저만 보고 계…… 시면 돼요."

느릿하게 눈을 깜빡이며 은근하게 자신에게 시선을 고정하고 있는 진원 때문에 우리가 잠시 말을 더듬거리며 괜스레 헛기침을 했다. 평소 대화를 할 때 사람의 눈을 보고 하는 편이었는데도 희한하게 진원의 눈은 바라볼수록 묘한 블랙홀에 빠져드는 것 같아 오래 보고 있을 수가 없었다.

우리는 어색해진 분위기에 공연히 꼬이지도 않은 안전벨트를 탓하며 혼잣말을 중얼거렸다. 그 모습을 빠짐없이 눈에 담던 진원이 픽 웃으면서 한마디 했다.

"미팅 가기 전에 나도 하나 짚고 넘어가죠."

우리가 고개를 돌리자 진원이 다시 한 번 그녀와 눈을 마주했다.

"무슨 일이 있더라도 장 대표 앞에서 기죽지 마요. 정 안 되겠으면 내 뒤에 숨고."

회사의 사활이 걸려 있는 일을 하러 가는데도 자신을 먼저 챙겨주는 그가 고마웠다. 그의 뒤에 숨어 짐이 될 생각은 없었지만 기댈 수 있는 사람이 존재한다는 것만으로도 안심이 됐다.

"네! 알겠습니다."

대답에 만족한 진원이 따라 웃으며 차에 시동을 걸었다.

"갑시다, 이제."

차가웠던 차 안의 공기는 어느새 두 사람의 기운으로 따뜻하게 채워지고 있었다.

아이리스 본사 회의실에서 처음 대면한 현성의 인상은 생각보다 훨씬 험상궂었다. 숱진 눈썹과 부리부리한 눈, 둥그스름하게 우뚝 선 콧날이 그와 꽤 잘 어울렸다. 185센티가 넘는 키에 살집이 있는 체격 탓에 현성은 가만히 서 있는 것만으로도 위협적이었다.

우리를 앞에 둔 현성은 굵은 목소리로 괴이한 웃음소리를 내며 반갑게 인사했다.

"우리 씨, 이게 얼마 만이야? 잘 지냈어?"

"그럼요. 대표님도 잘 지내셨죠?"

"내가 잘 지냈을 리 있나. 요즘 날 찬밥 취급하는 백화점 때문에 아주 골머리 앓고 있어."

현성의 말에는 주어가 없었지만, 그는 분명 하강백화점을 빗대어 말하고 있었다. 우리의 옆에 선 진원이 누군지 뻔히 알면서 이렇게까지 말한다는 건 본인이 절대 만만하지 않다는 걸 진원에게 보여 주려는 의도라고밖에 볼 수 없었다.

통성명도 전에 두 사람 사이에 오가는 신경전을 감지한 우리가 잽싸게 말을 돌리려는데 불쑥 진원이 대화에 끼어들었다.

"동질감이 느껴지네요. 저희도 요즘 지뢰 가득한 브랜드 재계약을 두고 골치가 이만저만 아니거든요. 처음 뵙겠습니다. 하강백화점 마케팅팀 팀장, 서진원입니다."

진원은 생글생글 웃으며 지갑에서 꺼낸 명함을 현성에게 건넸다. 조만간 하강백화점과의 입점 재계약 시점이 다가오는 현성의 낯빛이 불쾌함으로 가득 찼다. 하지만 진원 역시 주어를 두지 않고 말했으니 지레 발끈할 수도 없었다. 현성은 아랫입술을 잘근잘근 깨물며 악수를 받아들였다.

"장현성이오. 서기복 사장 차남이시라고?"

"네. 낙하산이라는 말들이 많지만, 실력은 걱정 안 하셔도 됩니다."

"공 팀장이 워낙 실력이 출중해서 내가 보는 눈이 높아졌는데

이를 어쩌나."

"그 실력에 만족하셨다면 제가 한결 긴장을 풀어도 되겠는데요."

말 한마디 지는 법 없이 따박따박 대꾸하는 진원에게 약이 바짝 오른 현성의 얼굴이 붉으락푸르락해졌다. 진원은 그녀가 조언해 준 대로 현성의 말을 끊지 않고 되레 더욱 예의를 차린 말투로 시종일관 여유롭게 현성을 쥐락펴락했다. 우리는 새삼 이 미팅이 진행은 되긴 할까 걱정스러워졌다.

"이제 저녁 시간인데 식사하시면서 얘기 나누실까요?"

"그럽시다."

진원이 짜놓은 판에 말리고 있다는 느낌을 받은 현성은 떨떠름하긴 했지만 분위기를 전환하기 위해 일단 사무실을 나섰다. 쿵쿵대는 발소리와 함께 현성이 먼저 나가자, 진원이 우리에게 한쪽 눈을 찡긋거렸다.

"괜찮았죠?"

"이제부터 시작이에요. 조심하세요, 팀장님."

두 손에 주먹을 불끈 쥐던 우리는 종종걸음으로 현성을 뒤따라갔다. 생각보다 쉬운데 뭘 조심하라는 거야. 그는 뭉친 어깨를 돌려 가며 가뿐한 얼굴로 사무실을 나섰다.

근처 삼겹살집으로 온 지 2시간째, 자리에 앉자마자 고사리 같은 손으로 고기를 굽는 우리가 안쓰러워서 그녀 손에서 집게를 뺏은 것이 화근이었다. 그 뒤로 진원은 마치 고기를 구워 주는 아르

바이트생이 된 기분이었다.

"서 팀장이 구워 주는 고기가 꿀맛이네."

허기진 속에 술과 고기를 채워 넣던 현성은 가게 내부를 쩌렁쩌렁하게 울리는 목소리로 그를 칭찬했다.

"맛있으시다니 다행이네요."

"덕분에 아주 술이 술술 들어가. 아줌마! 여기 소주 한 병 더!"

술을 더 시키는 현성의 목소리에 진원은 숙취 해소 음료를 건네며 조심하라 경고했던 우리의 말뜻을 완벽히 이해했다.

"우리 씨, 내가 어디까지 얘기했더라?"

"족구대회 대타로 투입되신 것까지요."

진원은 제 옆에 앉은 우리를 바라봤다. 폭탄주를 쉴 새 없이 마셨으면서도 그녀에게서는 취기를 전혀 찾아볼 수 없었다.

"그래! 그래서 내가 히든카드로 딱 들어가는 순간, 우리 팀이 극적인 역전을 하기 시작한 거야!"

"우와!"

군대를 다녀온 진원조차 흥미 없는 군대 족구대회 이야기를 우리는 TV에 나오는 방청객처럼 그의 이야기에 초롱초롱한 눈으로 열렬한 반응을 보였다. 차라리 현성의 이야기를 듣고 있는 우리의 표정 변화를 지켜보는 것이 더 재미있을 정도였다.

"마지막 1점을 두고 내가 점프를 해서 다리를 90도로 쫙 뻗어서 공을 빵! 찼는데, 그게 우리 소대장 머리를 스치고 간 거지!"

"정말요? 그래서요?"

"그래서는! 팀은 이겼는데 포상휴가도 못 가고, 나는 소대장 위협한 사병으로 찍혀서 선임들한테 엄청나게 맞았지."

"맞기까지 하셨어요?"

"그럼! 사실 내가 살이 찐 게 아니라, 그때 맞아서 부은 부기가 아직 안 풀려서 이런 거라고! 하하하!"

시대를 초월하는 구시대적 개그에 미소 짓는 우리야말로 하늘에서 내려온 천사가 아닐까 싶었다. 심지어 진심으로 즐거워하는 우리를 지켜보던 진원은 하도 기가 막혀서 피식 웃음을 흘렸다. 그가 웃는 모습을 본 현성은 제 유머를 인정받았다고 생각했는지 더욱 큰 소리로 웃기 시작했다.

한바탕 웃음을 터뜨린 현성이 잠시 화장실에 간 사이, 진원은 고기를 굽던 집게를 내려놓고 진지한 얼굴로 우리에게 물었다.

"설마 부기 얘기가 웃겨서 웃은 건 아니죠?"

"팀장님도 웃으셨잖아요."

"나는 웃고 있는 한우리 씨 때문에 웃은 거예요."

"말한 사람 민망하게 정색하고 있을 수는 없잖아요."

우리가 집게를 들어 고기를 구우려고 하자 진원이 그녀를 말리며 대신 집게를 들었다.

"여자는 고기 굽는 거 아니에요."

그가 식당에 설치된 벨을 누르자 눈치 빠른 식당 아주머니가 불판을 갈아 주었다. 진원은 그사이 다 구워졌던 고기를 모두 우리의 접시에 덜어 주었다.

"감사합니다."

진원은 일렬로 세워진 술병을 눈으로 세어 보았다. 아주머니가 치우다가 포기한 소주병만 8병이었다. 현성의 파도타기 때문에 어쩔 수 없이 속도에 맞춰 마시고 있긴 했지만, 아까부터 쭉 자신과 같은 속도로 술을 마시는 우리가 걱정이었다.

"한우리 씨는 이제 술 그만 마셔요."

"저 이 정도론 끄떡없어요."

대학 시절 우리가 MT에서 살아남을 수 있었던 건 오로지 이 술 때문이었다. 입학 전까지 술을 마셔 보지 않았다는 우리를 동기들은 어린 간이라고 표현했다. 그만큼 간이 쌩쌩한 덕분인지 우리는 정말 어지간해선 술에 취하지 않았다.

현성이 우리를 마음에 들어 하는 데에는 그녀의 주량도 한몫했다. 공 팀장은 아부에는 소질이 있었지만, 체질상 술을 한 잔도 마시지 못했다. 그래서 늘 준비한 서류에 현성의 지장을 받아 가지 못하기 일쑤였다. 그런데 마침 회식 자리에서 우리의 주량을 듣게 된 공 팀장은 현성과 대작할 상대를 그녀로 정해 늘 현성과의 미팅에 우리와 동행하기 시작했다.

"그럼 주는 대로 다 받아 마시지 말고 나한테 줘요."

"흑기사 해 주시려고요?"

"내 편한테 흑기사가 대순가."

그 말이 끝나기가 무섭게 현성이 몸을 뒤뚱거리며 자리로 돌아왔다.

"우리 건배해야지!"

화장실에 다녀온 현성의 2차 폭격은 계속됐다. 실상 몸에 술이 잘 받지 않는 현성은 이미 얼굴과 목이 벌게져 있었지만, 정신은 말짱한 모양이었다.

세 개의 맥주잔이 청아한 소리를 내며 부딪치고 장 대표가 목을 열어 빠른 속도로 폭탄주를 마셨다. 우리가 또 요령 없이 술을 다 마시려 들자, 진원은 본인 잔에 얼마 남지 않았던 술을 입에 털어 넣고 그녀의 손에 들린 잔을 뺏어 제 잔과 바꿔치기했다.

갑작스럽게 잔을 뺏긴 우리가 멍한 표정으로 그를 바라보는 동안 잔을 비운 현성은 말끔히 비워진 그녀의 잔을 보고 요란하게 박수를 쳤다.

"역시! 내가 이래서 우리 씨를 좋아한다니까? 자, 한 잔 더!"

우리가 들고 있던 진원의 잔에 또다시 폭탄주가 가득 담겼다. 현성에게 술병을 건네받은 우리가 그의 잔에 술을 따르려는데 다시 한 번 진원이 그녀의 손에서 술병을 빼앗았다.

"제 잔 받으시죠, 대표님."

"아, 내가 서 팀장 잔도 받아야지! 사람이 곱상하게 생긴 거랑 다르게 술이 세구먼!"

사람의 인성을 술의 주량으로 판단하는 현성은 쉬지 않고 술을 마시는 진원에게 서서히 마음이 열리는 중이었다.

연거푸 현성의 속도에 맞춰 술을 마신 진원도 술기운이 돌아 처음보다 경계를 풀고 현성과 이야기를 나누었다. 현성은 이야기를 하는 사이에도 5분 간격으로 건배를 제안했는데, 그럴 때마다 진원은 현성 몰래 우리의 잔을 뺏어 두 잔의 폭탄주를 연거푸 마셨다.

"이제 폭탄주도 지겨운데 슬슬 2차 갈까?"

2차라는 말에 진원은 난색을 보이며 현성을 말렸다.

"장 대표님 이제 좀 취하신 것 같……."

"서 팀장! 아무리 취했어도, 끄흑, 노래방은, 끅, 가야지! 우리 씨, 안 그래?"

"대표님, 지난번에 가셨던 노래방 어떠세요?"

현성의 말에 동조하는 우리의 말에 진원은 경악했다. 삼겹살집에서 먹은 술만 따져도 맥주 30병에 소주 13병이었다. 보기만 해도 혀를 찰 만한 수준으로 술을 마셔 놓고 노래방까지 가겠다니. 진원의 미간이 사납게 구겨졌다.

"역시 우리 씨! 2차는 간단하게 맥주로 마시자고!"

2차라는 말에 벌써 신이 난 현성은 비틀거리며 신발장으로 걸어갔다. 현성을 따라 일어나던 우리가 잠시 휘청거리자 진원이 재빠르게 손을 뻗어 그녀의 어깨를 감싸 안 듯 잡았다.

얼른 괜찮다고 말하고 그의 손을 뿌리쳐야 하는데 어깨를 감싸 안은 진원의 단단한 손길에 우리의 뺨이 발그레 달아올랐다.

"취했네."

"아, 안 취했어요."

"얼굴이 달아올랐는데."

진원의 웃음 섞인 목소리에 우리는 화끈거리는 얼굴을 두 손으로 가리며 바닥에 있던 가방을 챙겨 쫓기듯이 가게를 나왔다. 아무리 술을 마셔도 얼굴이 달아오른 적은 없었는데, 그사이 안면홍조증이라도 생긴 모양이다.

계산을 마친 진원이 가게에서 나오자 우리는 붉어진 얼굴을 보여 주지 않기 위해 고개를 푹 숙이고 말했다.

"팀장님, 아까 제가 드린 서류 차에 놓고 오셨죠? 그거 가지고 오셔야 할 것 같아요. 장 대표님도 많이 취하셨어요."

죄인처럼 머리를 풀어헤친 채로 고개를 숙이고 말하는 우리는 흡사 처녀귀신 같았다. 진원은 고개 숙인 우리의 얼굴을 반강제로 들어 올리더니 발개진 볼에 차가운 본인의 손을 댔다. 차가운 손이 두 볼에 닿자 우리의 몸이 반사적으로 움찔거렸다.

"매번 이렇게 요령 없이 술 마셨어요?"

진원의 갑작스러운 행동에 우리가 고개를 돌리려고 했지만 그럴수록 진원의 손아귀 힘은 더욱 세져 졸지에 붕어 입술이 되고 말았다. 우리는 재빨리 입술을 오므리고 최대한 입을 작게 벌려 말했다.

"저 많이 안 마셨어요."

"노래방 가지 말고 내 차에서 기다려요. 장 대표랑 금방 얘기하고……."

"우리 씨! 서 팀장! 거기서 뭐 하고 있어?"

"네, 대표님!"

우리는 진원의 말을 다 듣지도 않고 냉큼 그의 손을 뿌리치며 현성을 따라나섰다. 팀장 말을 무시한 경우는 처음이라 마음에 걸리긴 했지만, 심장박동이 제 속도를 찾으려면 선택의 여지가 없었다.

노래방으로 향하는 동안 현성이 쩌렁쩌렁한 목소리로 뭔가 이야기를 하고 있었지만, 정작 우리의 귀에는 하나도 들어오지 않았다. 분명 주량을 넘긴 것도 아니었고, 오히려 진원 때문에 전처럼 술을 많이 마시지도 않았는데 얼굴에 닿은 그의 손길만으로도 온몸이 화끈거리는 게 취기가 오르는 것 같았다.

노래방 앞에 도착한 우리가 슬쩍 뒤를 돌아봤을 때 진원은 보이지 않았다. 마침 현성이 진원을 찾자 우리는 화장실에 갔다는 거짓말로 둘러대고 그에게 노래방 위치를 문자로 보냈다.

"우리 씨, 내가 먼저 한 곡 할 테니까 잘 들어."

"네!"

현성의 첫 선곡은 강진의 땡벌이었다. 반주에 맞춰서 신나게 스텝을 밟는 그의 춤사위를 맞추기 위해 우리는 어울리지 않는 관광버스 춤을 추며 흥을 돋우기 시작했다.

진원이 차에서 서류를 가지고 노래방에 도착했을 때 두 사람은 이미 흥분의 도가니였다. 연이어 노래를 세 곡이나 부른 현성은 땀을 뻘뻘 흘리며 막 도착한 진원의 손을 끌어 자리에 앉았다.

"우리 씨가 부르는 동안 한잔하자고."

무슨 상황인지 짐작할 새도 없이 진원의 앞에 차가운 캔맥주가 놓였다. 우리는 마이크를 잡고 미리 외워 놓은 노래방 선곡 번호를 누르고 있었다.

그녀가 야심 차게 선곡한 곡은 서주경의 '당돌한 여자'라는 노래였다. 구성진 트로트 리듬이 흘러나오자 현성은 군인 박수를 치며 우리를 응원했다.

"일부러 안 웃는 거 맞죠."

"맞죠!"

"나에게만 차가운 거 맞죠."

"맞죠!"

몸을 사뿐사뿐 들썩이며 콧소리까지 내며 제 앞에서 노래를 부르고 있는 사람이 정말 한우리인가 싶었다. 화면을 보며 노래를 부르는 우리는 간혹 진원을 향해서도 생긋 웃어 보이기까지 했다.

"난 이미 오래전 그대 여자이고 싶었어요오~"

진원은 열창하고 있는 우리를 보며 눈썹을 매만졌다. 노래를 부른다기에 그녀가 억지로 현성의 비위를 맞추기 위해 이렇게까지 하는 건가 싶어 당장 노래방을 나갈 뻔했는데, 그게 아니었다. 우리는 이 상황을 매우 즐기고 있었다. 진심으로 즐거워하는 우리를 보자 너무 앞서 생각한 자신이 우스워 진원은 허무하게 웃어 버렸다.

"서 팀장, 우리 씨 노래 잘하지?"

"그러네요."

노래 제목대로 너무 당돌한 여자라서 눈을 못 떼겠어요.

노래가 끝나자 현성은 자리에서 일어나 기립박수를 치더니 본인의 애창곡인 '칠갑산'을 선곡했다.

"콩밭 매~는 아~ 나악~ 네에에야~"

현성이 노래에 정신이 팔린 사이, 진원은 옆에 앉은 우리에게 본인의 재킷을 건네며 말했다.

"재킷 안에 차 키 있어요. 지금 술 사 온다고 핑계 대고 내 차에 가 있어요. 맥캔 얘기 금방 끝내고 갈 테니까."

"네?"

현성의 목소리와 노래방 반주 소리가 너무 커서 진원의 목소리

95

가 잘 들리지 않았다. 우리가 제대로 못 듣고 반문하자 진원은 그녀에게 좀 더 옆으로 다가가 귀에 대고 속삭였다.

"내 차에 가 있으라고."

귓가를 간질이는 낮은 목소리와는 다르게 반강제적인 그의 명령에 우리는 냅다 고개를 끄덕였다. 간신히 식혀 놨던 얼굴이 다시 달아오르는 것 같았다.

우리는 그가 시키는 대로 현성이 노래를 부르는 동안 술을 더 사 오겠다는 핑계로 노래방을 나갔다. 아는 곡을 모두 연달아 부른 현성은 걸걸한 목소리가 돼서 자리로 돌아와 맥주를 들이켰다.

"우리 씨 맥주 공장이라도 간 건가? 너무 안 오네."

"제가 돌려보냈습니다."

진원의 차분한 목소리가 테이블에 놓인 마이크를 타고 노래방 안을 울렸다. 본격적으로 일 얘기를 시작하려는 그의 눈빛에 현성은 소파에 몸을 기댄 채 물었다.

"날 찾아온 이유가 뭐요?"

"요즘 장 대표님이 부쩍 기자들과 자주 만나신다는 소문이 들리던데요."

"그렇다고 하면, 우리 브랜드랑 입점 재계약 안 할 거요?"

"한낱 팀장이 입점 재계약을 좌지우지할 수 없죠."

자신을 스스로 낮추는 그의 말에 현성의 만족하는 웃음이 깊어졌다. 하지만 낮추는 말과 달리 진원의 표정은 여느 때보다 더 자신감에 차 있었다.

"그렇지만 지금 장 대표님이 두시는 수는 나중에 아이리스에게 분명 독이 될 겁니다."

"글쎄올시다. 가뜩이나 요즘 아이리스가 설 자리도 없는데, 맥캔까지 시장에 나오면 입지 좁아지는 건 시간문제 아니요? 말이 나와서 하는 얘긴데 내가 지금 서 사장한테 실망이 이만저만 아니라고."

울분 섞인 현성의 말을 잠자코 듣고 있던 진원이 여유롭게 웃으며 말을 이었다.

"왜 아이리스를 고작 맥캔과 동급으로 보시는 겁니까?"

맥캔의 앞에 '고작'이라는 수식어가 붙자 현성이 눈을 치켜세웠다.

"아부하는 스타일은 아니라고 봤는데."

"맥캔이 저희 백화점에 입점한다고 해도, 그 브랜드 구매층 10대 후반에서 길게 봐야 20대 중반뿐입니다. 마케팅 역시 젊은 구매층을 우선순위로 둘 거고요."

진원은 자신이 준비해 온 프레젠테이션 자료를 현성에게 내밀었다. 술에 취해서 제대로 볼 수나 있을까 싶었는데 아까보다 훨씬 또렷해진 눈을 보니 다행히도 회사를 말아먹으려고 작정한 사람 같지는 않아 보였다.

"아이리스는 쥬얼리 업계에서 10년도 넘은 네임벨류 있는 회사입니다. 작년까지 줄곧 할인 프로모션만 하셨던데. 아이리스는 구매 연령층이 높은 편이라 주머니 사정을 고려한 할인 기획전이 크게 의미가 없습니다."

현성은 어두컴컴한 노래방 조명도 개의치 않고 자료에 적힌 프로모션을 깊이 들여다봤다. 언뜻 보기에도 그가 가져온 프로모션 제안은 짜임새가 있었다. 이전에 자신이 극찬했던 우리의 이니셜 이벤트보다 더 현실적이고, 구미가 당겼다.

"요즘은 예물을 간소화하는 추세입니다. 명품을 사는 건 부담이고, 싸구려를 사는 건 안 내키죠. 그런 관점에서 보자면 아이리스 제품이야말로 예비 신혼부부를 사로잡을 만한 가격대와 디자인입니다. 조만간 아이리스 예물 특별전 프로모션을 준비해 볼까 생각 중입니다만."

제법 구체적으로 상품의 프로모션을 기획 중인 진원을 바라보는 현성의 눈빛은 이미 완전히 달라져 있었다.

"기간은 언제쯤으로 구상 중인가?"

"아무래도 결혼식이 몰리는 시기가 좋겠죠. 장 대표님 생각은 어떠십니까?"

"일정이 빠듯하겠어. 그럼 다음 주에 당장 협의해서……."

"그 전에 해 주셔야 할 게 있습니다."

진원은 눈을 번뜩이고 있는 현성에게 다른 서류 하나를 내밀었다. 어디서 많이 본 양식의 계약서를 보던 현성이 호탕한 웃음을 지었다.

"이 서류는 우리 씨가 준비한 모양인데?"

"제가 방금 아이리스에 대한 의리를 보여 드렸듯이 장 대표님도 여기에 지장을 찍어 주시는 걸로 저희 백화점에 대한 의리를 보여 주셔야겠습니다."

"내가 만약 싫다고 하면 어쩔 텐가? 어차피 서 팀장 프로모션은 내가 다른 백화점에서 진행하면 그만이야."

넌지시 떠보는 현성의 말에도 진원은 시종일관 웃음을 잃지 않았다. 그는 질문에 대한 대답 대신 서류 봉투에 있던 인주를 내밀며 새로운 화두를 꺼냈다.

"공 팀장님과 각별하게 지내셨다고 들었습니다. 최근 W 백화점 이사로 스카우트된 건 당연히 아실 테고요."

"물론 알고 있지."

"연락, 되십니까?"

정곡을 찔린 현성이 눈을 부릅떴다. 실제로 공 팀장이 W 백화점으로 스카우트됐다는 소문을 듣고 현성은 기쁜 마음에 그에게 전화를 걸었으나 신호만 갈 뿐 연락이 닿지 않았다. 처음에는 바쁜가 싶어 메시지를 보내 놨지만, 공 팀장에게는 한참이 지나도 답장이 오지 않았다. 자존심이 상한 부분을 제대로 짚어 낸 현성의 얼굴에 노기가 드러났다.

"아이리스가 유일하게 W 백화점에만 입점이 안 된 걸로 알고 있는데. 다른 브랜드들 사장에게는 다 연락을 하면서도 장 대표님에게만 연락이 없는 게 우연이라고 생각하십니까?"

현성은 공 팀장을 진정한 동반자라고 생각했지만, 아부를 떨며 현성에게 굽실거렸던 공 팀장은 아니었다. 그가 흔들리고 있음을 알아차린 진원은 마지막으로 쐐기를 박았다.

"장 대표님이 그 프로모션을 다른 백화점과 진행하시겠다면 말리진 않겠습니다. 다만, 각오는 하셔야 할 겁니다. 그땐 저희도 아이리스에 대한 의리를 지켜 드리지 않을 거니까요."

웃는 얼굴로 사람을 협박하는 것이 수준급이었다. 조리 있는 그의 말에 할 말을 잃은 현성은 짧게 한숨을 내쉬더니 인주를 열어 엄지를 꾹 눌러 계약서에 지장을 찍었다.

"서기복 사장 아들이라고 하니 내 한 번 더 믿어 보지."

"후회 안 하실 겁니다."

진원은 수려한 입매를 당기며 현성에게 받은 서류를 봉투에 넣고 자리에서 일어났다.

"오늘 많이 드셨는데 그만 드시고 같이 일어나시죠."

"난 신경 쓰지 말고 가서 우리 씨나 잘 챙겨요. 오늘 유난히 많이 마시게 한 것 같아서 미안하다고도 전해 주고. 우리 씨만큼 날 안 불편해하는 사람이 없어서, 내가 우리 씨만 만나면 신이 나서 그래."

진심으로 우리에게 미안해하는 현성을 보며 진원이 고개를 끄덕였다. 우리의 말대로 현성이 아주 상대하지 못할 나쁜 사람은 아니라는 생각이 들었다.

프로모션을 마음에 들어 하는 현성 때문에 한결 마음이 놓인 진원은 첫 만남 때와는 달리 허리를 숙여 그에게 공손히 인사를 하고 먼저 노래방을 나왔다.

계단을 뛰어 올라온 진원은 차에서 혼자 기다리고 있을 우리가 걱정돼 걸음을 재촉했다. 횡단보도 앞에 서서 휴대폰을 귀에 대고 그녀에게 전화를 걸고 있는데 누군가가 뒤에서 그의 어깨를 톡톡 두드렸다. 우리였다.

차에 있으라는 말을 끝내 듣지 않은 우리는 노래방 근처에 있던 편의점 파라솔에서 진원을 무작정 기다리고 있었다. 발을 동동 구르며 다가와 따뜻한 음료수 하나를 건네주는 우리를 보며 진원이 미간을 좁혔다. 가을바람이 차가운데 자신이 준 재킷을 걸치지도 않고 추위를 견디는 그녀가 마음에 들지 않았다.

"진짜 말 안 듣는 여자네."

진원은 한 손에 들고 있던 머플러를 그녀에게 건넸다. 그러자 우리는 손사래를 치며 거절했다.

"저 괜찮……."

우리의 말이 끝나기도 전에 진원은 그녀의 목에 제 머플러를 돌돌 말아 괜찮다는 말을 봉인시켰다. 늘 사무실에서나 맡았던 그의 향수 냄새가 코끝으로 훅 들어오자 우리는 저도 모르게 고개를 돌려 버렸다.

"갑시다. 바래다줄게요."

진원의 말에 우리가 노래방 입구를 바라보며 물었다.

"장 대표님은요? 지장은 받으셨어요?"

"당연하죠. 내가 누군데."

진원이 서류가 담긴 봉투를 흔들어 보이자 우리는 안도의 숨을 쉬며 기분 좋게 웃었다.

"다행이에요!"

"그러니까 걱정 그만하고 가요."

진원이 돌아서려고 하자 우리는 그를 붙잡고 재킷을 건네주며 말했다.

"저는 여기서 택시 타고 갈게요."

"내 차 키 한우리 씨한테 있는 거 잊었어요?"
"아, 맞다."
우리가 주머니에 넣어 뒀던 차 키를 건네주려 했다. 그러나 진원은 이를 무시하고 일부러 성큼성큼 그녀보다 앞장서 걷기 시작했다.
"차 키 들고 따라와요. 머플러도 빌려준 거니까 집 앞에서 반납하고 가고."
진원의 반협박에 못 이긴 우리는 할 수 없이 그의 뒤를 따라 걸었다.
팀장이 팀원에게 베푸는 호의일 뿐이라고 진원의 행동에 정당성을 두고 마음을 다잡아 봐도, 우리는 알게 모르게 그 호의에 자꾸만 자석 끌리듯이 끌려가고 있었다. 감성이 이성을 무시하고 무서운 속도로 몸집을 불려 나간다는 것은 그리 좋지 않은 신호였다.
게다가 그는 팀장이라는 직분을 떠나 하강백화점 사장의 차남이었다. 짝사랑하기도 버거운, 오르지 못할 나무 같은 존재.
유라를 보면서 결혼은 집안과 집안의 형편이 비슷한 사람들끼리 해야 한다는 걸 절실히 깨달았다. 무슨 일에서든 두 개의 추 가운데 어느 하나가 훨씬 기울어지면 중심을 유지하기 어렵다는 걸 가까이서 지켜봤기에 되도록 동등한 처지에 놓여 있는 사람과 만나고 싶었다.
무난하고 평탄한 회사 생활을 위해서라도 진원과는 팀장과 사원, 그 이상도 이하도 아닌 관계로 선을 분명히 그어야 했다.
"휴우……."

너무 오래 찬바람을 맞은 탓인지, 아니면 미팅이 성공적으로 끝났다는 사실에 긴장감이 풀린 건지 머리가 뱅뱅 도는 것처럼 어지러웠다. 예전 같으면 미팅이 끝나자마자 제 갈 길 가는 공 팀장에게 인사를 하고 곧장 택시를 탔을 텐데 굳이 바래다준다는 진원 때문에라도 더욱 정신을 바짝 붙잡고 있어야 했다.

앞서 걷고 있던 진원은 진작 제 옆에 따라붙었어야 할 우리가 없자 싸한 기분에 뒤를 돌았다. 그리고 곧 시원한 그의 웃음소리가 길가에 울려 퍼졌다.

"끄떡없다더니 순 거짓말이었네."

취한 우리는 비틀대지 않으려고 시멘트 맨바닥을 마치 돌다리 건너듯 신중하게 한 발씩 떼서 걷고 있었다. 진원은 웃음이 나는 걸 애써 참으며 왔던 길을 걸어 우리에게 다가갔다.

"한우리 씨."

"괜찮습니다!"

묻기도 전에 습관처럼 대답하는 목소리는 우렁찼지만 실상 괜찮지 못했다. 잘 버티고 있던 술기운이 찬바람과 함께 들이닥쳐 점점 어지러웠고, 금방이라도 혀가 꼬일 것 같았다. 하지만 진원에게 취한 모습을 절대 보여 주고 싶지 않았다.

"이렇게 걷다가 내일모레나 돼야 주차장에 도착하겠네."

"금방, 갈, 수, 있어요!"

우리는 단어 하나하나에 힘을 주며 자신이 아무렇지 않다는 걸 보여 주려 했다.

"업혀요."

"······네?"

이런 놀라운 이야기에 술이 번쩍 깼으면 좋으련만, 생각과는 달리 몸은 느릿하게 반응했다. 아직 정신까지 취한 게 아니었기 때문에 그가 하는 말을 거절해야 하는데 말이 꼬일까 봐 그조차도 조심스러웠다.

"놀리지, 마세요."

"말 안 듣는 건 한 번으로 충분하니까 업혀요."

"그냥, 저, 두고, 가세요."

"나 똑같은 말 반복하는 거 싫어해요."

"이 근처에 택시 정류장이······."

우리가 몸을 돌려 노래방 근처에 있던 택시 정류장으로 가려고 했다. 하지만 진원에게 떡하니 손목을 붙잡혀 버렸다.

"지금 안 업히면 안고 갈 거예요. 원하는 게 그거라면······."

"어, 업혀요! 업히면 되잖아요!"

지금 상황에 뛰어서 도망친다 한들 길바닥에 엎어지지 않는 게 다행이었다. 우리는 점점 취해 가는 자신을 인정할 수 없어 절망적인 심정으로 얼굴을 가렸다. 차라리 진원이 이곳에 자신을 버려두고 갔으면 하는 마음만 간절했다.

결국, 우리는 엉거주춤한 자세로 진원의 등에 업혔다. 대학 시절 남자 선후배를 업어 본 적은 많았지만 업힌 적은 없었다. 그런데 처음 업혀 본 상대가 회사 직속 팀장이라니. 우리는 들릴 듯 말 듯 한 목소리로 조그맣게 말했다.

"저 무겁죠?"

"몇 킬로예요?"

"그거 말해 드릴 만큼 취하진 않았거든요."

쉽게 넘어오지 않는 우리의 대답에 진원이 낮게 웃었다. 확실히 우리는 취하지 않았다. 그저 진원이 제 마음 편하자고 그녀를 업은 것이었다.

주차장을 가로지르는 공원을 걸어갈 무렵, 우리는 업혀 있는 자세가 불편한지 계속 몸을 뒤척였다.

"그렇게 움직이면 더 무거운데."

"진짜요?"

더 무겁다는 말에 우리가 그의 등에서 내리려고 발버둥을 쳤다.

"안 내려 줄 거니까 몸에 힘 빼고 편하게 기대요."

그를 힘들게 할 생각은 없었다. 우리는 얌전히 그의 등에 몸을 기댔다. 처음 느껴 보는 널찍하고 포근한 남자의 등에 공연히 가슴이 두근거렸다.

완벽하게 몸을 기대자 아까 진원이 매 준 머플러가 얼굴에 닿았다. 어느새 진원의 향수에 금방 익숙해진 우리는 눈을 감았다.

잠시 후 스르르 잠이 든 우리가 긴장을 풀고 몸에서 힘을 빼자 걷고 있던 진원의 표정에 미소가 걸쳐졌다. 점점 몸에 힘이 풀려 축 늘어지는 우리 때문에 진원이 제자리에 서서 자세를 바로잡았다. 그러자 잠든 우리가 본능적으로 떨어지지 않으려 그의 목을 감싸 안았다. 우리의 손이 진원의 눈앞에 어른거렸다.

"택시 태워 보냈으면 큰일 날 뻔했네."

"……는데."

진원이 혼잣말을 하자 우리가 대답하듯 따라 중얼거렸다.

"뭐라고요?"

"……안 되는데……."

"지금 주사 부리는 거예요? 나 주사 있는 여자는 싫은데."

해석 불가능한 말을 중얼거리던 우리는 언제 그랬냐는 듯 또 새근거리며 잘도 잤다.

주차장에 도착한 진원은 그녀를 차 뒷좌석에 안전하게 태운 뒤 대리기사에게 전화를 걸었다. 그녀의 정확한 집 주소를 찾기 위해 사내 비상연락망을 훑어보던 그는 재킷을 벗어 우리의 몸에 덮어 주었다.

주소를 내비게이션에 찍어 둔 진원이 다시 우리의 옆자리에 앉았다. 그는 우리에게 천천히 손을 뻗었다. 흐트러진 머리카락도 없는데 진원은 괜스레 우리의 머리카락을 넘겨 주는 척 그녀의 동그스름한 이마를 매만졌다.

사내 연애를 통해 결혼한 부친 기복과 형 진욱 때문에 주주들에게 서 씨 부자는 공과 사를 구분 못 하는 한심한 부자라는 낙인이 찍혀 있는 상태였다. 그래서 기복은 진원을 급하게 한국으로 불러들여 회사 자리를 내주면서도 사내 연애는 절대 꿈도 꾸지 말라고 못을 박았었다.

처음 그 말을 들었을 땐 코웃음을 치며 웃어넘겼다. 당장 서른이 넘으면서부터 누군가를 만나 호감을 느끼고 사랑을 하는 일이 점점 귀찮아지고, 소개팅이나 술자리에서 자신에게 관심을 보이는 여자들을 봐도 더는 가슴이 두근거리지 않았다. 이러다 독수공방으로 늙어 죽는 건 아닌지 걱정이 들 만큼, 20대의 혈기왕성한 서진원은 완벽히 사라지고 있었다.

그런데 갑자기 제 눈앞에 나타난 여자가 허락 없이 제 엉덩이와 허벅지를 만지는 것도 모자라, 얼어붙은 줄로만 알았던 심장까지 서서히 녹여 버리고 있었다.

"사내 연애도 집안 내력인가."

우리를 마음에 둔 걸 알면 기복이 눈에 불을 켜고 말릴 게 뻔했지만, 사내 연애로 결혼한 부친이 반대한다 한들 포기할 진원이 아니었다. 회사에서 직진하는 고집을 피울 상대를 찾은 진원의 입매가 완벽한 곡선을 그렸다.

다음 날 잠에서 깬 우리는 숙취로 지끈거리는 머리를 부여잡으며 일어났다. 나이가 한 살씩 들어갈수록 술에서 깨는 시간도 점점 늦어지는 것 같아 서글펐다.

몸을 일으킨 뒤에도 초점 없는 눈동자로 정면을 바라보던 우리가 자연스레 테이블로 손을 뻗었다. 그곳에는 과음한 동생을 위해 유라가 가져다 놓은 보리차와 숙취 해소제가 놓여 있었다. 물을 속에 들이붓고 나니 그제야 정신이 좀 드는 것 같았다.

주말인데도 불구하고 집 안은 평소보다 고요했다. 현숙은 아침 일찍 세탁소로 향했고, 유라 역시 주말에 성황인 성형외과와 피부과 때문에 약국 문을 열어야 했다. 우리는 하품을 하며 일어나 거울로 제 몰골을 확인했다.

 현성의 말대로 금요일에 미팅을 잡은 것은 천만다행이었다. 아마 이 얼굴로 출근했다면 당장 조퇴하라며 팀원들이 등을 떠밀었을 것이다. 현성과의 미팅 후 다크서클이 축 내려온 모습이 다른 팀원들에겐 익숙할지 몰라도, 진원에게는 절대 이 얼굴을 보여 주고 싶지 않았다. 거울을 보며 퉁퉁 부어 있는 얼굴을 확인하던 우리는 어젯밤 일을 떠올렸다.

 그의 등이 너무 포근해 잠깐 방심한 사이 잠이 들었고, 눈을 뜨고 나니 진원의 차 안이었다. 그리고 자신과 진원은 서로의 머리에 기댄 채로 잠들어 있었다. 진원이 깰까 봐 부동자세로 앉아 있던 우리는 대리기사에게 근처에 세워 달라고 한 뒤 무사히 집으로 들어왔다. 그를 깨울까도 고민했지만, 뒤척이는 자신이 깼는지도 모른 채 잠든 진원을 굳이 깨우고 싶지 않았다.

 어제 업어 줘서 고마웠다는 문자라도 보내야 하나.

 책상에 둔 휴대폰을 든 우리는 한참 고민 끝에 다시 휴대폰을 내려놓았다. 그에게 문자를 보내 놓고 오매불망 답장을 기다리고 있을 제 모습이 눈에 그려졌다.

"밥이나 먹자."

 부엌으로 가서 전기밥솥을 열어 봤지만 애석하게도 지어 놓은 밥이 없었다. 이럴 때는 몸에도 안 좋은 라면을 굳이 사 놓지 말자고 모친에게 잔소리했던 제 입술을 꿰매 버리고 싶었다.

 아직 숙취가 완전히 깬 것이 아니라 밥 짓기가 귀찮았던 우리는 모자를 푹 눌러쓰고 우선 집을 나섰다. 아무리 동네였지만 초췌한 얼굴을 하고 돌아다닐 수 없었다.

동네 편의점에서 간단한 컵라면을 사러 가던 때였다. 주머니에 넣어 둔 휴대폰에서 진동이 울렸다. 우리는 천천히 걸으며 메시지를 확인했다.

[해장하러 갑시다.]

진원의 메시지에 우리는 뜨악한 표정으로 주위를 두리번거렸다. 그와 같은 동네였다는 사실을 떠올린 우리는 모자를 푹 눌러쓰고 쫓기는 사람처럼 빠르게 걷기 시작했다. 빨리 컵라면을 사서 안전한 집으로 피신해야 했다. 그가 사는 집이 어딘지는 정확히 모르지만, 자칫 오래 돌아다니다간 우연히 마주치는 대참사가 일어날 수도 있었다.

게다가 최근 진원을 보고 오르지 못할 나무라며 자신을 스스로 세뇌했던 바람에 어제 그의 등에 업혀 술기운에 오르면 안 된다는 헛소리를 내지르고 말았다. 다행히 그는 알아차리지 못한 눈치였지만 제 행동을 다 기억하고 있는 우리는 아직 그를 아무렇지도 않은 얼굴로 대면할 마음의 준비가 되지 않았다.

하지만 해장하러 가자는 진원의 메시지가 눈에 아른거려 마음 한구석이 찜찜했다. 어제 자신 대신 술을 더 많이 마셨던 그의 속도 지금쯤 말이 아닐 것이다. 손에 들린 편의점 봉지를 바라보던 우리는 진원에게 연락해 보라는 은밀한 감성의 속삭임을 떨쳐 내기 위해 고개를 세게 저었다.

"이따가 문자 보내면 되지. 늦게 봤다고 잡아떼면 돼."

집으로 향하는 골목길 언덕을 올라가던 우리는 집 앞에 주차된

낯익은 차를 보고 걸음을 멈췄다.

설마. 아니겠지. 아닐 거야. 아니지 않을까? 아니었으면 좋겠는데.

우리의 짐작이 확신에서 바람으로 넘어가던 사이, 운전석에 타고 있던 차 주인이 우리를 발견하고 차에서 내렸다. 설마가 사람 잡는다더니. 정말 그녀를 잡을 기세인 진원이 눈앞에 서 있었다.

"어디 갔다 와요?"

해장하러 가자는 말에 대답도 듣기 전에 집 앞에 찾아온 그는 말보다 행동이 훨씬 빠른 남자였다.

지난밤의 숙취로 초췌한 그녀와는 다르게, 진원은 억울하리만큼 너무 말짱해 보였다. 회사에서 볼 수 없던 편한 맨투맨 티셔츠와 청바지 차림으로 나타난 그는 한 회사의 팀장이라고 믿을 수 없을 정도로 동안이었다.

그런데 진원의 이런 평범한 모습에 더욱 심장이 두근거렸다. 가까이하기엔 너무 먼 팀장이라는 직급, 그리고 사장님의 아들이라는 수식어를 지금 눈앞에 있는 진원에게서 찾아볼 수 없었기 때문이다. 그래서 헛된 기대를 품게 했다.

망부석처럼 서서 자신을 바라보기만 하던 우리를 지켜보던 진원은 직접 그녀에게 다가왔다. 그의 시선이 우리가 들고 있는 편의점 비닐봉지로 향했다.

"해장하러 가자고 연락했는데, 못 봤나 보네."

일부러 무시했다는 걸 알 리 없는 진원이 눈매를 접으며 웃어 보였다. 우리는 주머니에 있던 휴대폰을 안쪽으로 깊숙이 찔러 넣었다.

"제가 휴대폰을 집에 놓고 나와서요."

대답을 들은 진원은 모자로 가려진 그녀의 얼굴을 보기 위해 고개를 슬쩍 숙였다. 그러자 날렵한 우리가 고개를 돌리며 아까보다 더욱 모자를 푹 눌러썼다. 민낯을 사수하려는 우리의 부단한 노력에 픽 웃던 진원은 그녀의 손목을 잡았다.

"갑시다. 해장하러."

"티, 팀장님 잠깐만요!"

"요 밑에 인기 좋은 순댓국집 있던데. 혹시 순댓국 못 먹어요?"

"먹긴 먹는데 이 손 좀……."

"도망갈 생각 하지 마요. 컵라면한테 지는 건 자존심 상하니까."

얼떨결에 그에게 손목이 잡힌 우리가 엉거주춤 그의 손에 이끌려 언덕을 내려왔다. 애초부터 해장하러 가는 것에 동의를 구할 생각이 없었던 건지 진원은 순댓국집을 향해 저벅저벅 걸었다.

비록 회사 일로 과음을 했다고는 하지만, 팀장과 사원이 주말에까지 만나 해장을 하는 것이 흔한 일인가에 대해 고민해 봤지만 역시 아니다. 이건 절대 흔하지 않은 상황이었다.

"저희가 왜 주말에까지 만나서 밥을 먹어야 하죠?"

멈추지 않을 기세로 걷던 진원이 우리의 말에 걸음을 뚝 멈춰 서고 돌아섰다. 완전히 얼굴을 보여 주진 않았지만, 슬쩍 고개를 든 그녀의 얼굴에 궁금함이 가득 묻어났다.

첫 번째 이유는 속이 쓰릴 그녀가 걱정됐고, 두 번째 이유는 어제 집에 말도 없이 가 놓고 연락 한 통 없는 그녀가 얄미웠다. 그리고 가장 큰 세 번째 이유는 그냥, 말도 안 되게 눈을 뜨자마자 한우리가 생각났다.

"첫째."

그러나 이 솔직한 감정을 그녀에게 지금 당장 털어놓는다면 부담감에 도망갈지 모른다. 진원은 그녀에게 도망갈 틈을 주고 싶지 않았다.

"나는 어제 걷지도 못하는 한우리 씨를 친절히 업어서 주차장까지 데려다줬고."

간밤의 상황을 제멋대로 왜곡하는 진원 때문에 우리가 발끈해서 고개를 홱 들었다.

"걷지도 못했던 건 아니죠! 좀…… 신중하게 걸었던 거죠!"

"지금은 한우리 씨 때문에 내 허리가 좀 아픈 상태고. 이렇게 고생했던 날 위해서 같이 밥 좀 먹읍시다."

최근 몸무게가 불어난 자신을 알고 있던 우리는 금세 민망해져서 목덜미를 긁적거렸다.

"그러니까 제가 안 업히겠다고 했잖아요."

"마음 불편한 것보단 허리 불편한 게 나으니까."

시종일관 여유롭게 웃고 있던 진원의 표정이 한순간에 진지하게 바뀌었다. 아, 이 남자 정말 바람둥이가 분명하다.

어제 아무리 허리가 아플 만큼 고생을 했다 한들, 굳이 부하 직원 집까지 찾아와 해장하러 가자고 말하며 손까지 잡는 진원의 행동은 분명 자신을 향한 호감이었다. 우리는 눈을 가늘게 뜨고 그의 의중을 파악하려 애썼다.

"내가 순댓국을 만들어 달라는 것도 아닌데 너무하네."

허리까지 두들겨 가며 투덜거리는 진원을 보니 우리도 더는 버틸 재간이 없었다. 그녀 역시 속이 말이 아니었기에 어찌 됐든 해장은 해야 했다. 그래. 밥 한 끼에 너무 민감하게 굴지 말자.

"가요, 가. 제가 살 테니까 두 그릇 드세요."

우리는 진원보다 앞장서서 순댓국집을 안내했다. 조금 앞서 걷는 우리를 본 진원은 월등하게 긴 다리 길이를 이용해 성큼성큼 걸어 우리의 옆에 나란히 걸었다. 하지만 반대로 우리는 초췌한 자신과 이목을 끄는 외모의 진원과 함께 걷는 것이 내심 부담스러웠다.

우리가 걸음을 빨리하면 진원도 질세라 곧장 우리의 옆에 따라붙고, 우리가 걸음을 느리게 걸으면 진원도 그에 맞춰 보폭을 줄였다. 자신과 나란히 걸으려는 진원의 끈질김에 두 손 두 발 다 든 우리는 결국 포기하고 그와 나란히 동네를 걸었다.

다행히 순댓국집에는 사람이 그리 많지 않았다. 곧장 자리를 안내받은 우리는 습관처럼 수저와 물을 진원의 자리에 두었다.

"이모, 여기 순댓국 두 개요."

간단한 주문을 마치고 나니 두 사람 사이에 짧은 정적이 흘렀다. 지난번 채향에서의 식사 때는 어색할 겨를도 없이 음식이 나왔고, 궁금한 것이 많았던 진원 때문에 말이 끊이지 않았었다. 그런데 지금은 음식이라고는 깍두기와 청양고추가 전부였고, 앞에 앉은 진원은 입을 굳게 다문 채 우리를 빤히 바라보고만 있었다.

"제 얼굴에 뭐 묻었어요?"

이대로 순댓국을 먹다가는 체하겠다 싶어 우리가 먼저 말을 걸었다. 그러자 진원이 그녀가 쓰고 있는 모자를 가리켰다.

"모자는 밥 먹을 때도 쓰고 있을 거예요?"

"이 모자 벗으면 저랑 밥 먹자고 한 거 후회하실걸요."

"후회하는지 안 하는지 내기할래요?"

"저 도박 안 좋아합니다."

"다행이네요. 나 도박 좋아하는 여자 싫은데."

진원의 마지막 말에 우리가 고개를 들어 그를 바라봤다. 마지막과 비슷한 말을 들었던 기억이 났다.

'나 주사 있는 여자는 싫은데.'

분명 진원은 어제부터 자신을 여자라고 지칭하며 자신이 본인의 취향임을 강조했다. 이렇게까지 말하는 남자의 의도를 모를 만큼 순진하지도, 멍청하지도 않았기에 우리의 가슴은 전보다 더욱 울렁거렸다.

때마침 김이 모락모락 나는 먹음직스러운 순댓국 뚝배기가 두 사람 앞에 놓였다. 우리는 능숙하게 깍두기 그릇을 들어 순댓국 뚝배기에 국물을 조르르 따랐다. 뽀얀 순댓국 국물에 김칫국물을 넣는 그녀를 보고 있자니 안 먹어도 배가 불렀다.

"드릴까요?"

우리의 물음에 진원이 고개를 끄덕였다.

"줘요."

깍두기 그릇을 넘기고 뜨거운 국물을 후후 불어 가며 자박자박

말은 밥을 먹고 있는 우리에게서는 내숭이라고는 찾아볼 수 없었다. 그런데 이런 행동들을 할 수 있는 것이 자신을 남자로 보지 않기 때문은 아닌지 걱정스러웠다. 제 앞에서는 가감 없이 하품하면서 남자 앞에서는 안 한다던 그녀의 말도 내내 신경 쓰였다.

된장에 청양고추를 찍어 먹으려던 우리는 진원의 노골적인 시선에 고개를 들어 그를 살폈다.

"여기 맛 괜찮죠?"

"맛있네요."

"여기가 이 동네에서 제일 맛있는 순댓국집이에요."

"앞으로 한우리 씨한테 도움 많이 받아야겠어요. 난 이사 온 지 얼마 안 돼서 모르는 게 많거든요."

미리 우리에게 연락할 수를 써 두는 진원의 행동은 주도면밀했다.

"요즘은 인터넷에 동네만 치면 안 나오는 게 없어요."

하지만 방어막을 치는 우리도 만만치 않았다. 진원은 섭섭한 얼굴로 물었다.

"내가 귀찮아요?"

그가 귀찮은 건 아니었지만, 설령 귀찮다 해도 어떻게 사원이 팀장에게 솔직하게 대답할 수 있을까.

"아니요. 귀찮은 건 아니지만……."

"한식, 중식, 일식, 양식. 뭐가 제일 좋아요?"

진원은 자신이 듣고 싶은 말만 듣고 우리에게 다른 궁금증을 풀어냈다. 우리는 얼떨결에 고분고분 대답했다.

"저는 한식이요."

그 대답을 시작으로 진원은 마치 이상형 월드컵을 연상시키는 양자택일 질문들을 쏟아 내기 시작했다.

"김치찌개, 된장찌개?"

"김치찌개요."

"목살, 삼겹살?"

아빠가 좋아, 엄마가 좋아? 만큼이나 어려운 질문이다.

"……목살?"

"의외네. 물냉면, 비빔냉면?"

"물냉면이요."

우리는 대답을 하면서도 진원의 질문들에 조곤조곤 대답해 주고 있는 본인이 기가 막혔다.

"그런데 이런 건 왜요?"

"알아 두면 도움이 될 것 같아서요."

진원과 이야기를 하고 있으면 유치원생이 된 것처럼 그의 대답에 연이은 질문들이 마구잡이로 떠올랐다. 대체 제 식성을 알아서 그에게 도움이 될 것이 뭐가 있느냐는 것이 이번 질문이었다.

우리가 큰맘 먹고 질문 공세를 펼치기 위해 고개를 들었을 때 진원은 누군가와 통화 중이었다. 꽤 길어지는 통화 탓에 질문할 기회를 놓친 그녀는 결국 목까지 차오른 질문을 깍두기로 밀어 넘겼다.

식사가 끝나고 어제 보답으로 계산하겠다는 우리의 손을 가볍게 제압한 진원은 다른 한 손으로 뒷주머니에 있던 지갑을 꺼내 계산을 마쳤다.

"이러면 제가 또 팀장님께 빚지는 거잖아요."

"그 빚 나중에 몰아서 갚아요."

그의 짓궂음을 어느 정도 파악했기에 몰아 갚으라는 말에서 우리는 잠시 섬뜩함을 느꼈다.

같은 동네 살면서 굳이 차를 끌고 와서는 제 집 앞에 주차해 놓은 진원 때문에 우리는 본의 아니게 그와 함께 집까지 걸어가야 했다. 또다시 시작된 어색한 침묵에 우리는 주머니에 있는 애꿎은 휴대폰만 만지작거렸다. 이렇게 어색할 땐 휴대폰을 보는 게 최고인데 그에게 집에 두고 왔다는 거짓말을 해 버렸으니 꺼내 보일 수도 없었다.

"속은 좀 괜찮아졌어요?"

"네. 밥 먹었더니 한결 나아졌어요."

"거봐요. 나랑 순댓국 먹길 잘했죠?"

눈매를 접어 웃는 진원을 보고 있자니 도저히 따라 웃지 않을 수 없었다. 그 모습이 무척 매력적이기도 한 데다가 무엇보다 마음을 살랑거리게 했다. 우리는 조그맣게 웃으며 인정한다는 듯 고개를 끄덕였다.

집 앞에 도착한 우리는 그의 손에 인질처럼 들려 있던 컵라면 담긴 비닐봉지를 다시 돌려받았다. 이유가 어찌 됐든 이곳까지 찾아와 함께 밥을 먹어 준 건 고마운 일이었기에 우리가 꾸벅 고개를 숙였다.

"오늘 여러모로 신경 써 주셔서 감사합니다."

"감사하면 나한테 너무 야박하게 굴지 마요."

진원의 투정 섞인 말투에 우리가 가볍게 웃음을 터뜨렸다.

"그럴게요."

원하는 대답을 듣고 나서 뿌듯해하던 진원이 차로 걸어갔다. 그런데 그대로 차에 탈 줄 알았던 그는 운전석 문을 열고선 무언가를 가져와 우리의 손에 건네주었다.

진원이 건넨 것은 다름 아닌 유라의 약국 봉투였다. 익숙한 봉투에 두둑하게 들어 있는 약들을 확인한 우리가 고개를 들었다.

"숙취 해소제예요. 먹고 한숨 푹 자면 속이 편해진대요."

하지만 이 약은 이미 유라가 오늘 아침 그녀의 방에 가져다 둔 약이었다. 우리는 약국 봉투와 진원을 번갈아 바라보았다.

"팀장님은요?"

"난 약 없어도 괜찮아요."

"저 괜찮으니까 이거 팀장님 드세요."

우리가 다시 돌려주려고 하자, 그는 아예 약국 봉투를 고이고이 접어 우리의 점퍼 주머니에 넣어 주려 했다. 놀란 우리가 잽싸게 물러섰지만 이미 그녀의 점퍼 주머니에 손을 넣은 진원의 표정은 미세하게 굳어진 상태였다. 주머니에서 손을 뺀 그의 손에는 약국 봉투 대신 우리의 휴대폰이 들려 있었다.

휴대폰을 흔들어 보이는 진원의 표정에서 숨기지 못한 서운함이 드러났다. 상사와 주말에도 만나 식사를 하는 것을 탐탁지 않아 할 것이라는 건 짐작했었지만, 막상 눈으로 그 탐탁지 않음을 확인하고 나니 맥이 탁 풀렸다. 진원은 제 앞에서 미안해 죽겠다는 표정으로 서 있는 우리에게 휴대폰을 다시 돌려주며 나직하게 웃어 보였다.

"지금 되게 민망하죠?"

"……저, 그게…….'"

이 순간을 모면할 수 있는 기가 막힌 변명이 쉽게 떠오를 리 없었다. 약국까지 가서 자신의 약을 사 온 진원을 그저 피하려고만 했던 못된 스스로를 탓할 수밖에.

"나한테 자꾸 거짓말하지 마요. 나 거짓말하는 여자도 싫어해요."

이번에도 역시 그는 우리에게 자신들이 남녀 사이임을 강조했다. 진원은 지금 의심할 여지없이 그녀를 완벽히 여자로 대하고 있었다.

같이 있을 때마다 시종일관 자신을 챙기던 진원의 신호를 애써 무시했다. 그가 자신에게 호감을 보인다는 것을 인정하는 순간 눈덩이 커지듯 순식간에 불어날 제 감정의 크기를 감당하지 못할 것 같아서였다.

우리도 진원이 싫지 않았다. 오히려 진원과 함께 있으면 이제까지 이성에게 한 번도 느껴 보지 못했던 보호받는 느낌이 들어서, 꼭 근사한 여자가 된 기분이었다. 그래서 자신에게 다가오는 진원에게 속수무책으로 마음이 끌렸다.

하지만 그는 지극히 평범한 집안에서 자라, 지극히 평범하게 사는 자신과는 너무 동떨어진 세상의 사람이었다.

"한우리 씨."

멍한 얼굴로 진원을 바라보고 있던 우리가 그의 부름에 번뜩 정신을 차렸다.

"네?"

"나한테 궁금한 거 없어요?"

진원은 우리가 제 마음을 눈치챘다는 걸 알아차렸다. 그는 우리가 궁금하다면 지금 당장 제 마음을 솔직하게 밝힐 준비가 돼 있었다. 하지만 그녀가 제 마음을 들을 준비가 돼 있는지는 확신할 수 없었다. 그래서 우리에게 먼저 물어볼 기회를 주었다.

"아니요."

그러나 아직 모든 것에 확신이 없는 우리는 한 발 뒤로 물러서며 상황을 피했다. 그의 감정을 확인할 수 있는 말을 직접 듣게 된다면 돌이킬 수 없는 상황이 온다는 것을 알기에 섣불리 궁금한 것들을 물어볼 수 없었다.

"궁금한 거 없습니다, 팀장님."

우리는 굳이 말끝에 팀장님이라는 호칭으로 그에게 본인들의 사이를 단호하게 못 박았다. 우리의 의중을 파악한 진원은 일단 일보 후퇴하는 식으로 고개를 끄덕였다.

"그래요. 피곤할 텐데 들어가서 쉬어요. 월요일에 봅시다."

"네. 안녕히 가세요."

인사를 하고 쫓기듯 제 방에 뛰어 들어온 우리는 침대에 털썩 누워 답답했던 모자를 벗어 던졌다. 그리고 가슴 정중앙에 오른손을 올려놓았다.

심장이 뛴다. 쿵쿵쿵, 쿵쿵쿵, 빠른 속도로.

"진짜 미쳤나 봐."

우리는 결혼과 연애를 별개로 생각하지 않았다. 좋아하는 사람이 생기다 보면 자연스레 그 사람과 결혼하는 자신의 모습을 꿈꾸기도 했다.

하지만 결혼이란 게 지독한 현실이라는 것을 알게 되고, 그 현실은 사랑만으로 극복할 수 없는 것이라는 것도 깨닫게 됐다. 지금 당장 진원에게 마음이 간다고 해서 그를 만난다고 한들, 결국 자신과는 다른 세상에 사는 진원과 현실의 벽에 부딪혀 헤어지고 말 것이 눈에 보였다. 끝이 보이는 사랑은 처음부터 하고 싶지 않았다.

현실적인 문제들을 직시하자 조금씩 심장박동 수가 안정을 찾기 시작했다. 우리는 그가 주머니에 억지로 넣어 준 약국 봉투를 꺼냈다. 숙취 해소제 말고도 무언가가 더 들어 있는 봉지를 확인한 우리가 몸을 일으켜 침대에 봉투를 탁탁 털었다.

그러자 숙취 해소제 개수에 맞춘 누룽지 사탕들이 침대 위로 투두둑 떨어졌다. 맛이 쓴 숙취 해소제라는 말을 들은 건지 친절하게 좋아한다고 말했던 사탕까지 사서 넣어 준 그의 센스에 설핏 웃음이 새어 나왔다.

"내가 앤가."

퉁명스레 내뱉는 그녀의 목소리에는 완벽히 숨기지 못한 가벼운 들뜸이 숨겨 있었다. 우리는 숙취 해소제와 누룽지 사탕, 그리고 진원의 머플러를 책상에 나란히 올려 두고 한참을 바라봤다.

그와 나의 거리

하강백화점은 직원들의 역량 강화를 위해 정기적으로 사내 세미나를 주최한다. 올해 사내 세미나 주제는 '사람과 사람 사이'로, 회사 생활에서 제일 까다롭다는 대인 관계에 대해 정신의학과 전문의가 특강을 진행할 예정이었다.

대회의실로 가자 이미 여러 부서가 오후 업무를 마치고 옹기종기 모여 대화를 나누고 있었다. 영은과 함께 대회의실에 도착한 우리는 비서팀 옆으로 자리를 잡고 앉아 두런두런 이야기를 나눴다.

"우리 씨, 이번에 서 팀장님이랑 한 건 했다면서?"

"서 팀장님 진짜 대단하다. 그 얼굴에, 그 매너에, 일까지 잘하면 반칙이지."

"어디 그거뿐이야? 집안까지 완벽하잖아."

진원이 아이리스 설득 건을 군더더기 없이 깔끔하게 마무리시키자 사람들은 언제 그의 욕을 했냐는 듯 태도를 바꿨다. 심지어 몇몇 사람들은 사장 아들인 그의 라인을 타야 한다며 진원과 친해질 수 있는 방법을 묻기까지 했다. 정작 당사자인 그는 사람들의 호들갑에 연연해하지 않는 눈치였지만, 이제야 진원이 다른 이들에게 제대로 인정받는 것 같아 우리는 괜스레 뿌듯한 기분이 들었다.

 특강을 진행할 전문의와 부사장인 진욱이 함께 대회의실에 들어오자 시끄러운 장내가 일순 조용해졌다. 곧 특강이 시작될 분위기에 우리가 이리저리 두리번거렸다. 그러자 옆에 앉아 있던 영은이 같이 고개를 들어 두리번거리며 물었다.

"누구 찾아?"

"아, 아니에요."

 어디에 있더라도 본인 존재감을 확실히 드러내는 진원이 대회의실에 보이지 않았다. 너무 자연스럽게 그를 찾고 있는 본인 행동에 놀란 우리는 다시 몸을 바로 고쳐 앉았다.

 진원이 집 앞에 찾아왔던 날 이후로 두 사람은 사적인 이야기를 나누지 않았다. 사실 이야기를 나눌 기회조차 없게끔 마주치지 않으려 우리가 의도적으로 피했다는 것이 맞았다. 될 수 있으면 그와 사무실에 단둘이 남지 않으려고 한 것은 기본이고, 속이 안 좋다는 핑계를 대며 하루 이틀은 점심까지 걸렀다. 매일 가던 피트니스 센터에서도 행여나 마주치게 될까 봐 가지 못했다. 그를 신경 쓰느라 규칙적이었던 생활이 어그러지고 있었음에도 우리는 진원과 단둘이 있게 되는 상황을 피하고 싶었다.

그때 대회의실 책상에 올려 둔 휴대폰이 진동을 울렸다. 우리는 휴대폰 액정에 뜬 이름을 보고 움찔 놀라며 영은이 알아차리지 못하게 휴대폰을 책상 아래로 빠르게 숨겼다.

[셋째 줄 뒤 대각선 방향.]

문자가 알려 주는 위치에 우리가 본능적으로 고개를 돌렸다. 한눈에 찾은 자리에는 천식과 준오, 진원이 나란히 앉아 있었다. 문자를 보내고 나서 줄곧 시선을 우리에게 두고 있던 진원은 자신을 바라보는 우리에게 희미하게 미소를 지어 보였다. 이리저리 두리번거리는 행동이 자신을 찾고 있었다는 걸 알고 있었다는 눈치였다.

먼저 그를 찾았으면서 이제 와 모르는 척하는 것도 우스운 것 같아 우리는 일단 눈인사를 하고 다시 몸을 돌렸다. 그리고 최대한 사무적으로 답장을 보냈다.

[다른 분들이 찾으면 말씀드릴게요.]

그를 찾은 목적이 사심이 아니라고 말하고 싶었다. 그러나 돌아온 답장이 우리를 절망하게 했다.

[한우리 씨 말고 나 찾을 사람이 또 있나?]

이 정도의 대답이면 그도 알고 있는 것이다. 자신이 본인을 좋아한다는 걸. 운동을 배우기 시작하면서 상대방에게 표정 관리를 하는 것에는 도가 텄다고 생각했는데, 좋아하는 것을 앞에 두면 어떻게 해서든 티가 나는 건 도리가 없는 모양이다.

뭐라고 답장할지 몰라서 망설이는 사이, 그에게서 다시 문자가

왔다.

[그래서 술래잡기는 언제까지 할 생각인가.]

진원의 말대로 언제까지 도망치기만 할 순 없었다. 인정하고 솔직하게 고백을 하든, 그가 준 신줏단지처럼 모셔 놓은 누룽지 사탕을 먹으며 감정을 녹여 없애든, 무엇이든 해야 했다.

"지금부터 강의 시작하겠습니다."

전문의의 목소리와 우렁찬 박수 소리로 강의가 시작됐다. 우리는 답장을 하지 못하고 휴대폰을 주머니에 넣었다.

지루할 거라 예상했던 강의는 생각보다 훨씬 유쾌한 분위기였다. 곳곳에 앉은 직원들에게 간간이 인터뷰하는 말솜씨와 강약 조절을 하는 어투에는 사람을 설득시키는 힘이 있었다.

강의가 후반부로 넘어갈 즈음, 정면에 보이는 스크린에 고슴도치 두 마리가 얼굴을 맞댄 채로 몸을 웅크리고 있는 그림이 나왔다.

"다들 고슴도치 딜레마라고 아세요?"

매서운 추위에 떨고 있던 두 마리의 고슴도치가 있었다. 이 추위를 버티려면 두 고슴도치는 서로를 끌어안고 체온을 나눠야 했지만, 그렇게 되면 서로의 가시에 찔려 상처를 입고 만다. 그러나 서로를 끌어안지 않는다면 매서운 추위에 얼어 죽어야 했다. 결국, 고슴도치들이 적당한 거리에서 체온을 공유하는 방법을 찾아냈다는 쇼펜하우어의 고슴도치 딜레마 이야기였다.

전문의는 사람과 사람 사이를 이 고슴도치 이야기에 비유했다.

"그래서 미국 인류학자 에드워드 홀이 인간관계의 거리를 직접

정의했는데요. 지금 저와 여러분같이 만난 공적인 거리는 6미터 이상, 비즈니스 미팅으로 만나는 사회적 거리는 6미터에서 2미터까지, 사적인 얘기도 하는 편한 개인적 거리는 2미터에서 45센티, 연인이나 친구 혹은 부모님과의 친밀한 거리는 45센티에서 0센티라고 해요."

강사의 말을 메모하던 우리의 손이 멈추었다. 지금 진원과 자신은 어느 정도의 거리일까.

우리는 이제까지 진원과 있었던 일들을 기억에서 더듬었다. 그런데 첫 만남에서도, 개인적으로 함께 밥을 먹을 때도, 피트니스 센터에서도, 심지어 그에게 업혔을 때도 두 사람은 쭉 가까운 거리를 유지해 왔다. 그와의 추억들을 되새길수록 더는 그를 회사 팀장일 뿐이라고만 말할 수 없다는 걸 반증할 뿐이었다.

무언가를 시작하기도 전에 도망가는 건 그녀답지 않은 행동이었다. 오히려 가슴이 아프더라도 시작은 해 보고 포기하는 게 성격에 맞았다. 그런데 진원과의 관계는 조금 달랐다.

차라리 그가 평범한 가정의 회사 팀장일 뿐이었다면, 우리는 포기하려 들지 않았을 것이다. 되레 진원이 싫다 해도 최선을 다해 사랑해서 그의 마음을 사로잡으려 했을 것이다.

하지만 다시 태어나지 않는 이상 진원이 하강백화점의 막내아들이라는 것도, 우리가 세탁소집 막내딸이라는 것 역시 변하지 않을 사실이었다. 그리고 그 문제는 노력으로 바꿀 수 없는 선천적인 문제였다.

한 번도 세탁소를 하는 엄마를 부끄러워해 본 적 없었다. 간혹

철이 덜 자란 시절에 친구들이 우리네 엄마는 제집에 있는 더러운 옷을 빨래한다며 놀릴 때도, 그녀는 "우리 집보다 세탁기도 작은 게!"라며 오히려 놀린 친구를 역으로 약 올리던 당찬 아이였다. 그리고 철없는 아이들과는 절대 친구 하지 않을 거라고 은연중에 다짐했었다. 그런데 우리는 처음으로 그 철없던 시절의 친구들이 부러웠다.

나도 철이 없었더라면, 유라가 당한 수모 같은 건 금방 기억에서 지웠을 텐데.

분수에 안 맞는 욕심을 부려 첫째 딸을 망쳐 놨다는 사람들의 수군거림을 못 들은 척했을 텐데.

진원으로 인해 아픈 기억들을 되새기던 그녀가 정신을 차렸을 땐 어느덧 강의가 끝나 있었다. 우리는 어두운 표정을 감추고 아무렇지 않은 척 강사를 향해 박수를 쳤다. 자리에서 일어나 대회의실을 완전히 빠져나올 때까지도 그녀는 애써 고개를 돌리지 않았다. 돌아보면 왠지 진원 역시 자신을 바라보고 있을 것만 같아서, 그 눈빛을 차마 외면할 수 없을 것 같았다.

세미나가 끝나고 어김없이 전체 회식이 진행됐다. 전체 회식을 처음 참석하는 진원은 천식과 준오와 뒤늦게 호프집에 도착했다. 멀리서도 우리를 한눈에 찾은 진원은 자연스레 그녀의 옆자리에 앉았다.

"오늘 강사님이 사회적 거리는 6미터에서 2미터 정도라고 하셨으니까, 저는 여러분들 불편하지 않게 거리 유지하다가 금방 빠지겠습니다."

진욱의 재치에 직원들이 모두 웃음을 터뜨리며 약속이나 한 듯 잔을 들어 다 같이 건배를 했다. 강요하는 회식 문화가 아니었기 때문에 곳곳에는 음료수를 든 사람도 있었다. 영은은 우리에게 테이블에 있는 소주, 맥주, 탄산음료를 가리키며 물었다.

"우리 씨 뭐 마실래?"

"저는 맥주 주세요."

맥주라는 말에 앞에 앉은 진원의 눈썹이 꿈틀거리는 것 같았지만 우리는 일부러 모른 척했다. 그때 비어 있던 진원의 옆자리에 진욱이 잔을 들고 찾아왔다.

"마케팅팀 분들이 그나마 절 반겨 주실 것 같은데."

"부사장님이시다!"

술자리를 좋아하는 영은의 목소리 톤이 두 배는 더 높아졌다. 진욱은 영은에게 술을 받으며 우리를 향해 엄지를 치켜세웠다.

"이번 장 대표 미팅 건은 우리 씨 공이 크다고 들었어요."

소문의 근원지인 진원을 바라보던 우리는 곧장 고개와 손을 동시에 가로 흔들었다.

"제가 한 건 아무것도 없어요. 서진원 팀장이 다 해결했습니다."

"한우리 씨 없었으면 절대 장 대표 설득 못 했을 겁니다."

저는 죽었다 깨나도 콧소리를 내면서 '당돌한 여자'를 부르지 못했을 테니까요.

서로를 치켜세우기 바쁜 두 사람을 흐뭇하게 바라보던 진욱이 웃으며 말했다.

"두 사람 호흡이 아주 좋아졌네요?"

"아직 좋아질 게 많이 남았으니까 기대하세요."

묘한 뉘앙스를 풍기는 그의 말을 들은 사람들의 시선이 모두 우리에게 쏠렸다. 그 누구보다 놀란 우리는 당황한 얼굴로 진원을 바라봤다.

"한우리 씨가 얼마나 신중한지 몰라요. 눈치로 알아차린 것도 성급하게 확신하지 않고 수차례 생각하는 모습이 참 인상적이었어요."

진원이 우리를 아낌없이 칭찬하자 팀원들이 모두 그녀를 부러워하며 원샷을 외쳤다. 그의 말은 곧이곧대로 들으면 업무에 대한 칭찬으로 들렸지만, 사실은 자신을 줄곧 피하기만 하는 우리의 행동을 비꼬는 말이었다. 진원의 중의적인 말뜻을 알아차린 그녀는 어색한 미소를 지으며 맥주잔을 말끔히 비웠다.

진욱의 등장으로 산만해진 분위기를 틈타 우리는 잔을 들고 그와 제일 멀리 떨어져 있는 곳으로 자리를 옮겼다. 어딜 가나 인기 만점인 우리의 등장에 사람들은 기꺼이 자리를 내주며 그녀를 환영했다.

"우리 씨, 한잔하자!"

비어 있는 우리의 잔을 본 비서팀 막내 주영이 차가운 맥주를 들고 그녀의 잔을 채워 주었다.

"저기, 우리 씨, 나 궁금한 게 있는데."

"뭔데요?"

"서 팀장님 말이야…… 혹시 애인 있어?"

마침 맥주를 목에 넘기던 우리가 깜짝 놀라 콜록거렸다. 사레들린 그녀의 모습에 놀란 주영은 옆에 있던 냅킨을 챙겨 그녀에게 건넸다. 가까이서 주영의 이야기를 듣고 있던 비서실장 수연이 핀잔을 주었다.

"주영 씨, 못 먹는 감 찌르다가 얼굴에 빵 터지는 수가 있다."
"왜요? 부사장님도 사내 연애로 결혼하셨다면서요."

일 중독자라고도 불릴 만큼 일밖에 모르던 진욱이 비서실장이었던 윤영에게 반해 결혼했다는 건 회사 사람들이라면 누구나 알 만한 이야기였다. 특히 비서로서 커리어가 높았던 윤영이 자기 일을 과감히 포기하고 진욱과 결혼 후 전업주부가 됐다는 건 간간이 신데렐라를 꿈꾸는 비서들에게는 전설로 내려져 오고 있는 이야기였다.

"그때 주주들이 사장님이랑 부사장님을 얼마나 달달 볶았는지 알아? 매일같이 찾아와서 사내 연애라니 무슨 말이냐는 둥, 정략결혼 안 시킬 거냐는 둥, 급이 맞질 않는다는 둥…… 그때 이 실장님이 얼마나 마음고생을 하셨는데."

당시 윤영의 밑에서 일을 했던 수연은 그녀가 마음고생을 했던 걸 옆에서 누구보다도 가까이서 지켜봤었던 인물이었다.

"그래도 결국 두 분, 결혼해서 행복하게 살고 계시잖아요."

가만히 주영의 이야기를 듣고 있던 우리가 맥주잔을 만지작거리며 말했다. 평범한 너 같은 여자에게 진원 같은 남자는 어림도 없다고 말하고 있는 수연의 말에 반박하고 싶었는지도 모른다. 하지만 수연은 우리의 말에 고개를 절레절레 흔들었다.

"물론 두 분은 행복하시지. 그런데 그때 사장님이 주주들한테 엄청나게 시달리셨거든. 서 팀장님까지 사내 연애 한다고 하면 아마 거품 물고 쓰러지실걸?"

"역시 잘난 남자 만나기는 쉽지가 않네."

"그러니까 헛물켜지 말고 일이나 열심히 해."

김이 샌 주영은 허한 속을 채우기 위해 건배를 제안했다. 잔을 부딪친 우리는 착잡한 마음을 숨기려 어색하게 웃으며 가득 채워져 있던 술을 단숨에 마셨다. 역시 그는 가까이하기엔 너무 높고 먼, 못 올라갈 나무가 맞다고 확신하고 있을 때였다.

"여기 제가 앉을 자리 하나 있나요?"

"서 팀장님!"

관심을 보이던 진원의 등장에 주영은 콧소리를 내며 냉큼 그에게 자리를 내주었다. 그녀의 배려로 가볍게 우리의 앞자리를 사수한 진원은 자신이 없는 자리에서 연거푸 술을 마시고 있는 그녀를 못마땅한 눈빛으로 바라봤다.

"우리 씨는 좋겠다. 서 팀장님 같은 분을 팀장님으로 둬서."

주영의 듣기 좋은 칭찬에 진원은 시선을 거두며 어깨를 으쓱거렸다.

"글쎄요. 아무래도 한우리 씨는 좋아하지 않는 것 같은데."

"에이, 설마요."

일부러 자신을 곤란하게 만드는 대답을 하는 진원의 짓궂음에도 우리는 침착하게 대꾸했다.

"제가 팀장님을 싫어할 리가 있나요. 팀장님이 상사로서 얼마나 좋으신 분인데요."

 우리는 아까 진원이 했던 중의적인 표현으로 팀장님과 상사라는 호칭을 쓰면서 더는 다가오지 말라고 정확히 선을 그어 버렸다. 그녀의 대답을 들은 진원은 잠시 표정을 굳혔다가 픽 웃어 버렸다.

 사람들은 자주 왕래할 기회가 없던 진원에게 술을 권유하며 평소 궁금했던 것들을 하나둘 물어보기 시작했다. 진원이 대화 속에 스며들어 질문을 받느라 정신이 없는 사이, 우리는 화장실을 간다는 핑계로 몰래 가방을 챙겨 아예 호프집을 빠져나왔다.

 맥주만 너무 마신 탓에 배가 불러 소화도 시킬 겸 조금 걷고 싶었다. 이어폰을 꽂고 한적한 길을 걸으며 노래를 흥얼거리고 있을 때 휴대전화가 울렸다. 발신자는 역시 진원이었다.

"한발 늦으셨네요, 서진원 팀장님."

 우리는 듣고 있는 노래 음에 혼잣말을 대입하며 가뿐한 걸음으로 버스 정류장을 향했다. 신호가 몇 번 안 와서 끊긴 전화는 얼마 안 돼서 다시 울렸다. 본인 번호로 다섯 번이나 연이어 전화를 걸던 진원은 급기야 다른 팀원들에게 부탁했는지 이번에는 준오와 영은에게 차례대로 전화가 오기 시작했다.

 우리는 부재중 전화 목록을 바라보며 아까 비서팀과 했던 이야기들을 떠올렸다. 시간이 흐르면서 그에게 향하는 마음이 커질수록 반대로 그와 연애를 할 수 없는 이유가 하나씩 늘어 가고 있었다. 사내 연애 집안이라는 원치 않는 소문, 불 보듯 뻔한 그의 집안에서의 반대. 시작도 전에 너무 많은 장애물이 보여 선뜻 진원에게 다가갈 수 없었다.

자신을 애타게 찾는 진원에게는 미안했지만 우리는 아랑곳하지 않고 버스 정류장 의자에 앉았다. 아직 도착하려면 한참 남은 버스를 혼자 기다리기 지루해 콧노래를 흥얼대며 무료함을 달래고 있을 때였다.

"누가 체대 출신 아니랄까 봐 도망치는 거 한번 빠르네."

 버스가 오는 방향 쪽으로 고개를 돌리고 있던 우리가 서늘한 목소리에 뒤를 돌았다. 마술처럼 눈앞에 나타난 진원을 보고 우리는 놀랄 틈도 없이 그에게 손을 붙잡힌 채 이제 막 신호 바뀐 횡단보도를 건넜다.

"팀장님! 이 손 좀 놓고······."

 그가 움켜쥔 손목이 저릿할 정도로 아팠다. 그런데도 진원은 뒤도 안 돌아보고 차갑게 말했다.

"두 번이나 도망쳤던 여자를 어떻게 믿고 놔주나?"

 말은 그렇게 해도 아프다는 말에 진원의 손아귀 힘이 조금 풀어지는 걸 느꼈다. 하지만 여전히 뿌리칠 수 있을 만큼 힘을 풀진 않았다.

 진원은 가로등 불빛밖에 없는 인적 드문 골목길로 우리를 끌고 왔다. 도망칠 길이 한 갈래밖에 없는 걸 확인하고 나서야 그는 손을 놓아주었다.

"번번이 도망가는 걸 내가 잡았으면, 그다음 술래는 한우리 씨 아닌가? 술래잡기하는데 이렇게 도망가는 역할만 하는 건 반칙이지."

"저 팀장님이랑 술래잡기한 적 없어요."

"그럼 나만 보면 피하는 이유가 뭐예요? 술래잡기하자는 거 아니었어?"

"피한 적 없습니다. 다만……."

우리는 초조한 얼굴을 한 진원의 앞에서 호흡을 가다듬고 말을 이었다.

"거리 유지를 했을 뿐이에요."

"거리 유지?"

그의 단정한 얼굴이 일그러지는 모습에도 우리는 흔들리지 않기 위해 오히려 더 단호하고 예의를 차려 말했다.

"오늘 강의 들으셨잖아요. 저는 팀장님과 사회적 거리를 유지하려고……."

"첫 만남에 엉덩이 만지고, 운동 알려 주면서 허벅지 만지고, 그것도 모자라 같이 잠도 자 놓고 이제 와서 나랑 사회적 거리를 유지하시겠다?"

"제, 제가 언제 팀장님이랑 잠을 잤다고……!"

전부터 느꼈지만, 진원의 문장 구사력은 은근히 선정적이었다. 우리는 그의 입을 막으려 손을 갖다 댔지만 진원이 가볍게 손을 잡아 제지했다.

"한우리 씨, 사람 설레게 해 놓고 이렇게 발 빼는 건 반칙이야. 운동했다는 여자가 뭐 이렇게 반칙이 잦아?"

설레게 했다는 그의 말에 우리가 입을 작게 벌린 채 진원을 바라봤다. 혹시나 했던 그의 감정이 자신이 느꼈던 것과 같은 것이라는 데 놀라움과 한편으론 착각이 아니라 다행이라는 안도감이 복

잡하게 얽혀 마음속에 달라붙었다.

우리가 정신을 차렸을 땐 진원과 여차하면 입술이 닿을 만큼의 가까운 거리였다. 설상가상 그녀 뒤에 벽이 있어서 더는 물러서는 것도 불가능했다.

"앞으로 반칙 못 하게 하려면 이 수밖에 없네."

"무슨 수……."

진원은 그대로 우리에게 입술을 갖다 댔다. 뜨겁고 말캉한 입술이 제 입술에 닿자 우리가 몸을 움찔거리며 본능적으로 그를 밀쳐 냈다. 순순히 밀치는 대로 뒤로 물러선 진원에게 뺨이라도 한 대 올려야 하는데, 마냥 기분이 나빴던 것도 아니라 양심상 때릴 수도 없었다. 우리는 자신을 즉흥적인 남자라고 표현했던 그의 말을 기억해 냈다.

"팀장님 방금, 정말 즉흥적이셨어요."

한 대 맞아서 병원까지 갈 각오로 덤볐더니 즉흥적이라 하는 우리가 정녕 둔한 건지, 아니면 모르는 척 발뺌하기로 한 건지 모를 진원이 미간을 좁혔다.

"체대 나온 여자한테 즉흥적으로 키스할 만큼 무모하지 않은데."

"저, 팀장님이랑 결혼 못 해요."

매번 우리가 보여 주는 반전에 놀라긴 했지만, 이번만큼 놀란 적도 없었다. 결혼이라는 말에 진원이 입을 말아 올리며 웃었다.

"나 아직 프러포즈까지는 생각 못 했는데."

"농담 아니에요."

이전까지와는 달리 착 가라앉은 우리의 목소리에 그제야 진원의 표정이 진지해졌다.

"전 연애랑 결혼을 별개로 생각하지 않아요. 이 남자는 연애만 해야겠다, 이 남자는 결혼 상대네. 그렇게 사람 간 보면서 만날 생각 없어요."

"나도 마찬가지예요."

"그래서 저한테 팀장님은 연애도, 결혼도, 아무것도 할 수 없는 상대예요."

차분하게 말하는 우리에게도, 대답을 듣고 있는 진원에게도 더는 작은 미소조차 찾아볼 수 없었다. 표정 없는 얼굴을 하고 서 있는 그가 낯설긴 했지만 피할 곳이 없게 된 우리도 끝은 봐야 했기에 솔직하게 대답했다.

"팀장님 좋은 분이라는 거 저도 알아요. 그런데 저는요, 저랑 어울리는 사람을 만나고 싶어요."

"나 한우리 씨한테 부족한 사람이에요?"

"아니요. 너무 과분하시죠. 그래서 그래요. 팀장과 사원이라는 것도 문제지만…… 팀장님은 제가 다니는 회사 사장님의 아들이시잖아요."

"한우리 씨."

우리가 자신과 사내 연애를 하게 되면 나중에 곤란한 쪽은 그녀라는 걸 진원도 생각하지 못한 건 아니었다. 그녀가 자신에게서 도망치려는 이유를 알게 된 진원이 설득하려 했지만 우리는 틈을 주지 않았다.

"팀장님을 진심으로 존경해요. 배우고 싶은 점도 많고요. 오늘 일은 다 잊을 테니까……."

"없었던 일로 하자?"

좀처럼 보기 힘든 진원의 화난 표정에도 그저 가슴이 두근거리는 걸 보면 우리 역시 중증이었다.

"지금 내가 알고 싶은 건 왜 내가 안 되는지에 대한 구구절절한 설명이 아니라, 한우리 씨 진심이에요."

모르는 척 덮어 두고 싶은 진심을 자꾸만 캐내려는 진원 때문에 난감해진 우리가 애꿎은 아랫입술만 깨물었다. 어차피 안 될 사이에 좋아한다고 솔직히 고백해 봤자 그저 그런 신파 속 주인공만 될 뿐이었다.

"내가 싫어요? 눈앞에 있는 나를 발로 걷어차고 싶을 만큼?"

다소 극단적인 질문에 우리가 고개를 들어 절레절레 흔들었다.

"그럴 리가요."

"그럼 내가 얼마나 싫어요?"

돌아오는 그의 질문에 퍼뜩 대답이 떠오르지 않았다. 떠오르지 않는 게 당연했다. 진원이 싫지 않았으니까.

"아, 질문이 잘못됐구나."

꿀 먹은 벙어리가 된 우리를 내려다보던 진원이 팔짱을 고쳐 끼며 다시 물었다.

"그럼 내가 얼마나 좋아요?"

그를 얼마나 좋아하는지에 대한 대답은 얼마든지 해 줄 수 있었다. 그러나 선뜻 입이 떨어지지 않았다. 대답을 내뱉는 순간 제 진심을 고백하는 꼴이 돼 버릴 테니까.

진원은 곧은 눈으로 우리를 바라봤다. 누가 표정에 모든 감정이 드러나는 여자 아니랄까 봐 흔들리는 눈빛이 여과 없이 드러났다.

"거절하려면 아예 냉정하게 굴든가."

자꾸 기대하게 하면 어쩌자는 거야.

진원은 말없이 다가가 우리를 끌어안았다. 갑작스러운 그의 포옹에 놀란 우리가 아까처럼 그를 밀어냈지만, 이번에는 쉽게 물러서지 않고 보란 듯이 더 세게 허리를 휘어 감았다. 꼼짝없이 진원의 품에 안기게 된 우리의 몸에 힘이 바짝 들어갔다.

"내가 부담스러운 상대일 수 있다는 거, 인정할게요."

"……."

"그런데 나 알고 보면 진짜 별 볼 일 없는 남잔데. 오히려 더 가진 것도 없고, 더…… 상처도 많고."

가볍게 웃으며 혼잣말하듯 말하는 진원의 목소리가 마음에 살포시 내려앉았다.

진원은 놓아주지 않을 것 같은 우리의 허리에서 천천히 손을 떼고 한 발자국 물러났다. 그녀의 거절이 전혀 이해가 가지 않는 게 아니라서 무작정 만나자고 떼를 쓸 수가 없었다.

"그럼 하던 대로 계속 도망가요."

"팀장님."

"나도 하던 대로 계속 잡으러 다닐 테니까."

가뜩이나 포기를 모르는 성격인데 우리가 자신과 같은 마음이라는 걸 알고 나니 더욱 포기가 안 된다. 진원은 다시 여유로운 본래 모습으로 돌아와 나른하게 웃었다.

"억울하지만 어쩌겠어요. 더 좋아하는 사람이 수고해야지."

그의 말대로 처음부터 냉정하게 싫다고 대답했어야 하는데 괜한 희망고문을 한 것 같아 마음이 불편했다. 이번에는 정말 단호하게 거절을 하려고 우리가 입을 열자 진원이 뒷걸음질 치며 우리에게서 멀어졌다.

"하루 두 번 거절은 하지 맙시다. 안 그래도 앞으로 쭉 거절당할 생각에 심란한데. 내가 거절 받는 데는 익숙하지 않은 남자라."

입꼬리를 올리며 연신 뒤로 가던 진원이 한 손을 들며 인사했다.

"집에 안 바래다줄 거예요. 내 소중함을 알아야 도망갈 생각을 안 하지."

"그럴 일 없을 거예요!"

"장담하지 마요. 나중에 나한테 왔을 때 되게 민망할 테니까."

절대 웃음이 나면 안 되는 상황에도 웃게 하는 재주가 있는 남자였다. 우리가 바람 빠지듯 픽 웃음을 터뜨리자 진원도 덩달아 웃었다.

"조심해서 가요. 또 돌다리 건너듯이 걷지 말고."

할 말을 다 한 진원은 호프집 방향으로 유유히 걸어갔다. 멀어지는 그를 물끄러미 바라보던 우리는 그의 모습이 완벽히 사라질 때까지 그 자리에 한참을 서 있었다.

무슨 정신으로 집까지 걸어왔는지 모르겠다. 집에 들어온 우리는 지친 얼굴로 가방을 내려놓았다. 그때 가방에 넣어 둔 휴대폰

진동이 고요한 방 안에서 짤막하게 울렸다. 우리는 혹시나 싶은 마음에 서둘러 휴대폰을 확인했다.

[한 번만 더 멍하게 걸어 다니면 그땐 진짜 무모하게 굽니다.]

제멋대로 굴겠다는 문장에 쓸데없이 정중함을 더했다. 안 바래 다주겠다고 할 땐 언제고, 소리 없이 자신을 지켜보고 있던 그의 다정한 배려에 우리의 입매에 희미한 미소가 떠올랐다.

연애하자는 말에 대뜸 결혼을 입에 올리며 신분 차이를 거절의 이유로 삼는 것이 진원의 입장에서는 황당할 수 있는 일이었다. 하지만 그는 혼자서 너무 멀리 간 것 아니냐며 무안을 주지도, 사탕 발린 말로 어떻게 해서든 설득하려 애를 쓰지도 않았다. 그저 기다리겠다고 했다. 그리고 자신이 더 좋아한다고도 말했다. 그 묵직한 진정성이 자꾸만 우리의 마음을 흔들었다.

두서없이 내보이고 만 제 진심이 자칫 그를 더 힘들게 하는 건 아닐까.

이왕 한 거짓말, 한 번 더 할 걸 그랬나.

뒤늦게 후회했지만 이미 일은 벌어지고 난 뒤였다.

'집에 안 바래다줄 거예요. 내 소중함을 알아야 도망갈 생각을 안 하지.'

진원과의 대화를 떠올리던 우리가 다시 한 번 문자를 바라봤다. 벌써 이렇게 대책 없이 흔들리고 있는데 정말 그런 일은 없을 거라고 장담할 수 있을까..

우리는 스스로 꺼낸 말들에 조금씩 확신이 사라졌다.

❖

 진원과의 일로 마음이 심란해진 우리는 결국 밤새 몸을 뒤척이다 일찍 회사에 출근했다. 자리에 가방을 놓고 곧장 탕비실로 들어간 우리는 서랍을 열어 바닥을 드러낸 각종 차 티백들을 채워 넣었다. 누구도 우리에게 탕비실 청소를 맡긴 적은 없었지만, 이곳을 관리하는 사람은 막내인 그녀의 몫이었다.

 우리는 커피 가루를 따로 담아 탕비실 한편에 방향제용으로 두고, 커피 머신기 필터에 있는 찌꺼기를 청소했다. 솔로 구석구석 닦은 후 물로 헹구려는데 따뜻한 물이 나오지 않았다.

 서랍 이곳저곳을 뒤져 봤지만, 여분의 고무장갑이 보이지 않았다. 우리는 할 수 없이 차가운 물로 필터기를 헹구기 시작했다.

 그때 밖에서 출입증을 통해 문 열리는 소리가 들렸다. 분주히 청소하고 있던 우리가 정수기 위에 둔 휴대폰으로 시간을 확인했다. 아직 8시 20분. 그녀가 아는 마케팅팀 사람들은 40분이 넘어야 모습을 드러내곤 했다.

 그렇다면…….

 "아침부터 뭐 해요?"

 "팀장님."

 물소리를 듣고 탕비실 문을 연 진원의 등장에 우리가 물 묻은 손을 들고 꾸벅 고개를 숙였다. 그는 가방을 든 채로 가뜩이나 좁은 탕비실에 굳이 발을 들였다.

 "고무장갑 없어요?"

"여분이 있는 줄 알았는데 없더라고요. 오늘 인사팀에서 받아 오려고요."

우리의 대답에 인상을 찌푸리던 진원은 그녀에게 거리를 좁히며 다가왔다. 졸지에 싱크대 앞에 꼼짝없이 갇히게 된 우리가 어색함에 눈만 깜빡이고 있을 때, 진원이 수도꼭지를 잠그며 물기가 가득한 손을 덥석 잡았다.

"이따가 고무장갑 받아 와서 씻어요."

마치 본인 손인 양 태연하게 손을 잡아 버리는 그의 행동에 놀란 우리가 필사적으로 손을 빼려고 발버둥 쳤다. 진원은 잡고 있던 그녀 손을 순순히 내주는 척하더니 놀리듯 다시 반대편 손을 잡고 반항을 차단하겠다는 듯 아예 탕비실을 불을 끄고 밖으로 나왔다.

"다른 팀원들 오기 전에 닦아 놔야 하는데……."

"내가 커피 쏠 테니까 걱정하지 마요."

간단하게 해결책을 제시한 진원은 우리를 팀장실로 데려오고 나서야 잡았던 손을 놓아줬다.

"어제 잘 잤어요?"

바싹 마른 얼굴을 보니 굳이 묻지 않아도 대답을 알 것 같았지만 이렇게라도 질문을 던져야 벽을 치는 우리와 대화라는 걸 할 수 있었다. 그는 일부러 무심하게 물으며 그녀와 일정한 간격을 유지했다.

"네? 어제…… 왜요?"

어제 있었던 일을 모르쇠로 일관하며 시치미를 떼려는 앙큼한 대답에 진원이 한쪽 입꼬리를 올렸다.

"기억 안 나요? 그럼 어제 했던 얘기 다시 한 번······."

"아! 어제요? 기억나요. 당연히 나죠."

차라리 진원이 지하철 사건을 들먹이며 놀리는 것이 마음 편하겠다 싶을 정도였다. 언제 팀원들이 올지 모르는 일촉즉발 상황에서 어제 일을 되짚는 그는 얄미울 정도로 느긋했다.

"그래서 어제 내 생각은 많이 했고?"

"네······ 네?"

바깥 사무실이 보이는 창문을 수시로 확인하던 우리가 저도 모르게 방심한 채 대답하다가 홱 고개를 돌려 진원을 바라봤다.

"제가 왜 팀장님 생각을······."

서둘러 말을 번복했지만, 진원이 눈매를 접어 웃는 모습을 보는 순간 쥐구멍을 찾아 숨고 싶어졌다. 단호하게 선을 그을 때는 언제고, 어젯밤의 일을 곱씹고 있었다는 걸 들켜 버렸으니 얼굴 전체로 화끈함이 몰려왔다. 다채로운 우리의 표정 변화를 지켜보던 그는 능글맞게 웃으며 우리에게 다가갔다.

"회사에서는 티 안 내도록 노력은 해 볼게요. 겁쟁이 한우리 씨한테 그 정도 배려는 해 줘야지."

자이로드롭을 10번이나 타도 끄떡없는 그녀는 살면서 겁쟁이란 소리를 그에게 처음 들어 봤다.

"대신 자극하지 마요. 특히 나 보면서 절대 웃지 말고."

"그럼 인상 쓰고 있을까요?"

"그건 그거대로 귀여울 것 같기도 하고."

남자에게 대시를 받아 본 적 없는 우리로서는 진원의 이런 적극

143

적인 구애에 좀처럼 적응하기 힘들었다.

"그런 닭살 돋는 말을 듣고 있는 제 입장도 좀 생각해 주시면 안 될까요?"

"나니까 이 정도지. 다른 남자가 이런 말 하면 느끼해서 소름 돋을걸?"

짓궂은 그의 얼굴을 보고 있자니 꼭 놀림당하는 기분이 들어서 어제의 고백이 장난처럼 느껴지기까지 했다. 진원은 한쪽 눈을 찡긋거리더니 직접 사무실 문을 열어 주었다.

"그럼 오늘도 수고해요, 한우리 씨."

능수능란한 밀고 당기기에 오히려 정신을 못 차리는 쪽은 우리였다. 어제 고백을 받은 사람은 우리인데, 정작 고백을 받은 그녀가 더 전전긍긍하는 것이 참 아이러니한 상황이었다.

자리로 돌아온 우리는 그의 사무실을 바라보며 중얼거렸다.

서진원은 호랑이다.

이곳은 앞으로 정신을 바짝 차리고 들어와야 할 호랑이 굴이다.

마케팅팀의 사무실은 한적했다. 천식은 유치원에서 열리는 학부모 참관 수업으로 연차를 냈고, 준오는 에어골드 미팅 건으로 출근하자마자 외근을 나갔다. 조용한 사무실에서 업무를 보던 우리는 컴퓨터 작업 표시 줄에 반짝거리는 메신저를 클릭했다.

[우리 씨, 나 오늘 점심 약속이 있는데 어쩌지?]

[안 돼요, 대리님!]

하지만 영은 역시 선약 상대가 1층 로비에서 기다리고 있어 점심을 취소하기도 어려운 상태였다.

[전에 다니던 직장 선배가 어렵게 시간 낸 거라…… 진짜 미안해. 오늘 우리 셋만 사무실에 덜렁 남을 줄 누가 알았나.]

하필 진원에게 고백받은 다음 날 그와 단둘이 점심을 먹는다니. 어떤 산해진미를 먹어도 무맛일 게 분명했다. 우리에게서 답장이 없자 영은이 연이어 대화를 보냈다.

[내가 나중에 진짜 거하게 쏜다! 응? 응?]

달리 방법이 없던 우리가 알겠다고 대답하자 영은은 블라인드 쳐진 팀장실을 한 번 바라보더니 잽싸게 옷을 갈아입고 일찍 사무실을 나갔다. 그녀가 나가고 사무실에 혼자 남은 우리는 한숨을 훅 내쉬고 실적 분석 자료를 마저 정리했다.

점심시간에 딱 맞춰서 모습을 드러낸 진원은 넓은 사무실에 덩그러니 혼자 남아 있는 우리를 보고 다소 놀란 눈으로 주위를 둘러보았다.

"다른 사람들은요?"

"이 대리는 외근 나갔고, 박 대리는 방금 점심 먹으러 나갔습니다."

곤란하다는 얼굴로 눈썹을 문지르던 진원은 잠시 무언가를 생각하더니 표정을 바꾸고 그녀에게 손짓했다.

"배고픈데 우리도 점심 먹으러 가죠."

차라리 진원까지 선약이 있었다면 좋았으련만. 그가 배고프다고 말하는 바람에 점심 생각이 없다는 말이 쏙 들어가 버렸다. 우리가 옷을 챙기는 동안 진원이 휴대폰을 귀에 갖다 대며 먼저 사무실을 나섰다.

사무실을 정리하고 나오자, 어느새 전화를 끊은 진원이 엘리베이터 앞에 서 있었다. 그는 제 옆에 선 우리를 내려다보며 물었다.

"감자탕 좋아해요?"

"전 음식 안 가려요."

"그럼 감자탕 먹으러 가죠. 내가 잘 아는 맛집 있어요."

우리는 고개를 끄덕였다. 여기서 멀지 않은 곳이라고 호언장담하며 차에 태우던 진원은 15분이 지나서야 차를 멈췄다. 늘어지게 하품을 하고 있던 주차 요원이 그의 차를 보고 성큼성큼 다가와 먼저 조수석 문을 열어 주었다.

우리는 얼떨떨한 얼굴로 주위를 두리번거렸다. 분명 그의 말대로 회사에선 멀지 않은 곳이었지만, 차를 타고 이만큼 올 정도면 완전히 가깝다고도 할 수 없었다. 게다가 결정적으로 그가 차를 세운 곳은 감자탕집이 아닌 이탈리안 레스토랑이었다.

진원을 따라 이탈리안 레스토랑으로 들어가던 우리는 점점 눈을 크게 떴다. 총 3층으로 지어진 레스토랑은 팀장과 사원 단둘이 식사하기엔 지나치게 화려한 곳이었다. 그걸 증명해 주기라도 하듯 앉아 있는 사람들 모두 오붓한 분위기를 물씬 풍기는 연인들이 전부였다.

앞서 들어간 진원에게 이야기를 들은 지배인은 두 사람을 전망 좋은 창가 자리로 안내했다. 예약석이라는 팻말이 놓여 있는 걸 본 우리가 자리에 앉음과 동시에 한달음에 온 지배인이 공손하게 고개를 숙였다.

"주문하시겠습니까?"

"스테이크도 좋아하죠?"

태연하게 메뉴판을 들여다보며 묻는 그의 행동에 우리는 지배인 눈치를 보며 그에게 속삭이듯 작게 말했다.

"감자탕 먹으러 가자고 하셨잖아요."

"선의의 거짓말 같은 거랄까. 스테이크 먹으러 가자고 했으면 부담스러워했을 거잖아요."

당연했다. 누가 점심에 팀장과 함께 이런 데이트 장소에 와서 스테이크를 먹겠는가. 진원이 능숙하게 주문을 끝내고 지배인을 돌려보내자 이번에도 제 의견은 묻지도 않고 행동하는 그 때문에 우리가 입술을 샐쭉거렸다.

"혼자 다 시키실 거면서 제 의견은 왜 물어보신 거예요?"

"이래야 한우리 씨가 내 앞에서 말을 하니까."

우리의 계속되는 방어에 나름 공략법을 만든 진원이 능글맞게 웃었다. 정말이지 못 당해 낼 남자였다.

식전 빵과 수프, 샐러드가 차례대로 나옴과 동시에 먹음직스럽게 구워진 스테이크가 나왔다. 우리는 천천히 칼질해서 고기 한 점을 먹었다.

바짝 구워진 고기임에도 씹자마자 육즙이 가득해서 전혀 퍽퍽하지 않았다. 맛있게 먹는 우리를 흐뭇하게 바라보던 진원이 말했다.

"꼭꼭 씹어서 많이 먹어."

은근슬쩍 말을 놓는 진원 때문에 우리의 칼질이 뚝 멈췄다. 그녀가 고개를 들자 진원이 스테이크를 한입에 쏙 넣으며 입을 오물거렸다.

"아, 지금은 팀장으로 앉아 있는 게 아니라서. 앞으로 반말 존댓말로 차별화를 둬서 공과 사를 구분할 생각인데. 동의하지?"

다시 존댓말을 써 달라고 말해 봤자 통하지 않을 거라는 걸 알기에 우리는 그의 반말을 묵묵히 받아들이며 스테이크 먹기에 집중했다.

"오늘 나도 약속 있었으면 점심은 어쩌려고 했어?"

"아마 굶었을걸요."

"나한테 같이 먹자고 하면 되잖아."

"선약 있다는 분한테 같이 먹자고 졸라요? 그것도 사원이 팀장한테?"

"사원이 팀장한테 하는 거 말고, 한우리가 서진원한테 조르면 돼."

우리는 사이드 메뉴로 나온 감자 샐러드를 입에 넣으며 고개를 절레절레 흔들었다.

"제가 그런 애교가 없어서요."

"애교가 없다고?"

진원이 혼란스러운 얼굴로 반듯한 미간을 좁혔다.

"그럼 이제까지 내가 본 건 뭔데?"

"팀장님이 제 애교를 언제 보셨어요?"

그녀가 가만히 웃고 있는 것만으로도 애교로 보였다. 본인은 모르는 눈치였지만 거짓말을 할 때 혀를 살짝 날름거리는 것도, 마음에 들지 않는 일이 생길 때 입술을 삐죽 내미는 것도, 그냥 진원의 눈엔 한우리 자체가 애교였다. 자신이 무의식중에 하는 행동들이 전혀 애교인지 모르는 우리는 지금 무한한 위험에 노출되어 있었다.

"내가 아침에도 말했지만, 어디 가서 절대 웃고 다니지 마. 특히 다른 남자 앞에서는 더더욱 웃지 말고."

차라리 고양이처럼 매섭게 생겼다면 모를까, 웃으면 영락없는 강아지상이 되는 우리는 자칫 남자들의 오해를 부를 수 있었다.

이미 온갖 걱정에 빠진 진원을 바라보던 우리가 아침에 그가 했던 말로 반박했다.

"그럼 팀장님을 포함한 모든 남자한테 인상 쓰고 다니면 되겠네요."

다른 남자와 같은 취급을 받는 것이 마음에 들지 않았던 그는 포크를 내려놓으며 단호하게 말했다.

"난 그 남자들이랑 다르지."

"뭐가 다른데요?"

"아마 한우리한테 엉덩이를 만져진 남자는 내가 유일……."

"좀!"

우리는 들고 있던 나이프를 남은 스테이크에 쿵 찍어 내리며 주위를 두리번거렸다. 진원은 그저 어깨를 으쓱하며 우리가 미리 썰어 놓은 스테이크 하나를 쏙 가져가 입에 넣었다.

어떻게 해야 할지 모르겠다. 화를 내야 할 상황에도 자꾸 배시시 웃음이 난다. 무겁지도, 그렇다고 너무 가볍지도 않게 마음을 고백하고 표현하는 이 남자가 완전히 좋아져 버렸다. 우리는 진원이 모르게 고개를 숙이고 슬쩍 미소 지었다.

배부른 점심을 마치고 그의 차에 타려는데 진원이 레스토랑에서 멀지 않은 곳에 있는 아이스크림 가게를 가리켰다.

"아이스크림 먹을까?"

TV에서 몇 번 소개된 유명한 디저트 가게임을 안 우리가 눈을 빛냈다.

"그럼 아이스크림은 제가 살게요."

아무리 그가 법인카드로 결제했다고는 하지만 매일 얻어먹는 건 체질에 맞지 않았다. 그러자 이번에는 진원이 순순히 고개를 끄덕였다.

막상 매장에 온 우리는 메뉴를 보고 한참 고민에 빠졌다. 아이스크림에 얹는 토핑도 가지각색이었고, 무엇보다 맛있어 보이는 아이스크림이 한두 개가 아니라 무엇을 먹어야 하는지 결정하기 어려웠다. 그녀의 고민을 눈치챈 진원이 메뉴판에 같이 머리를 맞댔다.

"결정했어?"

"종류가 너무 많아서 못 고르겠어요."

"이거 어때? 견과류 들어가서 고소할 것 같은데."

"팀장님은요?"

"난 요거트."

진원이 추천해 준 아이스크림을 고른 우리는 주문을 마치고 그와 함께 모형으로 된 아이스크림 구경을 시작했다.

잠시 후 점원에게 주문한 아이스크림을 건네받은 진원은 제 것과 우리 것을 번갈아 바라봤다.

"그게 더 맛있어 보인다."

진원이 제 아이스크림을 탐내며 다가오자, 우리가 고개를 가로저으며 뒤로 물러섰다.

"전 요거트보다 이게 더 좋단 말이에요."

"한 입만 줘."

"농담이시죠?"

사실 진원이 시킨 요거트도 우리가 좋아하는 맛이었다. 하지만 아이스크림까지 나눠 먹을 만큼 사이를 진전시켰다간 정식으로 제 마음을 진원에게 인정해야만 할 것 같았다.

"아무튼, 야박하다니까."

우리가 생긋 웃으며 아이스크림을 한 입 떠먹었다. 추운 날 먹는 아이스크림이었지만 근래 먹었던 그 무엇보다 제일 달콤한 맛이었다.

기복이 점심 약속을 나간 사이 외출을 나온 윤영은 진욱과 팔짱을 끼고 식당에서 나오며 아쉽다는 투로 말했다.

"도련님은 아직 연락 없어요?"

"응. 무슨 일 생겼나."

오늘 윤영은 독립 이후로 본 지 오래된 진원과 함께 점심을 먹으려 했다. 그런데 점심 예약까지 해 놓기로 했던 그는 돌연 급한 일이 생겼다며 연락이 끊긴 것이다. 진원의 부재에 섭섭해하는 윤영을 본 진욱이 그녀의 볼에 입술을 맞댔다.

"조만간 꼭 본가 오라고 할게."

진욱이 윤영에게 애정 표현을 서슴지 않을 때였다. 100미터 남짓한 거리에서 어디선가 많이 본 뒷모습이 허리를 숙이고 아이스크림 모형 진열대를 구경 중이었다. 눈을 가늘게 뜨는 진욱의 모습에 윤영의 시선이 자연스레 돌아갔다.

"어? 저기 도련님 아니에요?"

두 사람 시력에 갑자기 문제가 생긴 게 아닌 이상, 그들이 보는 남자는 분명 진원이었다. 급한 일이 생겼다는 말과는 다르게 아이스크림을 구경하는 그는 무척 여유로워 보였다.

"지금 도련님 데이트 중인 거 맞죠?"

다정해 보이는 두 사람을 눈에 담던 윤영은 이 상황이 재밌는지 입을 가리며 웃었다. 그런데 진욱은 그의 옆에 서 있는 여자를 유심히 바라보며 혼잣말하듯 중얼거렸다.

"한우리 씨?"

옆에 있는 여자는 진욱이 아는 얼굴이었다. 제 아이스크림을 손에 쥐고서도 여자의 아이스크림을 뺏어 먹으려는 진원의 짓궂은 얼굴을 본 진욱의 표정이 놀람으로 변했다. 우리를 바라보는 진원의 시선은 그녀를 팀원으로 대하는 눈빛이 아니었다.

"누군데? 당신도 아는 여자예요?"

"진원이 팀원이야. 둘이 점심 먹으러 나왔나 보네."

애써 눈에 보이는 상황을 부정하려는 진욱의 말에 윤영이 그의 옆구리를 콕 찔렀다.

"가까운 회사 근처 놔두고 굳이 여기까지?"

마치 예전 진욱과 제 모습을 보는 것 같아서 윤영은 웃음을 감추지 못했다.

"도련님도 사내 연애 하는 것 같은데."

"당신이 봐도 지금 저 두 사람, 연애지?"

"누가 봐도 연애 같은데요?"

"서진원 대체 어쩌려고……."

진욱이 두 사람 앞에 나서려고 하자 윤영은 그의 팔을 붙잡아 말렸다.

"도련님 팀원이라면서요. 부사장인 당신이 지금 저기 가서 아는 체하면 저 여자분이 얼마나 난감하겠어요?"

윤영의 설득에 진욱이 아차 싶어서 고개를 끄덕였다. 윤영은 진욱과 함께 왔던 길로 돌아가는 내내 웃음을 멈추지 못했다.

"이번 주에 꼭 도련님 본가 오라고 해야겠다."

아무리 좋은 여자를 소개해 주겠다고 해도 능구렁이처럼 말을 넘기던 진원이 연애를 한다니. 윤영은 그의 시작된 연애를 축하해 줄 생각으로 무척 기뻐 보였지만, 진욱은 진원이 사내 연애를 하고 있다는 사실을 알게 될 부친의 쩌렁쩌렁한 고함이 귓가에 쟁쟁하게 울리는 것 같아 벌써 걱정이 앞섰다.

집안 내력

하루 중 제일 고대하던 퇴근 시간이었다. 6시가 되자마자 집까지 바래다주겠다고 온 진원의 문자에 놀란 우리는 그가 사무실에서 나오기 전에 안 된다는 말로 단호하게 못을 박았다. 그녀의 확고한 거절에 진원은 한 발 물러나는 척하며 대신 오늘 피트니스 센터에 꼭 오라고 엄포를 놓았다.

[오늘도 안 오면 내일 팀원들 있는 앞에서 '우리야, 집에 가자!'라고 해 버린다.]

진원의 협박성 문자를 확인한 우리가 고개를 들어 팀장실을 바라봤다. 아니나 다를까, 문자를 보내 놓은 진원이 우리의 행동을 예의주시하고 있었다. 그녀는 보란 듯이 콧방귀를 뀌고 자리에서 일어났다.

"저 먼저 퇴근하겠습니다."

"우리 씨 수고했어."

추적추적 내린 가을비는 이미 그쳤지만, 아스팔트는 축축하게 젖어 있었다. 집 앞으로 가는 버스를 탄 우리는 창문을 열고 도로에서 나는 비 냄새를 흠뻑 맡으며 거리 풍경을 구경했다.

신호 때문에 버스가 잠시 멈춘 곳은 공교롭게도 진원에게 손목이 붙잡힌 채 끌려갔던 그 버스 정류장이었다. 우리는 텅 빈 버스 정류장을 바라보며 자연스레 진원을 떠올렸다.

진원 같은 근사한 남자에게 고백을 받았다는 것이 꿈만 같아서, 혹시나 그의 마음이 스쳐 지나가는 호기심은 아닐까 하는 걱정에 마음이 자꾸 불안해져서 하루에 몇 번이나 그가 준 물건들을, 그가 보낸 메시지들을 눈으로 확인하곤 했다.

그런데 진심을 내보인 그를 느낄수록 조바심이 났다. 바보 같은 걱정을 하는 사이 이 남자를 놓치면 어떻게 하지. 그럼 평생 후회할 것 같은데.

이젠 진원에게서 도망가는 것은 무의미한 일이 돼 버렸다는 걸 인정할 수밖에 없었다. 걷잡을 수 없을 만큼 좋아져 버린 진원에게, 지금이라도 뒤늦은 고백을 해야 할 때였다.

우리는 피트니스 센터에 가기 전에 세탁해 둔 진원의 머플러를 찾아오기 위해 세탁소를 들렀다.

"엄마!"

"우리 딸 오늘 일찍 퇴근했네?"

온 신경을 집중해 다리미질을 하고 있던 현숙은 가게에 들른 딸의 등장에 다리미를 내려놓았다. 이 동네에 몇십 년간 터를 유지한 우리네 세탁소는 동네 사람들에게 가장 신뢰받는 곳이었다. 우리는 다리미질을 하느라 팔이 남아나지 않을 현숙의 어깨를 주물러 주었다. 온종일 고생한 딸의 안마를 받던 현숙은 본인 어깨에 놓인 딸의 손을 잡았다.

"집에 가서 저녁 먹어야지."

"집에 들러서 옷만 갈아입고 피트니스 갔다 오려고."

"그래? 그럼 집에 가서 유라 있는지 한번 보고 와."

"언니? 약국에 없어?"

현숙은 고개를 끄덕이며 잠시 멈추고 있던 다리미질을 다시 시작했다.

"아까 지영이네가 병원 갔다가 약국 들렀더니 유라 대신 다른 사람이 있더래. 휴대폰으로 전화했더니 받지도 않더라."

"알겠어요. 내가 확인해 볼게."

현숙에게 집 안 세탁물을 전해 받은 우리는 종종걸음으로 언덕을 올라갔다. 그런데 그녀의 집 근처에 낯이 익은 검은색 세단 한 대가 떡하니 서 있었다. 차를 본 우리는 깊은 한숨을 내쉬었다. 차에 타고 있던 남자는 걸어오는 우리를 발견하고 곧장 운전석에서 내렸다.

"처제."

"여기까진 무슨 일이세요?"

우리에게 형찬은 그리 반가운 상대가 아니었다. 하나뿐인 친언니를 이혼녀로 만든 것도 모자라, 제 가족의 가슴에 피멍 들게 한 장본인이기도 하니까.

　형찬은 초조한 얼굴로 불 꺼진 유라의 방을 바라보며 말했다.
"혹시 유라 집에 있어? 지나가다가 약국을 봤는데 문이 닫혀 있어서. 전화해도 안 받고······."
"형부가 이럴수록 언니만 더 힘들어지는 거 아시잖아요."
　우리가 냉정하게 충고하듯 말했다.

　두 사람이 이혼하게 된 결정적인 계기는 고부간의 갈등이었다. 번듯한 제 명의로 된 집과 차, 물려받을 회사가 태어날 때부터 정해진 형찬과 홀어머니가 세탁소를 운영하시고 약국에서 약사를 하는 유라의 집안 사정은 확연히 차이가 있었다. 당시 형찬의 가족들은 자신들과 조건이 너무 맞지 않는 유라를 반대하고 나섰지만, 자식 이기는 부모 없다고 결국 두 사람은 결혼 허락을 받아 냈다.

　그런데 우유부단한 형찬의 성격은 깐깐한 모친과 유라 사이의 중간 다리 역할을 하기 부족했다. 심지어 그의 시모와 시누이는 이혼 뒤에도 간혹 찾아와 유라의 속을 뒤집어 놓기 일쑤였다. 우리는 그때 느꼈다. 세상에는 상식이 통하지 않는 사람도 있다고. 남편에게 받지 못한 애정을 아들에게 보상받으려는 형찬의 모친을 말릴 수 있는 사람은 아무도 없었다.

"알아. 아는데······ 걱정이 돼서 그래."
　형찬은 태어날 때부터 가진 것이 많은, 태생이 다정한 남자였지만 좋은 남편감은 아니었다. 유라를 아내로 맞은 순간부터 그는 자신의 가족들에게 나쁜 사람이 될 각오를 해야 했다. 하지만 끝내 형찬은 그러질 못했다.

"······들어가서 확인해 보고 말씀드릴게요."
"정말 고마워, 처제."

그의 본가에 당할 만큼 당했으면서도 아직 형찬을 완벽히 잊지 못한 유라를 알게 되고 나서부터는 그에게 모질게 굴 수 없었다.

형찬을 두고 집으로 들어온 우리는 제일 먼저 컴컴한 거실 불을 켜고 신발을 확인했다. 현관 앞에는 유라가 자주 신는 단화가 가지런히 놓여 있었다.

"언니?"

우리는 문이 닫혀 있는 유라의 방문을 슬그머니 열었다. 불은 꺼져 있었지만, 창문에서 설핏 비춰 오는 가로등 불빛으로 침대에 누워 있는 유라가 보였다. 우리는 고양이 걸음으로 살금살금 걸어가 옆으로 누워 있는 유라의 이마를 짚어 보았다. 다행히 열은 없었다. 그녀는 언니의 잠을 깨울까 봐 다시 조심스러운 걸음으로 문을 닫고 방을 나왔다.

우리는 점퍼를 챙겨 입고 세탁소에서 가져온 옷들을 걸어 놓기 위해 옷방으로 향했다. 그런데 옷방에 있는 건조대에 흰 블라우스 하나가 덩그러니 걸려 있었다. 집에서 나오는 빨랫감들은 모두 세탁소에서 해결하기 때문에 이곳 건조대는 기껏해야 양말과 속옷이 걸리는 게 전부였다.

아직 물기가 어려 있는 걸로 보아 블라우스는 갓 걸어 놓은 것으로 보였다. 우리는 옷걸이를 들어 블라우스를 확인했다. 러플 장식이 돋보이는 블라우스는 자신이 처음 월급 받은 돈으로 유라에게 선물한 것이었다. 왜 굳이 블라우스를 집에서 빨래했지? 라는 의문을 가지며 다시 건조대에 걸어 두고 나가려는데, 우리가 다시 한 번 블라우스로 시선을 돌렸다. 새어 들어온 거실 불빛에 비친 블라우스의 색이 이상했다.

우리는 그제야 옷방 불을 켜고 블라우스를 자세히 살폈다. 순백색이어야 할 블라우스가 군데군데 노랗게 얼룩져 있었다. 얼룩진 부분에만 미세한 주름이 잡힌 걸로 보아, 이 부분의 흔적을 지우려 애를 쓴 기세가 역력했다.

블라우스를 움켜쥔 우리는 혹시나 하는 마음으로 현관에 있는 신발장을 확인했다. 상상하고 싶지 않은 일을 확인시켜 주듯, 가지런히 정돈된 신발들 가운데 유난히 높은 구두 한 켤레가 삐뚤어 놓여 있었다.

망설일 것도 없이 다시 유라의 방으로 간 우리가 벌컥 문을 열고 방 불을 켰다. 곤히 잠들었다고 생각했던 유라의 어깨가 조금씩 떨리고 있었다.

"혹시, 또 그 사람들 만났어?"

남보다도 못한 사람들에게 격식 차린 존칭은 필요 없었다. 금방이라도 터져 나오려는 감정을 억누르고 있는 우리를 알아차린 유라는 천천히 몸을 일으켜 자리에서 일어났다.

"응? 무슨 소리야?"

다 알면서도 모른 척하는 태도가 어색했다. 우리는 손에 들고 있던 블라우스를 들어 보이며 말했다.

"이거 뭔데."

태연한 척하던 유라가 그녀 손에 있는 제 블라우스를 보고 놀란 눈으로 우리를 바라봤다.

"우리야……."

굳게 잠긴 목소리로 저를 부르는 유라의 목소리에 우리는 곧장 뒤돌아섰다. 유라가 변명을 하려 해도 퉁퉁 부어 있는 그녀의 눈이 진실을 말해 주고 있었다.

블라우스를 들고 밖으로 나간 우리는 안절부절못하는 얼굴로 연신 집 앞을 서성이는 형찬과 마주 섰다.

"처제, 유라는? 집에 있어? 어디 아프대?"

진심으로 유라를 걱정하고 있는 형찬의 모습이 우리의 화를 더 돋웠다. 왜 이렇게까지 걱정을 하면서도 형찬은 아무것도 모르는 걸까. 왜 매번 한발 늦고야 마는 걸까. 우리는 두 눈에 가득 고인 눈물을 악착같이 참아 내며 형찬에게 얼룩진 블라우스를 보여 줬다.

"이게 뭔지 아세요?"

"어……?"

유라가 이혼하고 나서 6개월이 지났을 무렵, 어디론가 전화를 받던 그녀는 잠시 나갔다 온다고 하더니 힘없는 얼굴을 하고 집으로 돌아왔다. 그런데 집으로 돌아온 유라의 꼴이 말이 아니었다. 블라우스는 군데군데 노란빛으로 물들어 있었고, 예쁘게 드라이하고 나간 머리는 축축하게 젖어 있었다. 놀란 우리가 그녀에게 다가가자, 시큼한 오렌지 냄새가 풍겼다.

한참 만에 추궁하고 나서야 유라에게 형찬의 모친과 시누이를 만나러 갔었다는 이야기를 들었다. 당장 형찬에게 이야기를 하자고 휴대폰을 들고 일어났지만, 유라가 사정하며 말렸다. 알려 봐야 좋을 게 없다는 이유에서였다. 물에 젖은 생쥐 꼴을 하고도 저를 말리는 유라 때문에 우리는 그날은 아무 내색하지 않고 넘어갔지만 속으로는 천불이 났었다.

"우리야!"

어느새 쫓아 나온 유라가 우리를 말리려고 했다. 오랜만에 유라를 본 형찬은 핼쑥해진 그녀의 얼굴을 보고 한 발 다가섰다.

"유라야……."

애틋한 얼굴로 서로를 바라보는 유라와 형찬이 안타까우면서도 답답해서 우리는 고개를 돌려 버렸다. 형찬이 상황을 파악하기 위해 두 사람을 번갈아 보자 유라는 우리가 사실을 말하지 못하게 그녀를 잡아끌었다.

"형찬 씨, 얼른 가. 우리야, 나랑 먼저 얘기해."

"제발 부탁이에요……."

모질게 마음먹은 우리가 고개를 돌려 형찬을 바라봤다. 손에 쥐어 있던 블라우스는 이미 형편없이 구겨져 있었다.

"다시는 언니한테 찾아오지 마세요."

우리가 애원하는 얼굴로 부탁하자 형찬의 표정이 빳빳하게 굳어졌다. 유라의 상한 얼굴까지 눈에 들어오자 갑자기 불안한 생각에 쫓기기 시작했다.

"무슨 일 있었던 거야? 유라야, 무슨 일……."

"대체 언제까지……! 언제까지 뒤늦게 와서 무슨 일 있었냐고 물을 거예요! 언제까지!"

형찬의 어수룩한 물음에 결국 참지 못한 우리가 소리쳤다. 독기가 서려 있는 목소리와는 다르게 그렁그렁 괴어 있던 우리의 눈물이 두 뺨 아래로 떨어졌다. 피가 날 만큼 아랫입술을 깨물어 봤지만 한번 흐르기 시작한 눈물은 좀처럼 멈추지 못했다.

"이혼했는데…… 왜 우리 언니가 아직도 형부 집에 끌려가 이런 꼴을 당해야 하냔 말이에요!"

늘 아무것도 모르다가 한발 늦게 나타나는 형찬이 밉고 싫었다. 이혼하고 나서도 그의 가족들은 자신들에게 반기를 드는 형찬의 모습을 유라의 탓으로 물고 늘어지며 괴롭혔다. 이리 치이고 저리 치이던 결혼 생활을 정리했으면 이젠 그들에게 당당해도 될 법한데, 유라는 사랑하는 남자의 가족이라는 이유로 온갖 수모와 멸시를 참아 내고 있었다.

우리는 눈물범벅이 된 두 볼을 아무렇게나 닦으며 유라에게 처음으로 목소리를 높였다.

"언니도 바보야? 그 사람들이 부른다고 거길 왜 나가! 나갔으면 당당하게 싸우고라도 오지, 혼자서 왜 울고 있냐고! 대체 왜! 언니가 뭘 잘못했는데!"

전에는 이해하려고 노력했던 유라의 사랑 역시 이해하고 싶지 않아졌다. 서로에게 상처 주기 싫어서 아픈 모습을 감추고 있는 두 사람이 이기적이라는 생각이 들었다. 그 아픈 모습을 지켜봐야 하는 가족들의 가슴이 미어지는 건 왜 알아주지 않는 건지 형찬과 유라에게 도리어 묻고 싶었다.

왜 하필 오늘이었을까. 진원에게 진심을 고백하려고 마음먹은 오늘 같은 날, 마치 절대 진원과 이루어질 수 없다는 메시지를 주는 것처럼 상처뿐이었던 이 결혼을 상기시키게 만드는 일이 왜 벌어진 걸까.

결국, 우리는 북받쳐 오른 감정을 추스르지 못하고 얼굴을 두 손으로 감싸 쥐며 자리에 주저앉아 흐느꼈다. 마음속에 있는 말을 꺼내고도 전혀 후련하지 않았다. 오히려 아프기만 했다. 형편없이 얼룩진 블라우스가 꼭 진원과 자신의 미래를 말하는 것 같아 두려웠다. 간신히 용기 낸 마음이 현실에 짓밟힌 것만 같았다.

서럽게 울어 대는 우리 때문에 간신히 진정했던 유라 역시 뒤돌아서서 눈물을 닦았다. 두 자매가 저 때문에 울고 있는 모습을 지켜보던 형찬은 자괴감에 고개도 들지 못한 채로 우리에게 말했다.

"처제, 내가 미안해…… 내가 정말, 유라야……."

형찬이 미안함에 말도 제대로 잇지 못할 때였다. 한 남자가 소리 없이 다가와 우리의 앞에 앉으며 그녀와 시선을 맞췄다.

"한우리."

눈물로 아스팔트를 다 적실 작정으로 눈물을 쏟는 우리를 지켜보던 그는 천천히 그녀의 머리를 쓰다듬어 주었다. 익숙한 향수 냄새를 맡은 우리가 천천히 고개를 들었다. 그곳에는 자신과 같은 자세로 앉은 진원이 있었다.

"이렇게 앉아 있으면 나중에 다리 아파서 못 일어나. 그러면 나한테 또 업혀야 하는데. 괜찮겠어?"

울고 있는 그녀를 앞에 두고도 진원은 왜 그러는지, 누가 그랬는지 묻는 호들갑 없이 평소와 다를 바 없는 얼굴로 우리를 대했다. 그런데 그 모습이 그녀를 더 눈물 나게 했다. 무슨 일 있냐는 듯 되레 희미한 미소를 지으며 나타난 그의 배려가 고마웠다.

 진원은 천천히 우리를 일으켜 세웠다. 다행히 지나가던 사람이 없어서 그들을 주시하는 사람은 없었다. 주위를 둘러보던 진원은 형찬에게 정중히 고개를 숙이며 말했다.

"제가 데리고 가서 진정시키겠습니다."

 그나마 이 중에 이성이 남아 있을 만한 사람이 그인 것 같아 말을 꺼냈지만, 우리와 무슨 사이인지 물어볼 만큼의 정신은 없어 보였다. 진원은 우리만큼이나 눈물을 쏟고 있는 유라를 향해 인사를 남기고 언덕 위에 주차해 둔 제 차로 우리를 데려갔다.

 그녀가 피트니스 센터에 나오지 않을까 봐 아예 데리고 갈 작정으로 일찍 집 앞에 도착해 우리가 나오기만을 기다리던 참이었다. 그런데 낯선 남자와 집 앞에서 이야기를 주고받는 그녀의 어두운 표정을 본 진원은 마른침을 삼켰다. 혹시 옛 애인인 건가, 하는 불안감이 생겼다. 몰래 보고 있으면 안 될 것 같다는 직감에 차를 돌리려는데, 잠시 후 씩씩거리는 얼굴의 우리가 다시 모습을 드러냈다. 뒤이어 쫓아 나온 유라까지 보고 나서야 상황 판단이 된 진원은 조용히 차에서 내려 세 사람의 대화를 듣고 있었다.

 그녀의 집안 문제에 함부로 껴들어서는 안 된다는 걸 머리로는 알고 있었지만, 힘없이 주저앉아 우는 우리를 보는 순간 두고 볼 수만은 없었다. 그래서 무턱대고 다가가 우리에게 아는 체를 했다. 상황에 맞지 않는 웃음을 흘리는 동안에도, 그녀의 울음을 멈춰 주고 싶다는 생각뿐이었다.

 진원은 아직 울음을 멈추지 못한 우리가 민망하지 않도록 차에 있던 아무 CD나 틀고 최대한 속도를 낼 수 있는 곳으로 달렸다. 우리는 창가를 바라보면서도 연신 눈물을 훔쳐 냈다. 그러면서도 손에 꼭 쥐고 있는 블라우스를 좀처럼 놓지 못했다.

"잠깐 내려서 바람 좀 쐴래?"

조심스레 묻는 진원의 물음에 우리가 말없이 고개를 끄덕였다.

진원이 양화대교 갓길에 차를 세우자 우리가 기다렸다는 듯 먼저 내렸다. 도로를 쌩쌩 지나가는 자동차 소리가 시끄러웠지만, 그녀는 개의치 않았다. 오히려 간헐적으로 터져 나오는 제 흐느낌을 감춰 주어서 좋았다.

그가 조용히 옆으로 다가오자 우리는 긴 한숨을 내쉰 후 말을 꺼냈다.

"언니랑 나는 일곱 살 차이인데, 내가 1 더하기 1을 배울 때 우리 언니는 인수분해를 배웠어요. 항상 언니는 나보다 아는 게 많아서 나는 언니를 척척박사라고 부르고 다녔어요."

매년 설문조사를 하는 곳에 존경하는 사람을 유라로 적을 만큼 우리는 제 언니를 자랑스러워했다.

"친구들이 공부 잘하는 언니 둬서 싫겠다고 말했지만, 난 아니었어요. 내가, 그리고 우리 엄마가 언니를 얼마나 자랑스러워했는데요."

그녀에게 유라는 바빴던 모친을 대신해 자신을 챙겨 주던 하나뿐인 언니였고, 무엇과도 바꿀 수 없는 소중한 가족이었다.

"그런 언니가, 사랑을 하더니 바보가 된 것 같아요. 헛똑똑이가 된 것 같아. 블라우스가 이렇게 됐으면 버려야지. 이런 블라우스

내가 얼마든지 사 줄 수 있는데……."

블라우스를 바라보던 우리의 어깨가 다시 들썩거리기 시작하자 진원은 말없이 그녀를 안아 주었다. 포근한 그의 품에 안겨 흐느끼던 우리가 눈물범벅이 된 얼굴로 진원에게 말했다.

"죄송해요, 팀장님."

형편없이 갈라진 목소리로 우리가 다시 말을 정정했다.

"미안해요, 서진원 씨."

"우리야."

"서진원 씨한테 못 가겠어요. 그냥 지금처럼 저한테 서진원 팀장님 해 주세요. 나는…… 나는……."

안 된다고 말하는 그녀의 얼굴이 너무 처연해서 마음이 저릿했다. 설득하고 싶은 말은 많았지만, 언니가 받았던 상처를 떠올리며 아파하는 우리에게 제 사랑을 운운하며 더 힘들게 하고 싶지 않았다. 지금은 그저 그녀가 하는 말을 묵묵히 들어 주고 싶었다. 진원은 제 품에서 우는 우리의 등을 한참 동안 다독여 주었다.

❖

모처럼 주말에 집에서 느긋하게 쉬려고 했지만 오랜만에 본가로 와서 저녁 한 끼 먹자는 진욱의 전화와 윤영의 부탁, 마지막 화룡점정 격인 기복의 명령으로 진원은 본가로 향하고 있었다.

잔디가 곱게 깔린 본가 정원은 윤영의 정성으로 날이 갈수록 그럴싸한 운치를 더해 가고 있었다. 진원은 오랜만에 오는 본가에 대한 낯섦과 반가움을 동시에 느끼며 집 안으로 들어섰다.

"도련님!"

기척도 없이 집 안으로 들어온 진원을 제일 먼저 발견한 윤영이 깜짝 놀라 그에게 다가갔다. 지난번 길거리에서 우연히 진원을 본 터라 오랜만에 본 건 아니었지만, 그래도 이야기를 나누는 건 퍽 오랜만이라 윤영은 반가움을 숨기지 못했다.

"얼굴이 더 좋아진 것 같아서 서운한데요?"

"아버지 잔소리 안 들으니까 살 것 같아서 그런가 봐요."

"뭐야?"

거실에 앉아 진욱과 장기를 두고 있던 기복이 못마땅한 얼굴로 몸을 돌려 진원을 바라봤다. 윤영이 음식 준비를 마저 하러 부엌으로 들어간 사이 그는 계단을 내려와 기복에게 꾸벅 인사를 하고 진욱의 옆으로 앉았다.

"뭘 고민하고 있어? 상象 움직이면 되겠네."

"아."

진원은 시큰둥한 얼굴로 장기판을 보며 진욱에게 훈수를 두었다. 장기에는 영 소질이 없는 진욱이 그의 말을 듣고 냉큼 기물을 옮기자, 기복이 버럭 큰소리를 냈다.

"이놈 자식이 어디서 훈수야!"

"애초에 아버지가 형이랑 장기 두는 것 자체가 불공평한 게임이잖아요."

진원이 집을 나가기 전까지만 해도 기복과 장기를 두는 것은 늘 그의 몫이었다. 이제까지 속수무책으로 기복에게 지던 진욱은 아예 대놓고 진원과 기물 두는 법을 상의하기에 이르렀다. 그러자 진원은 더욱 얄밉게 진욱의 말을 제 손으로 옮기며 기복을 향해 씩 웃었다.

"장입니다, 아버지."

"뭐?"

금세 전세 역전된 장기판을 바라보며 기복이 인상을 찌푸리고 있을 때였다.

"아버님, 저녁 준비 다 됐어요."

상황을 모르는 윤영이 부엌에서 나오자 기복은 호탕한 웃음을 지으며 판을 무르더니 진원에게 말했다.

"넌 이따가 밥 먹고 나랑 한 수 두고 가."

"진원아, 아버지한테 돈 두둑하게 챙겨 가라."

"이따가 형수랑 디저트나 먹으러 갈까?"

늘 장기를 두고 소소한 내기를 즐겨 하는 기복을 아는 진원은 거드름을 피웠다. 회사 아닌 집에서 보는 동생이 반갑기만 한 진욱은 그에게 장난을 걸며 기분 좋은 얼굴로 부엌에 들어갔다. 나이를 먹어도 제 눈엔 여전히 어리기만 한 두 아들의 뒷모습을 보는 기복의 얼굴에 슬쩍 미소가 스쳐 지나갔다.

진원은 원래 본인이 앉던 식탁 의자에 앉았다. 휑해 보였던 식탁이 꽉 차는 모습에 기복은 물 한 잔을 마시며 진원에게 당부했다.

"앞으로는 주말마다 와서 밥 먹고 가."

"저 바빠요."

한 번 말을 하면 곧장 듣는 법이 없는 진원을 향해 기복이 타박

했다.

"뭐가 그렇게 바빠서 밥 한 끼도 못 먹으러 와?"

"데이트해야 하거든요."

국을 한술 뜨려던 기복은 당연하다는 듯 나온 데이트란 소리에 부동자세를 한 채 굳어서 진원을 바라봤다. 진욱과 윤영의 시선 역시 그에게 향했다.

"여자라도 생긴 거냐?"

"진원이 너…… 진짜야?"

"정말이에요? 도련님?"

반응도 가지각색이었지만 믿지 못하겠다는 반응이 지배적이었다. 진원은 해물찜에 있는 전복을 먹으며 어깨를 으쓱거렸다.

"제가 데이트하는 게 이렇게 가족 전체가 놀랄 만한 일인 거예요?"

"제대로 된 여자이긴 해?"

"저한테 과분한 여자죠."

무슨 말이든 과장하는 법이 없는 진원의 입에서 의외의 말이 튀어나오자 기복이 흥미롭다는 듯 허리를 바로 세우며 물었다.

"언제 보여 줄 건데?"

"아직 짝사랑 중이라 소개까진 못 시켜 드리겠는데요."

사내 연애인 줄 알았던 우리와의 관계가 심지어 진원의 짝사랑이었다니. 진욱은 혼란스러운 얼굴로 그를 바라봤다.

평소 본인 이야기를 잘 하지 않는 막내아들의 짝사랑 소식에 기복은 아예 수저를 내려놓고 그에게 질문 공세를 시작했다.

"네가 싫대?"

"저는 좋은데, 아버지가 싫대요."

영문도 모른 채로 남에게 미움을 받는다는 사실이 불쾌했는지 기복이 인상을 썼다.

"내가 왜 싫은데? 그보다, 내가 아는 사람이야?"

"때 되면 소개해 드릴게요."

"어디서 이상한 여자 데려오기만 해!"

"걱정하지 마세요."

자신이 아는 한 우리는 기복뿐만 아니라 누구에게든지, 어디를 가도 사랑받을 만한 자격이 충분한 여자였다. 그래서 으름장을 놓는 부친의 말에도 진원은 확신이 선 목소리로 대답할 수 있었다.

우리를 생각하며 무의식중에 미소 짓는 진원을 본 진욱과 윤영은 의미심장한 눈빛을 주고받았다. 진욱이 걱정하는 바를 알고 있는 윤영은 작게 고개를 끄덕이고 식사를 마저 끝냈다.

저녁 식사를 마친 기복은 갑자기 소화를 핑계로 산책하러 가자며 진욱을 데리고 밖으로 나갔다. 아마 쉽게 입을 열지 않을 진원을 대신해 진욱에게 그가 만나는 여자에 대한 정보를 얻을 속셈이었겠지만, 그 역시 진원에게 자세히 들은 바가 없으므로 확실히 말해 줄 수 있는 건 없었다.

빤히 보이는 부친의 속내에 고개를 가로젓던 진원은 두 사람이 산책하러 나간 틈을 타서 2층에 있는 제 방으로 올라갔다. 잘 정돈된 침대에 털썩 누운 진원은 종일 손에 쥐고 있던 휴대폰을 가만히 들여다봤다. 수신된 메시지 0개. 부재중 전화도 0개. 매정한 0이라는 숫자에 그가 헛웃음을 지었다.

그날 이후로 우리에게 먼저 개인적인 연락을 하지 않았다. 가뜩이나 언니의 일로 겁을 먹은 우리가 조금 안정을 찾을 시간이 필요할 것 같아서였다. 하지만 그런 와중에도 혹시나 먼저 연락해 주진 않을까, 조금 기대한 것도 없다고 할 순 없었다.

차마 버리지 못하고 집에 들고 가던 블라우스는 어떻게 했을까. 혹시 지금까지도 혼자 울고 있는 건 아닐까. 씩씩한 여자니까 얼른 훌훌 털어 버리고 웃었으면 좋겠는데.

"보고 싶다."

진원은 목 뒤에 깍지를 낀 채 천장에 대고 들리지 않을 고백을 중얼거렸다. 울고 있는 그녀의 모습 말고, 늘 제 앞에서 배시시 웃는 우리의 얼굴을 보고 싶었다. 지금 찾아간다고 웃어 줄지는 모르겠지만 그래도 울지 않는 모습을 봐야 제가 살 것 같았다.

결국, 참다못한 진원이 우리에게 먼저 전화를 걸어 보려는데 노크 소리와 함께 윤영이 과일을 들고 방으로 들어왔다. 진원은 몸을 일으켜 자리에서 일어나 그녀가 들고 온 과일 접시를 받아 들었다.

"제가 방해한 거 아니죠?"

"방해라뇨."

간이 의자에 앉은 윤영은 진원에게 먼저 포크를 건넸다. 진원이 없는 동안 집에서 있었던 일, 진욱과의 소소한 다툼, 기복의 건강 등의 이야기를 해 주던 윤영은 준비해 온 말을 다 하고 나선 잠시 뜸을 들였다. 할 말이 남아 있는 얼굴의 윤영을 본 진원은 키위를 입에 넣으며 낮게 웃었다.

"얼른 궁금한 거 물어보세요."

"네?"

"내가 어떤 여자 만나는 건지 알아보려고 스파이 하러 오신 거잖아요."

눈치 빠른 진원에게 금방 속내를 들킨 윤영은 오히려 홀가분한 얼굴로 그에게 물었다.

"짝사랑 중인 여자분한테 고백은 해 봤어요?"

"아직 못 했어요."

가족에게까지 언급할 정도로 확신이 있는 여자라면 금방 관계를 진전시키기도 남았을 진원이 아직 고백도 못 했다는 게 의외였는지 윤영이 화들짝 놀랐다.

"왜요?"

"고백하려던 날 차였거든요. 근데 조만간 하려고요. 고백."

차였다는 말을 하는 와중에도 그녀를 떠올리며 웃음 짓는 진원을 본 윤영도 덩달아 웃으며 키위를 한 입 먹었다.

"그분 어디가 그렇게 좋은데요?"

"음······."

잠시 고민하던 진원은 포크를 내려놓으며 말했다.

"어제 결정적으로 반한 부분이 있긴 한데."

"뭔데요?"

"가족을 진심으로 사랑하는 모습이요."

그의 입에서 '가족'이라는 단어가 나오자 두 사람의 분위기가 돌연 숙연해졌다.

 점점 혼기가 차는 진원의 나이를 두고 진욱이 잔소리를 할 때마다 그는 혼자 자유롭게 살 거라며 되레 결혼한 형을 놀리곤 했다. 하지만 실은 행복한 가정을 꾸릴 수 있을 거라는 확신이 없어서였다. 사람과 사람 사이에 늘 상처받지 않을 선에서 적당히 관계를 유지하던 그는 이성을 만날 때도 진지한 법 없이 가볍게 대했다. 처음에는 유쾌한 그 모습에 뭇 여성들은 가슴이 설레기도 했지만, 자신과의 관계를 진지하게 생각하지 않는다며 헤어짐을 고했다. 하지만 그때도 슬프지 않았다. 어쩌면 평생 이렇게 사는 것이 제 옆에 있게 될지 모를 누군가를 불행하게 만들지 않게 하는 방법이라고도 생각했다.

"처음이었어요. 누군가의 상처를 보면서, 내 상처를 떠올리지 않고 그 사람을 아프지 않게 하고 싶다는 생각을 한 게."

"도련님······."

 결혼에 대해, 만남에 대해 알게 모르게 회의적으로 굴던 진원의 태도가 변화했다는데 윤영은 주책없이 눈물이 터져 나오려 했다. 그러자 진원은 다시 웃음기 도는 얼굴로 돌아와 손을 흔들었다.

"형수님 우시면 저 아버지랑 형한테 혼나요."

"울긴요. 안 울어요."

"형수님."

"네?"

"형이 고백했을 때, 기분이 어땠어요?"

 아마 며칠 전, 진원이 좋아하는 여자가 회사 사원인지 몰랐다면 윤영은 질문을 듣자마자 회사 사람이냐고 물어봤을 것이다. 하지만 윤영은 묻지 않았다. 진원에게 아는 척을 하지 말자는 진욱의 당부도 있었고, 추궁해서 이야기를 듣기보단 그가 자발적으로 해주는 말을 더 듣고 싶었다.

"나는 처음 고백받았을 때 질색하면서 거절했어요."

윤영의 솔직한 대답에 진원이 입가에 웃음을 물었다. 지금 당장 연애하자는 제 말에 입을 벌린 채 놀라던 우리의 모습이 떠오른 탓이었다. 윤영은 진욱이 고백할 당시를 회상하며 고개를 흔들었다.

"사실 내 입장에선 진욱 씨가 부담스러운 사람이었어요. 사장님 아들인 데다가 내가 모시는 상사……. 왜 그런 드라마 있잖아요. 부잣집 아들이랑 사귀면 돈 봉투 주면서 헤어지라고 구박받고, 조롱당하는 거. 나도 우리 집 귀한 딸인데, 혹시 이 사람이랑 만나면 그런 푸대접 받는 건 아닐까 싶더라고요."

아무 사연 없는 윤영조차 드라마에서 본 것만으로 걱정됐다고 하는데, 하물며 그런 구박과 수모를 겪은 사람을 가장 가까이에서 본 우리는 얼마나 걱정이 많을지 짐작이 갔다. 하나뿐인 소중한 언니가 힘들어하던 모습을 옆에서 속속들이 지켜봤기 때문에 자신에게 쉽게 마음을 열지 못하는 것도 이해가 돼서 더욱 마음이 아팠다.

"그럼 형수는 결국 형한테 어떻게 넘어왔어요?"

"그 사람이 진심으로 계속 나를 흔드는데, 버틸 수가 없더라고요. 그냥 이 사람 믿고 한번 가 보자, 마음먹었죠."

윤영은 심각한 표정을 짓고 있는 진원을 바라보며 그에게 힘을 보탰다.

"그러니까 도련님도 짝사랑이라고 기죽지 말고 끝까지 흔들어 봐요! 도련님이라면 내가 진욱 씨한테 넘어오는 데 걸린 시간보다 더 빨리 그분 잡을 수 있을 거예요."

윤영에게 잔뜩 기운을 받은 진원은 갑자기 코트를 챙기더니 자리에서 일어났다.

"벌써 가려고요?"

"형수님이랑 얘기하다 보니까 그 여자가 더 보고 싶어져서요."

진원은 기복이 산책에서 돌아오면 즉각 장기를 둬야 할 임무를 받았던 것에 별로 아랑곳하지 않는 눈치였다.

"아버님께 두둔 안 해 줄 거예요."

"돈 굳으신 거 축하드린다고 전해 주세요."

윤영이 가져온 키위 하나를 마저 집어 먹고 난 진원은 윤영에게 자주 오겠다는 인사와 함께 집을 나섰다. 대문까지 그를 마중 나갔던 윤영은 급하게 차를 몰고 떠나는 진원을 바라보며 흐뭇한 미소를 지었다.

지금 당장 집 앞으로 나오라는 진원의 문자를 받은 우리는 땅이 꺼질 만한 긴 한숨을 쉬며 카디건을 걸쳤다. 부디 그가 자신의 간절함을 알아차리고 연락해 주지 않길 바랐는데, 다시 한 번 거절해야 할 상황을 만드는 진원이 야속하기만 했다.

집 앞에 나온 우리의 고개가 자연스레 언덕 위로 돌아갔다. 예상대로 그의 차는 늘 같은 자리인 언덕 가장자리에 세워져 있었다. 우리는 진원의 한결같음을 애써 외면한 채로 천천히 그에게 다가갔다.

"무슨 일이세요?"

일부러 최대한 무심하고, 딱딱하게 말했는데도 진원은 뭐가 그리 좋은지 벙글벙글 웃고 있었다.

"보고 싶어서."

상대방을 향한 넘실대는 마음을 가라앉히지 못한 건 우리도 마찬가지였다. 진원에게 연락해 보고 싶은 마음은 굴뚝같았지만 더는 안 되겠다며 선을 그은 사람은 본인 스스로였기 때문에 선뜻 전화번호를 누를 수가 없었다.

그럼에도 불구하고 문자 알림음이 울리는 순간 저도 모르게 벌떡 일어나 책상에 있는 휴대폰을 바라봤다. 부정하고 싶지만 그의 연락을 내심 기다리고 있던 건지도 모른다. 진원의 마음처럼, 그녀도 그가 보고 싶었으니까.

"팀장님."

"그날은 서진원 씨라고 불러 주더니. 그러지 말고 이렇게 사적으로 만날 땐 한우리도 내 이름 부르는 게 어때?"

능글맞은 얼굴로 말 트기를 제안하는 진원을 바라보던 우리는 한참 만에 입을 열었다.

"그날 이름 부르면서 내가 했던 말, 진심이었어요. 그러니까 어차피 안 될 사이에 서로 힘 빼지 마요, 우리."

차라리 평소처럼 안 된다며 펄쩍 뛰기라도 하지. 아니면 어장 관리라도 하듯이 슬쩍 웃어 줘도 좋은데. 우리는 정말 서로를 위해 차분하게 부탁 아닌 부탁을 하고 있었다.
"그럼 공평하게 내 고백도 들어."
"팀장님······."
"처음에는 지하철에서 내 엉덩이를 만진 여자가 우리 팀 신입이라는 것에 대한 호기심. 피트니스 센터에서 다른 남자랑 이야기하는 모습에 질투가 나고, 나한테 운동하는 걸 가르쳐 주던 한우리가 자꾸 떠오르던 것부터는 관심."

고백한다던 진원을 외면하려던 우리가 결국 고개를 들어 그를 바라봤다.

"나한테 서진원 팀장님 소속이라고 말하면서 웃는 한우리를 보는 순간, 팀장 소속 말고 그냥 서진원 소속 했으면 좋겠다고 기대했고, 한우리가 나를 오르지 못할 나무라고 말하는 순간 확신했어."

도망만 치는 겁쟁이에게 그의 진심은 너무나 과분했다. 진원의 말을 끝까지 들을 자신이 없어서 우리가 돌아서려는데 그가 도망치지 못하도록 손을 붙잡았다.

"그냥 내가 한우리 소속을 해야겠구나."

자신도 모르는 사이 꽤 오래전부터 진원에게 사랑받고 있었다는 생각에 코끝이 찡해졌다. 어떻게 해서든 그와 멀어질 궁리만 하기 바빴던 본인과는 다르게 그는 천천히, 그렇다고 너무 느리지도 않게 자신을 향해 쭉 걸어오고 있었다.

우리도 솔직하게 말하고 싶었다. 나 역시 서진원 씨를 아주 많이 좋아하고 있다고. 하지만 목까지 차오르는 그 말이 선뜻 나오질 않았다. 버리지 못한 유라의 블라우스가 마법이라도 거는 건지 진원에게 그 어떠한 대답도 할 수가 없었다.

"당장 나 받아 달라고 조를 생각 없어. 그냥 지금처럼 옆에 두고, 내가 괜찮은 남자인지 지켜보기만 해."

진원은 형찬처럼 우유부단한 남자가 아니었다. 그래서 설령 집안의 반대가 있더라도 무슨 수를 써서든 가족들을 설득하리라는 것도 눈에 보였다.

"팀장님이 괜찮은 남자라는 건 이미 너무 잘 알아요. 그런데 나는, 엄마에게 똑같은 상처를 주고 싶지 않아요. 내가 언니랑 같은 상황에 놓이게 된다는 것 자체가 우리 엄마에겐 상처예요."

동네 사람들에게 싫은 소리 들은 적 없이 무탈하게 세탁소를 운영하던 현숙은 유라의 이혼이 있고 난 후로 여기저기서 들리는 수군거림을 묵묵히 감당해야 했다. 어디 내놔도 빠지지 않는 딸의 인생을 망쳐 놨다는 둥, 돈독이 제대로 올랐다는 둥의 깎아내리는 말들이 들리는데도 현숙은 유라의 이혼이 정말 본인이 못난 탓이라고 생각했기 때문에 속상한 내색 한 번 없이 늘 세탁소를 열어 사람들을 웃는 얼굴로 맞이했다. 그 모습을 지켜보던 우리는 마음 아팠던 적이 한두 번이 아니었다.

진원의 집안에서 무시를 당하는 건 스스로 한 선택이니 감당할 수 있었다. 하지만 모친에게 또다시 유라 때와 같은 아픔과 동네 사람들의 수군거림을 감당해 내라고 할 수 없었다.

"그럼 나랑 한우리는?"

진원의 나직한 목소리에 우리가 고개를 들었다.

"우린 아파도 상관없는 거야? 서로 좋아하는데 시작도 안 해 보고 끝내 버려도 정말 괜찮아? 내가 다른 여자 만나는 걸 지켜볼 자신 있어?"

이렇게 두 눈동자에 자신만 담고 있는 진원이 다른 여자를 만난다는 상상은 그녀를 울컥하게 만들었다. 이기적인 속마음을 드러낼 수 없던 우리가 다시 고개를 떨어뜨리자, 진원이 한 손으로 그녀의 얼굴을 살며시 잡았다. 죄인처럼 고개 숙이고 있는 모습은 보고 싶지 않았다.

"지금 하던 대로 도망가. 내가 잡으러 다니겠다고 하잖아."

"팀장님 때문에 내가 자꾸 흔들리잖아요."

"그럼 흔들릴 때마다 찾아와. 보고 싶으면 연락하고, 그러다 안 되겠다 싶으면 또 모른 척하고 다시 도망가. 한우리 위해서 기꺼이 호구 해 줄 테니까."

진지한 얼굴로 호구라는 단어를 입에 올리는 진원 때문에 우리는 한숨을 뱉었다. 도무지 후진이라는 걸 모르는 남자였다.

"정 나한테 못 올라오겠으면 말해. 내가 내려갈 테니까."

내려간다는 말의 의미를 곱씹던 우리가 아연실색하며 그의 손을 뿌리치고 팔뚝을 소리 나게 때렸다.

"미쳤어요?"

"그런지도 모르지."

즉각 반응하는 우리가 재미있다는 듯 피식 웃던 진원은 그녀의 머리를 쓰다듬었다.

"그런데 내가 내려간다고 좋아할 여자는 아니니까."

"그런 여자였으면 팀장님이 이렇게 나한테 매달리지도 않았겠죠."

어째서 이 여자는, 예쁜 것도 모자라서 똑똑하기까지 한 걸까. 우리의 대답에 진원은 묘한 표정으로 그녀를 내려다봤다.

"왜, 왜 그렇게 봐요?"

"안 그래도 반했으니까 자꾸 꼬시지 마."

처음으로 진원의 말에 닭살이 돋은 우리가 두 팔을 비비고 나서 귀를 막았다.

"느끼한 말 하지 말라니까요!"

"그러니까 내려갈 수 없는 날 위해서라도 얼른 용기 내서 와 주라."

귀를 막고 있는데도 진원의 목소리가 또렷하게 귓가에 파고들어 그녀의 가슴을 두드렸다. 진원은 친절하게 우리의 손을 내려 주며 다시 짓궂은 얼굴로 그녀에게 말했다.

"그런데 언제까지 기다릴지는 나도 장담 못 한다."

감동이 채 가시기도 전에 5분도 안 지나서 말을 바꾸는 그의 태도에 우리가 어이없다는 듯 헛웃음을 흘렸다.

"조금 전까지는 도망가면 잡으러 오겠다면서요."

"이래야 한우리가 나한테 올 용기를 내지. 언제까지나 영원히 호구 하겠다고 하면 굳이 나한테 오려고 하겠어?"

오늘 진원을 만나고 나서 줄곧 표정 관리에 힘쓰던 우리는 결국 마지막 말에 픽 웃어 버리고 말았다. 그녀의 미소에 언제나 반하고 마는 진원은 따라 웃으면서 우리의 볼에 손을 가져다 댔다.

"역시 한우리는 웃는 게 제일 예쁘다."

그러더니 손을 뻗어 그녀의 허리를 끌어안았다. 놀란 우리의 몸이 움찔 놀라자 진원은 고개를 아래로 숙여 동그스름한 그녀 이마에 짧게 입을 맞췄다. 갑작스러운 스킨십에 놀란 우리의 얼굴이 잘 익은 복숭아처럼 발그스름해졌다.

"이건 지난번 드라이브 기름값 받은 셈 칠게. 내가 좀 영악한 호구라 계산이 철저하거든."

이마에 스치듯 닿은 그의 촉촉한 입술의 감촉이 너무 생생하게 느껴져서 머릿속이 하애진 우리는 진원의 능글맞은 대답에 대꾸도 하지 못하고 멍한 얼굴로 서 있기만 했다.

"그럼 내일 봅시다, 한우리 씨."

느릿하게 눈만 껌뻑이며 무방비 상태가 된 그녀를 보는 것만으로 진원에겐 고문 그 자체였다. 이대로 있다가는 이마가 아닌 입술을 훔칠 것 같아 진원은 빠르게 돌아섰다.

사람 마음을 잔뜩 심란하게 만들어 놓고 유유히 차를 타고 가 버리는 그를 끝까지 서서 지켜보던 우리는 입술이 닿았던 자신의 이마를 조심스레 만져 보며 확신했다.

이 관계에서 진정한 호구는, 그가 아닌 자신이라는 걸.

토닥토닥

"이번 주 수요일이 팀장님 생일이라고 하던데."

점심을 먹는 도중 영은의 입에서 나온 말이었다. 오전부터 진원과 천식이 아이리스 프로모션 건으로 미팅을 갔기 때문에 자리에는 준오와 영은, 우리뿐이었다.

진원의 생일이라는 이야기를 듣는 순간, 독립했다던 그가 미역국은 챙겨 먹을지 걱정부터 됐다. 우리는 계란말이 하나를 집으며 최대한 태연한 목소리로 물었다.

"그건 어떻게 아셨어요?"

"총무팀이 이번 달 생일인 사람들 상품권 준비하는데 거기 팀장님 이름 있었대. 나한테 팀 회식 같이 안 하겠냐고 하던데?"

"어휴, 총무팀이랑 같이 회식하면 기 빨려서 난 싫어."

팀원 전체가 여자인 총무팀 회식 제안의 수가 훤히 보였다. 평소 같으면 반색을 하고 달려들 준오였지만, 총무팀 모두가 유부녀였기 때문에 관심 대상에서 단연 제외였다.

"몰래 파티라도 준비해야 하나?"

"그게 좋을 것 같은데. 우리 씨 생각은 어때?"

의견의 화살이 우리에게 돌아갔다. 자연스레 그의 선물을 고민하고 있던 그녀는 정신을 차리고 서둘러 대답했다.

"이왕 알게 됐는데 그냥 지나치는 건 좀 예의가 아닌 것 같은데……."

팀원들과 함께 생일 파티를 준비하며 선물을 준비하는 것이 가장 자연스러운 그림이었다. 우리의 말에 영은이 고개를 끄덕였다.

"그럼 케이크는 우리 씨가 사 올래?"

"네. 제가 사 올게요."

천식에게는 나중에 슬쩍 언질을 주겠다는 준오의 말과 함께 본격적인 진원의 생일 파티 준비가 시작됐다.

점심을 먹고 사무실로 돌아와 카탈로그 시안 페이지를 꼼꼼하게 확인하던 우리의 손이 뚝 멈췄다. 곧 다가오는 취업 시즌을 앞두고 하강백화점은 입점 브랜드 상품으로 남녀 면접용 패션을 카탈로그에 실을 예정이었다. 그중에 한 남자 모델이 고개를 약간 숙인 채로 생긋 웃으며 넥타이에 손을 올리고 있었는데, 그 넥타이가 그녀의 시선을 잡아끌었다.

우리는 카탈로그를 확인하다 말고 마우스를 붙잡고 홀린 듯이 〈타이캣〉 브랜드를 검색하기 시작했다. 20대와 30대 남성이 주로 찾는 타이캣은 평범한 디자인부터 독특한 디자인까지 패턴의 종류가 다양했다.

"다녀왔습니다."

그때 아이리스 미팅을 무사히 끝내고 돌아온 진원과 천식이 사무실로 들어섰다. 놀란 우리는 마치 도둑질을 하다 걸린 사람처럼 Alt+Tab 단축키를 눌러 보고 있던 타이캣 홈페이지 화면을 내려 버렸다.

"아이리스 미팅은 잘하고 오셨어요?"

준오의 물음에 천식이 의기양양하게 대답했다.

"다음 미팅부터는 나 혼자 장 대표님 뵈러 갈 것 같은데."

"정말요?"

영은의 놀람에는 '그 까다로운 장 대표를 혼자서요?'라는 뒷말이 숨어 있었다. 으쓱대는 천식의 말에 진원이 짧은 미소를 지으며 대신 고개를 끄덕이며 말했다.

"한우리 씨, 나 커피 한 잔만 갖다 줘요."

"네, 팀장님."

저를 부르는 다정한 진원의 목소리에 긴장을 풀고 있던 우리의 어깨에 잔뜩 힘이 들어갔다. 우리는 잽싸게 탕비실로 들어가 커피 머신기에서 진한 원두커피를 뽑아 그의 사무실에 노크하고 들어갔다.

"들어와요."

쟁반을 들고 있던 우리가 크게 숨을 한 번 쉬고 안으로 들어갔다. 그의 사무실에 단둘이 있게 된 것이 퍽 오랜만이었다. 책상 앞에 선 우리가 커피를 내려놓으려는 순간 진원이 웃으며 그녀의 손을 살짝 감싸 쥐었다.

"아이고, 미안."

고의적인 진원의 행동에 우리는 기가 막히면서도 본능적으로 그의 사무실에 블라인드가 쳐져 있는지부터 확인했다. 다행히도 블라인드는 한 치의 흐트러짐도 없이 가지런하게 내려져 있었다.

"이거 인사팀에 말하면 어떻게 되는지 아시죠?"

"어떻게 되긴. 한우리랑 서진원이 본격적으로 연애한다고 소문나겠지."

말이나 못 하면 밉지나 않지. 우리가 가느다랗게 눈을 뜨고 바라봤지만, 진원은 여유롭게 그녀가 준 커피 한 잔을 마시며 의자에 몸을 기댔다.

"아까 들었겠지만 장 대표 미팅은 앞으로 김천식 차장이 진행할 거예요. 어차피 외부 미팅은 김 차장 담당이었으니까 제자리를 찾은 거라고 생각해요."

"그럼요. 장 대표님이 별말씀 없으셔서 다행이에요."

사실 미팅하기에 앞서 진원은 현성에게 앞으로의 미팅 자리에는 우리가 나오지 않을 거라고 아예 못을 박고 시작했다. 다른 누군가와 업무 스타일을 다시 맞춰 가야 한다는 것이 번거로웠던 현성은 우리와 함께하겠다고 했지만 진원은 꼿꼿한 기색으로 맞서 대립했다.

현성이 나쁜 사람이 아니라는 건 알지만 우리가 속을 버려 가면서 그와 술을 마시는 것이 탐탁지 않았다. 아무리 술을 잘 마시는 그녀라고 하지만 알딸딸하게 취해 배시시 웃는 얼굴을 보는 사람은 저 하나였으면 싶었다.

"그러게……."

진원이 말을 다 잇지 못하고 고개를 돌려 쿨럭거렸다. 목청을 가다듬는 진원을 지켜보던 우리가 걱정스러운 얼굴로 물었다.

"감기 걸리셨어요?"

"잠깐 사레들어서 그래요. 커피 잘 마실게요."

말은 괜찮다고 하지만 인상을 찌푸린 채 연신 목을 가다듬는 그를 보고 있으니 썩 괜찮은 상태는 아닌 것으로 보였다. 저로 인해 진원이 기침도 제대로 하지 못하는 것 같아 우리는 잠자코 사무실을 나왔다.

자리로 돌아온 그녀는 아까 보고 있던 타이캣 홈페이지를 다시 띄워 진원에게 어울릴 만한 문양을 찾기 시작했다. 몇 페이지를 지나다 보니 그녀가 잘 어울릴 거라고 생각했던 회색의 사선형으로 그려진 패턴의 넥타이 이미지가 딱 눈에 들어왔다.

"이거네."

모니터를 뚫고 들어갈 기세로 넥타이 이미지를 꼼꼼하게 살펴보던 우리는 휴대폰을 가지고 나가 곧장 본사 매장에 재고가 있는지부터 확인했다. 다행히 재고가 있다는 점원의 말에 우리는 냉큼 예약을 걸어 두고 다시 사무실로 들어왔다. 선물을 받고 기뻐할 진원의 얼굴을 떠올리자 그녀의 입가에 숨기지 못할 웃음이 새어 나왔다.

❖

 평소 출근 시간보다 조금 더 일찍 집을 나선 우리는 회사 근처에 있는 베이커리에 들렀다. 직장인들을 상대로 아침 대용 샌드위치를 판매하느라 일찍 문을 여는 윤베이커리는 오전 6시에 당일 판매할 빵과 케이크를 만들어 내기 때문에 빵의 식감이 더욱 부드러웠다.

 아직 개시 전인 꽉 찬 케이크 진열대를 바라보며 고민에 빠진 우리는 입을 모으고 한참을 고민하다 결국 제일 무난한 생크림 케이크를 골랐다.

 한 손에는 케이크 상자를, 다른 한 손에는 진원에게 몰래 전해 줄 넥타이가 담긴 쇼핑백을 든 우리의 표정이 다른 날보다 무척 밝았다.

 콧노래를 부르며 사무실에 도착한 우리는 케이크와 쇼핑백을 자리 아래에 숨겨 놓고 불이 꺼져 있는 진원의 사무실을 한 번 바라봤다.

 "미역국은 챙겨 먹겠지."

 쓸데없는 생각이라고 단정 지은 우리는 걱정스러움을 표정에서 지우고 탕비실 청소를 시작했다.

 우리의 뒤를 이어 일찍 출근한 영은과 준오는 준비한 풍선과 happy birthday라는 배너를 사무실 문 앞에 걸고 파티 준비를 마쳤다. 다소 유치해 보이긴 했지만 오랜만에 준비하는 생일 파티에 세 사람은 잔뜩 신이 나 있었다.

"김 차장님 어디신데 아직 안 오시지?"

"그러게. 전화해 봐야 하는 거 아니야? 팀장님보다 늦게 오시면 안 되는데."

"저기 오시네요."

호랑이도 제 말 하면 온다는 속담처럼 말이 끝나기가 무섭게 천식이 느릿한 걸음으로 다가오고 있었다. 문 앞에 걸린 풍선들을 바라본 천식은 어이쿠, 하는 앓는 소리를 내며 머리를 긁적거렸다.

"내 정신 좀 봐. 아침에 일찍 연락해 준다는 걸 깜빡했네."

"왜요?"

"오늘 팀장님 연차 쓰셨거든. 어제저녁에 전화 왔더라고."

"진짜요?"

우리의 허탈한 심정을 대신해 주기라도 하듯 영은이 불고 있던 풍선은 바람 빠지는 소리를 내며 힘없이 바닥에 떨어졌다.

"응. 목소리가 안 좋으시더라고. 감기 걸리신 것 같아."

"어쩐지. 요 며칠 계속 콜록거리시더라고요."

"어제 전화할 때도 내색은 안 하려고 하시는데 내가 듣기엔 목소리가 잔뜩 쉬셨더라고."

천식의 말에 우리는 지난번 기침을 하며 목을 가다듬던 진원을 떠올렸다.

'사레라더니, 이 거짓말쟁이!'

얼굴색 하나 변하지 않고 거짓말을 하는 진원 때문에 깜빡 속아 넘어간 것이 화근이었다. 어쩐지 그날 이후로 진원은 점심도 같이 먹지 않고 팀장실에서 좀처럼 모습을 드러내지 않았다. 감기인 줄 알았다면 그에게 매일 생강차라도 타 줬을 것이다. 몰랐던 게 제 잘못도 아닌데 우리는 마치 큰 실수를 한 사람의 얼굴을 하고 입술을 깨물었다.

"그럼 이거 다 떼야겠다. 우리 씨, 케이크도 사 왔다고 했지?"

"네."

"그건 그냥 우리끼리 먹자. 어차피 회사 냉장고도 작아서 못 넣잖아."

우리는 책상에 어질러진 풍선들과 스티커 종이들을 모두 정리하며 고개를 끄덕였다.

"생일에 연차 쓸 만큼 아프면 좀 서럽겠다."

"그러게 말이야."

그가 가족과 따로 살고 있다는 것을 알고 있는 우리는 집에서 혼자 아파하고 있을 진원의 생각에 마음이 편치 않았다. 아파서 회사까지 오지 못할 정도면 미역국은커녕 밥 한 끼도 제대로 차려 먹지 못할 게 분명했다. 생각이 거기까지 미치자 우리의 표정이 급격히 어두워졌다.

뒷정리를 마치고 우리가 자리에 숨겨 두었던 케이크를 꺼냈지만, 팀원들은 모두 난색을 보였다. 제일 무난할 줄 알았던 생크림 케이크를 좋아하는 사람이 아무도 없었기 때문이다.

결국, 사 온 케이크를 고스란히 집에 가져가게 생긴 우리는 심란한 얼굴로 다시 케이크를 책상 아래에 내려놓았다. 그런데 케이크가 있던 자리 옆에 있던 넥타이 쇼핑백이 그녀의 눈에 들어왔다. 어둠 속에서 주인을 찾지 못하고 조용히 숨어 있는 그 넥타이 쇼핑백이 어쩐지 꼭 제 마음 같아서, 우리는 한숨을 푹 내쉬었다.

아픈 몸을 이끌고 안성에 있는 납골당에 도착한 진원의 얼굴은 새벽 내내 고열에 시달린 탓에 핏기가 하나도 없었다. 조금 핼쑥해진 얼굴로 실내에 들어선 그는 익숙하게 걸음을 옮겨 한 유골함 앞에 멈춰 섰다.
"나 왔어."
진원이 서 있는 유골함 앞에 있는 가족사진이 눈에 띄었다. 어린 진원과 진욱, 그리고 기복과 유골함의 주인이기도 한 혜정이 바다 앞에 서서 해맑게 웃고 있었다.
"우리 차 여사님은 여전히 고우시네."
진원이 간신히 유골함을 향해 능글맞은 웃음을 흘려 보였.
생일이 다가오면 진원은 눈을 뜨자마자 제일 먼저 납골당에 찾아오곤 했다. 진심으로 생일을 축하해 주는 형과 아버지가 있었지만, 가족 중에서는 어머니인 그녀에게 제일 먼저 축하받고 싶었기 때문이다. 유학을 길게 다녀온 탓에 몇 년간 이곳에 오지 못했던 진원의 귓가에 혜정의 섭섭하단 목소리가 들리는 것 같았다.
"미안해. 그래도 생일마다 엄마 생각은 꼭……."
다 낫지 않은 기침이 튀어나왔다. 콜록거리는 진원의 모습을 하늘 아래서 지켜보기라도 하는 건지 혜정이 이번에는 걱정스러운 목소리로 말을 걸었다. 진원은 아까보다 조금 쉰 목소리로 제 이마를 짚었다.
"올해도 똑같지 뭐. 며칠 있으면 나아질 거야."

생일을 맞이하기 전에 감기에 걸리는 일은 이제 그의 인생에서 하나의 의식과도 다름없었다. 1년 365일 건강하다가도 꼭 이맘때쯤 감기에 걸리는 진원을 가족들은 희한하다고 생각했지만, 그는 자신이 유독 이 시기에 감기에 걸리는 이유를 알 것 같았다.

기복과 혜정은 진원의 친부모가 아니었다. 1년도 안 된 갓 난 진원을 버리기로 한 진원의 친부모는 남의 집 대문 앞에 무책임하게 아이를 버렸고, 서럽게 울고 있는 어린 진원을 발견한 이는 학교를 마치고 집에 돌아오던 진욱이었다.

처음에 기복은 진원을 보육원이나 위탁할 수 있는 다른 곳에 맡기자고 제안했지만, 혜정과 진욱은 결사반대했다. 특히 아이를 좋아했던 혜정은 제 집 앞에 있던 진원을 또 한 번 다른 곳으로 보내는 건 아이를 두 번 버리는 일 같다며 기복을 설득했다. 동생 없이 혼자 자라 오던 진욱 역시 저를 보며 간간이 방긋 웃는 진원에게 마음이 홀랑 뺏겨 버렸으니 기복으로서는 말릴 도리가 없었다.

처음 그를 발견한 날로 호적상 생일을 정한 혜정은 진원이 생일 즈음에 감기로 고생할 때마다 마음 아파했다. 얇은 보자기 이불 하나에 의지해 추위에 떨고 있었던 갓 난 아들의 모습이 자꾸 떠올랐기 때문이다.

"오랜만에 엄마가 끓여 주는 들깨죽 먹고 싶네. 형수가 요리는 잘하는데 죽 끓이는 건 아직 엄마 솜씨 못 따라가더라고."

자라 오면서 행여나 진원이 소외감을 느낄까 봐 기복과 혜정은 진욱보다 진원을 더욱 신경 썼고, 진욱 역시 그런 부모님의 행동을 이해하고 진원을 제 친동생처럼 살뜰히 챙겼다. 어쩌면 출생의 비밀을 완벽하게 숨길 수도 있었다.

하지만 진원은 자신이 친아들이 아니라는 걸 중1 때 이미 알아차렸다. 거짓말에 서툰 기복과 혜정은 때때로 호기심에 물었던 질문에 몇 번 대답하지 못했었다. 가령 학교에서 숙제로 내준 태몽 이야기나, 심심풀이로 친구들과 사주를 보기 위해 태어난 시간을 묻는 것들이 그랬다. 그러나 저를 위해 출생의 비밀을 숨겨 주고 싶어 하는 가족들의 노력 때문에 진원은 한동안 말을 아꼈었다.

혜정의 삼일장을 치르고 집에 돌아온 날, 목욕탕에 가서 그간 씻지 못한 몸을 개운하게 씻던 진원은 기복의 등을 밀어 주며 자신의 출생에 대해 알고 있다는 사실을 말했다. 놀란 건 기복뿐만 아니라 진원의 등을 밀어 주고 있던 진욱도 마찬가지였다. 그리고 그날 삼부자는 포장마차에서 거하게 술을 마셨다. 자신이 어떻게 이 집에 오게 된 건지 묻는 진원에게 기복은 결국 모든 이야기를 들려주었다.

친부모를 찾아보겠냐는 기복의 제안에 진원은 단번에 고개를 저었다. 어차피 자신은 그들에게 축복받지 못한 존재였다. 어떤 피치 못할 사정이 있었다 해도 자신을 버린 부모를 찾고 싶은 생각이 없었고, 그런 무책임한 사람에게 부모라는 말을 붙이고 싶지도 않았다. 기복과 진욱은 진원의 의견을 존중했고, 그는 그날 처음이자 마지막으로 기복과 진욱에게 감사하다는 깍듯한 인사를 전했다.

"맞다. 나 좋아하는 사람 생겼어."

진원은 무거운 생각을 머릿속에서 지우고 우리의 이야기로 화제를 돌렸다. 눈물이 어려 있던 그의 얼굴에 설핏 화색이 도는 것 같았다.

"지금은 내가 졸졸 따라다니는 중인데, 엄마 아들 매력이 어디 보통이라야지. 언젠간 꼭 소개시켜 드릴게요."

유골함을 보고 혼잣말을 이어 가던 진원은 주머니에서 휴대폰을 꺼냈다. 어제 새벽부터 가족들의 부재중 전화와 지인들의 생일 축하 메시지가 물밀 듯이 오고 있었지만, 그가 제일 기다리고 있는 우리의 연락은 오지 않았다. 진원은 휴대폰 액정 화면을 유골함에 보여 주며 혀를 찼다.

"근데 진짜 야박한 여자지? 나 아픈 거 분명히 전해 들었을 텐데 괜찮냐는 연락 한 통이 없어."

우리에게서 연락이 오지 않을 줄은 알고 있었지만 막상 진짜로 연락 한 통이 없으니 마음이 조급해지는 것도 사실이었다. 툴툴거리던 진원은 행여나 혜정이 우리를 오해할까 싶어 다시 말을 바꿨다.

"그래도 아주 좋은 여자야. 이 여자라면…… 평생 함께할 수 있을 것 같아."

아마 혜정이 진원의 앞에 있었다면 분명 눈물을 흘렸을 것이다. 출생의 비밀을 개의치 않는 것처럼 굴었지만 사실 또다시 누군가에게 버림받을지 모른다는 무의식중의 두려움 때문에 타인과의 깊은 관계를 꺼렸다. 그저 가볍게 안부를 묻고 지낼 정도로만 선을 그어 놓고 특유의 능글함으로 그 상처를 겹겹이 감춰 내고 있었다.

"그러니까 나한테 힘 좀 줘요, 엄마. 나 그 여자 상처 치료하기도 바빠서 이렇게 아플 시간 없어."

새벽 내내 땀을 한 바가지 쏟을 만큼 아팠는데도 우리가 걱정할까 봐 회사에 나갈까 잠시 고민하던 자신이 떠올라 진원이 자조적으로 웃었다.

아직 자신에게 완벽히 오지 못한 우리에게 약한 모습을 보여 주고 싶지 않았다. 겁이 많은 한우리에게 자신은 오르지 못할 나무가 아닌, 기댈 수 있는 나무가 되고 싶었다.

오랜만에 찾아온 아들에게 연애 고민을 듣고 있을 혜정이 다시 한 번 섭섭하다는 목소리를 내는 것 같았다. 진원은 유골함을 향해 잔잔한 웃음을 지으며 유리창을 만지작거렸다.

"조만간 아버지랑 형이랑 형수랑 다 같이 올게요."

곧 있으면 혜정의 기일이었다. 자신이 버려진 날과 혜정의 기일이 묘하게 맞물리는 이 시기가 진원에겐 제일 아프고 힘든 달이었다.

이야기를 마친 진원은 조용히 납골당을 빠져나왔다. 흐릿한 하늘에서는 어느새 가을비가 추적추적 내리고 있었다. 그는 산발적으로 터져 나오는 기침을 속으로 눌러 삼키며 차에 올라탔다.

매출 실적 보고서를 작성하고 있던 우리는 일에 집중할 수가 없었다. 아프다는 진원에게 연락을 해 보기 위해 몇 번이나 휴대폰 메시지에 할 말을 적어 봤지만 차마 전송 버튼을 누르지 못했다.

찾아가 볼까.

우리는 일하다 말고 사내 비상연락망에서 진원의 집 주소를 찾아냈다. 다행히 그의 집 주소는 성북동 본가가 아닌 삼성동 주소로 적혀 있었다. 우리가 휴대폰에 그의 집 주소를 적고 있을 때였다.

"부사장님, 안녕하십니까."

준오의 목소리에 우리가 고개를 쭉 내밀었다. 오랜만에 찾아온 진욱의 모습에 팀원들이 모두 자리에서 일어났다. 진욱은 불 꺼진 진원의 사무실을 힐끔 쳐다보더니 자연스럽게 우리에게 고개를 돌려 그녀에게 물었다.

"서 팀장 외근 나갔어요?"

"오늘 연차 내셨습니다."

"연차요?"

진원이 아프다는 사실을 모르고 있는 진욱의 어리둥절한 물음에 그를 향한 우리의 걱정이 산처럼 쌓이기 시작했다.

"네……. 몸이 안 좋으신 것 같습니다."

"아……."

그가 아프다는 말을 전해 들은 진욱의 표정이 딱딱하게 굳어졌다. 우리는 변하는 진욱의 표정을 보고 확신했다. 역시나 진원은 가족들에게 알리지 않고 혼자 병을 삭이는 중이었다.

진원의 소식을 듣고 금방 사무실을 나선 진욱을 바라보던 팀원들도 저마다 한 소리씩 꺼내기 시작했다.

"부사장님도 팀장님 아픈지 모르신 눈치죠?"

"응. 팀장님 혼자 사시나?"

"병문안이라도 가 봐야 하는 거 아니에요?"

우리는 적어 둔 진원의 집 주소를 외울 듯이 집요하게 쳐다봤다. 어느새 그녀의 마음은 찾아가 볼까에서 찾아가 보자는 확신으로 바뀌어 있었다.

무작정 진원의 집을 찾아가면서도 우리는 차라리 그가 집에 없었으면 했다. 혼자 아파하고 있을 그를 보는 것보단 차라리 자신이 허탕 맞는 편이 낫겠다 싶었다.

소문 난 길치인 우리였지만 그래도 줄곧 살아오던 동네라 그가 사는 오피스텔을 한 번에 쉽게 찾아왔다. 엘리베이터를 타고 올라가는 순간, 우리는 지금 자신이 매우 무모한 짓을 벌이고 있다는 사실을 깨닫기 시작했다. 안 된다는 말로 사람 가슴에 상처 줄 땐 언제고 이렇게 대뜸 찾아가는 것은 그에게 해서는 안 될 희망고문 같은 것이었다.

하지만 아프다는 사람을 모른 척할 수가 없었다. 게다가 오늘은 진원의 생일이었다. 생일 선물은 늦게 전해 주는 것이 아니라고 하니 오늘 안에 그를 위해 샀던 넥타이도 전해 줘야 했다. 속으로 별 이유 같지 않은 이유를 전부 갖다 붙였지만, 사실 진원이 무척 걱정되고 보고 싶다는 마음을 대신할 만한 이유는 어디에도 없었다.

진원의 집인 801호 앞에 우두커니 선 우리는 마른침을 삼키며 들고 있는 케이크를 바라봤다.

다른 팀원들처럼 생크림 케이크를 싫어하면 어쩌지?

아프다고 했는데 케이크 말고 죽을 사 왔어야 했나?

"나도 모르겠다!"

이런저런 고민에 머리가 지끈거리던 우리는 망설이지 않고 일단 벨을 눌렀다. 호기롭게 벨을 눌러 놓고 우리는 냉큼 자신이 인터폰으로 보이지 않도록 문 옆으로 몸을 숨겼다.

-누구세요.

인터폰 너머로 진원의 목소리가 들리자 우리의 심장이 쿵쿵 뛰었다. 어렸을 적, 남의 집 벨을 누르고 도망치는 어린아이들의 장난에 버금가는 긴장감이었다.

다시 한 번 누군지 물어볼 줄 알았던 진원에게 다음 반응이 없었다. 설마 잡상인인 줄 알고 무시하는 건가 싶어 우리가 다시 한 번 벨을 누르려고 손을 뻗었을 때, 굳게 닫혀 있던 문이 천천히 열렸다.

"……한우리?"

빈손 없이 제집을 찾아온 우리의 등장에 진원은 꽤 놀란 눈치였다. 납골당에 다녀왔다가 기절하듯 자고 있었던지라 그의 머리는 조금 부스스해져 있었다.

"여긴 어떻게 왔어?"

예상했던 질문이었다. 원래대로라면 우리는 이 질문에 생일 축하한다는 대답을 할 생각이었다. 하지만 하루 만에 얼굴이 상한 그를 보고 있자니 연습했던 생일 축하한다는 말이 목에서 나오지 않았다.

그래서 마음 가는 대로 말을 하고 말았다.

"앞으로 거짓말하지 마요. 나는 거짓말하는 남자 싫어해요."

사레들었다는 말로 사람을 안심시켜 놓고 이런 아픈 얼굴을 하고 있는 건 그의 말을 빌리자면 반칙이었다. 어디선가 많이 들어본 말을 돌려받은 진원은 그녀의 손에 들린 케이크를 한 번 바라보더니 힘없이 웃어 버렸다.

"최고의 생일 선물이네."

안으로 들어오라는 듯 진원이 문을 활짝 열어 주며 옆으로 비켜섰다. 우물쭈물 잠시 망설이던 우리는 걸음을 옮겨 그의 집으로 들어갔다.

20평 남짓한 진원의 오피스텔은 원목 가구들과 브라운 계열로 꾸며져 전체적으로 따뜻하고 아늑한 느낌을 주었다. 깔끔한 그의 성격을 대변해 주기라도 하듯 집 안은 어디 하나 어질러진 구석이 없었다.

"집 보러 온 아가씨 같네."

집 안 구석구석 꼼꼼하게 살펴보는 우리를 향해 한마디 덧붙인 진원은 그녀 손에 들린 케이크를 받아 들어 주방으로 갔다. 테이블은 있었지만 의자가 보이지 않아 마땅히 앉을 데를 찾지 못한 우리가 졸졸 그를 뒤따르자 진원이 그녀에게 침대를 가리켰다.

"저기 앉아 있어."

"네?"

우리가 깜짝 놀라며 얼굴을 붉혔다. 자신의 개인적인 공간에 일말의 망설임도 없이 들여보낸 것도 모자라서, 이제 본인이 자고 일어나는 침대에 앉아 있으라고 말하며 웃고 있는 저 남자가 정녕 아픈 것이 맞는지 살짝 의구심이 들었다. 우리가 눈을 새초롬하게 뜨자 진원이 짧은 웃음을 터뜨리더니 말했다.

"침대 앞에 소파 말한 거야. 침대가 좋다면야 난 환영이고."

진원의 말을 듣고 다시 살펴보니 소파라고 보기엔 모호한 긴 매트리스 하나가 침대 앞에 놓여 있었다. 순간 우리는 너무 민망해서 침대 앞 매트리스에 앉아 애꿎은 쿠션을 툭툭 내리쳤다.

멀찌감치 서서 우리의 행동을 지켜보던 진원은 귀엽다는 듯 입가에 미소를 걸치며 냉장고 문을 열었다. 그러나 냉장고에 마실 거라고는 생수와 캔맥주뿐이었다. 하지만 지금 이 상황에서 우리에게 맥주를 권했다가는 그녀의 손에 들려 있는 쿠션이 고스란히 자신의 얼굴에 던져질 것 같았다.

"마실 게 마땅히 없네."

"저 아무것도 안 주셔도 돼요."

자신의 등장이 되레 아픈 사람을 귀찮게 해 버리는 꼴이 된 것 같아서 우리가 자리에서 일어나 그에게 다가갔다. 주방으로 가자 침대 헤드에 가려져 보이지 않던 테이블에 프랜차이즈에서 파는 죽 한 그릇이 덩그러니 놓여 있었다. 밥이라도 굶고 있으면 어쩌나 걱정했는데 이렇게라도 먹었다니 다행이다 싶다가도, 생일에 미역국도 없이 허술하기 짝이 없는 죽으로 끼니를 때웠을 진원이 안쓰러웠다. 그러고 나니 그가 다시 환자로 보였다.

그사이 진원은 주방에서 우리가 사 온 케이크를 열었다. 그가 초도 불지 않고 케이크를 자르려고 하자, 우리가 그를 말렸다.

"초…… 안 해요?"

"생일 축하 노래라도 불러 주려고?"

노래야 얼마든지 불러 줄 수 있었지만 노래 중간에 '사랑하는 팀장님의 생일 축하합니다.'라고 불러야 하는 것이 왠지 쑥스러웠다. 고민이 가득 담긴 눈을 이리저리 굴리는 우리를 본 진원은 그녀 손에 포크를 쥐여 주었다.

"노래 말고 이따가 다른 거 해 줘."

"다른 거 뭐요?"

진원은 대답 대신 옅은 웃음을 머금고 접시에 케이크를 담아 우리가 앉아 있던 소파로 걸어가 앉았다.

"말 안 해 주시면 저 지금 바로 집에 갈……!"

진원의 옆에 앉은 우리가 불안한 마음에 대답을 재촉하자 그는 아직 입에 대지 않은 제 포크로 케이크를 푹 떠서 그녀의 입에 넣어 주었다.

"맛있지?"

그의 케이크를 받아먹은 우리가 본능적으로 입을 오물거렸다. 예고도 없이 입에 쏙 들어온 생크림 케이크의 달콤함 때문인지 그의 행동에 화낼 타이밍을 놓치고 말았다. 진원이 그 포크로 다시 케이크를 떠먹으려고 하자, 정신을 차린 우리는 냉큼 포크를 뺏으려 했다.

"그거 제 거잖아요!"

"우리 집에 한우리 물건이 있었던가?"

"그게 아니라…… 제가 먹었던 거잖아요!"

졸지에 두 사람의 포크 쟁탈전이 시작됐다. 우리가 진원의 손에 들린 포크를 뺏으려고 했으나 쉽게 뺏길 진원이 아니었다. 그깟 포크가 뭐라고 마술 부리듯 요리조리 포크를 양손에 옮겨 가며 숨기는 진원을 본 우리가 눈을 흘겼다.

"진짜 아픈 사람 맞아요?"

"그럼 한우리 앞에서 끙끙 앓고 있을까?"

그가 아파하는 모습을 보고 있는 건 또 싫었기에 할 말이 없다.

"평소보다 기운이 더 좋은 것 같으니까 그러죠."

"들뜨게 만들어 놓은 여자가 누군데."

몸 상태는 오히려 납골당에 다녀오기 전보다 훨씬 안 좋았지만 진원은 확실히 아까보다 조금 들떠 있었다.

원래대로라면 한숨 자고 일어나서 우리에게 먼저 연락해 자신의 상태를 일러 줄 생각이었다. 기침하던 자신을 바라보는 그녀의 걱정스러운 눈빛을 느꼈기 때문에 분명 표현하지 못해도 전전긍긍 걱정하고 있을 거라는 생각이 들었기 때문이다.

그런데 제집으로 직접 찾아와 케이크를 전해 주는 우리를 보니, 조금씩 자신에게 한 걸음 다가오는 것 같아 기분 좋은 설렘과 흥분으로 가슴이 뛰었다.

진원의 말에 민망하고 부끄러워 죽겠다는 얼굴을 한 우리는 화제를 돌리기 위해 가방에 넣어 가져온 감기약을 주섬주섬 꺼냈다.

"감기약 좀 사 왔어요. 왠지 병원 안 가셨을 것 같아서요."

종합감기약 하나면 충분한데도 우리의 가방에서는 마르지 않는 샘물처럼 끊임없이 약들이 나왔다. 그녀는 마치 약장수처럼 가방 안에 있던 감기약의 효능들을 하나하나 설명하기 시작했다.

"이건 기침 심할 때 먹으면 좋은 약이고요. 이건 코감기에 좋은 약인데, 코 막힐 때 먹으면 시원하게 뚫려요. 그리고 이건 처음 보는 약인데……."

서당 개 3년이면 풍월을 읊듯, 약사 언니를 둔 우리가 약의 효능들을 읊는 것 역시 쉬운 일이었다. 하지만 진원의 귀에는 백번 들어도 이해하지 못할 약의 성분들을 읊고 있는 그녀의 목소리가 하나도 들리지 않았다. 그저 자신을 위해 약국에서 이만큼이나 약을 사 온 우리가 그저 예뻐서, 가만히 바라만 보고 있었다.

　자신을 은근한 시선으로 바라보고 있는 진원의 눈빛이 얼마나 뜨거운지도 모르고 내내 약에 대해 설명하고 있던 우리는 그에게서 이렇다 할 말소리가 들리지 않자 그제야 고개를 들었다.

　그나마 전에는 적당히 거리를 두고 바라보곤 했는데 지금은 나란히 앉은 채로 그의 단단하고 뜨거운 눈빛을 받아 내고 있자니 곧 얼굴이며 가슴이며 온몸이 타들어 갈 것 같았다. 우리는 어색해진 분위기를 무마시키고자 한 손 가득 약을 들고 고개를 이리저리 돌리며 약을 둘 곳을 찾았다.

"아무튼, 이거 꼭 드세요. 약은 이쪽에······."
"한우리."
"네?"

　진지하게 제 이름을 부르는 진원의 목소리 때문에 우리가 얼떨결에 목소리를 크게 높여 대답했다.

"무슨 생각으로 여길 찾아온 거야?"

　호랑이 굴에 들어가도 정신만 차리면 살 수 있다는 옛말도 있지 않은가. 게다가 지금 굴의 주인인 호랑이는 무척 아프기도 했고. 설령 진원이 아프지 않았어도 싫다는 자신에게 허튼짓을 하지 않을 거라는 확신과 믿음이 있었기에 안심하고 이 집에 발을 들인 것도 이유에 포함이었다.

"잊으셨어요? 저 체대 나온 여자예요."

"아무리 아파도 나 남자거든."

"알아요. 믿을 만한 남자라는 거."

 기분 좋은 칭찬이긴 하지만 사실 방금까지만 해도 미친놈 취급을 당하고서라도 우리에게 입을 맞춰 보고 싶어 했으니 결론적으로 그는 썩 믿을 만한 남자는 아니었다.

"남자는 다 믿지 마."

"팀장님도요?"

"응. 나도 믿지 마."

 솔직한 진원의 대답에 우리가 낮게 웃음을 터뜨렸다. 그녀의 웃음에 따라 웃고 만 진원은 아까부터 우리가 보물처럼 손에 쥐고 있는 쇼핑백에 시선을 두었다.

"그건 뭐야?"

"아…… 이게 사실은……."

 오늘의 하이라이트는 바로 이 선물 전달식이었다. 우리가 헛기침을 하며 쑥스러운 얼굴로 말없이 그에게 쇼핑백을 들이밀었다.

"내 거야?"

 알면서 모르는 척 물어보는 진원의 짓궂음을 알고 있기에 우리는 대답 대신 그의 무릎에 쇼핑백을 턱 올려 두었다. 우리의 등장만으로도 충분히 최고의 생일 선물을 받았다고 생각했는데, 그녀가 고민해 가며 준비했을 선물을 받았으니 진원의 입이 귀에 걸리는 것은 어쩌면 당연한 일이었다.

 진원은 곧장 선물을 뜯어보았다. 정갈한 선물 상자에 담겨 있는 넥타이를 본 그가 의미심장한 미소를 지어 보였다.

"넥타이?"

"가끔 미팅 나가실 때는 매시는 것 같아서…… 요."

회사 옷차림도 자유분방한 편이었고, 격식 차린 차림을 그다지 좋아하지 않는 편이라 진원이 넥타이를 매는 경우는 거의 드물었다. 그런데도 진원은 이 선물이 마음에 들었다.

"근데 넥타이 선물이 무슨 뜻인지는 알고 준 거야?"

그걸 알면서도 우리가 넥타이를 선물한 거라면 프러포즈로 받아들일 셈이었다. 하지만 그녀는 처음 듣는다는 순진한 얼굴로 넥타이를 바라봤다.

"뜻도 있어요?"

"내가 알기엔 나는 당신을 소. 유. 하고 싶습니다, 라는 뜻인데……."

소유라는 단어에 힘을 주어 말한 진원이 흡족해하며 웃자 우리는 놀라서 그의 손에 들린 넥타이를 뺏으려 들었다. 하지만 속수무책으로 뺏기고 있을 그가 아니었다. 진원은 곧장 넥타이를 뒤로 감췄다.

"선물을 줬다 뺏는 게 어디 있어?"

"그, 그런 의미인 줄 알았으면 안 줬을 거예요!"

진심이다. 그렇게 노골적인 의미가 담긴 선물이었더라면 넥타이는 단연 1순위로 생일 선물 후보에서 제외됐을 것이다.

"이제 내 거야. 뺏어 가기만 해."

우리를 향해 엄포를 놓은 진원은 선물 상자에 넥타이를 다시 고이 담아 두었다. 별것 아닌 선물에도 저렇게 기뻐하는 걸 보고 있자니 우리는 덩달아 기분이 좋아지는 것 같았다. 선물은 받을 때도 좋지만, 줄 때가 훨씬 더 기분 좋다는 말을 실감하고 있었다.

"사실 오늘 회사에서 파티 준비했었어요."

"파티?"

"팀장님 생일인 거 알고 몰래 파티 준비했었거든요. 갑자기 아프다고 하셔서 전부 팀장님 걱정 많이 했어요."

그에게 생일은 누군가에게 축하받고 싶을 만한 날이 아니라 크게 개의치 않고 넘어가는 날들이 부지기수였다. 하지만 이렇게 최고의 생일 선물을 받고 있자니 내년 생일도 꼭 지금만 같았으면 하는 바람이 생겼다.

"회사에 가려고 했어."

방금과는 달리 가볍지 않은 그의 목소리에 우리가 진원을 바라봤다.

"안 가면 한우리가 걱정할 테니까."

누군가에게 걱정을 끼치고 싶지 않고, 속상하게 만들고 싶지 않다는 것은 결국 상대방을 진심으로 생각하는 마음에서 비롯된다는 걸 알기에 그의 말을 듣는 순간 마음이 간질거렸다.

이 남자는 자꾸 도망가기만 하는 내가 뭐가 좋다고 이렇게 아픈 와중에도 내 걱정을 먼저 하는 걸까.

그제야 진원이 제대로 눈에 들어왔다. 평소보다 핏기 없는 얼굴이며, 핼쑥해진 탓에 조금 날카로워 보이는 얼굴, 피곤으로 부르튼 입술까지. 우리는 조심스럽게 손을 들어 그의 이마에 손을 올렸다. 굳이 제 이마에 손을 올려 체온을 비교하지 않아도 그의 이마가 훨씬 뜨겁다는 걸 알 수 있었다.

"아무래도 병원 가 보셔야 할 것 같아요."

확실히 종합감기약으로 한 방에 낫긴 무리가 있었다. 우리가 손을 내리려고 하자 진원은 이마에 올려 있던 그녀의 손에 본인의 손을 포갰다.

"우리야."

이제 그가 부르는 반말에 적응될 법도 한데, 때때로 이렇게 반말을 쓰면서 완전히 거리를 좁히고 다가오면 심장박동이 제 속도를 찾지 못했다. 우리는 옆에 가까이 앉아 있는 진원의 얼굴을 차마 똑바로 마주 볼 수가 없어서 발끝으로 시선을 돌리며 퉁명스레 대답했다.

"왜요."

"오늘 와 줘서 고마워."

아파서 그런지 그의 고맙다는 한마디가 유난히 구슬프게 들렸다. 이제 우리 역시 서진원에 대해 잘 알고 있어서 그가 진지하게 구는 것과 슬프게 구는 것 정도는 구별할 수 있었다.

우리는 진원이 몸이 아픈 것 말고도 다른 무슨 일이 있다는 걸 직감으로 알아차렸다. 하지만 이내 조용히 웃어 보이는 진원 때문에 아무것도 물을 수 없었다. 아니, 굳이 아픈 일을 상기시키게끔 하고 싶지 않아서 묻지 않았다. 그래서 우리는 그저 진원을 따라 잔잔한 미소를 지었다.

이제 케이크도 먹었고, 약도 전해 줬고, 선물 증정식도 끝냈으니 슬슬 집으로 가야 할 때였다. 그런데 한층 묘해진 분위기 탓에 선뜻 자리에서 일어날 수 없었다. 우리가 어색함을 이기지 못하고 헛기침을 해 대며 슬금슬금 자리에서 일어나려고 할 때였다.

"어디 가."

가방끈을 잡던 우리가 꼼짝없이 진원의 손에 붙들렸다.

"저도 이제 집으로……."

"나 잠들면 가."

"에?"

웃음기 가신 진지한 얼굴로 말하던 진원은 우리가 말도 안 된다는 표정을 짓자 일부러 느린 속도로 눈을 끔뻑였다. 아픈 나를 두고 정말 가겠냐고 묻는 처량한 눈빛이었다.

그런 눈으로 본다고 내가 넘어갈 줄 알…….

"혼자 있으니까 아픈데 잠도 잘 안 와. 그러니까 나 잠드는 것만 보고 가 주라."

매사 유들유들하게 굴며 넉살 좋은 진원이지만 그 역시 자존심이 무척 센 사람이라는 걸 현성과의 미팅을 통해 알았다. 본인이 이만큼이나 아프다는 걸 남들에게 티 낼 성격이 아니라는 걸 알기에 그의 부탁을 단박에 밀어낼 수가 없었다.

"그럼 얼른 누우세요."

설령 진원의 수작이라고 할지라도 우리는 자신을 필요로 하는 진원을 두고 매정하게 돌아설 수 없는 여자였다.

그녀의 허락이 떨어지기가 무섭게 진원이 생긋 웃으며 침대로 누웠다. 매트리스에 가부좌 자세를 하고 앉은 그녀는 일자로 누워 자신을 올려다보는 진원과 눈을 맞췄다.

"얼른 자요."

"손."

얼씨구.

"제가 이만큼 양보했으니 얼른 주무시죠, 서진원 팀장님?"

"이왕 양보하는 김에 좀 더 해."

"저 그냥 갑니다."

"불안해서 그래."

자꾸 이렇게 두루뭉술 넘어가면 안 되는데, 그의 눈동자에 일렁이는 불안함이 자꾸만 마음에 박힌다. 우리는 할 수 없이 제 왼손을 진원에게 뻗었다.

"아픈 거 할 만하다."

눈을 감고 나지막하게 중얼거리는 진원의 한마디에 우리는 잡고 있는 그의 손을 있는 힘껏 잡았다.

"아야!"

"자꾸 그러시면 저 가요."

"알았어, 알았어."

진원은 다시 차분하게 마음을 가다듬고 자세를 바로 했다. 그에게 손을 내준 채로 멀뚱히 앉아 있던 우리는 하릴없이 진원의 누워 있는 모습을 빤히 바라보았다. 진원이 눈을 감고 있으니 눈치 보지 않고 그의 얼굴을 마음껏 바라볼 수 있다는 것이 좋았다.

쌍꺼풀 없이 큰 또렷한 눈, 오뚝 선 콧대, 반듯한 짙은 눈썹, 단정한 입매까지. 전형적인 미남형은 아니지만 분명 그는 어딘가 모르게 사람의 호감을 사는 얼굴이었다.

"우리야."

눈 하나 깜빡거리지 않는 진원의 뛰어난 연기 때문에 그가 금방 잠이 들었다고 생각했다. 우리는 상체를 멀찌감치 뒤로 빼서 아무것도 안 본 척 굴었다.

"네?"

"살아가는데 상처 하나쯤 없는 사람은 없다는 말이 맞더라."

우리가 감긴 눈에 시선을 맞췄지만, 진원은 여전히 눈을 감은 채로 말을 이었다.

"무작정 반창고로 상처 난 부분을 가린다고 그 상처가 낫는 게 아니야. 쓰라리고, 아프더라도 제대로 치료를 받는 게 맞아."

부모님의 친자식이 아니라는 사실을 처음 알았을 때, 진원은 지금의 우리처럼 상처를 숨기기 바빴다. 사실을 알고 있다는 걸 아무에게도 알리고 싶지 않아서 늘 고군분투하며 때론 억지로 웃었다.

아픈 상처를 끌어안고 있는 진원은 점점 진심으로 웃는 법을 잃어 갔고, 곪아 있는 상처를 그럴싸하게 감추는 방법에만 익숙해져 버렸다. 하지만 혜정의 장례식에서 깨달았다. 상처를 숨기면 그 자리에 다른 상처가 나진 않을 수 있어도, 그 상처가 결코 아물 수는 없다는 걸.

유라의 일로 받은 상처 때문에, 모친이 또다시 겪어야 할 상처 때문에, 자신이 받아야 하는 상처는 무작정 덮어 두고 모른 척 굴려는 우리에게 이 말을 꼭 하고 싶었다.

자신을 받아들이지 않는 것만이 꼭 최선은 아니라고.

상처가 나으려면 조금 쓰라리고 아프겠지만, 소독도 하고 연고도 바르면서 낫게 만들어야 한다고.

"그러니까 나한테 와. 흉 안 지게 해 줄 자신 있으니까."

 잔인하게 버림받긴 했지만, 세상에 다시없을 만큼 좋은 사람들을 만나 사랑받으며 상처를 치료했다. 그래서 우리의 상처도 자신이 받았던 만큼의 사랑으로 치료시켜 줄 자신이 있었다.

 진원은 감았던 눈을 천천히 떴다. 이야기를 듣고 있는 우리의 눈가는 어느새 촉촉해져 있었다. 그는 잡고 있던 그녀의 손을 더욱 꼭 붙잡아 주는 걸로 위로를 대신했다.

 한 시간 뒤, 계속 눈을 감고 있던 진원은 금방 잠이 들어 잡고 있던 손에 점점 힘을 풀었다. 우리가 조심스레 손을 놓아 보자, 진원이 몸을 뒤척이며 아예 그녀가 앉아 있는 방향으로 몸을 틀었다. 우리는 혹시 몰라 이곳에 들르기 전에 편의점에서 사 왔던 인스턴트 미역국을 가방에서 꺼내 자리에서 일어났다.

 그가 미역국을 먹은 흔적이 있었으면 그대로 집에 가져갈 생각이었다. 그러나 죽도 사 먹은 마당에 미역국을 챙겨 먹었을 리 없었다.

 그렇게 간단한 미역국 끓이기가 시작됐다. 끓는 물에 유성 수프를 넣고 팔팔 더 끓이기만 하면 되는 거라 요리라고 부르기도 민망했다. 우리는 틈틈이 진원이 깨려는지 살피며 최대한 소리를 죽여 그가 먹을 저녁을 준비했다.

 미역국이 끓는 사이 주방 이곳저곳을 뒤져 봤지만, 쌀은 고사하고 그 흔한 즉석 밥조차 보이지 않았다. 우리는 할 수 없이 그가 먹다 남긴 죽을 다시 끓였다.

다른 반찬 하나 없이 인스턴트 미역국과 데워 놓은 죽을 테이블에 차려 둔 우리는 가방에 넣고 다니는 메모지를 쭉 찢어서 또박또박 손 글씨로 메모를 하고 다시 진원의 앞에 섰다. 소음이 꽤 들렸을 텐데 진원은 여전히 숙면 중이었다. 우리는 매트리스에 한쪽 무릎을 꿇고 앉아 고개를 숙여 그를 바라봤다.

아, 신이시여, 제발 잠깐만이라도 이 남자가 깨지 않게 해 주세요.

"생일 축하합니다. 생일 축하합니다. 사랑하는 서진원의 생일 축하합니다."

노래를 부르는 중에 혹시나 그가 번쩍 눈을 뜰까 봐 긴장돼서 심장이 튀어나올 것같이 세게 뛰었다. 우리는 잠시 망설이다가 진원의 볼에 살짝 입을 맞췄다.

슬쩍 입술을 뗀 우리는 그대로 멈춰라 자세로 몸을 뒤로 젖혀 까치발을 들고 가방을 챙겼다.

진원에게 잊지 못할 생일 선물을 한 우리는 집에서 나오는 순간까지 그를 주시했다. 표정 변화 없이 가만히 누워 있는 모습을 보니 그나마 안심이 됐다.

호랑이 굴에서 무사히 탈출에 성공한 그녀의 표정에는 어느새 활기 있게 반짝이는 설렘을 넘어, 가벼운 흥분기가 서려 있었다.

문이 닫히는 소리가 들리자마자 슬며시 눈을 뜬 진원은 **빳빳한**

부동자세로 누워 입매를 길게 누그러뜨렸다. 이 앙큼한 여자가 아픈 남자 볼에다 무슨 짓을 하고 간 거야.

진원은 이불을 걷고 자리에서 일어났다. 부드러운 입술이 마른 볼을 쓸고 지나가는데 당연히 깰 수밖에 없었다. 볼 뽀뽀를 받는 순간 그대로 힘을 가해 우리를 옆자리에 눕히고 싶은 충동이 들끓었다. 아팠지만 그 정도 밀어붙이지도 못할 정도로 힘이 없는 건 아니었다. 그런데도 진원은 고분고분 그녀가 주는 볼 뽀뽀를 받고, 내색조차 하지 않았다. 자신이 눈을 뜨는 순간 민망해할 우리를 마지막으로 배려한 것이다.

"두 번은 안 참아, 한우리."

거울로 우리가 입을 맞춘 제 볼을 한참 바라보던 진원은 주방으로 갔다. 우리가 차려 둔 미역국과 죽 옆에는 그 많던 감기약들과 작은 쪽지가 한 장 놓여 있었다.

다 먹고 꼭 약 챙겨 드세요.

우리의 귀여운 행동 때문에 진원의 얼굴에선 미소가 떠나지 않았다. 쪽지를 냉장고에 붙여 두고 자리에 앉아 미역국을 한술 뜨려는데 침대 맡에 둔 휴대폰 진동이 울렸다. 우리일까 싶어 얼른 발신자를 확인했지만 애석하게도 그녀는 아니었다.

"여보세……."

-너 왜 이렇게 연락이 안 돼? 오늘 아파서 연차 냈다며? 몸은 괜찮아? 또 감기야?

진욱의 잔소리가 휴대폰 너머로 넘쳐흐르고 있었다. 미역국을 떠먹으며 그의 질문을 묵묵히 받아 내던 진원은 딱 한마디를 했다.

"응."

모든 질문을 하나의 대답으로 통일한 그가 마음에 들지 않았는지 진욱에게서 또다시 핀잔 섞인 말소리가 들려왔다.

-넌 아프면 형한테 연락해야지! 어디야? 윤영이가 아프다는 얘기 듣고 미역국 가지고 갔었다는데 너 없었다더라. 병원 갔었어?

"아, 전화하고 오시지. 형수님한테 죄송하다고 전해 줘."

납골당에 다녀왔다는 이야기를 하면 금방이라도 침울한 분위기가 될 것 같아서 진원은 말을 아꼈다.

-아무리 생각해도 아버지가 너 따로 살게 둔 건 잘못된 선택이신 것 같다. 생일인데 미역국도 못 먹고 그게 뭐냐. 형이 지금이라도 갈까?

이렇게 잔소리를 할 때면 진욱은 영락없는 혜정이었다. 진원은 먹기 좋게 불린 미역을 입에 넣으며 휴대폰을 고쳐 쥐었다.

"미역국 먹었어. 케이크도 먹었고."

-그게 어디서 나서?

"내 우렁각시가 주고 갔어."

-뭐?

그런데 이 여자, 전래동화 마니아인가. 자고 있는 사람을 잠자는 숲 속의 공주로 만들어 놓더니, 이렇게 우렁각시처럼 음식까지 차려 놓고.

진원의 알 수 없는 말을 들은 진욱은 대수롭지 않게 넘기며 속상하다는 투로 그를 나무랐다.

　-다음부터는 아프면 곧장 집으로 와. 혼자 궁상맞게 앓고 있지 말고.

　"궁상이라니. 아픈 것만큼 나한테 좋은 기회도 없는데."

　게다가 다음에는 절대 참지 않을 생각이라서 말이야.

　진욱과 통화를 마친 진원은 미역국이 담긴 냄비를 손에 들고 후루룩 소리를 내며 남김없이 흡입했다. 앞으로 진원의 감기약은 우리가 해 주는 따뜻한 미역국 한 그릇과 기습 뽀뽀 한 번이면 충분할 것 같았다.

하강백화점 하반기 매출을 좌지우지할 맥캔 론칭은 곳곳에서 성공적이라는 평가를 받았다. 맥캔 론칭과 동시에 하강백화점 방문객 수는 일일 최다 방문객 수를 연일 갱신 중이었고, 그 결과로 맥캔 매장이 위치한 1층 타 브랜드의 매출 동반 상승효과를 가져왔다.

전년 대비 매출 37퍼센트 증가로 사업계획 흑자경영 목표에 성공한 진욱은 통 크게 직원들에게 성과급을 지급했고, 유례없는 성과급을 받은 직원들의 표정에선 생기가 넘쳐 났다.

맥캔에 대한 지속적인 관심이 이어지는 가운데, 진욱은 직원들의 사기 증진이라는 명목을 더해 워크숍을 진행했다. 작년까지만 해도 워크숍은 1박 2일로 진행됐었는데, 하룻밤 잔다고 해서 느는 것이라곤 직원들의 술주정뿐인 것 같아서 올해부터는 깔끔하게 하루만 워크숍을 진행하기로 한 것이다.

"그런데 왜 하필 산행이냐고요!"

그러나 애석하게도 하루로 줄인 워크숍 일정에는 여직원들의 대부분이 끔찍해하는 산행과 체육대회가 포함되어 있었다. 회사 앞 관광버스 앞에 서 있던 영은은 앓는 소리를 내며 투덜댔다.

"나는 가끔 TV에서 회사에서 산행 간다는 사람들 얘기 들을 때마다 그런 회사가 어디 있냐고 코웃음 쳤거든? 근데 우리 회사에서 산행을 갈 줄은 꿈에도 몰랐다, 진짜."

영은은 벌써 이곳저곳 몸이 쑤셔 오는 팔다리를 주무르며 우리에게 하소연했다. 우리가 그 이야기를 들으며 가만히 웃고 있자, 옆에 있던 준오가 고개를 저으며 들으라는 듯 혀를 찼다.

"산행이 몸에 얼마나 좋은데. 그러지 말고 박 대리도 운동 좀 해. 맨날 다이어트한다고 굶지 말고."

본인을 걱정하는 준오의 마음을 알 리 없는 영은은 심기 불편한 얼굴로 콧방귀를 뀌었다.

"사돈 남 말 한다. 이 대리도 나만큼 운동 안 하잖아."

"나는 기본 체력이 있잖아."

"어이구, 그러세요?"

준오는 영은의 비아냥거림에도 아랑곳하지 않고 옆에 있던 우리를 가리키며 말했다.

"요즘 남자들이 박 대리처럼 삐쩍 마른 여자 좋아하는 줄 알아? 우리 씨처럼 건강미 넘치는 여자들을 더 좋아한다니까."

선천적으로 마른 몸매를 가진 영은은 먹어도 살이 찌지 않는 체질이었지만 몸에 근육이 없어서 관능적이라고 하기에는 어딘가 가냘파 보이는 몸이었고, 반대로 어렸을 적부터 운동을 해 온 우리는 유연하면서도 균형 잡힌 몸매를 가졌다.

갑작스러운 준오의 몸매 칭찬에 당황한 우리가 무슨 반응을 보여야 할지 몰라 어색하게 웃자, 영은이 준오 팔을 사정없이 때리며 우리에게 목을 긋는 시늉을 했다.

"우리 씨! 얼른 이 대리 성희롱으로 신고해!"

"성희롱이라니! 아, 좀! 아파!"

사람들의 시선을 의식하지 않고 아옹다옹하는 두 사람의 모습에 저절로 부럽다는 생각이 들자, 우리가 두리번거리며 눈으로 진원을 찾기 시작했다. 분명 9시까지 모두 회사 정문 앞으로 모이기로 했는데 어찌 된 일인지 그는 아직 오고 있지 않았다.

"우리 씨, 이제 버스 타자."

"아, 네. 그런데 팀장님이랑 김 차장님이 안 보이시는데요?"

천식은 워크숍 끝나고 시골에 갈 예정이라 오늘 자차를 가지고 이동 시간에 맞춰 연수원으로 곧장 온다고 말했었다. 그걸 알면서도 우리는 괜히 진원만 찾으면 그에게 마음을 두고 있는 걸 들키게 될까 봐 시치미를 뚝 떼고 물었다.

"오늘 김 차장님은 자차 끌고 오신다고 했잖아. 팀장님은 모르겠네. 알아서 오시겠지, 뭐."

도착한 인원을 점검하면서 얼른 버스에 타라는 경영기획팀의 재촉에 우리는 할 수 없이 버스에 올라탔다. 특별한 자리 배정이 없었기 때문에 그녀는 당연히 영은과 같이 앉을 생각이었다.

그런데 준오가 마치 자신의 자리라도 되는 것처럼 당연하게 영은의 옆자리로 털썩 앉았다. 게다가 의자를 뒤로 쭉 밀어 금방이라도 자 버릴 기세였다. 창가 자리에 앉은 영은은 준오를 있는 힘껏 밀어냈지만, 그는 꿈쩍도 하지 않았다.

"빨리 비켜! 여기 우리 씨 자리란 말이야!"

"같은 팀끼리 내 자리, 네 자리 따지고 굴기 있어?"

"이 사람이 오늘따라 왜 이래?"

굳이 텅텅 비어 있는 자리들을 두고 준오가 반드시 영은 옆에 앉으려 하는 이유를 영은 본인만 모르고 있는 눈치였다. 우리는 웃으면서 바로 뒷자리인 창가 자리에 앉았다.

"저 여기 앉을게요. 두 분이 앉아서 가세요."

"우리 씨 고마워."

어차피 연수원으로 가는 동안 버스에서 잠시 눈을 붙일 생각이었기 때문에 옆에 누가 앉든 상관은 없었다. 이어폰을 끼고 휴대폰으로 음악을 들으려는데 코앞에서 영은의 들뜬 목소리가 들렸다.

"팀장님! 이제 오신 거예요?"

"네. 조금만 더 늦었으면 못 탈 뻔했어요."

영은과 준오에게 인사를 한 진원은 아주 자연스럽게 우리의 옆자리에 앉았다. 그녀는 주변 눈치를 살피더니 조용히 진원에게 물었다.

"여기 앉으시려고요?"

"내가 한우리 두고 다른 사람이랑 앉는 것도 이상하잖아."

귓불에 입술이 닿을 듯 말 듯 아슬아슬한 거리를 두고 속삭이는 진원 때문에 우리의 몸이 점점 창가 쪽에 바짝 붙었다. 엉거주춤한 그녀의 자세를 바라보던 진원이 픽 웃으며 손을 잡아당겨 다시 원래의 자리로 돌려놓았다.

버스를 타는 몇몇 직원들은 남녀끼리 사이좋게 앉은 네 사람을 의아한 눈초리로 바라보며 자리에 앉았다. 정작 진원은 사람들의 시선을 별로 개의치 않는 눈치였지만 우리는 아니었다. 이러다가 사귀기도 전에 덜컥 억울한 오해만 받는 건 아닌가 싶었다.

인원 체크를 마친 후에 곧장 버스가 출발했다. 오랜만에 갑갑한 회사에서 벗어나 공기 좋은 곳으로 놀러 간다는 생각에 직원들은 저마다 들뜬 목소리를 냈다. 우리는 가방에서 영은과 먹으려고 가져왔던 과자 한 봉지를 꺼냈다.

"달걀은 없어요?"

간식 챙겨 온 모습을 놀리는 투로 묻는 진원 때문에 우리는 입술을 새초롬하게 내밀며 과자를 뜯었다.

"안 드실 거죠?"

"다음에는 내가 도시락 싸 올게."

창밖을 보는 척 사람들의 눈을 속이고 은밀하게 말을 건네는 그의 목소리가 또 한 번 가슴을 흔들어 놓았다. 이 남자는 어쩜 이런 행동들이 이렇게나 물 흐르듯 자연스러울 수 있는 건가에 대해 심도 있게 고민해 볼 필요가 있었다.

아예 대화할 기회를 차단하자 싶어 우리는 영은과 준오에게 과자를 넘기고 아까 꺼내 두었던 이어폰을 귀에 꽂았다. 한 시간이

나 되는 시간 동안 자신을 내버려 두려는 우리의 무심함에 진원은 눈썹을 치켜세우며 그녀의 오른쪽 이어폰을 빼서 제 귀에 꽂았다.

"뭐 하세요?"

누가 들을까 봐 크게 말할 수도 없었다. 진원은 의자를 살짝 뒤로 젖히며 이어폰을 귀에 더 깊숙이 꽂았다.

"같이 들읍시다. 내가 이어폰이 없어서."

갈수록 태산이란 말은 이럴 때 쓰는 건가 보다.

지금 버스에 나란히 앉아 가고 있는 것도 수상하게 바라보는 사람이 있는데, 이어폰까지 한쪽씩 나눠 끼는 건 작은 의심의 불씨에 기름 붓는 격이었다. 물론 이어폰을 낀 것도 잘 가리기만 한다면 다른 사람들에게 보이지 않을 수 있겠지만, 연수원 가는 내내 누군가에게 들키진 않을까 전전긍긍하고 싶지 않았다.

"그럼 팀장님이 들으세요."

진원이 단순하게 음악 감상을 원하는 게 아니라는 걸 알면서도 우리는 자신이 낀 이어폰을 진원에게 건넸다. 그러고는 고개를 돌려 아예 창가 쪽을 바라보며 눈을 감았다.

아침에 일찍 일어나 피곤했던 우리는 금방 잠에 빠졌다. 창문에 기댄 채로 간혹 머리를 콩콩 박으면서 자는 그녀를 바라보던 진원은 주위를 한 번 둘러보고 우리의 얼굴을 지그시 제 어깨에 두었다. 잠이 들어 고분고분하게 움직이는 우리의 행동에 괜스레 흐뭇해진 진원은 웃음기 서린 얼굴을 하고 눈을 감았다.

버스에 간단히 짐을 두고 내린 직원들은 몸을 이리저리 풀고 난 후 산행을 시작했다. 오늘 체육대회를 진행할 운동장이 산 중턱에 있었기 때문에 울며 겨자 먹기로 산에 올라가야 했다.

진원은 천식과 함께, 준오와 우리는 걸음이 느린 영은과 함께 산에 올라갔다. 이왕 오를 것 긍정적인 마음을 먹기로 한 영은은 처음에는 씩씩하게 준오와 우리를 앞지르며 걸었지만, 페이스를 조절하지 못한 탓에 5분의 1도 가지 않아서 금방 숨을 가쁘게 내쉬며 점점 뒤처지기 시작했다.

"나, 진짜, 후…… 체력 관리 좀 해야…… 해야 하나 봐."
"대리님, 거의 다 왔어요!"

우리는 영은을 위해 거의 다 왔다는 말만 10번째 반복 중이었다. 다섯 걸음 정도 걸었을까, 숨을 고르던 영은이 아예 땅바닥에 앉아 버리자 준오가 머리를 부여잡으며 우리에게 말했다.

"우리 씨, 골치 아픈 박 대리는 내가 데려갈 테니까 먼저 올라가."
"아니에요. 같이 가야죠."
"본인 걸음에 맞는 속도로 올라가야지. 백두산도 거뜬히 오를 사람이 박 대리 속도에 맞춰서 걸으면 더 힘들어."
"그래. 나는 정 힘들면 이 대리한테 업혀서 갈 테니까 먼저 가."
"그럼 조심해서 오세요!"

할 수 없이 우리는 준오와 영은을 두고 먼저 산을 오르기 시작했다. 그런데 한참 뒤처졌던 터라 앞서 간 사람들과의 간격이 꽤 벌어져 아무리 걸음을 빨리해도 다른 직원들이 보이지 않았다. 우리는 합류를 포기하고 맑은 공기와 조용한 산길을 만끽하며 산에 올라갔다.

"맙소사."

한참을 걸어가다 보니 이제까지 완만했던 평지와는 달리 가파른 오르막길과 내리막길이 줄줄 나오기 시작했다. 게다가 며칠 전에 온 비 때문에 산길이 꽤 미끄러웠다. 미끄러져 넘어지기 딱 좋은 경사들을 살피던 우리는 신중하고 조심스럽게 한 발씩 내디디며 올라갔다.

그때였다. 앞을 보지 않고 산길만 바라보며 집중해서 걷던 그녀의 눈앞에 손 하나가 덥석 뻗어졌다. 고개를 드니 진원이 앞에 서 있었다.

"팀장님?"

"잡아."

주변에 아무도 없다는 걸 이미 확인했던 진원이 곧장 반말을 했다. 조금 더 우물쭈물하다가는 아래로 미끄러질 것 같아서 우리는 그의 손을 잡았다. 끌어 올려 주는 진원 덕분에 안전하게 정상 근처까지 다다른 우리는 안도의 숨을 쉬었다.

"다른 분들은요?"

"벌써 운동장에 있지. 올라오고 나니까 우리 팀 사람들만 없더라."

체력으로는 자신을 앞지르고도 남았을 우리가 한참이 지나도 오지 않자 진원은 자발적으로 올라왔던 산을 다시 내려왔다. 어차피 그녀 말고도 다른 팀원들도 도착하지 않았으니 찾으러 가 보겠다는 그의 행동에 명분은 충분했다.

"괜찮아? 길이 생각보다 험해서 걱정했는데."

"그럼요. 그런데 저……."

우리는 그에게 잡힌 손을 꼼지락거렸다. 고의인지 아닌지 모르겠지만 진원은 여전히 우리의 손을 놓지 않은 채로 말을 하고 있었다.

"잡는 건 네 맘대로 했으니까 뺄 때는 내 맘대로 해."

우리에게 회심의 미소를 지은 진원이 손을 잡아끌어 앞장서 걸었다. 얄팍한 그의 계략에 말려든 우리는 걸음을 빨리해 진원의 옆에 서서 타협을 시도했다.

"운동장 도착하기 전엔 놔주실 거죠?"

"놔달라고 재촉하면 운동장으로 안 가고 딴 길로 새는 수가 있어."

미안한 얘기지만 엄포를 놓는 진원의 말이 하나도 무섭게 들리지 않았다. 그와 함께한다면 설령 이곳에서 길을 잃게 되더라도 걱정되지 않을 것 같았다. 자신을 위해 이곳까지 선뜻 내려와 준 진원이 옆에 있으니까. 우리는 떨어지지 않도록 단단하게 맞잡아진 그와 자신의 손을 바라보며 슬쩍 미소를 지었다.

체육대회는 왕래가 없던 다른 팀 직원들과 친목과 우의를 쌓을 수 있는 아주 좋은 행사 중 하나였다. 남직원들의 족구, 여직원들의 발야구, 모두가 참가 가능한 피구까지 총 세 가지의 경기를 펼쳐 우승팀을 가리는 방식이었다. 이기는 팀에게는 인당 10만 원 상당의 백화점 상품권이 주어지기 때문에 직원들은 그 어느 때보다 열의에 가득 차 있었다. 팀 뽑기는 제비뽑기를 통해 결정됐는데 천식과 준오 그리고 우리는 A팀으로, 진원과 영은은 B팀으로 배정됐다.

첫 번째 경기는 여직원들로만 이루어진 발야구였다. 선공인 A팀에서 우리가 공을 차러 나오자, 경기를 구경하고 있던 같은 팀 남직원들의 환호성이 들렸다.

"우리야, 잘해!"

그녀를 친근하게 부르는 몇몇 남직원들의 목소리에 진원이 삐딱하게 서서 인상을 굳혔다. 누구는 눈치 보느라 회사에서 제대로 부르지도 못하는 그녀의 이름을 거리낌 없이 부르는 모습이 질투가 나면서 동시에 무척 거슬렸다. 그의 기분을 알 리 없는 우리는 발목을 이리저리 돌리며 몸을 풀었다.

공정한 경기를 위해 심판으로 나선 진욱의 호루라기 소리와 함께 경기가 시작됐다. B팀에서 에이스로 추앙받는 선주가 공을 굴리자, 우리가 몇 발 나가더니 뻥 하고 공을 찼다. 일직선으로 쭉 뻗어 나가는 공을 본 우리가 여유롭게 운동장을 달렸다.

"한우리 잘한다!"

타고난 운동신경을 여과 없이 드러내는 우리를 본 진원의 입꼬리가 올라갔다. 위협적으로 날아온 공에 허둥지둥하는 상대 팀 덕분에 2루까지 달린 우리가 생글생글 웃으며 베이스를 밟았다.

우리의 리드 덕분인지 여직원들의 발야구 게임은 10 대 2로 그녀가 속한 A팀의 압승이었다. 상품권에 한 발 앞선 A팀은 하이파이브를 하며 한껏 분위기를 끌어올렸다.

"자, 다음! 족구 선수들 라인 안으로 들어오세요!"

A팀에 첫 게임 승점을 내준 B팀은 다부진 기합을 외치며 네트 안으로 들어갔다. B팀에 속한 네 명의 족구 선수 안에는 진원도 포함되어 있었다.

이제껏 남자들이 운동하는 모습을 숱하게 봐 왔던 우리는 사실 운동하는 남자의 모습을 봐도 별 감흥이 없었다. 오히려 운동하는 그들을 보고 손을 모으며 멋있다고 소리를 지르는 여자들이 유난스럽다 느끼곤 했었다.

그런데 같은 팀 사람들과 호흡을 맞춰 공을 차고, 하이파이브를 하고, 때론 네트에 걸리는 공에 안타까워하고, 땀을 흘리며 경기에 집중하는 진원을 보고 있으니 왜 그때 당시 여자들이 운동하는 남자를 보며 운동장이 떠나가라 소리를 질렀는지 알 것 같았.

"A팀 힘내자!"

"B팀 지면 상품권 없다! 잘 하자!"

엎치락뒤치락 치열한 득점 싸움이었다. 우리는 본인 팀보다도 공격수로 나서서 공을 차는 상대편인 진원을 맘속으로 응원하고 있었다.

"우리 팀장님 족구 잘하시는데?"

영은이 경기에 푹 빠진 우리를 툭툭 치며 진원을 가리켰다. 실제로 그는 비어 있는 공간에 기가 막히게 공을 꽂아 넣거나, 헤딩으로 하는 짧은 토스로 상대 팀을 당황하게 했다. 우리는 영은의 말에 대꾸하는 것도 잊고 고개를 좌우로 돌려 가며 흥미진진하게 이어져 가는 랠리를 지켜봤다.

초반에 수비 실수로 점수를 내주던 B팀은 진원의 줄기찬 공격으로 기어이 9 대 10으로 역전을 만들어 냈다. 마지막 1점만 내면 되는 긴장되는 상황에서도 그는 시종일관 얼굴에 미소를 짓고 침착하게 공을 받아 냈다.

"서 팀장님!"

진원과 함께 선수로 나간 준오가 공을 리시브해 주며 그를 불렀다. 높이 뜬 공은 공격하기 아주 좋은 높이로 떠 있었다. 진원은 회심의 미소를 지으며 발을 짧게 뻗어 상대 팀 네트 코앞에 공을 떨어뜨렸다.

"이겼다!"

휘슬이 불리고 족구 경기는 B팀의 승리로 끝이 났다. 경기가 끝나고 상대 팀 선수들과 악수를 하며 라인 밖으로 나온 진원은 상대 팀에 서 있는 우리를 바라봤다. 아까부터 우리가 줄곧 자신을 바라보고 있다는 걸 알고 있던 그가 한쪽 눈을 찡긋거리며 입꼬리를 올렸다.

'나 잘했지?'

진원은 칭찬해 달라는 얼굴을 하고 있었다. 상대 팀이라 차마 대놓고 그를 치켜세워 줄 수는 없었기 때문에 우리는 작게 고개를 끄덕이며 따라 웃어 주는 걸로 대답을 대신했다.

마지막은 체육대회의 하이라이트인 단체 피구였다. A팀과 B팀 모두가 라인 안으로 들어가서 죽은 사람이 수비를 보는 방식이었는데, 좁은 라인 안에 20명 가까이 되는 인원이 들어가 있다 보니 초반에는 공 하나만 던져도 두세 명씩 떨어지는 경우가 부지기수였다.

  남직원들은 공을 받으면 본인 팀의 여직원들에게 공을 주며 공격권을 전달했다. B팀 여직원들은 상대 팀에게 공을 주는 건지, 던지는 건지 모를 만큼 힘없이 공을 던지는 반면, A팀은 공이 오기만 하면 무조건 우리를 찾기 바빴다.

"우리 씨! 최대한 많이 맞혀!"

  일찍 아웃당한 천식이 수비진에 서서 그녀를 응원했다. 본의 아니게 A팀의 에이스가 돼 버린 우리는 공을 던질 시늉을 하며 B팀 사람들을 바라봤다. 최대한 사람이 몰린 쪽으로 공을 던지려는데 그곳에 진원이 선두로 서 있었다.

'이쪽으로 던지려고?'

  설마 하는 표정으로 슬쩍 자기 자신을 가리키는 진원 때문에 우리는 피식 웃음을 터뜨렸다. 결국, 진원이 서 있는 반대편으로 공을 던진 우리는 허무하게 공격권을 뺏기고 말았다.

  여직원들의 공격이 약해 경기가 불리해지자, 결국 보다 못한 B팀 남직원들이 나서서 공을 던지기 시작했다. 상품권을 코앞에 둔 그들에게 이제 성별을 따져 가며 공격하는 자비란 없었다. 힘이 가득 실린 공들이 오가면서 A팀 사람들도 하나둘 죽고 어느덧 피구는 안에 있는 사람보다 수비진에 서 있는 사람들이 훨씬 많아졌. 많아진 수비에도 불구하고 우리는 제 쪽으로 오는 공을 피하지 않고 가슴팍으로 턱턱 받아 내며 공격권을 얻어 냈다.

"우리 씨! 나! 나 데려가!"

  계속되는 A팀의 공 돌리기에 정신없이 공을 피하던 총무팀 은

경이 소리치며 우리를 쫓아가다가 간발의 차이로 허벅지를 맞으면서 아웃이 됐다.

"와, 마케팅팀 둘이 남았네."

"팀장과 사원의 대결인가요?"

"발야구와 족구 에이스의 대결이죠."

라인에 홀로 남은 진원과 우리를 보던 사람들이 흥분에 찬 목소리로 두 사람을 응원했다. 같은 팀 수비에게 공을 받은 진원은 난감하다는 얼굴로 우리를 바라봤다. 아무리 승부는 승부라지만, 이 공으로 그녀를 맞힐 생각은 추호도 없었다. 진원이 약하게 공을 던지자 곳곳에서 야유가 터져 나왔다.

"서 팀장님! 이러시기예요?"

"에이, 너무 팀원 챙기신다! 지금은 같은 팀 아니잖아요!"

"우리 씨, 이참에 팀장님한테 불만이었던 것도 풀 겸 확 세게 맞혀 버려!"

대놓고 자신을 맞히지 않는 진원 때문에 우리는 더욱 어찌할 바를 몰랐다. 같은 팀원들의 아우성에 우리는 할 수 없이 공을 세게 던져 보았다. 하지만 던진 공이 조금 높게 떠서 진원의 머리 위를 아슬아슬하게 넘어갔다.

어쭈, 한우리.

공을 던지는 우리의 손에 힘이 들어가자 경기 분위기가 후끈 달아올랐다. 우리는 상대편 라인 코앞까지 성큼성큼 다가가 진원에게 말했다.

"봐주지 마세요. 저도 안 봐 드릴 거예요."

운동을 해 온 우리는 봐주기 식의 경기 진행을 좋아하지 않았다. 진지하게 경기에 임하는 그녀의 행동에 진원은 기꺼이 고개를 끄덕여 주며 속으로 생각했다. 티 안 나게 공에 맞아 주는 방법이 뭐가 있으려나.

진원은 살아남으려고 고군분투하는 척 몸을 이리저리 움직였지만, 사실은 일부러 공이 오는 방향으로 달려가 최대한 자연스럽게 죽으려고 노력하고 있었다.

한참 같은 편끼리 공을 주고받으며 진원을 교란시키던 우리는 기습적으로 몸을 돌려 그를 향해 냅다 공을 던졌다. 잠시 한눈을 팔고 있던 진원은 그녀의 공을 미처 피하지 못하고 다가오는 공에 그대로 맞았다.

"어머!"

그런데 하필이면 우리가 던진 공이 진원의 중요 부위를 정확하게 맞히며 바닥에 떨어졌다. 힘이 실린 공에 중요 부위를 제대로 가격당한 진원이 그대로 자리에 주저앉자, 공을 던진 우리도 예상치 못한 상황에 입을 가리며 진원에게 달려왔다.

"팀장님!"

차마 우리가 보는 앞에서 주저앉기까지 하고 싶진 않았지만, 밀려오는 통증 탓에 제대로 서 있을 수가 없었다. 어느새 부리나케 달려온 진욱은 민망해하는 당사자의 만류에도 불구하고 진원의 꼬리뼈를 툭툭 쳐 주었다. 우리는 잔뜩 미간을 좁히고 있는 그의 앞에 쪼그리고 앉아서 미안해 죽겠다는 얼굴로 말했다.

"팀장님, 괜찮으세요?"

"괜찮…… 괜찮아요. 부사장님, 저 괜찮으니까…….."

제발 한우리 앞에서 내 꼬리뼈 좀 그만 치면 안 될까? 형?

하지만 진욱은 그의 속마음을 알아듣지 못하고 심각한 얼굴로 동생의 꼬리뼈를 연신 쳐 주었다.

"우리 씨 때문에 서 팀장님 장가 못 가는 거 아니야?"

"그럼 우리 씨가 서 팀장님 책임져야겠네."

여기저기서 들리는 직원들의 짓궂은 농담도 지금 우리의 귀엔 하나도 들리지 않았다. 진원은 잔뜩 울상인 얼굴을 하고 제 앞에 앉아 있는 우리가 귀엽기도 했지만, 한편으로는 제 그곳을 뚫어지게 바라보는 그녀를 누구라도 빨리 일으켜 세워 줬으면 싶었다.

우여곡절이 많았던 워크숍이 끝나고 회사 앞에 도착한 사람들은 산행과 체육대회로 어지간히 고단했는지 뒤풀이 없이 피곤한 몸을 이끌고 집으로 돌아갔다.

"우리 씨, 버스 정류장까지 태워다 줄까?"

"정말요?"

준오의 제안에 우리가 반가워하며 고개를 끄덕이려는데 어느새 나타난 진원이 도로 앞에 차를 세우고 보조석 창문을 완전히 내렸다.

"한우리 씨, 집으로 가는 거면 내 차 타고 갈래요? 어차피 가는 방향인데 바래다줄게요."

아직 사람들이 완전히 해산하지도 않은 자리에서 적극적으로 구는 진원의 행동에 놀란 우리가 어쩔 줄 몰라 하며 안절부절못했다. 예상대로 곳곳에 남아 있던 직원들이 힐끔힐끔 세 사람을 쳐다보고 있었다. 그런데 심지어 눈치 없는 준오는 진원의 말을 거들고 나섰다.

"그게 좋겠다. 피곤한데 버스 타지 말고 팀장님 차 타고 편하게 가."

준오에게 떠밀려 결국 진원의 차에 타게 된 우리는 보조석에 불편한 표정으로 앉았다.

진원이 차를 출발시키자마자 우리가 기다렸다는 듯 몸을 돌려 그를 원망스러운 눈으로 흘겨보았다.

"사람들 다 있는데 그러시면 어떻게 해요!"

"그러다가 사시 된다."

"뭐라고요?"

"남의 눈치 보느라 이리 살피고, 저리 살피고. 그러다가 한우리 눈 사시 된다고."

정곡을 찔린 우리의 입이 꾹 닫혔다.

그의 말이 맞았다. 내 인생의 중심은 누가 뭐래도 내가 돼야 하고, 그 한 번뿐인 인생에 후회가 없으려면 남의 눈치 보지 말고 하고 싶은 대로, 마음 가는 대로 행동하는 것이 옳은 일이었다. 그래야 나중에 그 행동과 결정이 실수였다 할지라도 당시의 선택에 후회가 없을 테니까. 그런 면에서 지금 우리는 진원을 향한 제 마음을 솔직하게 고백하지 못하는 것에 대해 뼈저린 후회 중이었다.

아무 말도 못 하고 고개를 돌리려는데 핸드브레이크 옆 공간에 있는 누룽지 사탕이 눈에 띄었다. 우리는 사탕 하나를 집으며 물었다.

"단거 싫어한다고 하지 않으셨어요?"

"누룽지 사탕은 좋아졌어."

"왜요?"

"한우리가 좋다고 하니까, 나도 좋아지더라고."

진원은 대수롭지 않은 투로 대답했지만 정작 그 말을 들은 우리는 그대로 고개를 들어 진원을 바라보았다.

더는 안 되겠다.

그를 향한 애끓는 마음을 부정하는 것도, 다가오지 말라고 밀어내며 숨어 버리는 것도, 힘들어질 제 가족들 때문에 정작 가장 힘들었을 그를 외면하는 것도. 이제는 안 되겠다.

내가 아파도 괜찮다는데.

그만큼 서진원이 좋다는데.

나중에 내가 왜 서진원을 좋아한 걸까 후회할지언정, 이 사람과 사랑을 시작해 보고 싶다는데. 누가 막을 수 있을까.

"우리야?"

진원은 넋이 나간 그녀의 이름을 불렀다. 그러자 우리가 뭔가에 홀린 흐릿한 눈빛으로 그를 바라봤다.

"네?"

"사람 옆에 두고 무슨 생각을 그렇게 해."

"아……."

제대로 정신을 차렸을 땐 어느새 그의 차가 집 앞에 서 있었다. 흐리멍덩하게 초점을 잃은 우리의 모습을 보던 진원은 걱정스러운 얼굴로 그녀의 이마에 손을 갖다 댔다.

"오늘 너무 무리한 거 아니야?"

지난번 유라의 일로 진원에게 미처 전하지 못했던 것들을 오늘은 꼭 전하고 싶었다. 우리는 이마에 놓인 그의 손을 잡아 내려놓으며 말했다.

"잠깐 여기서 기다려요. 알았죠?"

"응?"

"가면 안 돼요!"

차에서 내린 우리는 다급한 걸음으로 집에 들어갔다. 신발을 벗는 것도 잊은 채 제 방문을 연 우리는 책상에 가지런히 놓여 있던 그의 머플러를 집었다.

평소답지 않은 그녀의 행동에서 뭔가 석연찮음을 느낀 진원은 차에서 내려 우리를 기다렸다. 잠시 후 헐레벌떡 뛰어나온 그녀 손에 들린 자신의 머플러를 발견한 진원은 천천히 걸음을 옮겨 그녀에게 다가갔다.

"이거 가져다주려고 그렇게 급하게 뛰어간 거야?"

혹시 무슨 일이 생긴 건가 걱정했던 진원은 고개를 끄덕이는 우리의 고갯짓에 그제야 안도하며 얼굴에 미소를 띠었다.

두 걸음 정도 간격을 두고 있던 우리는 진원의 코앞까지 다가갔다. 그녀가 먼저 자신에게 거리를 좁히고 다가온 적은 처음이라 살짝 놀란 진원이 우리를 내려다보았다.

"미안해요."

그녀의 입에서 나온 반갑지 않은 사과의 말에 진원의 반듯하던 얼굴이 순식간에 굳어졌다. 경험상 미루어 보아 그녀의 진지한 사과는 늘 좋지 않은 상황을 만들곤 했다.

"나 때문에 상처받을 가족들만 생각했어요. 정작 나 때문에 가장 상처받고 있는 사람은 팀장님이었는데."

"……한우리."

"이렇게나 시간 끌어 놨는데, 근사한 고백이 아니라서 미안해요."

우리는 자신보다 키가 큰 진원에게 까치발을 들고 그의 목에 머플러를 매 주었다.

"넥타이 선물의 뜻이 나는 당신을 소유하고 싶습니다, 라고 했죠?"

서툰 손재주로 머플러를 묶었다 풀기를 반복하는 그녀의 손길도, 한참을 미뤄 둔 진심을 고백하는 우리의 목소리도 조금씩 떨리고 있었다.

"머플러도 목에 매는 거니까…… 비슷한 의미겠죠?"

우리는 자신을 내려다보고 있는 진원의 눈빛을 느끼면서도 눈 마주치기가 쑥스러워 그의 가슴 언저리에 시선을 고정했다. 평소였으면 벌써 무슨 말을 꺼냈을 그에게 대답이 없자 혹시 못 알아들은 건가 싶어 다시 말을 꺼냈다.

"그러니까 제 말은, 이제 도망 안 가고……."

서진원 씨 소속 할게요. 라고 말하려던 우리의 입술을 진원이 가로챘다. 고개를 아래로 내밀어 가볍게 입을 맞춘 진원은 그거로는 부족했는지 발갛게 달아오른 그녀의 얼굴을 어루만지듯 들어 다시 한 번 입을 맞췄다.

 집 앞에서 예상치 않게 시작된 키스에도 우리는 그간 자신이 애 태우기만 했던 진원을 밀어내지 않았다. 허리를 끌어안아 주는 우리의 기특한 행동에 진원이 부드럽게 웃으며 그녀의 혀를 휘감았다. 더는 도망가지 않겠다는 그녀의 다짐이 맞닿아 있는 입술의 온기로, 너무 떨려 주체할 수 없는 가슴의 두근거림으로 여실히 느껴졌다.

 길고 길었던 입맞춤이 끝났지만 진원은 그녀가 주는 달콤함에 중독돼 쉽게 우리를 놓지 못했다. 입술을 떼고 나서도 아쉬운 마음이 들었는지 그는 몇 번이나 더 자잘한 입맞춤을 계속했다.

"서진원, 씨, 소속, 할……."

 덕분에 우리는 키스가 끝났는데도 진원에게 하고 싶은 말을 완벽하게 말하지 못하고 간헐적으로 내뱉었다. 짓궂은 웃음을 짓던 진원은 그녀를 꽉 끌어안았다.

"이제 도망가는 일 없을 거예요. 약속할게요."

"도장."

 우리의 다짐을 듣고 있던 진원은 안고 있던 그녀를 살짝 품에서 떼어 제 입술을 바짝 갖다 댔다. 눈을 감고 입 맞춰 주기를 고대하고 있는 그의 기대감 부푼 얼굴 때문에 피식 웃은 우리는 그가 원하는 대로 입술에 도장을 찍어 주었다.

"그런데……."

"응?"

"아까 맞은…… 데는 괜찮아요?"

잊고 있었던 일을 우리가 직접적으로 언급하자 진원은 민망했지만 당당하게 대답했다.

"당연하지. 아주 멀쩡해."

도톰한 우리의 입술이 맞닿은 순간부터 제 몸에 확연한 변화가 일어나는 걸 보아, 피구 공에 맞았다고 한들 남자구실을 하는 데는 전혀 문제 될 것이 없었다.

✥

어젯밤, 꿈같은 진원과의 연애를 시작한 우리는 잠자리에 들면서 제발 회사에서 표정 관리 되게 해 달라는 간절한 기도를 드렸다. 그와 사내 연애를 한다는 사실 때문에 진원이 곤란한 상황에 놓이게 되는 건 원치 않았다.

'사내 연애 숨기는 방법'을 검색하느라 밤잠 설친 우리는 피곤한 기색이 역력한 얼굴로 사무실에 도착했다. 가방을 내려놓은 후 제일 먼저 진원의 사무실을 한 번 바라봤다.

"아직 안 왔구나."

아쉬운 마음을 감추고 제자리에 앉기가 무섭게 사무실 문을 열고 진원이 모습을 드러냈다. 티 내지 않겠다는 아침의 다짐이 무색하게 우리의 표정이 단박에 환해졌다.

"역시. 일찍 온 보람이 있네."

그는 이미 오래전부터 우리의 출근 시간에 맞춰 출근하고 있었다. 아침부터 우리의 웃는 얼굴을 마주하니 저절로 힘이 솟았다.

진원이 제 앞으로 다가올 때까지를 기다리지 못한 우리는 성큼성큼 다가가 그의 볼에 냉큼 입술을 갖다 댔다. 사랑이 듬뿍 담긴 뜻밖의 선물을 받은 진원은 입꼬리를 끌어 올리며 웃었다.

"어제까지만 해도 나한테 티 내지 말라고 그렇게 신신당부하더니."

"지금은 사람들 없잖아요."

"사람들만 없으면 된다 이거지? 그럼 오늘 점심시간에 당장 옥상에서……."

"으이그, 정말!"

엉큼한 상상을 하며 자신을 품에 와락 안으려는 진원을 가볍게 피한 우리가 혀를 날름거렸다.

"우리 씨! 물티슈 있어?"

웬일로 일찍 출근한 준오는 사무실에 들어오자마자 다급하게 물티슈부터 찾았다. 갑작스러운 타인의 등장에 놀란 우리는 가방에서 황급히 물티슈를 꺼내 준오에게 건넸다. 다행히도 그는 신발에 묻은 얼룩을 털어 내느라 두 사람이 꽤 가까이 서 있다는 걸 보지 못했다.

진원은 우리 책상에 놓았던 제 가방을 챙겨 태연한 얼굴로 팀장실에 들어갔다. 소파에 가방을 대충 올려놓은 그는 블라인드를 활짝 젖혀 바깥 상황을 지켜봤다. 얼룩이 제대로 묻은 건지 준오는 크로스로 맨 가방을 뒤로 젖히고 물티슈로 연신 신발을 닦아 내고 있었다. 준오의 눈치를 한 번 살피던 우리는 팔짱 끼고 서서 은근한 눈빛으로 자신을 바라보는 그를 향해 한쪽 눈을 찡긋거리더니 배시시 웃었다.

어제까지만 해도 두 사람은 사내 연애를 비밀리에 하며 회사에서만큼은 공과 사를 지키자고 서로 약속했었다. 그런데 자꾸 남들 모르게 자신을 도발하는 우리를 보니 그 약속을 지킬 수 없을 것 같았다.

그는 앙큼한 행동으로 자신을 들었다 놨다 하는 우리를 향해 회심의 미소를 지었다.

연말이 다가오면서 여러 브랜드의 프로모션 건이 한꺼번에 진행되자 진원은 업무 공유 차 팀 회의를 소집했다.

"일일이 보고받는 것보다 이렇게 한꺼번에 듣는 편이 효율적일 것 같아서요."

"네, 팀장님."

우리는 프로모션 장소로 섭외했던 클럽이 미성년자 출입 허용으로 3개월 영업 정지를 받는 바람에 급하게 장소 선정을 변경하느라 외근을 나간 상태였다. 진원은 이때다 싶어 그녀 없이 회의를 진행했다.

"김 차장님, 어제까지 맥캔 매출은 어떻습니까?"

"저번 주까지 상승 곡선이었다가 이번 주는 조금 주춤합니다."

진원은 천식이 건넨 매출 그래프를 바라보며 고개를 끄덕였다.

"이제부터가 진짜 매출이죠. 박 대리, 아이리스 프로모션 진행은 어디까지 됐나요?"

"어제까지 섭외한 모델들 스케줄 협의 끝냈습니다."

"좋습니다."

각자 맡은 바를 충실히 해 주는 팀원들 덕분에 연말 프로모션 행사들이 일사천리로 진행되고 있었다.

"아, 그리고 저…… 드릴 말씀이 있습니다."

비장한 표정으로 할 말이 있다는 진원의 말에 세 사람은 무슨 일이냐는 눈빛을 주고받으며 다소 긴장한 얼굴로 그를 바라봤다.

근래 회사 사정이 좋아졌으니 임금 삭감은 아닐 테고, 혹시 말도 안 되게 구조조정을 하는 건가? 아니면 혹시 공 팀장처럼 갑작스러운 퇴사? 세 사람이 각자 머릿속에서 상상의 나래를 펼칠 무렵, 진원의 입이 열렸다.

"저, 연애합니다."

다소 뜬금없는 진원의 연애 발표에 세 사람은 모두 어안이 벙벙했다. 물론 축하해야 할 일이긴 하지만, 갑작스럽게 자신들을 붙잡고 왜 개인사를 언급하는지에 대해 아무도 감을 잡지 못했다.

짧은 정적이 흐르고 나서야 준오가 박수 치며 먼저 축하를 건넸다.

"팀장님, 축하드려요!"

"감사합니다."

"혹시 저희가 아는 분입니까?"

팀원들에게 연애 소식을 전하는 데에는 분명 무언가 이유가 있을 거라고 판단한 천식이 날카롭게 질문했다. 연륜을 무시할 수 없는 그의 빠른 눈치에 진원이 호탕하게 웃으며 순순히 고개를 끄덕였다.

"네. 세 분이 아는 여잡니다."

"어머! 설마 팀장님…… 사내 연애 하시는 거예요?"

"네. 맞습니다."

상대방을 알아챘는지 천식은 잔잔하게 웃으며 우리가 매번 앉는 회의실 자리를 한 번 바라봤다.

"저, 한우리 씨랑 연애합니다."

"네?"

마케팅팀 내에서 사내 연애가 이뤄질 거라고 생각지도 못했던 영은은 깜짝 놀란 표정으로 물었다.

"대체 어, 언제부터……."

놀라서 말까지 더듬는 영은을 바라보며 조심스럽게 말했다.

"제가 먼저 한우리 씨를 좋아했고, 얼마 전부터 진지하게 만나기 시작했습니다. 아무래도 제가 팀장이고, 한우리 씨가 사원이다 보니 알리기가 조심스러웠어요. 그래도 지금 말씀드려야 나중에 알려져도 속았다고 생각 안 하실 것 같아서, 미리 말씀드리는 겁니다."

진원의 너스레에 천식과 준오는 모두 웃음을 터뜨렸지만 영은은 우리가 살짝 걱정됐다.

사내 연애를 하는 주변 동료들을 많이 봐 왔지만 대부분 좋지 않게 끝나는 경우가 허다했다. 게다가 같은 직급의 직원끼리 연애를 해도 여기저기서 말들이 많은데, 하물며 사장 아들인 진원과 사귀었다가 자칫 헤어지게 되기라도 하면 곤란해지는 사람은 우리뿐이었다.

"그리고…… 여러분께 도움을 좀 받고 싶어서요."

"말씀만 하세요! 무슨 도움이 필요하신데요?"

준오가 흔쾌히 대답하자, 진원은 쑥스러운지 머리를 긁적이고 나서 최대한 공손한 투로 말했다.

"나중에 저희 둘이 사귄다는 소문이 돌게 되면, 그때 사람들에게 우리 씨 편을 들어주셨으면 좋겠습니다. 같은 팀이라서 내가 지켜봤는데 서진원 팀장이 한우리 사원을 쫓아다녔다, 그렇게요."

지금은 우리를 좋게 바라보는 시선이 많았지만, 만약 자신과 사귄다는 소문이 돌게 되면 일부 직원들이 고까운 시선으로 그녀를 바라보진 않을까 걱정이 됐다.

우리가 훗날 받게 될지 모를 오해를 걱정하던 진원은 결국 팀원들에게 도움을 청하기로 했다. 우리를 예뻐하는 천식이나 준오, 영은만큼은 온전히 그녀의 편에 서 줄 수 있을 것 같아서였다.

진원의 속마음을 헤아린 영은은 본인이 더 감동한 얼굴로 두 손을 모아 깍지를 꼈다.

"역시 우리 팀장님! 걱정하지 마세요. 우리 씨가 오해 안 받게 저희가 소문 잘 낼게요!"

"그리고 또 하나요."

계속되는 부탁에 진원도 민망한지 짧게 웃었다.

"한우리 씨한테는 제가 여러분께 이 사실 말했다는 거, 비밀로 해 주셔야 합니다. 아셨죠?"

벌써 우리 눈치 보기 바쁜 진원을 보며 천식이 크게 웃음을 터뜨렸다.

"팀장님 저희한테 잘 보이셔야겠습니다."

"에이, 김 차장님, 같은 공범인데 좀 봐주세요."

진원은 천식에게 넉살을 부리며 얼렁뚱땅 세 사람을 공범으로 몰아갔다. 원치 않게 비밀을 공유하는 공범이 된 세 사람은 우리가 인턴으로 일했을 당시 에피소드 몇 개를 들려주었다. 우리의 이야기라면 입가에서 미소가 떠날 줄 모르는 진원을 바라보며 세 사람은 안심이라는 기색을 비쳤다.

✤

"우리 씨! 이거 팀장님한테 대신 결제 좀 받아 주라."

"우리 씨, 팀장님 방금 들어가셨어. 커피 찾으시던데?"

"우리우리! 오늘 점심은 팀장님이랑 둘이 먹어야겠다. 우리 전부 선약이 있어서."

그날 이후로 팀원들은 진원에게 가야 할 일이 있으면 무조건 우리에게 일을 맡기며 그녀를 팀장실로 들여보냈다. 절대 아는 티 내지 말아 달라던 진원의 신신당부가 있었음에도 불구하고 그들은 나름 두 사람을 배려해 주겠다는 명분으로 함께 있을 수 있는 환경을 조성해 주고 있었다.

덕분에 우리는 하루에도 몇 번씩 문턱이 닳도록 팀장실을 찾았다. 팀원들의 수상한 행동을 의심한 우리는 진원에게 문자를 보냈다.

[잠깐 비상계단에서 봐요.]

일하느라 바쁜 팀원들의 눈치를 보던 우리가 먼저 사무실을 나섰다. 얼마 지나지 않아 비상계단으로 그가 모습을 드러냈다. 계단을 내려오며 기다렸다는 듯 포옹을 하려는 진원을 본 우리가 한 발 뒤로 물러섰다.

"솔직히 말해요."

"응?"

"혹시 다른 분들한테…… 무슨 얘기 했어요?"

"무슨 얘기?"

시치미를 뚝 떼고 모른 척을 하는 진원의 행동은 더욱 수상함을 불러일으켰다.

"요 며칠 차장님이랑 대리님들이 일부러 나를 팀장실로 보내는 것 같아서요."

누가 봐도 티가 나게 구는 팀원들의 과한 행동들이 생각나 진원이 웃음을 터뜨렸다. 그가 웃기 시작하자 증거를 잡은 사람처럼 우리가 눈을 빛냈다.

"왜 웃어요? 얘기한 거 맞죠!"

"아니, 아니야."

"거짓말!"

"진짜야. 한우리가 먼저 사내 연애의 메카라는 비상계단으로 불러 준 게 영광이라서 웃은 거야."

진원은 물러선 우리에게 가까이 다가가 그녀를 품에 가두었다.

아무래도 팀원들에게 사실대로 말한 것은 실수였다. 물론 우리를 팀장실에서 자주 볼 수 있는 점은 좋았지만, 그녀를 너무 오래 붙잡고 있기에는 밖에 있는 이들의 눈치가 보여서 오히려 보는 횟수는 많아졌어도 볼 수 있는 시간은 줄어든 장단점이 있었다. 진원은 안고 있던 그녀의 허리를 더욱 바짝 끌어당겼다.

"오늘 집에 같이 가자."

"왜요?"

우리의 천진난만한 물음에 진원이 그녀의 어깨를 잠시 밀어내며 말했다.

"왜요, 라니. 내가 내 애인 집에 바래다주는 것도 마음대로 못 해?"

마음 같아서는 출근까지도 함께하고 싶었다. 사람 많은 지하철에서 제대로 치어 봤기 때문에 우리가 힘든 출퇴근을 하고 다니는 게 싫었다. 게다가 그 좁디좁은 공간 안에서 고의가 아니더라도 다른 남자의 손이 우리의 몸에 닿는다는 건 생각만으로도 불쾌했다.

"그러다가 누가 보면 어떻게 해요."

"그래서 지하 3층에 주차해 놨어."

지하 1층만으로도 주차 공간이 넓었기 때문에 사람들은 웬만해선 지하 3층까지 차를 세우러 내려가지 않았다. 우리는 안심한 듯 고개를 끄덕였다.

"그럼 일곱 시에 지하 3층에서 만나요."

"알겠어."

"대신 진원 씨가 먼저 나가서 기다리고 있어요. 같이 나가면 의심받을지도 모르니까."

주도면밀하게 계획을 세운 우리가 의기양양한 얼굴로 웃음 지었다. 이렇게 안 들키려고 노력하는데 이미 팀원들이 알고 있다는 걸 알게 되면 화를 낼 게 분명했다.

 오늘 집에 가면서 이실직고해야겠다. 진원은 일단 잠자코 고개를 끄덕이며 따라 웃었다.

 퇴근하고 주차장으로 가는 길은 그야말로 총성 없는 전쟁이 따로 없었다. 특히나 우리는 차도 없어서 지하 주차장으로 간다는 건 사람들의 궁금증을 자아내는 정황이기 때문에 될 수 있으면 누구의 눈에도 띄지 않으려 노력했다.

 우여곡절 끝에 주차장에 도착한 우리는 진원의 차를 보자마자 비로소 긴장을 풀고 방긋 웃었다. 그녀를 발견한 진원이 차에서 내리자 우리가 냉큼 달려 진원의 품속에 안겼다.

"달려와서 안기는 거 좋은데?"

"한 번 더 해 줄까요?"

 우리가 품에서 나오려고 하자 진원은 고개를 저으며 폭 안겨 있는 우리의 이마에 가볍게 입을 맞췄다.

"인심이 후한 게 영 한우리답지 않은데."

"내가 사귀기까지가 어렵지, 사귀고 나서는 완전 쉬운 여자거든요."

 이미 좋아한다는 고백까지 하고 사랑을 시작한 마당에 재고 따지는 밀고 당기기가 무슨 의미가 있나 싶었다. 게다가 이제껏 그에게 표현하지 못한 마음이 얼마나 많은데. 우리는 요즘 어떻게 하면 진원에게 그간 못 해 준 애정 표현을 해 줄까에 대한 고민만

하고 있었다.

"내일 주말인데 데이트해야지. 하고 싶은 거 있어?"

"나 있어요!"

주저 없이 대답하는 우리의 모습에 진원도 기대됐다.

"뭔데?"

"우리 자전거 타러 가요!"

"자전거?"

연인과 자전거 데이트를 해 보는 것이 로망이었던 우리는 날씨가 더 추워지기 전에 꼭 한 번 진원과 자전거를 타 보고 싶었다. 혹시 싫어하는 건 아닐까 싶어 눈치를 봤지만 진원은 흔쾌히 고개를 끄덕였다.

"자, 그럼 이제 맛있는 거 먹으러 가실까요?"

꿈에 그리던 데이트 약속까지 잡은 우리는 들뜬 마음을 숨기지 못하고 수줍은 미소를 지으며 그가 열어 준 조수석 자리에 올라탔다.

차에서 미리 대기하고 있던 진원이 히터를 틀어 놓은 덕분에 내부 공기는 적당히 따뜻했다. 운전석에 탄 진원은 옆에 앉은 우리를 물끄러미 바라보더니 천천히 그녀에게 다가갔다. 눈을 동그랗게 뜨고 있던 우리가 살며시 눈을 감고 입술을 내밀었다.

"거기 아닌데."

진원의 장난기 섞인 목소리에 우리의 눈이 번쩍 떠졌다. 안전벨트를 잡고 있는 진원을 본 순간 너무 민망해서 고개를 푹 숙이려는데, 그의 입술이 예상치 않게 그녀의 하얀 목덜미로 향했다.

"잠깐……."

진원의 입술이 이곳저곳 지분대기 시작하자 간지럼을 참지 못하는 우리가 킬킬대며 그의 코트를 붙잡았다.

똑똑.

진원으로 인해 느껴지는 간지러움에 정신을 못 차리던 우리가 노크 소리에 진원의 어깨 너머로 창문을 확인했다.

"어, 어떡해!"

창문을 두드린 사람은 다름 아닌 진욱이었다. 진원의 뒷모습에 가려져 미처 우리를 보지 못한 진욱이 그의 차를 보자마자 반가운 마음에 노크를 한 것이다. 진욱은 조수석 쪽으로 몸을 돌리고 있는 진원이 뭔가를 찾는 줄로만 생각하는 모양이었다. 놀란 우리를 보고 진원이 고개를 돌리려 하자, 우리가 다급하게 그를 붙잡았다.

"지금 고개 돌리면 내가 보일 거예요! 밖에 서 있는 사람 부사장님이란 말이에요!"

"형이라고?"

하지만 이 자세로 있겠다고 한들 해결될 문제가 아니었다. 진원은 곤란한 얼굴로 눈썹을 긁적이고 초조해하는 그녀를 다독였다.

"여기 있어. 내가 나가서 설명할게."

"그래도 나 여기 있는 거 다 들킬 텐데 모르는 척하는 것도 좀……."

진퇴양난이 따로 없었다. 물론 진욱은 우리가 하강백화점에 취업할 수 있게 도와준 일등공신이었다. 하지만 지금 그의 앞에 나선다는 건 마케팅팀 사원 한우리가 아닌, 그의 동생인 진원의 애인인 한우리로 인사를 해야 했다. 아무리 이제까지 자신을 좋게 봐줬다고 한들, 동생의 애인이라고 한다면 보는 시선이 바뀔 수도 있었다.

심지어 첫 대면이 지하 주차장에서 야릇한 목덜미 키스를 하고 있을 때라니. 우리는 밀려오는 창피함에 당장에라도 울고 싶었다.

두 손으로 얼굴을 가리고 어쩔 줄 몰라 하는 우리의 머리를 쓰다듬던 진원은 먼저 차에서 내렸다. 열리는 차 문 사이로 조수석에 앉아 있는 우리를 발견한 진욱은 너무 놀라 차에서 한 발 뒤로 물러섰다.

"두 사람 어떻게⋯⋯."

얼마 전까지만 해도 짝사랑 중이라던 진원은 우리와 함께 조수석 가까이에 찰떡처럼 붙어 있었다. 그사이 진전된 두 사람의 관계를 추궁하려는 찰나, 조수석에 앉아 있던 우리가 문을 열고 차에서 내렸다.

"부사장님 안녕하세요."

머리가 땅에 닿을 듯이 고개 숙여 인사하는 우리를 본 진욱은 일단 할 말을 감추고 평소처럼 웃으며 인사를 받아 주었다.

"퇴근하는 길이에요?"

"네."

듣는 사람의 몸이 오그라들 만큼 어색한 인사가 오고 갔다. 평소 같으면 진욱에게 살가운 인사와 함께 해맑게 웃어 주었을 텐데, 우리는 창피함에 붉어진 얼굴을 티 내지 않으려 고개를 푹 숙이고 있었다. 진욱은 민망해하는 우리를 두고 진원에게 말을 걸었다.

"그날 말도 없이 집에 갔다고 아버지가 너 잔뜩 벼르고 계셔."

"한두 번도 아닌데 새삼스럽게."

영영 가족 이야기를 피할 순 없겠지만, 아직 자신의 집안을 부담스러워하는 우리의 앞에서 굳이 제 아버지 이야기를 하고 싶지 않았던 진원은 최대한 말을 아꼈다. 진원이 눈짓으로 얼른 가라고 눈치를 주자, 진욱은 입매를 꿈틀거리며 작게 고개를 끄덕였다.

"그럼 나 간다."

"어."

하필 똑같이 지하 3층에 차를 세울 게 뭐야. 진원은 아무 잘못 없는 애꿎은 진욱을 원망하며 우리에게 다가갔다.

"차에 있으라니까 왜 나왔어."

"가만히 앉아 있기도 민망해서요."

긴장으로 바짝 웅크린 우리의 어깨를 풀어 주고 있을 때였다. 주차장을 나서려는 진욱의 차가 두 사람 앞에 잠시 멈췄다.

"아 참, 우리 씨."

"네?"

"저 녀석 데리고 언제 한번 본가에 밥 먹으러 와요."

"형!"

"그럼 조만간 성북동에서 봐요."

제 할 말만 하고 사라지는 진욱의 차 뒤꽁무니를 바라보던 우리가 어안이 벙벙한 얼굴로 진원에게 물었다.

"나 지금…… 초대받은 거 맞죠?"

"큰일 났다, 한우리. 나한테 발목 제대로 잡혔네."

심란한 본인과는 반대로 내심 기뻐하는 진원을 보자 그녀의 입술이 뾰루퉁하게 나왔다.

"들킨 게 그렇게 즐거워요?"

"걱정하지 마. 형은 우리가 만나는 거 반대할 입장 아니니까."

 진욱이 우리를 집으로 초대한 것은 기복에게 맞서 자신의 편에 서겠다는 지지 선언과도 같았다. 어차피 반대한다고 해서 쉽게 물러날 진원도 아니지만, 그래도 진욱이 힘을 보태 준다면 그의 입장으로선 고마운 일이었다.

 비밀 연애를 들켰다는 사실에 반쯤 혼이 나간 우리를 보니 마냥 기뻐하는 티를 내선 안 될 것 같았다. 이거 어쩌나. 팀원들한테 사실대로 말했다는 얘기는 아직 꺼내지도 못했는데.

 결국, 진원은 우리의 집 앞에 도착할 때까지 이실직고하지 못했다.

우리와 정식으로 함께하는 첫 데이트였다. 진원은 옷장에 있는 셔츠들을 제 몸에 하나씩 대 보며 부산스러운 준비를 시작했다.

깔끔한 스트라이프 셔츠를 입고 나온 그는 우리를 데리러 갔다. 그녀도 데이트를 할 생각에 들떴는지 일찍부터 집 앞에 나와 진원을 기다리고 있었다.

"일찍 나왔네?"

"보고 싶어서요."

듣기 좋은 대답에 저절로 웃음이 났다. 진원은 차가운 우리의 손을 잡아 주며 물었다.

"한강으로 갈 거라서 바람이 좀 차가울 텐데."

"자전거 타다 보면 더워서 추위 못 느낄 거예요."

가을바람이 제법 썰렁한데도 속옷 색깔이 은근하게 비칠 정도로 얇은 셔츠 하나만 입고 온 우리가 걱정됐다. 마음 같아서는 감기에 걸릴 일이 없는 따뜻한 집에서 데이트하지 않겠냐고 회유해 보고 싶었다.

"우리 한강 가서 자전거도 타고, 근처 편의점에서 라면도 먹어요!"

라면은 내가 진짜 잘 끓일 자신 있는데.

하지만 자전거 데이트를 이렇게 고대하고 있는 우리의 기대를 무너뜨릴 순 없었다. 진원은 엉큼한 속내를 감추고 고개를 끄덕이며 차를 출발시켰다.

한강에 도착한 우리는 차에서 내리자마자 폴짝거리며 진심으로 즐거워했다. 그간 취업 준비와 회사 일 때문에 바빴던 탓에 제대로 한강에 들른 것이 꼬박 4년 만이었다.

"자전거 대여소 저쪽인가 봐요."

우리는 손가락으로 표지판을 가리키며 옆에 선 진원의 팔에 자연스레 팔짱을 꼈다. 나란히 서서 서로 눈을 마주치며 대화하고 간간이 웃음을 터뜨리는 두 사람의 뒷모습은 영락없이 사랑에 빠진 커플이었다.

"난 이걸로 탈래요."

대여소 앞에 있는 수많은 자전거들을 살피던 우리가 핑크로 덧칠된 자전거 앞에서 생긋 웃었다.

"커플 자전거 아니고?"

"진원 씨 자전거 못 타요?"

못 타는 건 아니었다. 하지만 명색이 데이트라 했으니 당연히 커플 자전거를 타는 줄로 생각하고 있던 진원은 실망한 기색을 감추지 못했다.

"난 같이 타고 싶은데."

우리는 잠시 고민하다가 대답했다.

"그럼 우리 30분만 따로 타고, 그다음은 커플 자전거 같이 타요."

진원이 순순히 들어주지 않을 것 같았는지 자전거 건너편에 있던 우리가 그에게 다시 다가와 팔짱을 끼고 눈을 끔뻑거리며 아랫입술을 살짝 내밀며 불쌍한 표정을 했다.

"앞으로 나 혼자 한강에 와서 자전거 탈 기회가 어디 있겠어요. 맨날 진원 씨랑 같이 있을 건데. 그러니까 오늘 하루 딱 30분만! 응?"

여자의 애교에 좀처럼 흔들리는 편이 아니었는데 그녀의 애교에는 당해 낼 재간이 없었다.

"딱 30분이다."

한발 물러서 주는 그에게 우리는 보조개에 쪽 소리가 나게 입을 맞추는 걸로 고마움을 대신했다.

결국 자전거를 따로 빌린 우리와 진원은 바로 앞뒤로 줄을 맞춰 자전거를 탔다. 오랜만의 라이딩에 마냥 기분이 좋은 우리는 소슬히 부는 한강의 바람을 만끽했다. 진원도 어느새 실망했던 감정을 지우고 즐거워하는 그녀를 흐뭇하게 바라봤다.

한참 동안 자전거를 타고 한강을 배회하다 보니 어느새 약속한 시간이었던 30분이 훌쩍 지나 있었다. 두 사람은 다리 아래 자전거를 세우고 구분선 없이 자전거를 탈 수 있는 길목을 보며 내기에 나섰다.

"진 사람이 컵라면 사는 거예요!"

"받고 어묵까지. 어때?"

"좋아요. 나중에 말 바꾸기 없기예요."

합의로 정한 출발선에 선 우리와 진원은 1, 2, 3을 외치고 동시에 자전거 페달을 밟았다.

처음에 있는 힘껏 페달을 밟던 진원은 승부욕이 발동한 우리가 점차 앞서 가자 조금씩 속도를 줄였다. 짙어지는 노을빛을 가르며 열심히 페달을 밟는 그녀의 뒷모습이 별거 아닌데도 참 사랑스럽게 느껴졌다.

한참을 앞서 가던 우리는 진원이 뒤처져 있다는 걸 뒤늦게 알아차리고 뒤를 돌아봤다.

"에이, 봐주지 말고 빨리 와요!"

우리가 자전거 손잡이를 한 손으로 붙잡고 여유롭게 뒤를 돌아봤다. 그때였다.

"한우리!"

살짝 내리막길이었던 길인지 모르고 상체를 돌리고 있던 우리는 그의 다급한 목소리와 동시에 중심을 잃고 넘어졌다.

놀란 진원은 타고 있던 자전거를 내팽개치듯 두고 우리에게 뛰어갔다. 어처구니없이 넘어진 우리는 아픈 것보다도 사람들이 힐끔힐끔 쳐다보는 시선에 민망해 고개를 들 수가 없었다.

"괜찮아? 안 다쳤어?"

"괜찮아요."

우리가 손을 털어 내자 진원은 그녀를 일으켜 세워 줬다. 그런데 얇았던 면바지가 바닥에 쓸려 찢어지면서 무릎이 엉망으로 까져 있었다.

"찢어진 모양이 나쁘지 않죠?"

"너 진짜……!"

보기만 해도 아까운 몸에 상처가 났는데도 괜찮은 척 농담을 던지는 우리를 보니 화가 났다. 아니, 애초에 자전거 달리기 내기를 하자고 제안했던 자기 자신에게 화가 났다.

"병원부터 가자."

착잡함에 잔뜩 낮아진 진원의 목소리에 우리가 그의 팔을 붙잡았다. 되레 아파하면 진원이 미안해할 것 같아 웃어 보인 건데 그게 더 화를 부추긴 모양이었다.

"이 정도 까진 걸로 병원 가면 민폐예요. 그냥 반창고랑 연고 사서 치료하면 돼요."

우리는 쓰러진 자전거를 세웠다. 하지만 까진 무릎이 따끔거려 타고 돌아가기에는 무리가 있었다. 그녀가 자전거를 끌고 돌아가려고 하자 진원은 우리의 손을 잡고 가까운 벤치에 그녀를 앉혔다.

"여기 앉아 있어. 자전거 반납하고 금방 올게."

"나 걸을 수 있어요."

"절뚝거리잖아. 말 들어."

여기서 더 반기를 들면 정말 진원이 화를 낼 것 같아서 우리는 잠자코 고개를 끄덕였다.

운동을 전공하던 그녀에게 이깟 상처쯤이야 실은 아무것도 아니었다. 그런데 자신이 상처 입은 모습을 보고 더 아파하는 그를 보니 지금 얼마나 과분한 사랑을 받고 있는지 새삼 깨달았다.

자전거 두 대를 순식간에 반납하고 온 진원은 한강을 내려다보는 그녀 옆에 앉았다.

"가자."

"벌써 가요?"

까딱하면 크게 다쳤을 뻔해 놓고 벌써 가냐며 서운해하는 그녀의 모습이 기가 막혔다.

"왜, 또 넘어지고 싶어?"

"그게 아니라…… 우리 라면이라도 먹고 가요. 내가 내기에 졌으니까 어묵까지 다 살게요."

진원과의 첫 데이트를 이대로 허무하게 망치고 싶지 않았다. 가라앉은 분위기를 어떻게 해서든 만회해 보려는 그녀의 부단한 노력에 진원은 결국 피식 웃어 버렸다.

"그래. 라면 먹으러 가자."


순순히 라면 먹으러 가자고 대답했던 진원은 한강 안에 있는 편의점을 두고 우리를 차에 태우더니 본인 집 앞에 도착했다.

"여긴 진원 씨 집이잖아요."

"응. 라면 먹으러 가자며."

"네?"

진원이 짓궂은 웃음을 흘리며 차에서 내리자 그의 한마디를 곱씹던 우리의 얼굴이 부끄러움에 화르르 달아올랐다. 먼저 내린 진원이 조수석 문을 열자, 우리가 다급하게 변명했다.

"아니, 내 의도는 그런 뜻이 아니라……."

"상처 그대로 두면 덧나. 치료하게 빨리 내려."

진원은 우리의 말을 못 들은 척하며 그녀를 부축해 차에서 내려 주었다. 그의 집에 한 번 와 본 적이 있으니 긴장이 덜 될 법도 한데 라면 먹고 가자는 말 한마디에 분위기가 묘해져 전보다 더 긴장됐다. 게다가 그날의 진원은 아팠던 호랑이였지만, 제 허리에 손을 얹고 부축을 해 주는 오늘의 진원은 팔팔한 호랑이였다.

집에 들어온 진원은 부축한 우리를 자연스레 침대 위에 앉혔다. 어울리지 않게 침대 아래 탁자에서 구급상자를 꺼내 온 진원은 무릎을 꿇고 그녀 앞에 앉았다. 찢어진 바지 사이로 까진 상처를 자세히 보자 절로 미간이 좁혀졌다.

짧게 한숨을 쉰 진원은 소독약을 꺼내 상처 부위를 소독했다. 까진 상처에 소독약이 닿자 우리가 그의 팔뚝을 꼭 잡았다.

"따가워요."

진원이 그녀의 손을 잡아 주며 상처 부위에 호 하고 바람을 불어 줬다. 소독약이 날아가고 연고를 발라 주는 그의 손길에 우리는 소리 없이 웃었다.

"상처 치료해 줄 자신 있다더니, 진짜 잘하네요."

우리의 말에 짧게 따라 웃던 진원은 조심스레 밴드를 붙여 주며 말했다.

"아까는 화내서 미안."

한강에서 저도 모르게 화를 냈던 게 마음 한구석에 박혀 있었다. 진원이 구급상자를 닫고 옆으로 앉자 우리가 생긋 웃었다.

"내 잘못인데 뭐가 미안해요."

"내가 내기하자고 한 거였잖아."

"그렇게 따지면 한강에 자전거 타러 가자고 한 사람은 나예요."

우리는 미안해할 것 없다는 말투로 그의 볼에 가볍게 입을 맞췄다.

"이건 치료 값이에요."

가벼운 뽀뽀 한 번에 그녀를 다치게 했다는 미안함 때문에 잠시 차분하게 가라앉아 있던 마음이 들끓기 시작했다.

"계산 시작했으면 제대로 해야지."

타오른 불을 다시 끌 생각이 없는 진원은 진지하게 반대편 볼도 갖다 대며 말했다.

"오늘 한강까지 왕복 기름값."

허, 하고 짧게 헛웃음을 내뱉던 우리는 어디까지 값을 받을 건가 그다음이 궁금해 우선 뽀뽀를 해 주었다.

"또 있어요?"

"자전거 대여 값도."

"어머, 치사해라."

야유하듯 핀잔을 주면서도 그에게 뽀뽀하는 것이 좋았던 우리는 다시 한 번 볼에 입술을 갖다 댔다.

그런데 진원이 은근슬쩍 눈치를 보다 고개를 홱 돌리는 바람에 입술과 입술이 서로 맞닿았다. 그마저도 장난스럽게 금방 떨어질 줄 알았지만, 예상은 빗나갔다. 진원은 이 순간을 기다렸다는 듯 손을 뻗어 우리의 긴 머리카락 사이를 파고들어 머리를 붙들었다. 입안을 구석구석 탐하는 그의 농염한 키스가 평소와는 달라 아무 생각도 나지 않았다.

"하아……."

아랫입술을 핥기도 하고, 때론 간질이기도 하는 그의 말캉한 혀가 너무 달콤해서 뜨거운 호흡이 저절로 터져 나왔다. 진원이 살짝 입술을 떼어 내자 불규칙적으로 숨을 내뱉던 우리가 그윽한 눈빛으로 그를 바라봤다.

"자전거 대여 값치곤 너무 비싼 것 같은데."

"방금 건 다른 거였어."

"뭔데요?"

"오늘 한우리가 내 가슴 철렁하게 했던 것에 대한 피해보상."

"아."

이해했다는 듯 작게 고개를 끄덕인 우리는 미소를 지으며 그의 목에 팔을 감았다.

"그런데 피해보상 값이 아까 그걸로 되겠어요?"

"당연히 아니지."

우리의 물음에 한쪽 입꼬리를 올린 그가 다시 한 번 그녀의 촉촉한 입술을 포갰다. 그를 닮아 가는지 짓궂은 장난기가 발동한 우리는 말캉한 제 혀를 다 내주지 않고 일부러 혀끝으로 진원의 혀를 톡톡 건드리며 희롱했다. 애가 탄 진원은 한 손으로 그녀의 턱을 살짝 올렸다. 예상하지 못한 행동에 우리가 잠시 방심한 사이 진원은 그녀의 혀를 낚아챘다. 그녀가 가진 모든 것을 놓치고 싶지 않았다.

허리를 감싸 안고 있던 그의 손이 은밀히 우리의 헐렁한 셔츠 사이로 들어왔다. 그의 부드러운 키스에 취해 브래지어 후크가 풀리는 줄도 몰랐던 우리가 정신을 차렸을 땐, 그가 자세를 잡아 준 대로 침대에 누워 있었다.

진원은 거치적거리는 그녀의 잔머리를 쓸어 넘겨 주며 우리가 입고 온 셔츠 단추를 하나씩 풀어 나갔다. 속옷을 미리 벗겨 낸 바람에 가슴이 단번에 고스란히 드러나자 민망해진 우리가 돌아누우려고 했다. 하지만 어느새 그녀 위로 올라온 진원이 뜨거운 손바닥으로 허벅지를 누르며 행동을 저지했다.

"아직은 아니야."

우리는 한층 짙어진 눈빛으로 자신을 내려다보고 있는 진원과 눈을 마주했다.

"늑대."

새초롬하게 바라보는 것마저 예뻤다. 진원은 팔굽혀펴기 자세로 그녀의 이마에 짧게 입을 맞췄다.

"먼저 라면 먹자고 한 게 누구였더라?"

"그런 뜻 아니었던 거 알면서."

"알지."

뻔뻔한 대답을 하는데도 불구하고 진원이 밉지 않았다. 그만큼 자신을 원하고 있다는 뜻이었으니까.

"좋아해요."

재채기처럼 갑자기 터져 나온 우리의 고백에 부드러운 볼을 어루만져 주던 그의 손이 멈칫했다.

"이 말이 뭐가 어렵다고 그렇게 헤맸을까요."

멋쩍은 듯 헤헤 웃는 우리의 표정에서 작은 설렘이 묻어났다.

"고생시켜서 미안했어요."

"……."

"용서해 줄 거죠?"

"아니."

진원은 올곧은 눈빛으로 그녀를 바라보며 줄곧 자신을 유혹하던 가슴에 입술을 내렸다. 꼿꼿하게 선 정점을 혀로 굴리며 농락하자, 우리의 몸이 움찔거렸다. 놀고 있는 손으로는 한 손에 조금 넘치게 들어오는 그녀의 오른쪽 가슴을 움켜쥐었다.

"그, 그만……."

흥분으로 딱딱해진 가슴을 무자비하게 주무르는 이 남자가 정녕 회사에서 보던 서진원이 맞나 싶었다. 아프다는 신호에 진원은 정점을 힘껏 빨아들이다 말고 반대쪽 가슴의 정점을 손가락 사이로 쥐고 희롱하기 시작했다.

"간지러워……."

아프다고 하니 냉큼 그곳을 간질이는 장난을 보아하니 그녀가 아는 서진원임은 분명했다. 제 손길에 속절없이 반응하는 우리를 본 진원은 씩 웃으며 매끈한 배로 고개를 낮춰 자잘한 입맞춤을 시작했다. 진원이 주는 묘한 쾌감에 우리의 다리가 점점 꽈배

기처럼 꼬여 가자, 그가 냉큼 손을 아래로 뻗어 그녀의 허벅지를 쓰다듬었다.

마치 열기구를 탄 것처럼 그가 주는 쾌감에 몸이 붕 뜨는 기분이었다. 우리는 이대로 몸이 뜨거워져 타들어 가면 어쩌나 쓸데없는 걱정까지 들었다. 저로 인해 충분히 달아오른 그녀를 확인한 진원은 입술을 점점 더 아래로 내렸다.

"어, 어디 가……."

우리가 그의 손을 잡아당겼지만 쉽게 끌려올 그가 아니었다. 허벅지 안쪽에 집요하게 머물던 진원이 팬티 위에 입술을 묻자 우리가 벌떡 상체를 들어 올렸다.

"서진원……!"

제 이름을 거친 숨결에 섞어 부르는 우리의 목소리에 진원의 이성이 뚝 끊겼다. 그는 팬티 위에 입술을 묻은 채로 말했다.

"침대 위에서 하는 반말 좋은데."

"말하지 마요!"

우리가 몸을 바르작 떨었다. 그가 주는 쾌감이 상상했던 것보다 훨씬 더 아찔하고, 야했다. 그야말로 온몸이 녹아내릴 것 같았다.

그의 입술과 혀끝이 조금 더 깊숙하게 닿아 오자 참지 못한 우리가 결국 그의 손을 잡아끌었다. 순순히 고개를 들어 이끄는 대로 따라온 진원은 흥분으로 양 볼에 발갛게 홍조를 띤 우리의 볼에 달래듯 입을 맞추며 젖은 속옷을 간단히 벗겨 냈다.

"진짜 짓궂다니까."

"그게 내 매력이잖아."

한쪽 눈을 찡긋 감던 진원이 이번에는 자신의 중지를 그녀의 샘에 부드럽게 밀어 넣었다. 진득한 유혹에 넘어가 버린 촉촉한 여성은 이미 진원을 받아들일 준비가 끝나 있었다. 그의 손가락이 다시 한 번 뜨거운 몸을 달구자, 우리가 다급하게 그의 목을 끌어안았다.

"제발……."

귓가에 대고 애원하는 우리의 목소리에 진원도 더는 안 되겠는지 입고 있던 바지를 벗어 던졌다.

그가 수월하게 제 안으로 들어올 수 있도록 우리는 부끄러움을 무릅쓰고 다리를 벌렸다. 그가 안으로 깊숙이 들어오자 강한 쾌감이 온몸을 지배했다.

"으…… 훗……!"

그녀가 놀라지 않게 최대한 배려하려고 했지만, 헝클어진 자세로 눈을 감은 채로 달뜬 신음을 내뱉는 우리를 보니 더는 지체할 수가 없었다. 진원의 묵직한 신음과 함께 그의 남성이 깊숙하고 은밀한 곳까지 다다르자 우리에게서 더욱 진득한 신음이 터져 나왔다. 진원은 한 손으로 침대 매트리스를 짚은 채 남은 손으로 그녀의 정점을 매만졌다.

우리가 자연스레 다리를 들어 올려 그의 허리를 휘감자 마치 신호탄처럼 진원이 속도를 높여 가기 시작했다.

"웃…… 하으……."

예민한 속살에서부터 느껴지는 생경한 감각에 우리가 거친 숨을 몰아쉬며 그에게 매달렸다. 진원은 한 손으로 거뜬히 그녀의 허리를 들어 안아 제 다리에 앉혔다.

이렇게 가까운 거리에서, 이렇게 야한 눈빛으로 서로를 마주한 건 처음이었다. 진원은 제 입술을 그녀의 동그스름한 이마에 안착시켰다. 우리는 입맞춤에 화답하기라도 하듯 조금씩 엉덩이를 움직였다.

"아, 진원 씨……!"

단단하게 엉덩이를 받치고 있는 그의 손길이 더할 나위 없이 뜨거웠다. 잘게 떨리는 목소리로 신음을 내뱉으며 두 다리로 허리를 두르는 그녀의 도발에 진원은 결국 다시 그녀를 눕혔다.

몽롱한 눈빛을 하고 누워 있는 우리를 바라보던 진원은 몸을 가깝게 숙여 다시 한 번 그녀의 몸으로 파고 들어갔다. 이미 잔뜩 쉬고, 갈라진 두 사람의 신음이 마치 하모니처럼 어우러졌다.

이 순간을 기다렸다는 듯 속도를 내며 더욱 격렬하게 몰아붙이는 진원의 강렬한 몸짓에 전율을 느낀 우리의 몸이 가늘게 떨렸다.

"하……!"

격앙된 그녀의 신음과 동시에 절정을 맞이한 진원은 그대로 누워 우리를 끌어안았다. 그녀의 가쁜 숨소리가 잦아들 때까지 입술이 닿는 곳곳에 한참 입을 맞추던 진원이 안에서 또 한 번 움찔거리자 몽롱한 상태로 있던 우리가 번쩍 눈을 떴다. 놀란 우리의 표정을 본 진원은 픽 웃으며 흐트러진 머리카락을 정리해 주었다.

"본능이야."

"이렇게 금방……?"

"책임 전가하지 마. 이건 전적으로 네 탓이니까."

진원은 아직 흥분으로 곧게 서 있는 그녀의 유두를 톡톡 건드렸다. 그 자극에 우리가 본능적으로 몸을 비틀자, 진원이 낮은 신음을 뱉어 냈다. 이대로 있다간 본능대로 움직일 것 같아 진원이 나오려는데, 우리가 그의 팔뚝을 붙잡았다.
"어디 가요?"
"어?"
 우리는 그의 허리를 두 다리로 끌어안으며 달콤한 유혹을 제안했다. 참을 수 없는 그녀의 도발에 진원은 한쪽 입꼬리를 올렸다.
"체대 나온 여자 맞네, 한우리."
 또 한 번의 사랑을 나누기 시작한 두 사람의 그날 밤은 쉬이 끝나지 않았다.

❖

 오랜만에 피트니스 센터에 모습을 드러낸 우리는 주위를 두리번거렸다. 끝나고 곧장 피트니스에서 보자고 했던 진원은 아직 도착하지 않은 모양이었다.
 양손을 두 무릎에 두고 어깨를 이리저리 돌리며 스트레칭을 하고 있을 때 누군가가 그녀의 정수리에 수건 하나를 툭 떨어뜨렸다. 오랜만에 만나 반갑다는 표현을 이렇게 유치하게 할 사람은 우리가 알기엔 이 피트니스 센터에서 딱 한 사람이었다. 우리는 시야를 가리는 수건을 잡아채며 인상을 팍 쓰고 고개를 들었다.
"죽을래?"

"어쭈. 죽을래?"

왜 요즘 운동하러 오지 않느냐는 전화에도 우물쭈물 변명하기 일쑤였던 그녀가 갑자기 나타나 할 소린 아니었다. 현태는 삐딱하게 서서 우리가 던진 수건을 가볍게 받아 챘다.

"근데 너 살이 빠졌다?"

"나?"

"어. 볼살 좀 빠진 것 같은데."

아무리 운동을 오래 해도 여간해선 빠지지 않았던 볼살이 빠져 보인다니 신기한 일이었다. 그간 운동을 소홀히 했던 그녀가 살이 쪽 빠져 있자 현태가 걱정스럽게 물었다.

"회사 일 많이 힘들어? 막 상사가 괴롭히고 그래?"

현태가 말하고자 하는 의미는 아니었지만, 달리 보면 일종의 괴롭힘이기도 했다.

잊지 못할 사랑을 나누고 난 후 진원은 마치 봉인 해제된 사람처럼 틈만 나면 그녀를 비상계단으로 불러 입을 맞췄다. 처음에는 가볍게 포옹과 뽀뽀로 만족하더니 이젠 진한 키스를 해도 좀처럼 만족하지 못하고 더욱 그녀를 원했다.

"뭐, 좀…… 괴롭히긴 하지."

"너 마음고생 심한가 보다. 운동도 안 했는데 스트레스로 살이 빠진 거 보니까."

현태의 말에 우리가 어색하게 웃었다. 그렇다고 아예 운동을 안 한 것도 아니었다. 스킨십에 물이 오를 대로 오른 그가 틈만 나면 집으로 끌어들여 운동을 시켜 줬으니까.

"앞으로 자주 나와라. 너 없으니까 괴롭힐 사람이 없어서 심심했어."

"내가 진짜 피트니스 센터를 옮기든지 해야지."

우리의 농담에도 아랑곳없이 현태가 머리를 헝클어뜨리자, 그녀가 귀찮다는 듯 현태의 손을 치웠다. 말은 퉁명스럽게 해도 대학 시절 단짝이었던 두 사람은 서로를 향한 인간적인 우애를 가지고 있었다.

한 번의 경고에도 현태가 멈추지 않자 우리가 아예 그의 팔을 잡아 꺾으려던 찰나였다.

"자기야, 여기서 뭐 해?"

언제 왔는지 진원은 두 사람 사이를 굳이 비집고 들어가 우리의 손을 덥석 잡아 깍지를 꼈다.

"자, 자기요?"

그의 입에서 나온 닭살 돋는 애칭에 놀란 사람은 우리뿐만이 아니었다. 얼마 전까지 우리에게 작업을 걸던 진원이 태연한 얼굴로 자기라고 부르니 현태는 황당하다는 얼굴로 두 사람을 번갈아 바라봤다.

"자…… 기?"

하지만 현태가 더 놀란 건 제 어깨에 놓인 진원의 손을 치우지 않고 요조숙녀처럼 다소곳해진 우리의 태도였다.

"현태야, 인사해. 여긴 서진원 씨. 우리 회사 팀장님이시고……."

"우리랑 결혼을 전제로 만나고 있어요. 반가워요."

진원은 현태에게도 예외 없는 눈웃음을 치며 오른손을 내밀었다. 하지만 우리는 그의 옆구리를 콕 찌르며 작게 속삭였다.
"결혼이라뇨?"
"몰랐어? 난 알고 있는 줄 알았지."
 능청스러운 그의 대답에 그녀의 얼굴이 부끄러움에 발갛게 물들었다. 그건 수줍어서가 아닌, 자신을 동성처럼 여기는 현태의 앞에서 서슴없이 애정을 드러내는 진원의 팔불출 같은 모습이 민망해서였다.
 현태는 진원과 악수를 하며 묘한 웃음을 흘렸다. 남동생 같은 우리를 두고 자신과 신경전을 펼치는 진원이 조금 우스웠기 때문이다.
"걱정하지 마세요. 한우리는 제 취향이 아니거든요."
"취향이 독특하신가 봐요."
 진원은 현태의 말을 곧이곧대로 믿지 않았다. 남녀 사이엔 친구가 존재할 수 없다는 걸 믿는 쪽이기도 했고, 특히 우리 같은 경우는 알면 알수록 매력적인 여자였기 때문에 그녀와 오래 알고 지낸 사람들은 특히 경계 대상 1호였다.
 웃는 얼굴 뒤로 여전히 날을 세우고 있는 진원 때문에 민망해진 현태는 헛기침을 하며 우리에게 고개를 돌렸다.
"맞다. 다음 주에 동창회 한다는 거, 문자 받았지?"
 동기 모임이라는 말에 진원의 표정이 심각하게 굳었다. 우리는 옆에 선 진원의 눈치를 보며 대답을 얼버무렸다.
"갈 수 있으면 갈게."
"그래. 은선이랑 민희도 못 온다는데 너라도 와."

"알겠어. 나중에 얘기해."

일부러 진원을 약 올리기 위해 동창회 이야기를 꺼낸 현태는 한층 더 날카로워진 그의 시선을 피하려 서둘러 다른 회원들이 있는 곳으로 자리를 옮겼다.

현태가 사라지자 진원은 우리에게 추궁하듯 물었다.

"동창회? 그런 것도 해?"

"한 지 얼마 안 됐어요. 1년에 한 번씩은 모여요."

10년에 한 번이라고 해도 불안할 마당에 1년에 한 번이라니. 진원의 표정이 대번에 언짢아졌다.

"갈 거야?"

한쪽 눈썹을 삐딱하게 올린 채 다급하게 묻는 그를 보고 우리가 피식 웃었다. 연애하기 전에는 사려 깊고 이해심 많은 남자처럼 굴더니, 동창회 소리에 감춰 둔 소유욕을 드러내는 그가 꽤 귀여웠다.

"에이, 지금 질투하는 거예요?"

우리는 설마, 하는 표정으로 어깨를 으쓱이며 배시시 웃었다. 평소 같으면 웃고 있는 그녀 입술에 당장에라도 입맞춤을 시도했겠지만, 오늘은 웃고 있는 우리가 얄밉게 느껴졌다.

"동기들도 다 남자잖아."

"아니에요. 여자도 둘이나 더 있어요."

"은선이랑 민희는 못 온다잖아."

진원은 좀처럼 표정 관리가 되지 않았다. 정말 안심할 구석이라고는 눈곱만큼도 없는 동창회였다.

"내가 동창회 가는 거 싫죠?"

그가 싫어하는 모임을 억지로 갈 생각은 없었다. 어차피 말하기 좋아하는 현태를 통해 동기들의 안부는 꾸준히 듣고 있었고, 사적으로 연락할 만큼 친했던 동기들은 우리에겐 은선과 민희, 현태가 전부였다.

"아냐, 가야지."

진원은 본인의 마음과 입이 따로 놀고 있음을 인지하고 있었다. 하지만 내뱉은 말을 주워 담는 대신, 표정을 산뜻하게 바꾸며 우리의 볼을 쓰다듬었다.

"나 때문에 대인 관계가 망가지면 안 되지. 갔다 와."

"……정말요?"

"그럼."

갑자기 태도를 바꾼 진원이 왠지 더 불안하게 느껴지는 것은 기분 탓일까. 그는 덤덤한 얼굴 속에 간신히 분을 억누르고 있는 것 같기도 했다.

"진원 씨가 싫어하면 나 안 가도 되는……."

"이게 누구야? 얼굴 보기 힘든 우리 아니야?"

"관장님!"

그때 피트니스 센터 관장이 아는 체를 하는 바람에 우리는 진원에게 살짝 눈짓 후 관장에게 다가갔다. 방금까지만 해도 보기 좋은 입매로 웃고 있던 진원은 우리가 사라지자마자 침통한 표정을 지었다.

"나 참, 피부미용과를 나오든지 해야지 원."

어차피 질투를 앞세워 가지 말라고 붙잡는다 한들 이번 한 번뿐이다. 그녀가 다신 동창회에 가지 않겠다는 확신이 들 만한 계기가 필요했다.

진원은 한 여자 회원의 운동하는 뒷모습을 빤히 바라보고 있는 현태에게 다가갔다.

❖

강남 중심부에 있는 호프집 엘리팝은 휘황찬란한 조명들 사이에서 금방 눈에 띄었다. 지난번 아이리스 기업보고서를 보내 준 답례로 술을 사겠다는 진원의 연락을 받고 나온 동훈은 시끄러운 음악 소리에 귀를 막으며 그의 팔을 잡아당겼다.

"야! 꼭 강남에서 마셔야 해? 내가 자주 가는 bar로 가자니까?"

"안 돼. 여기서 마셔."

단호한 진원의 대답에 동훈은 그를 따라 지하로 내려가면서도 연신 투덜거렸다.

"왜 이렇게 여기에 집착해? 이 술집에 꿀이라도 맡겨 놨어?"

"꿀이지. 모여든 개미들 떼 놓으려면 서둘러야 해."

만나기 전부터 어디쯤 도착했냐고 5분 간격으로 닦달하더니 이젠 개미 타령이다. 동훈은 뒤도 안 돌아보고 다급하게 내려가는 진원을 보며 한숨을 쉬었다.

"내가 서진원이 술 사 준다고 했을 때 의심했어야 하는데."

진원은 동훈의 잔소리에도 아랑곳하지 않고 술집 안으로 들어갔다.

"어서 오세요."

 번화가에 있는 술집답게 내부는 왁자지껄한 소리로 가득 차 있었다. 진원은 최대한 사람들이 없는 구석 자리로 앉으려는 동훈의 셔츠를 잡아끌고 눈으로 남자 무리가 바글바글한 곳을 찾기 시작했다.

 그때 자리를 안내하는 여직원이 눈을 반짝이며 진원에게 다가왔다.

"찾으시는 분 있으세요?"

"여기 오늘 예약 있지 않나요? 남자 무리가 좀 많은데……."

"그분들이요? 이쪽으로 오세요."

"아뇨. 자리만 알려 주세요."

 여직원은 자리를 굳이 안내받지 않는 진원의 행동을 자신을 향한 친절함으로 오해하고 얼굴을 붉히며 손가락으로 자리를 알려 주었다.

 그가 오늘 우리의 동창회 장소를 알아내는 데는 적으로 단정 지었던 현태의 덕이 컸다. 물론 몇 달을 지켜보던 여자 회원의 번호를 대신 알아봐 준 진원의 노력도 포함돼 있었다.

 진원이 우리의 동창회 테이블과 얼마 멀지 않은 곳에 자리를 잡고 앉자, 동훈이 인상을 쓰며 귀를 막았다.

"많고 많은 자리 중에 왜 하필 여기야?"

 건장한 남자들로만 가득한 테이블을 보니 퀴퀴한 땀 냄새가 가득했던 군대가 떠올랐다.

"앉아. 앉으면 얘기해 줄게."

동훈은 사뭇 진지해진 진원의 표정을 보고 우선 투덜거림을 멈추고 자리에 앉았다.

"얘기해 봐. 뭔데?"

"네 대각선에 있는 남자들 보여?"

"안 보고 싶은데 애석하게도 보인다. 저기 앉아 있는 여자만 신나 보인다."

동훈의 말을 들은 진원이 슬쩍 고개를 돌렸다. 상석도 기분 나쁠 판국에 우리는 한가운데에 앉아 뭐가 그리 즐거운지 웃음을 터뜨리고 있었다. 진원은 우리에게서 시선을 떼지 못한 채 아랫입술을 잘근잘근 깨물며 대답했다.

"그 여자가 내 애인이거든."

"뭐?"

호프집에서 나오는 음악을 흥얼거리며 몸을 흔들던 동훈이 깜짝 놀라 다시 한 번 우리를 바라봤다. 장정 서너 명 사이에 둘러싸여 있는 그녀를 주시하던 동훈은 저도 모르게 혼잣말을 중얼거렸다.

"예쁜데?"

분명 지극히 순수한 호기심을 담은 목소리였지만 진원은 그마저도 용납하지 않고 오프너로 동훈의 머리를 때렸다. 동훈은 손바닥으로 정수리를 사정없이 비비며 억울하다는 얼굴로 소리를 빽 질렀다.

"왜 때려!"

"이게 어디 친구 애인한테 수작이야?"

"예쁜 여자한테 예쁘다는 말도 못 하냐?"

반성의 기미가 보이지 않는 동훈에게 다시 오프너를 들어 보이자 맞은 부분이 꽤 아팠는지 곧장 말을 번복했다.

"취소! 취소! 하나도 안 예뻐!"

동훈은 진원이 이렇게 애인의 동창회까지 몰래 쫓아와 일거수일투족을 감시할 정도로 소유욕이 많은 남자인 줄은 미처 몰랐다. 대학 시절에도 사교성이 좋아서 이성들에게 인기는 좋았지만, 정작 다가오는 여자들에게 별 관심을 두지 않았기 때문이다. 동훈은 새삼 제 앞에 있는 사람이 정녕 자신이 아는 서진원이 맞나 싶어 그를 뚫어지게 쳐다봤다.

"왜 그렇게 봐?"

"난 네가 여자한테 관심 없는 줄 알았거든. 그래서 한때 게이가 아닐까도 의심했었는데."

"미친놈."

유학 당시 진욱이 한국에서 마련해 주는 학비를 받아 썼기 때문에 진원은 연애보다는 공부에 더 전념했었다. 자신을 거둬 준 가족들을 진짜 가족이라고 생각했지만, 한편으로는 그들에게 짐이 돼서는 안 된다는 생각이 은연중에 자리 잡고 있었기 때문에 공부를 소홀히 하고 싶지 않았다.

우리에게조차 한 번도 가족 이야기를 꺼낸 적 없는 진원은 특유의 사람 좋은 웃음을 흘리고는 메뉴판을 내밀며 자연스레 대화 주제를 넘겼다.

"먹고 싶은 거 맘껏 시켜."

"나중에 딴소리하기 없기다."

"대신 거기 앉아서 내 애인한테 집적거리는 놈 있는지 좀 지켜봐."

신나게 메뉴판을 보던 동훈은 '네가 그럼 그렇지'라는 얼굴로 입술을 삐죽이며 서슴없이 안주를 골랐다. 그 와중에도 진원은 동창회에 도착하고도 자신에게 연락 한 통 없는 우리를 노려보았다.

"근데 네 애인은 왜 저 남자들 무리에 끼어 있냐?"

"동창회야. 체대 나왔거든."

"어쩐지 몸매가……."

오프너를 휘두르는 진원의 위협적인 자세에 동훈이 잽싸게 말을 아끼며 몸을 피했다.

"그러지 말고 가서 뒤집어엎어."

"마음속으로는 골백번도 더 엎었어."

진원은 답답한 마음에 앞에 놓인 맥주를 벌컥벌컥 들이켰다. 그가 이곳에 온 이유는 우리를 못 믿어서가 아니었다. 동기라는 이름의 가면을 쓰고 우리를 수컷의 눈으로 호시탐탐 노리고 있을 늑대 같은 동기들을 믿지 못해서 온 것이다.

하지만 잠재적 늑대이기 전에 그들은 우리와 대학 시절을 함께 보낸 친구들이었다. 제 질투심 때문에 그녀의 대인 관계를 망치면서까지 연애를 하자고 조를 만큼 한심한 나이는 아니었기에 진원은 들썩거리려는 엉덩이를 간신히 앉혀 놓고 조심히 행동하고 있었다.

"지금 옆에 앉은 남자애가 네 애인 머리 만진다."
"뭐?"
"막 헝클어트리는데?"
 자극적인 동훈의 해설에 진원이 냅다 고개를 돌렸다. 우리의 좌측에 앉은 콧수염을 기른 남자는 그녀의 정수리에 손을 얹고 머리카락을 사정없이 흔들어 대고 있었다. 진원은 냉랭한 얼굴로 상황을 지켜봤다. 우리는 연신 깐족대는 남자의 손을 가볍게 제압한 후, 그 손을 뒤로 꺾어 제 동기를 옴짝달싹 못하게 만들고 있었다.
 하지만 진원의 눈에는 고통스러워하는 남자의 모습보다 그녀가 팔을 꺾기 위해 그놈의 손목을 잡고 있다는 것이 더욱 거슬렸다. 불꽃 튀는 눈을 한 진원이 갑자기 벌떡 자리에서 일어났다.
"야야! 가서 뭘 어쩌려고!"
 옷매무시를 가다듬은 진원은 천천히 그들에게 걸어갔다. 가까이 다가가자 시끄러운 음악 소리에 묻혀 잘 들리지 않던 그들의 대화가 귓가에 들려왔다.
"한우리가 여자 흉내 내고 나타날 줄 누가 알았어?"
"나 아까 우리가 구두 신고 걸어오는데, 그게 흉기로 보이더라니까."
 우리의 동기들은 그녀를 대화의 주제로 삼고 있었다. 진원은 분을 억누르듯 이를 악물고 그들 무리를 천천히 지나쳤다.
"어? 너 현태 아니야?"
 두세 걸음 적당히 걸어가던 진원은 잠재된 연기의 혼을 끌어내며 뻔뻔한 얼굴로 현태의 이름을 불렀다.

"형님……!"

 진원에게 여자 회원의 번호를 받은 후로부터 깍듯하게 형님이라는 존칭을 쓰기로 한 현태였다. 그의 부름에 현태는 물론 그 자리에 있는 모든 사람의 시선이 진원에게 쏠렸다.

 진원은 현태를 쳐다보는 척하며 그 옆에 앉은 우리를 곧은 눈길로 쳐다보았다. 갑작스러운 그의 등장에 꽤 놀랐는지 우리는 반사적으로 벌어지는 입을 막을 정신도 없이 그를 바라보고 있었다.

 하지만 진원은 우리를 향해 아는 체를 안 하고 현태에게 손을 뻗었다.

"이런 데서 다 보네. 반갑다."

 친구들을 제치고 잽싸게 무리에서 빠져나온 현태는 그제야 자신에게 여자 소개를 빌미로 동기 모임 장소를 물어봤던 진원의 검은 속내를 알아차렸다.

"형은 여기 어쩐 일이세요?"

"난 친구 만날 일이 있어서 잠깐 왔어."

 물 흐르듯 자연스러운 두 사람의 연기에 동기들은 별다른 의심 없이 진원에게 시선을 거두며 본인들끼리 하던 이야기를 계속했다. 하지만 우리만이 얼떨떨한 얼굴로 두 사람을 지켜보고 있었다.

"그럼 놀다 가."

"네. 다음에 봬요."

 진원은 이 상황을 무척 즐기고 있는 현태 어깨에 손을 올리며 그만이 들을 수 있게 나지막이 읊조렸다.

"우리한테 아무도 손 못 대게 해."

방금까지 웃는 얼굴로 인사한 사람이 맞나 싶을 정도로 확연히 다른 그의 경고에 현태는 저도 모르게 고개를 연신 끄덕였다.

대답에 만족한 진원은 시선이 분산된 틈을 타 여전히 멍해 있는 우리를 향해 짧게 한쪽 눈을 찡긋해 보이곤 다시 제자리로 돌아왔다. 그 모습들을 지켜보고 있던 동훈은 고개를 갸웃대며 그사이 나온 꼬치 하나를 입에 넣고 말했다.

"아는 척도 안 할 거면서 왜 간 거야?"
"나 여기 있으니까 긴장하고 있으라는 무언의 압력?"
"아, 무서운 놈."

동훈은 고개를 저으며 목을 길게 빼고 우리가 있는 곳을 바라봤다. 돌아서 앉은 진원은 알지 못했지만, 그녀는 진원의 등장 이후 수시로 고개를 돌려 이쪽을 힐끔힐끔 쳐다보고 있었다. 뜻하는 바를 이뤄 낸 진원에게 동훈은 경의를 가졌다.

한편 진원을 마주친 우리는 귀신을 본 사람처럼 멍한 얼굴이 되었다. 가까스로 정신을 차렸을 때 그는 이미 유유히 자신의 자리로 돌아간 후였다. 우리는 그의 공범으로 유력한 현태의 옆구리를 팔꿈치로 쿡쿡 찔렀다.

"너지?"
"뭐가?"
"뭐긴 뭐야. 서진원 씨한테 여기 장소 알려 준 사람!"
"그래. 하도 알려 달라고 사정사정해서 알려 드렸다."

여자 번호를 대신 알아봐 준 대가였다고 사실대로 말하기엔 그녀의 보복이 두려워 현태는 적당히 말을 바꿨다.

"내가 너 때문에 못 살아! 진짜!"

우리는 상의도 없이 진원에게 장소를 일러 준 현태의 등에 본인의 매운 손을 사정없이 내리쳤다. 하지만 못 산다고 말하는 행동과는 다르게 그녀의 입꼬리가 미세하게 올라가 있었다.

"너 근데 왜 웃냐?"

"뭐?"

우리가 비죽 새 나오려는 웃음을 눌러 삼키고 있다는 것을 목소리에서 알아차린 현태가 수상하다는 얼굴로 그녀의 얼굴을 지적했다.

"알려 줘서 싫다는 표정이 전혀 아닌데?"

"내 표정이 왜!"

"지금 되게 행복한 표정이야, 너."

운동 전공인 그녀는 늘 주위에 동성 친구만큼이나 이성 친구가 많았고, 그녀를 만나는 남자들의 대부분은 그 사실을 못마땅하게 여겨 종종 싸움의 불씨가 되곤 했다. 그 간극이 좁혀지지 않아 남자가 헤어지자 통보하는 경우가 다반사였기 때문에 사실 이번 모임도 진원이 싫어할 거라고 생각해 적당한 핑계를 대고 참석하지 않을 생각이었다.

그런데 진원이 동기들이 모이기로 한 당일이었음에도 별다른 반응을 보이지 않자 조금 섭섭한 마음이 들었다. 심지어 몇 시 약속인지, 어디서 모이는지조차 궁금해하지 않는 그가 야속하다고까지 생각했었으니 이렇게 소유욕을 드러내 주는 그가 반가울 수밖에 없었다.

"그렇게 좋냐?"

"그래. 좋다."

우리가 순순히 제 감정을 인정하며 천진난만하게 웃고 있을 때였다. 몸을 돌려 진원을 찾고 있던 현태가 그녀를 툭툭 쳤다.

"야, 저 여자 수상한데?"

"누구?"

우리는 현태를 따라 뒤를 돌아봤다. 가게 유니폼을 입고 있는 여종업원이 생글생글 눈웃음을 지으며 진원과 그의 친구에게 말을 건네고 있었다. 단순히 주문을 받는 모습치곤 대화도 너무 길었다. 우리의 표정 변화를 옆에서 지켜보던 현태는 장난감을 발견한 애처럼 쿡쿡대며 일부러 그녀의 심기를 건드렸다.

"저 여자 눈웃음이 보통이 아니네. 게다가 계속 진원이 형 쪽만 보면서 얘기하는데?"

현태의 말대로 종업원의 고개 방향은 진원을 향해 45도 각도로 좀 더 꺾여 있었다.

"한우리, 오현태. 둘이 뭐 해?"

각자 대화를 하고 있던 동기들도 어느새 속닥대며 딴짓을 하는 두 사람에게 관심을 두기 시작했다. 하지만 우리는 오로지 여종업원에게 시선을 고정한 채 화를 뿜어내고 있었다.

"보고만 있을 거야? 여차하면 진원이 형 옆자리에 앉을 기세……."

진원이 싫어할 것 같아 술 마시기도 자제하고 있던 우리는 현태 자리에 놓인 소주를 단숨에 털어 마시고 자리에서 일어났다. 대체 손님에게 무슨 그리 할 말이 많은 건지 종업원은 여전히 자리에 서서 그들과 대화 중이었다.

걸어오는 우리를 제일 먼저 발견한 사람은 동훈이었다. 비장한 얼굴로 다가오는 우리를 본 동훈이 당황한 얼굴로 진원에게 눈짓과 턱짓으로 그녀를 가리켰다. 문자로 먼저 상황 파악을 할 줄 알았던 우리가 비장하게 다가오는 모습에 진원은 제법 놀란 눈치였다.

우리는 여종업원이 서 있는 모습을 빤히 바라보며 진원의 옆자리에 냉큼 앉았다.

"자기야, 무슨 일이야?"

눈에는 눈, 이에는 이, 자기에는 자기.

우리는 피트니스 센터에서 진원이 한 대로 테이블에 올려놓은 진원의 왼손을 덥석 잡아 깍지를 꼈다.

엄한 테이블에 가서 갑작스레 합석을 하는 우리의 돌발행동에 동기들은 물론, 자리에 있던 동훈과 여종업원 모두 휘둥그레진 눈을 하고 그녀와 진원을 바라봤다. 단지 진원만이 씩 웃으며 그녀의 손을 꽉 붙잡았다.

"뭐 하긴. 잘난 내 애인 감시하고 있었지."

진원은 여종업원을 바라보고 생긋 웃으며 말했다.

"안주는 그냥 먹을게요. 안 바꿔 주셔도 됩니다."

"네. 죄송합니다."

자리를 뜰 것 같지 않던 종업원은 다소 아쉬운 얼굴을 하며 고개를 숙이고 돌아갔다. 안주를 바꾼다는 말에 우리가 테이블을 바라보며 진원에게 말했다.

"무슨 안주요?"

질투심에 사로잡혀 있던 우리의 모습이 귀여워서 어쩔 줄 모르던 진원이 참지 못하고 웃음을 터뜨리자, 앞에 앉아 있던 동훈도 피식피식 웃으며 대답을 대신해 주었다.

"저희가 치즈 계란말이를 시켰는데, 날치알 계란말이가 나왔거든요. 죄송하다면서 안주 바꿔 준다고 하는데 괜찮다고 하던 참이었어요."

동훈의 말을 들은 우리는 부끄럽고 창피해서 온몸이 다 화끈거리는 듯했다. 그것도 모르고 현태의 말에 눈이 멀어 이 자리까지 달려온 자신이 얼마나 우스울지 상상조차 하고 싶지 않았다. 몸 둘 바를 모르던 우리가 민망함을 못 이기고 자리에서 일어나려고 하자, 진원이 그녀를 막으며 동훈을 향해 씩 웃었다.

"정식으로 인사해. 내가 이 술집에 맡겨 놨던 꿀. 한우리 씨."

이곳에 들어오기 전, 꿀에 모여든 개미들을 떼 놓아야 한다던 진원의 말이 떠올랐다. 닭살이 철철 흘러넘치는 문장의 뜻을 이해한 동훈이 가게 음악 소리를 이길 만한 호탕한 웃음을 터뜨렸다.

 진원의 친구를 처음 본 자리에서 질투에 눈이 먼 모습을 보여 준 것도 모자라, 상상도 못 할 꿀이라는 애칭으로 소개된 우리는 할 수만 있다면 술집 안에 있는 쥐구멍을 찾아 숨어 버리고 싶었다. 하지만 진원은 본인이 즉흥적으로 만들어 낸 꿀이라는 애칭이 마음에 들었는지 연신 싱글벙글하였다.
"이제껏 제가 들어 본 애칭 중에 가장 파격적이었어요."
"하, 하하하. 가, 감사합니다."
 그가 선보인 애칭의 창피함은 오롯이 우리의 몫이었다. 동훈은 진원의 친구답게 지금 이 상황이 재밌는지 짓궂게 웃으며 당황한 우리를 놀렸다. 화끈 달아오른 얼굴을 식히려 연신 손으로 부채질하자 동훈은 그녀 앞에 잔을 놔주며 맥주를 따라 주었다.

"시원하게 한 잔 하세요."

"안……."

진원의 안 된다는 말이 끝나기도 전에 우리는 동훈이 따라 준 잔을 말끔히 비웠다. 그 모습을 지켜보던 진원은 오늘의 일등 공신인 계란말이를 집어 우리의 입에 넣어 주려 했다.

"내가 먹을게요."

"아."

"애인 없는 사람 어디 서러워서 살겠나."

진원의 눈꼴 시린 애정 행각을 더는 못 참겠는지 동훈이 투덜거렸다. 우리는 민망했지만 계란말이를 입에 넣기 전까진 손을 치우지 않을 그의 집요함을 알기에 냉큼 입을 벌렸다.

"너도 한 잔 해야지."

동훈이 진원의 잔에도 맥주를 가득 채워 주었다. 조금 전까지만 해도 우리에게 온통 신경을 쏟는 바람에 술도 입에 대지 않던 진원은 그녀를 옆에 두고 나서야 안심이 됐는지 잔을 받아 들었다. 이제껏 계속 혼자 술을 마셨던 동훈은 그 모습이 얄미웠는지 진원을 손가락질하며 우리에게 일렀다.

"나랑 있을 땐 술을 입에도 안 대더니 우리 씨 있으니까 마시네요."

깔끔하게 잔을 비운 진원은 굳이 우리의 손을 빌려 땅콩을 입에 넣으며 말했다.

"옆에 꿀이 있어서 그런가. 술이 다네."

온몸에 닭살이 돋을 만한 말들을 천연덕스럽게 내뱉는 진원 때문에 동훈은 물론, 옆에 있던 우리까지 진원을 흘겨보았다.

"맥주 한 잔에 취한 거 아니죠?"

"알겠어. 그만할게."

눈빛으로 레이저를 쏘는 우리 때문에 진원이 결국 장난을 멈추고 항복했다. 평소 느끼한 말들에는 일가견이 없었지만, 우리가 이 모습을 못 견뎌 하며 얼굴이 발개지는 것이 귀여워서 놀리는 재미가 있었다.

우리는 주책없게 굴던 진원을 대신해 동훈에게 사과했다.

"죄송해요."

"아니에요. 부러우면 지는 건데, 엄청 부럽네요."

동훈은 이해한다는 듯 웃으며 소파에 몸을 기댔다. 우리의 머리를 귀 뒤로 넘겨 주며 술 많이 마셨냐고 묻는 진원의 다정한 눈빛과 걱정하지 말라는 듯 웃으며 고개를 끄덕이는 우리의 애틋한 눈빛을 바라보고 있자니 평생 독신주의로 살겠다는 다짐이 금방이라도 무너질 것 같았다.

"나 잠깐 전화 좀 받고 올게."

울리는 휴대폰의 발신자가 기복임을 확인한 진원이 잠시 전화를 받으러 나가자, 우리는 어색함을 없애 줄 무기인 술잔을 들어 건배를 제안했다. 술잔 부딪치는 청량한 소리와 함께 동훈은 진원이 사라진 쪽을 바라보았다.

"진원이에 대해서 궁금한 거 있으면 다 물어보세요. 제가 그래도 저 녀석에 대해 알 만큼 알거든요."

우리는 잠시 고민하다가 떠오르는 질문 중에 가장 무난한 것을 골랐다.

"그럼 진원 씨랑은 안 지 얼마나 되신 거예요?"

"한 8년? 그중 3년은 제가 싱가포르로 가기 전까지 같이 살았었어요."

"우와……."

부러움 섞인 얼굴을 하는 우리를 본 동훈은 유학 당시의 진원을 떠올렸다.

"진원이가 성격도 좋고 인기도 많아서 주변에 사람들이 많이 몰리는 편이었어요. 겉으로 봤을 땐 두루두루 잘 지내는 것 같은데, 뭐랄까. 마음을 깊게 주는 성격은 아니었어요."

동훈의 말에 우리는 진원과 은근한 동질감을 느꼈다.

그녀 역시 주변에 친구들이 많았다. 하지만 대부분의 동성 친구들은 이성과 스스럼없이 지내는 우리를 이용해 자신이 좋아하는 남자아이들의 환심을 사려고 다가오는 경우가 부지기수였다. 그래서 우리는 깊고 좁은 대인 관계 대신 얕고 넓은 대인 관계를 선택했다. 오히려 그 편이 스트레스도 받지 않았다. 마음을 툭 터놓고 해야 할 이야기들은 종종 유라에게 털어놓곤 했는데, 그래서 어쩌면 우리가 더 유라에게 의지를 많이 했는지도 모른다.

"그래서 오늘 우리 씨 소개받은 것도 제 입장에선 기분 좋은 일이에요. 이제껏 나만 서진원을 친하다고 생각하는 줄 알았거든요."

"그럴 리가요! 동훈 씨 같은 친구를 둔 진원 씨가 복 받은 거죠. 진원 씨가 사람 복이 참 많네요."

우리의 말에 동훈은 고개를 끄덕이며 수긍했다.

"그러게요. 나 같은 친구도 있고, 우리 씨 같은 애인도 있고."

웃음기 섞인 말로 동훈이 부러움을 표현하자 우리가 쑥스러움을 감추고자 다시 술잔을 들었다. 두 사람은 진원의 이야기를 주고받으며 조금씩 어색함을 풀어 가고 있었다.

그런데 통화하고 오겠다고 나간 지 20분이 지나도록 진원이 자리로 돌아오지 않았다. 그가 걱정된 우리가 몇 번이나 통화를 시도해 봤지만 신호만 갈 뿐, 전화 역시 받지 않았다.

"제가 나가서 찾아볼게요."

우리를 따라 덩달아 초조해진 동훈이 자리에서 일어났다. 그때 갑자기 멀지 않은 곳에서 남자들의 괄괄한 목소리가 술집을 장악했다.

"저도요! 저도 소개해 주세요!"

술집에서 나오는 음악 소리의 몇 배로 목소리를 키우는 이들이 제 동창들이라는 것을 안 우리가 눈살을 찌푸리며 뒤를 돌아봤다. 그런데 큰 소리가 나는 곳의 가운데 자리에는 뜻밖에도 행방이 묘연했던 진원이 앉아 있었다. 심지어 그는 동창회의 분위기를 주도하고 있었다.

"내가 못 살아……!"

우리가 눈치를 보며 화를 삭이고 있자 동훈이 웃으면서 그녀에게 말했다.

"그러지 말고 이제 우리 씨도 친구들한테 가 보세요."

"아니에요."

우리가 손사래를 치며 고개를 흔들었다. 엄밀히 말하자면 동훈은 자신 때문에 진원에게 등 떠밀려 이곳에 온 거나 마찬가지인데 그를 두고 다른 자리에 갈 순 없었다. 하지만 동훈은 그녀가 자리를 뜨지 못하는 이유를 알고 제 손목시계를 가리켰다.

"어차피 저도 내일 오전에 중요한 미팅이 있어서 일찍 가 보려고 했어요."

"그래도……."

동훈은 웃으면서 테이블 구석에 치워 두었던 빌지를 가져갔다. 계산까지 손수 하려는 그의 행동에 놀란 우리가 빌지를 뺏으려고 했지만, 장애물처럼 놓인 테이블 때문에 손을 뻗어도 잘 닿지 않았다.

"오랜만에 진원이도 보고, 우리 씨도 소개받았으니까 이 자리는 제가 기분 좋게 살게요."

"아니에요. 제가 사야죠."

"우리 씨가 왜요. 대신 서진원한테 다음에 만나서 거하게 얻어먹겠다고 전해 주세요."

괜스레 동훈에게 미안해진 우리는 고개를 세차게 끄덕이며 동훈을 배웅하기 위해 진원을 부르려고 했다. 그러나 동훈은 우리를 말리면서 눈인사를 건네고 혼자 술집을 나갔다.

동훈이 가자마자 우리는 진원을 에워싸고 있는 제 동창들과 그 안에서 웃고 있는 진원을 가늘게 흘겨보았다. 대체 언제 봤다고 저렇게들 하하 호호 웃고 있는 건지 도대체 이해할 수가 없었다.

우리가 인상을 쓰며 자리로 돌아오자 동창생들은 홍해 갈라지

듯 양쪽으로 갈라져 진원의 옆자리를 내주었다. 우리를 본 진원이 반가움을 가득 담은 얼굴로 그녀의 손을 잡았지만, 돌아오는 것은 그녀의 핀잔이었다.

"동훈 씨 방금 갔어요. 본인 친구를 내버려 두고 여기 있으면 어떻게 해요?"

"통화 끝내고 오는데 현태한테 붙잡혔어."

"휴대폰은요?"

"현태가 뺏어 가더라."

"오현태!"

우리가 앙칼진 목소리로 현태를 부르자 상황을 파악한 현태가 잽싸게 갖고 있던 진원의 휴대폰을 돌려주었다. 애인이 옆에 있음에도 일체 내숭 없이 평소처럼 구는 우리를 본 동창들은 저마다 야유를 퍼부었다.

"한우리는 애인이 옆에 있든 없든 똑같네."

"애인 됐으면 애교도 좀 배우고 해라. 오빠가 한 수 알려 줄까?"

마지막 말을 꺼낸 우리의 동창생 중 한 명이 자연스레 그녀의 어깨에 손을 올리려고 했다. 유난히 건들거리며 자신을 오빠로 칭하는 그를 못마땅하게 보고 있던 진원은 자연스레 우리의 어깨를 감싸 안으며 제 쪽으로 끌어당겼다.

"나한테는 애교 넘치는 여자니까 굳이 알려 줄 필요 없어."

"애교요? 한우리가요?"

진원은 고개를 끄덕이며 여유롭게 웃었다. 하지만 마치 물과 기름이 섞이지 않듯 한우리와 애교라는 단어를 좀체 섞지 못한 동창들은 한결같이 못 믿겠다는 반응이었다. 우리는 부정하려고 했지만, 친구들의 반응을 보며 은근히 뿌듯해하는 진원이 새삼 귀여워서 그녀는 부정 대신 피식 웃음을 흘렸다.

"그런데 두 사람은 어떻게 만난 거예요?"

진원과 우리가 한자리에 모이자 자연스럽게 둘의 연애사로 관심이 쏠렸다. 우리의 동창들은 마치 학창 시절 선생님에게 첫사랑 이야기를 듣고자 하는 얼굴로 두 사람을 바라봤다. 우리와의 첫 만남을 잊을 리 없는 진원은 특유의 장난스러운 얼굴로 우리를 바라보며 말했다.

"처음 만난 건 지하철 안이었지."

"오! 운명적인 첫 만남!"

범상치 않은 첫 만남 장소에 동창들이 모두 한마디씩 거들며 기대하는 눈빛으로 이어질 말을 기다렸다. 하지만 우리는 진원의 입에서 무슨 말이 나올지 몰라 노심초사한 얼굴로 그의 입술만 쳐다봤다.

"내가 우리 앞에 서 있었는데 갑자기 우리가……."

"번호를 물어봤지! 내가!"

사람들 앞에서 첫 만남을 곧이곧대로 말하려는 진원 때문에 놀란 우리가 일단 생각나는 대로 서둘러 뒷말을 이어 붙였다. 고의든 아니든 자신이 진원의 엉덩이를 만졌다는 사실로 친구들에게 평생 놀림받고 싶지 않았다.

본인의 대담함을 나서서 밝히는 우리의 행동에 동창들은 박수를 치며 환호했다.

"한우리 다시 봤다."
"엄청 좋았나 봐? 지하철에서 적극적으로 번호도 물어보고."
"남자 얼굴 안 보는 척하더니."

이성에 큰 관심을 보이지 않았던 우리가 직접 번호를 물어 가며 접근했다는데 모두가 놀란 눈치였다. 진원은 어깨를 으쓱이며 잡고 있던 우리의 손을 더욱 꼭 붙잡았.

그 후로도 짓궂은 질문들은 계속됐다. 처음에는 옆에 있는 진원을 의식해 고분고분 대답해 주던 우리는 끝도 없는 질문들이 이어지자 결국 참지 못하고 본래의 성격을 드러내며 친구들을 제압했다.

진원은 제 존재를 잠시 잊고 친구들과 서슴없이 이야기를 나누는 우리의 모습을 가만히 바라보았다. 아무 걱정도, 고민도 없이 친구들과 밝게 웃고 있는 한우리는 회사나 제 옆에서 있던 한우리와는 또 다른 모습이었다.

미처 알지 못했던 한우리에 대해 조금씩 알아 가기 시작하는 지금의 과정이 설레었다. 앞으로 알아 온 시간보다 알아 가야 할 시간이 더 많을 거라는 사실은 진원을 행복하게 만들기 충분했다.

동창들과의 짧은 만남을 마치고 다음을 기약하기로 한 진원과 우리는 먼저 자리를 빠져나왔다. 예기치 않게 술을 마신 바람에 대리기사를 불러 우리의 집 앞까지 갔던 진원은 헤어지기 아쉬웠는지 제 집 앞에 차를 세운 뒤, 대리기사를 먼저 보내고 우리와 동네를 산책했다.

술집에서는 얼근하게 취한 이들의 목청과 신나는 음악 때문에 정신이 하나도 없었는데, 진원과 함께 살랑거리는 바람을 맞으며 손을 잡고 걷고 있으니 마음이 한결 편안해졌다.

"어떻게 거기까지 올 생각을 했어요?"

진원은 놀고 있는 한 손으로 그녀의 허리를 휘어 감으며 말했다.

"동창이라는 놈들을 믿을 수가 있어야지."

"아까 나 남자 취급당하는 거 봤잖아요. 진원 씨 눈에만 내가 예뻐 보이는 거예요."

"그것도 문제야. 남자 취급하는 척하면서 은근슬쩍 머리 만지고, 어깨동무하고. 내가 진짜 그놈들 팔을 꺾어 버리려다가 참았다."

끓어오르는 질투를 숨기지 않는 진원을 보며 우리가 살짝 입을 내밀었다.

"별로 신경 안 썼으면서."

우리는 오늘 회사에서도 동창회에 대해 일절 언급하지 않던 진원에게 내심 서운했음을 넌지시 내비쳤다. 본심을 툭 꺼내 놓고 딴청을 부리는 우리의 모습을 지켜보던 진원의 입에서 탄식이 새어 나왔다.

"멋있는 척해 보려고 했는데 안 되겠더라고."

"이렇게 쫓아올 만큼 싫어했던 거였으면 오늘 안 갔을 거예요."

"그래. 다음부터는 가지 마."

진원은 단호한 목소리에 진심을 담아 말했다. 동창들 앞에서의 한우리는 한 번 본 걸로 만족하고 싶었다. 유치하고 치졸하다 해도 별수 없었다. 살아오면서 무언가에 욕심을 내 본 적도, 집착을 해 본 적도 없이 유유자적 살았던 그는 우리로 인해 한껏 감성적으로 변해 가는 자신을 신기하다 생각했다.

우리가 순순히 고개를 끄덕이자 진원은 안도의 한숨을 내쉬었다.

"한우리의 매력이 뭔지 알아?"

"나한테 그런 게 있어요?"

매력 있다는 말을 남자에게서 처음 들어 본 우리가 신기한 것을 발견한 아이처럼 눈을 동그랗게 떴다. 진원은 걸음을 멈추고 우리를 지그시 바라봤다.

"본인이 얼마나 매력적인지 모르는 게 한우리 매력이야."

다소 추상적인 진원의 말에 우리가 의심의 눈초리로 바라봤다.

"너무 두루뭉술한 거 아니에요? 구체적으로 말해 줘요."

기왕 이렇게 된 것, 오늘 하루 낯간지러웠던 김에 진원에게 자신의 매력을 들어 보고 싶었던 우리가 추궁하자 진원이 고개를 저었다.

"싫어."

"왜요?"

"그 매력 알아내서 다른 남자 만날 때 써먹으면 어떻게 해?"

진원은 심각하게 걱정했지만 우리는 곧장 웃음이 터져 나왔다. 그가 단단히 쓰고 있는 콩깍지가 부디 벗겨지지 않게 잘 관리해야겠다는 생각이 들었다.

"좋다."

우리는 안심하라는 듯 그의 손을 꼭 잡아 좌우로 크게 흔들었다.

"나도 정말 좋다."

사랑하는 사람의 지인들을 만나서 내가 모르던 상대방의 지난 시간을 공유하며 한층 더 가까워지고, 가까워진 거리만큼이나 붙어 서서 걷는 두 사람은 완벽하게 서로에게 푹 빠진 얼굴을 하고 있었다.

같은 길을 몇 번이나 돌고 나서야 두 사람은 처음 왔던 우리의 집 앞에 섰다. 하지만 진원은 차마 그녀의 손을 놓지 못하고 연신 손등을 만지작거리며 굳게 닫힌 문을 바라봤다.

"보내기 싫다."

진원이 수컷의 본능을 드러내려는 걸 알아차린 우리는 그를 달래기 위해 걸어왔던 골목길을 가리켰다.

"한 바퀴 더 돌래요?"

"오늘 같이 있자."

사실 오늘 말고 내일도, 모레도, 쭉 같이 있자고 말하고 싶었지만 일단 급한 불은 오늘이었기에 진원은 뒷말을 참았다. 평소처럼 가볍게 던지는 말이었다면 농담으로 듣고 그를 달랬겠지만, 마치 듣고 싶은 대답을 정해 놓고 묻는 눈빛이라 우리는 꿀 먹은 벙어리가 돼서 그를 빤히 바라봤다.

"집에 가지 마."

집 앞에 바래다줘 놓고 집에 가지 말라고 말하는 진원 때문에 난감했지만, 솔직히 흔들렸다. 사랑이 한창 불타오를 때였고, 그녀도 진원과 함께 더 많은 시간을 보내고 싶었다.

하지만 그와 함께 하룻밤을 보낼 명분이 없었다. 다음 날 출근을 해야 했기 때문에 뜬금없이 친구네 집에서 자고 오겠다는 건 말도 안 되는 핑계에 불과했다.

"핑곗거리가 없어요."

"회사에서 야근한다고 하면 되잖아."

미리 생각해 두었다는 듯 곧장 대답하는 진원을 본 우리가 고개를 저으며 말했다.

"그럼 팀장님이 시켜서 일했다고 말해야 해요."

"내가 시켰다고 해."

"나중에 우리 엄마가 진원 씨가 내 팀장인 거 알면 좋아하시겠어요? 귀한 딸을 집에도 못 오게 하고 야근시키던 팀장인데."

"아……."

진원의 입에서 탄식이 새 나왔다. 가뜩이나 우리의 모친이 제 집안 사정을 알고 나면 부담스러워할 것이 눈에 훤한데, 당장 눈앞에 둔 달콤함 때문에 인사도 전에 미운털을 박아 놓을 순 없었다. 후일을 생각하며 짧게 고개를 끄덕인 진원은 그녀에게 한 발 다가갔다.

"그럼 아쉬우니까 뽀뽀라도 해 줘."

상체를 쭉 내미는 진원을 바라보며 피식 웃은 우리는 지나가는 사람이 없는지 주변을 둘러보았다. 아무도 없음을 확인한 우리가 짧게 입술을 맞추고 떨어지자 되레 그녀에 대한 갈증만 더 깊어졌다. 역효과를 불러일으킨 뽀뽀 탓에 진원은 그녀의 허리를 확 잡아당겨 다시 입을 맞췄다. 이러다가 동네 사람들에게 들키기라도 하면 어쩌나 하는 별별 생각이 들었지만 제 입맞춤에 집중하라는 의미로 아랫입술을 살짝 깨무는 진원 때문에 곧 생각의 회로가 끊겼다.

세게 물진 않았지만 그래도 내심 깨문 것이 미안했는지 제 혀로 우리의 아랫입술을 몇 번 쓸어 주던 진원은 간신히 이성을 챙겨 그녀의 집 앞임을 인지했다. 결국 그는 아쉬움을 가득 담아 도장 찍듯 힘주어 입을 맞추곤 우리를 놔주었다.

"거기…… 우리니?"

그때 귀에 익은 목소리가 들리는 쪽으로 우리가 무심코 고개를 돌렸다. 그런데 집에 있을 거라고 철석같이 믿었던 우리의 모친이 다소 놀란 표정으로 언덕 아래에 멈춰 서 있었다.

"어, 엄마가 지금 왜……."

우리의 목소리가 잘게 진동했다. 우리를 따라 덩달아 당황한 진원은 그녀의 손을 붙잡은 채로 점점 거리를 좁히는 우리의 모친에게 우선 꾸벅 인사를 드렸다.

"오늘 가게 문을 좀 늦게 닫았어."

현숙은 우리에게 말을 하는 도중에도 제 딸의 손을 꽉 붙잡고 있는 진원의 손에만 시선을 고정했다.

우리가 이제껏 남자와 자주 어울려 지내는 모습은 익숙했지만 남자와 다정히 손을 잡고, 게다가 집 앞에서 키스까지 하는 모습은 처음 본 현숙에게는 조금 충격적인 장면이었다.

모친에게 진원을 어떤 말로 소개해야 할지 몰라 난감해하던 우리가 우물쭈물하는 모습을 지켜보던 진원은 먼저 나서서 정식으로 인사를 했다.

"처음 뵙겠습니다. 서진원이라고 합니다."

"반가워요."

마주친 계기는 껄끄러웠지만 반듯한 웃음을 지으며 살갑게 인사하는 진원의 첫인상을 좋게 본 현숙이 인자하게 인사를 받아 주었다.

"우리 딸 남자 친구예요?"

단도직입적인 현숙의 질문에 진원은 일단 우리를 바라봤다. 그의 입장에선 사실대로 말하고 인사를 드리는 일이 부담스럽지 않았지만, 자신의 집안과 제 집안의 차이를 유독 신경 썼던 우리로서는 이런 갑작스러운 인사가 내키지 않을 수도 있었다. 그러나 손까지 잡고 있었던 마당에 '아닙니다.'라고 대답할 수도 없는 노릇이었다. 우리는 진원 대신 대답했다.

"응, 엄마. 맞아. 내 애인이에요."

밝히기를 꺼릴 줄 알았던 예상과는 반대로 우리는 당당하게 진원을 현숙에게 소개했다. 이미 들켜 버린 마당에 죄를 지은 것도 아닌데 가족에게 숨겨야만 하는 불안정한 연애를 할 생각이었다면 애초부터 그와 시작하지도 않았을 것이다.

처음으로 우리의 남자 친구를 소개받은 현숙은 조금 들떴는지 급한 맘을 감추지 못하고 말했다.

"그러지 말고 추운데 안으로 들어가서 따뜻한 차 한잔하고 가요."

"엄마, 오늘은 너무 늦은 것 같은데."

밤 10시가 훌쩍 넘은 만큼 진원을 집으로 들이기엔 너무 늦은 시간이었다. 진원은 아쉬워하는 현숙을 바라보며 넉살 좋게 대답했다.

"다음 기회에 초대만 해 주시면 언제든지 한달음에 오겠습니다, 어머니."

능글맞은 얼굴로 어머니라는 호칭을 덧붙인 진원이 싫지 않은지 현숙의 입가에 미소가 걸렸다.

"그럼 말 나온 김에 이번 주 주말 저녁 어때요?"

"엄마!"

속전속결로 날짜를 잡는 제 모친 때문에 혹시라도 진원이 난처할까 봐 우리가 중간에서 눈치를 주었다. 그러나 되레 진원은 약속을 막으려 나서는 그녀의 손을 잡아끌며 대답했다.

"네. 전 언제든지 좋습니다."

"그럼 일요일 저녁에 와요. 맛있는 거 해 줄게요."

"네, 어머니."

진원의 싹싹한 대답이 마음에 들었는지 현숙은 호호 웃으며 고개를 끄덕였다.

"우리 너는 이야기 좀 더 하다가 들어와."

진원과 저녁 약속을 잡고 난 현숙이 먼저 집 안으로 들어갔다. 모친의 모습이 완전히 사라지자마자 우리는 한숨을 쉬었다.

"덜컥 약속을 잡으면 어떻게 해요."

"그럼 어른이 시간 되느냐고 물으시는데 안 되겠다고 대답해?"

"먼저 초대해 달라고 말한 건 진원 씨잖아요."

"그야 초대받고 싶었으니까."

우연히 길에서 만나 그를 남자 친구라고 단순하게 소개하는 것과 집으로 초대해 인사를 하는 것은 마음의 무게부터가 달랐다. 한 번도 가족에게 정식으로 남자를 소개시켜 본 적 없었던 우리는 걱정이 앞섰다. 호기심만큼이나 걱정도 많은 모친이 진원의 환경을 거부감 없이 받아들일 거라는 보장이 없었다.

 그러나 정작 집에 초대받은 진원은 태평한 얼굴로 그녀의 볼을 꾹 눌렀다.

 "한우리가 이렇게 불안할 만큼 나 못 미더운 남자였어?"

 "그런 거 아니에요."

 막상 상황이 닥쳐오자 마치 연결 고리처럼 유라의 이혼을 알게 된 현숙의 무너지는 얼굴이 떠올랐다. 과연 모친이 형찬과 비슷한 집안의 진원을 알고도 아까처럼 편안하게 웃어 줄 수 있을까.

 "우리야."

 멍하게 서 있는 우리가 지금 어떤 걱정을 하고 있는지 이제 눈빛만 봐도 느낄 수 있었다. 방금까지 기분 좋게 웃고 있었던 진원은 진지한 얼굴로 그녀를 불렀다.

 "회사에 우리 둘이 만나는 게 알려지면 혹시라도 너한테 피해가 갈까 봐 비밀로 하자는 네 말에 동의했어. 그런데 가족에게는 그러고 싶지 않아. 난 이번 기회에 어머니께 우리 만남 진지하게 허락받고 싶어."

 우리가 가장 불안해하고 있는 것이 가족들의 반대라는 걸 진원도 알고 있었다. 그래서 당장 결혼을 서두르지 않더라도 양가 부모님께 자신들의 만남을 인정받고 싶었다. 그렇게만 된다면 우리의 걱정이 사라질 테니까.

진원이 이 만남을 진지하게 생각했다는 것에 감동한 우리가 그를 와락 껴안았다. 그는 제 품에 쏙 들어온 그녀 머리를 쓰다듬어 주었다.

"다 잘 될 거야."

"집안 얘기도…… 그날 다 말할 거예요?"

"여쭤 보시면, 솔직하게 대답해야겠지?"

"미리 사과할게요. 미안해요."

아무리 진원이 좋은 사람이더라도 그의 과분한 집안을 듣고 나면 현숙이 분명 거부반응을 보일 것이다. 왜냐하면, 형찬도 따지고 보면 가족들에게는 더할 나위 없이 좋은 사람이었으니까.

"걱정하지 마. 마음 단단히 먹고 갈 테니까."

제집에 인사하러 오는 진원에게 걱정하지 말라며 안심을 시켜도 모자랄 판에 우리는 엉뚱하게 진원의 말에 안도를 얻고 말았다. 그가 쉽게 이 사랑을 포기하지 않는다는 걸 알면서도 직접 목소리로 전해 들으니 한결 마음이 놓였다.

"진원 씨도 걱정하지 마요."

나도 내가 선택한 건 쉽게 포기하는 성격 아니니까.

우리가 씩 웃자 진원도 덩달아 웃으며 고개를 끄덕였다. 두 사람에게 서서히 다가오고 있는 현실의 그림자는 어두웠지만, 서로를 향하는 사랑의 빛은 어둠을 밝힐 만큼 수없이 반짝이고 있었다.

집에 들어오자 아니나 다를까 현숙은 벌써 거실에서 TV를 보고 있던 유라에게 진원과 마주친 이야기를 전하고 있었다. 현숙은 우리가 신발을 벗기도 전에 그녀를 재촉했다.

"우리야, 잠깐 와서 앉아 봐."

아무래도 딸이 처음으로 소개해 준 남자이니만큼 현숙은 진원에 대해 궁금한 게 많았다. 우리는 바닥에 앉아 소파에 앉은 현숙과 유라를 올려다보며 먼저 말을 꺼냈다.

"이름은 서진원. 나이는 서른둘이고, 우리 팀 직속 상사예요."

"상사?"

"그럼 사내 연애란 말이야?"

두 사람의 기습 질문에도 우리는 침착하게 대답했다.

"응."

이따금 회사에 괜찮은 사람 있냐고 넌지시 물었을 때마다 우리는 고개를 절레절레 흔들기 일쑤였다. 게다가 사내 연애는 별로 좋지 않다고 딱 잘라 말하던 그녀였다.

"그러고 보니까 너 이번에 새로운 팀장님 왔다고 하지 않았어?"

"맞아요. 그때 새로 오신 팀장님이에요."

상대가 팀장이라는 말에 현숙이 난색을 지었다. 상대가 같은 팀 팀장이라고 하니 설령 나중에 헤어지기라도 한다면 우리에게 피해가 가는 건 아닌가 하는 걱정부터 앞섰다.

"혹시…… 그날 내가 본 사람이야?"

진원에 대해 더 자세히 물어보려던 현숙이 유라의 질문을 듣고 고개를 돌렸다.

"유라 너도 본 적 있니?"

현숙의 물음에 우리와 유라가 시선을 교환했다. 무의식중에 그 날이라는 말을 꺼낸 것이 화근이었다. 그날이란 유라가 형찬의 어머니를 뵙고 온 날이었기 때문에 현숙에게 진원을 마주치게 된 자초지종을 곧이곧대로 설명할 수 없었다.

"나, 나도 잠깐 지나가다가 우연히……?"

"아까 인사하는데 벌써 나한테 어머니라고 하는 게 구김살도 없고 싹싹해 보이더라."

제대로 인사를 주고받았던 적은 없었지만, 아무것도 묻지 않고 울고 있는 우리를 다독이며 데리고 가는 모습이 아직도 머릿속에 생생했다. 유라는 내심 자신의 대답을 기다리는 눈치인 우리를 슬쩍 바라보며 엷게 웃었다.

"나도 짧게 본 거라서. 그런데 우리를 많이 좋아하는 게 눈빛으로 느껴지더라고."

"그래?"

제 딸이 사랑받고 있다는 말에 기분이 좋지 않은 부모는 없다. 현숙은 진원의 칭찬에 수줍게 미소 짓는 우리를 바라봤다. 같은 회사 내 팀장이라는 것이 마음에 걸리긴 했지만, 나이 서른둘에 어엿하게 팀장 직책까지 단 걸 보니 영 비전 없는 사람 같지는 않다는 생각이 제일 먼저 들었다.

"너무 부담 갖지 말고 편하게 밥 한 끼 먹으러 온다고 생각하라고 전해 줘."

"응, 엄마."

"피곤할 텐데 씻고 들어가서 쉬어."

궁금한 게 많았지만, 현숙은 피곤할 우리를 생각해 우선 말을 아끼고 방으로 들여보냈다.

정신이 하나도 없던 동창회에 이어서 예기치 못한 상황에서 갑작스러운 진원과 모친과의 만남까지 연달아 겪고 나니 오늘 하루가 마치 일주일은 지난 것처럼 길게 느껴졌다.

옷을 갈아입고 잠시 멍한 상태로 침대에 걸터앉아 있는데 똑똑 노크 소리가 들렸다. 궁금증이 남은 모친일 거라는 예상과는 달리 방문을 열고 들어온 사람은 유라였다.

"왜 그렇게 멍하게 앉아 있어?"

"그러게. 정신이 하나도 없네."

동창회에서부터 집 앞에서 현숙을 마주친 순간까지 쭉 긴장 상태였던 우리가 제 옆에 앉은 유라의 어깨에 머리를 기대었다. 유라는 동생의 어리광에 소리 없이 웃으며 그녀를 다독여 주었다.

"언니."

"응?"

우리는 먼저 유라에게 진원에 대해 이야기하기로 마음먹었다.

"그 사람, 우리 백화점 사장님 아들이야."

"뭐?"

사장의 아들이라는 얘기에 놀란 유라가 확인하듯 되물었다.

"네가 데려올 그 남자가, 하강백화점 사장 아들이라고?"

"응. 둘째 아들이야. 형은 부사장님이시고……."

"우리야."

좀처럼 말을 끊는 법이 없는 유라가 다급하게 그녀를 부르며 뒷말을 막았다. 사장 아버지를 두고, 부사장 형을 둔 절대로 평범하지 않은 집안의 남자. 어쩌면 형찬보다 더 가진 것이 많을지도 모르는 남자였다.

"그 사람이랑 결혼까지 생각하는 건 아니지?"

설마 자신의 아픔을 가장 가까이 지켜봤던 우리가 그와의 관계를 깊이 생각할까 싶었다. 하지만 가벼운 마음으로 자신이 만나는 남자를 집에 인사시킬 동생이 아니라는 걸 알기에 유라는 불안했다.

"당장 결혼하는 게 아니더라도, 우리 가족한테 나랑 만나는 걸 허락받고 싶대. 나도 그러고 싶어, 언니."

진지한 교제를 원하는 두 사람의 뜻에 유라의 표정이 눈에 띄게 굳어졌다. 그 표정을 지켜보던 우리는 잠시 한숨을 쉬고 어렵게 말을 꺼냈다.

"언니가 무슨 말 하려는지 알아. 무슨 걱정 하는지도 알고."

제 가족에게 진원을 보여 주는 것이 혹여 형찬의 집안에 받았던 아물지 않은 상처를 건드리는 것은 아닐까 하는 걱정은 있었다. 하지만 언제까지 피한다고 해결될 일은 아니었다.

그리고 무엇보다 이제 우리에게는 진원 역시 가족만큼이나 소중한 사람이었기 때문에 형찬처럼 우유부단한 행동으로 사랑하는 그에게 상처 주고 싶지 않았다.

"나도 밀어낼 만큼 계속 밀어냈어. 그런데 사람 마음이 밀어낸다고 밀어지고, 끌어당긴다고 끌려오는 게 아니라는 거 언니도 알잖아."

아직 형찬을 잊지 못하고 있는 유라가 그 마음을 누구보다도 잘 이해해 줄 것 같았기에 우리는 솔직하게 제 마음을 털어놓았다.

"하지만 우리야, 사랑만으로 모든 게 다 해결되진 않아."

유라가 우려 섞인 목소리로 말했다. 사랑의 힘으로 서로를 믿고 의지하면 얼마든지 조건 따위는 견뎌 낼 수 있다고 말해 줄 수 있는 처지라면 좋았을 텐데. 이제 막 사랑을 시작한 우리에게 현실을 말해 줄 수밖에 없는 제 처지가 싫었다.

어딜 가나 돈 많은 집안의 생리는 똑같았다. 그들의 세상을 너무 만만하게 보고 덤볐었던 유라는 우리만큼은 자신이 겪었던 일들을 겪게 하고 싶지 않았다.

"그 사람 만나면 네가 얻는 것도 있겠지만, 잃는 게 훨씬 많을 거야. 언닌 네가 그 사람 때문에 하고 싶어 하는 일들을 포기하는 게 싫어."

"내가 만약에 그 사람 때문에 뭔가 포기해야 할 일이 생기면, 아마 나도 언니가 그랬듯이 포기할 거야. 그게 내가 제일 좋아하는 일이라고 해도."

유라는 사랑에 눈이 멀어 자신이 하고 싶던 약학 공부를 너무 쉽게 포기해 버렸던 것이 아직도 못내 후회됐다. 우리가 자기 일을 얼마나 좋아하고 있는지 알기에 유라는 어떻게 해서든 그녀를 말리려 했다.

"우리야!"

"그런데 그 사람은 나한테 포기하란 말 안 할 거야. 내가 뭔가를 포기하면서까지 자길 좋아해 주는 거 원하지 않을 사람이거든. 진원 씨는 그런 사람이야, 언니."

확신에 찬 우리의 말에 유라는 조금 놀란 듯 눈을 크게 떴다.

"너…… 정말 많이 좋아하는구나."

"응. 내가 많이 좋아해."

우리는 눈매를 접어 환하게 웃으며 불안해하는 유라의 손을 잡았다.

"언니도 진원 씨랑 만나서 얘기해 보면 분명히 좋아할 거야. 그러니까 처음부터 선입견 가지고 보지 말아 줘, 언니."

애원하듯 간곡히 부탁하는 우리의 말에 유라는 나직이 한숨을 내쉬었다. 얼마나 괜찮은 남자기에 제 동생을 이렇게까지 사로잡은 건지 궁금해 한시라도 빨리 진원을 만나 보고 싶었다.

✣

우리의 집에 식사를 초대받은 당일이었다. 진원은 버릇처럼 차에 시동을 걸고 출발하려다 돌연 멈칫했다. 집도 가까운 데다가 외제차를 가지고 가는 것이 괜한 흠이 될까 걱정스러웠다. 잠시 고민하던 진원은 시동을 끄고 걸어서 미리 전화로 주문해 두었던 꽃집에서 꽃다발을 받아 왔다.

약속 시간에 딱 맞춰 온 진원의 전화에 단숨에 집 앞으로 마중 나온 우리는 양손에 꽃다발을 들고 잔뜩 긴장한 얼굴을 한 그를 보자마자 웃음을 터뜨렸다.

"장 대표님이랑 미팅하러 갔을 때도 이런 얼굴 아니었던 것 같은데."

"태어나서 이렇게 긴장한 적 처음이야."

진원이 마른침을 삼키며 숨을 내쉬는 모습을 바라보던 우리는 그의 흐트러진 옷매무시를 가다듬어 주며 생긋 웃어 보였다.

"내가 본 모습 중에 오늘이 최고 멋있어요. 그러니까 긴장 풀어요."

"그래도 한우리 보니까 한결 낫네."

한쪽 눈을 찡긋하는 진원의 익살스러운 표정에 우리가 그의 손을 잡으며 말했다.

"긴장 다 풀린 것 같은데 얼른 들어가요."

"그래."

늘 바라만 보았던 그녀의 집 안으로 들어서자마자 맛있는 냄새가 한 끼도 못 먹은 진원의 식욕을 돋웠다. 우리는 일부러 진원을 앞세우고 큰 소리로 그의 등장을 알렸다.

"엄마! 언니! 진원 씨 왔어요!"

노래라도 부를 기세로 한참 목소리를 가다듬던 진원은 현관 앞으로 마중 나온 현숙을 보고 깍듯하게 고개를 숙였다. 현숙은 앞치마에 물 묻은 손을 닦으며 처음 봤을 때보다 훨씬 경계심을 푼 얼굴로 인사했다.

"어서 와요."

"초대해 주셔서 감사합니다."

신발을 벗고 완전히 집 안으로 들어온 진원은 들고 있던 꽃다발을 현숙과 유라에게 차례대로 건넸다.

"두 분께 잘 어울릴 것 같아서 사 왔습니다."

"뭘 이런 걸 다……."

"이야, 애인인 나도 못 받아 본 꽃다발 선물인데. 우리 엄마랑 언니는 좋겠다."

우리가 너스레를 떨자 유라는 말없이 웃으며 그가 준 꽃다발을 받아 들었다.

"나까지 챙겨 줘서 고마워요."

"아닙니다."

현숙은 오랜만에 받아 보는 꽃다발 선물에 기분 좋은 듯 환하게 웃었다. 전에는 금방 시드는 꽃 선물은 돈 낭비라는 생각뿐이었는데, 나이가 들수록 꽃이 좋아지기 시작하더니 이젠 언제 받아도 기분 좋은 선물이 돼 버렸다.

"고마워요. 배고플 텐데 우리 식사부터 해요."

"네."

우리를 따라 주방으로 들어온 진원은 오랜만에 실력 발휘한 현숙의 진수성찬에 저절로 입이 떡 벌어졌다.

"음식이 입에 맞을지 모르겠네요."

연신 자신에게 존댓말을 쓰는 현숙이 마음에 걸렸는지 진원이 호칭을 정정했다.

"어머님, 말씀 편하게 하셔도 됩니다."

"아무리 그래도 우리 회사 팀장이라고 들었는데……."

"오늘은 팀장이 아니라 남자 친구 자격으로 온 거니까요. 편하게 대해 주세요."

현숙은 진원의 옆에 앉은 우리의 눈치를 살폈다. 괜찮다는 눈짓을 보내는 딸을 본 현숙은 그제야 못 이기는 척 고개를 끄덕였다.

"그럼 편하게…… 대하지, 뭐."

현숙의 반말에 다소 경직되어 있던 진원도 덕분에 긴장을 조금 내려놓을 수 있었다. 그사이 유라가 마지막 요리인 갈비찜을 상 가운데에 놓으며 자리에 앉았다.

"잘 먹겠습니다."

입맛을 다신 진원이 본격적인 식사를 시작했다. 이런 푸짐한 집밥을 먹어 본 건 혜정이 세상을 떠나고 난 후 처음이었기 때문에 그는 현숙이 흐뭇해할 만큼 복스럽게 음식을 먹었다. 형수인 윤영이 차려 주는 음식에서는 아직 손맛이 밴 음식을 맛보기 어려웠는데, 신기하게도 우리네 밥상에서는 모친의 손맛이 느껴지는 것 같았다.

금세 밥 한 공기를 해치우는 진원을 바라보던 현숙은 그의 앞에 잡채 접시를 옮겨 주며 말했다.

"맛은 괜찮아요?"

"네. 정말 맛있어요, 어머님."

아들이 없는 현숙은 어머님이라고 부르는 진원을 바라보며 흐뭇한 표정을 지었다. 현숙의 표정이 긍정적인 걸 확인한 우리는 내심 마음을 놓았다.

"우리가 회사에서 일은 잘해요?"

회사 입사한 지는 1년이 넘었지만 늦은 나이에 사회 초년생이 된 딸이 실수는 하지 않을까 걱정이 된 모양이었다. 진원은 익살스러운 얼굴로 우리를 한 번 바라보다가 고개를 끄덕였다.
"그럼요. 아주 잘합니다."
"엄마도 참. 우리 앞에서는 당연히 잘한다고 하겠지."
"그런 건가? 그런 거예요?"
현숙의 질문에 진원은 고개와 손을 절레절레 저으며 웃어 보였다.
"아니요. 우리 씨 정말 일 잘해요. 지난번에도 제가 우리 씨 도움을 받아서 회사에 아주 큰 계약 건도 처리했거든요."
"정말요?"
"나 이래 봬도 회사에서 엄청 인정받고 있다니까!"
"네. 우리 씨 말이 맞습니다."
가족들의 넘치는 질문에 난감할 법도 한데 진원은 막힘없이 대답하며 대화를 이어 갔다. 그의 유려한 말솜씨로 분위기가 한층 화기애애해지자 우리도 걱정을 한시름 덜고 웃음꽃을 피웠다.
어느새 밥 한 공기를 후딱 해치우는 진원을 본 현숙은 냉큼 자리에서 일어났다.
"밥 더 줄까요?"
"네."
진원이 밥공기를 내밀었다. 그의 식사량을 아는 우리는 평소와 다르게 과식하는 진원이 걱정스러워 조심스레 말했다.
"너무 많이 먹는 거 아니에요?"
우리의 말을 옆에서 들은 유라는 현숙이 가득 퍼 준 밥공기를 힐끗 보며 고개를 끄덕였다.

"너무 많은 것 같은데. 억지로 먹지 말고 편하게 남기셔도 돼요."

"아닙니다. 오랜만에 먹는 집밥이라 맛있습니다."

오랜만이라는 말에 현숙은 자리에 앉으면서 그에게 가볍게 물었다.

"혼자 사나 봐요?"

"네. 본가에서 독립했습니다."

"아…… 어머니가 섭섭하시겠네. 이런 잘생긴 아들을 집에서 못 보고."

어머니 이야기가 나오자 우리가 황급히 진원의 눈치를 살폈다. 사장님이 사고로 아내를 잃었다는 건 사내 직원들도 모두 아는 사실이었다. 현숙이야 당연히 사정을 모르고 던진 물음이었기에 숙연해진 분위기에 어리둥절한 얼굴을 했다. 우리가 서둘러 다른 화제로 돌리려는데 그가 먼저 차분하게 대답했다.

"어머니는 일찍 돌아가셨습니다."

그제야 가라앉은 분위기의 이유를 알아챈 현숙이 사과했다.

"어머, 미안해요. 내가 실수했네."

하지만 평생 숨길 만한 일도 아니었을뿐더러 한 번은 거쳐야 했을 질문이었기에 진원은 되레 덤덤했다.

"그럼 혹시…… 아버님도……?"

"아니요. 그건 아닙니다."

현숙은 다행이라는 듯 안도하는 미소를 지었다. 화제가 자연스럽게 가족 이야기로 흘러가자 마음의 준비를 한 진원은 조심스레 말을 꺼냈다.

"저, 어머님."

"응?"

"사실…… 저희 아버지가 하강백화점 사장님이십니다."

"하강백화점이면……."

현숙은 자신이 잘못 들었다고 생각했는지 진원에게 되물으며 우리에게 이게 다 무슨 소리냐는 의아한 눈빛을 보냈다. 부담을 느낄 저를 생각해 대신 나서서 말하려는 우리를 눈치챈 진원은 식탁 아래로 손을 꼭 잡는 행동으로 그녀를 말렸다.

"네. 저랑 우리 씨가 다니는 하강백화점 사장님이 저희 아버지십니다. 제 위로 형이 한 명 있는데, 형은 아버지를 도와서 지금 부사장을 맡고 있습니다."

"아, 아…… 네……."

조금 전까지만 해도 진원에게 살갑게 반말을 섞어 쓰던 현숙의 말투가 돌연 정중함을 띠었다. 우리는 껄끄러워진 분위기를 풀어 보기 위해 한 톤 높은 목소리로 말을 꺼냈다.

"엄마도 알지? 나 면접 볼 때 부사장님이 좋게 봐주셔서 합격했던 거. 그분이 진원 씨 형이야. 참 인연이라는 게 신기해. 그렇지?"

아무도 받아 주지 않았던 우리에게 면접의 기회를 줬다는 것만으로 현숙은 당시 진욱을 은인이라고 표현했었다. 우리는 행여나 현숙이 진원의 가족들에게 편견을 가지게 될까 봐 좋았던 기억을 되새기게 했다.

"그래…… 그랬지……."

현숙은 말끝을 흐리며 조용히 젓가락을 내려놓았다. 급속도로 어색해진 분위기를 풀어 보려 우리가 모친에게 다시 말을 붙이려 하자 진원은 고개를 저었다. 대신 미안함으로 가득한 우리에게 옅게 웃어 보였다.

가라앉은 분위기 탓에 식사를 마치고 곧장 집으로 가려고 했지만, 현숙은 초대한 손님을 그대로 보내기는 미안했는지 후식을 먹고 가라며 그를 붙잡았다. 잠깐의 침묵 끝에 현숙이 먼저 입을 열었다.

"그럼 삼대 모두 모두 백화점에 있는 거예요?"

다시 존댓말을 쓰며 거리를 두는 현숙의 태도에 진원은 조금 쓸쓸했지만 최대한 깍듯하게 말을 이었다.

"네. 원래 저는 다른 방향으로 일을 구할 생각이었는데, 아버지 회사에 급하게 자리가 비워진 바람에 제가 입사하게 됐습니다."

"아버지가 든든하시겠어요."

"감사합니다."

평소 같으면 유라와 함께 주방에 들어가 과일을 깎았을 우리는 진원을 위해 계속 그의 옆자리를 지키고 있었다.

"어머님."

진원의 부름에 현숙이 고개를 들었다. 집안 이야기를 듣고 좋아하지 않을 거라는 예상을 하고 왔음에도 막상 현숙의 수심 가득한 얼굴을 보니 마음이 초조해졌다.

"사실 오늘 어머니께 결혼을 전제로 우리 씨와 만나도 되겠냐는 허락을 받으러 왔습니다."

결혼이라는 말에 현숙이 놀라서 우리에게 시선을 돌렸다. 너도 그렇게 생각하냐는 물음이 담긴 눈빛에 우리는 조용히 고개만 끄덕였다. 그러자 현숙의 입에서 저절로 낮은 한숨이 터져 나왔다. 그 한숨이 부정적인 의미를 담고 있다는 걸 모를 리 없는 진원이 다급하게 말을 이었다.

"저, 우리 씨 행복하게 만들 자신 있습니다. 절대 울리지 않겠습니다. 믿어 주세요, 어머님."

유라는 호기롭게 확신에 찬 투로 말하는 진원을 가만히 바라봤다. 애석하게도 몇 년 전에 모친 앞에서 무릎을 꿇던 형찬도 같은 말을 했다. 하지만 갑작스레 닥친 갈등 속에서 형찬은 그녀를 지켜 내지 못했다.

유라는 고개를 돌려 모친을 바라봤다. 같은 생각을 하는 건지 낯빛이 어두워진 현숙은 슬쩍 고개를 가로저었다.

"오늘은 편하게 밥 한 끼 먹는 자리였으니까 이 얘기는 차차 진지하게 생각해 보고 결정해요."

단호하게 선을 긋는 현숙의 말에 진원은 일단 고개를 끄덕였다. 정중한 말로 다음을 기약하고 있었지만 말뜻은 명백한 거절이었다.

현숙에게 인사를 하고 우리와 함께 집을 나선 진원은 침울해진 그녀의 손을 잡아 주며 말했다.

"누가 보면 나한테 차인 줄 알겠어."

"미안해요."

첫술에 배부를 수는 없다고, 분명 그녀의 가족들이 호의적이지 않을 거라는 걸 예상했으면서도 막상 거절을 당하니 마음이 무거였다. 기운 없는 목소리로 미안하다 말하는 우리를 보던 진원은 말없이 다가가 그녀를 안고 다독거려 주었다.

"걱정이다."

단단한 그의 가슴팍에 고개를 묻고 있던 우리는 묵직하게 울리는 걱정이란 말에 고개를 빠끔히 들어 진원을 올려다봤다.

"한우리, 소문난 효녀인데 갑자기 어머니 말씀 듣겠다고 나랑 헤어진다고 할까 봐 걱정이라고."

진원의 걱정 대상이 다름 아닌 본인이라는 걸 들은 우리는 피식 웃어 버렸다.

"28년 효녀로 살았으니까 이번 한 번은 불효녀 하죠, 뭐."

"효녀를 불효녀로 만들었으니 이제 어머님이 나 싫어하셔도 할 말 없다."

"그러니까 너무 억울해하지 마요."

고개를 끄덕인 진원은 자신의 걱정을 덜어 주고자 일부러 더 웃음 짓는 우리를 힘껏 안아 주었다. 가족들에게 맞서야 할 힘든 시간을 보낼 그녀에게, 하루빨리 축복받는 사랑을 느끼게 해 주고 싶었다.

무지개를 그리는 소나기

회사에 출근한 우리는 일하는 내내 심란한 표정을 감추지 못했다. 진원과 함께했던 식사 이후 현숙은 의도적으로 우리를 피했다. 늘 함께 먹는 아침도 차려 놓기만 한 채 일찍 세탁소로 나갔고, 세탁소로 가서 말을 붙이려 하면 밀린 세탁물이 많다는 핑계로 눈도 마주쳐 주지 않았다.

모친에게도 생각할 시간이 필요할 거라는 유라의 말에 더는 보채지 않았지만, 하루하루 지날수록 우리는 더욱 초조했다. 진원에게 좋은 소식을 전해 주고 싶었는데 그럴 수 없는 상황이 한편으로는 야속하게만 느껴졌다.

"우리 씨, 무슨 일 있어?"

요 며칠 줄곧 어두운 그녀의 표정을 지켜봤던 영은은 모른 척하라는 천식의 눈짓을 기어이 외면하고 우리에게 말을 걸었다. 다 같이 식사를 하고 있던 진원 포함 팀원 일동의 시선이 그녀에게 쏠렸다.

"아니에요, 일은요."

팀원들은 은근슬쩍 진원과 우리를 곁눈질로 바라봤다. 분명 진원과 싸운 기류는 없어 보이는데도 두 사람의 표정이 어딘가 모르게 어두워져 있었다.

"고민 있으면 언제든지 말해. 나 고민 해결 잘하는 거 알지?"

"네."

우리는 애써 웃어 보였지만 '나 무슨 일 있어요.'라는 얼굴로 대답하는 그녀의 새빨간 거짓말에 순순히 속아 넘어갈 만큼 눈치 없는 사람은 아무도 없었다. 진원은 젓가락으로 밥을 먹는 둥 마는 둥 깨작거리는 우리를 가만히 지켜보았다.

[잠깐 비상계단으로 와.]

진원의 문자를 본 우리는 휴대폰 액정에 비치는 거울로 입꼬리를 최대한 끌어 올리며 웃는 연습을 했다. 그에게 까맣게 타들어 가는 속을 내색하고 싶지 않았다.

한참 웃는 얼굴을 연습한 우리는 이제 거의 그들의 아지트가 되어 버린 비상계단으로 향했다. 그곳에는 진원이 먼저 도착해 있었다. 우리는 연습했던 대로 생긋 웃는 얼굴로 그에게 다가갔다.

"무슨 일이에요?"

진원은 아무 말도 하지 않고 그녀의 표정을 뚫어지게 바라보기만 했다. 예상치 못한 그의 행동에 당황한 우리는 제 볼을 더듬으며 물었다.

"내 얼굴에 뭐 묻었어요?"

"어머니 반대가 심하시구나?"

한 번에 꿰뚫어 보는 그의 말에 뜨끔했지만 우리는 고개를 세차게 저으며 부정했다.

"아닌데. 반대 안 하셨어요."

사실 반대도, 허락도 아무것도 하지 않았다는 말이 맞았다. 그러니 우리의 말도 틀린 말은 아니었다. 우리는 믿지 않는 얼굴로 서 있는 진원을 설득하고 싶었지만, 뒤에 덧붙여 그에게 해 줄 말이 없었다.

거짓말에 소질 없는 우리가 잔뜩 힘주고 있던 어깨를 축 내려놓자 진원은 옅게 웃으며 그녀를 안아 줬다.

"오래 버텼다."

"미안해요……."

그녀의 모친에게 허락을 받지 못한 건 엄연히 말하면 제 탓이지, 우리가 잘못한 일은 아니었다. 제 탓의 일로 우리가 기죽은 얼굴을 하는 게 싫었던 진원은 고개를 가로저었다.

"쉽지 않을 거라는 거 알고 있었잖아."

"그래도……."

집안 이야기를 하기 전까지는 진원을 매우 호의적으로 보는 모친 때문에 혹시나 하는 기대가 생겼다. 그리고 그의 사정을 듣고 나서도 야박하게 거절하는 것 없이 '차차 생각해 보자'는 말 때문에 작은 희망을 걸었던 것도 사실이었다. 그래서인지 기대한 만큼 돌아오지 않는 반응에 자연스레 실망도 커졌다.

하지만 한편으로는 모친이 받은 상처를 자신이 너무 안일하게 생각하고 있었던 건 아닐까 하는 생각도 들었다. 모친의 치유되지 않은 아픔에, 그리고 진원에게 미안한 마음에, 우리의 얼굴에 서글픔이 감돌았다.

"오히려 어머니가 쉽게 허락해 주셨으면 더 억울했을 거야."

그게 무슨 말이냐는 얼굴로 우리가 품에서 떨어지자 진원이 빙그레 웃었다.

"이렇게 허락받으면 쉽게 끝났을 일인데, 한우리가 그동안 나 마음고생 시켰던 거니까."

진원은 그녀의 코를 아프지 않게 꼬집으며 일부러 장난을 걸었다. 이 일에 누구보다 긴장하고 있을 사람은 진원일 텐데도 그는 오늘도 평소처럼 자신을 먼저 생각하고, 실망한 제 마음마저 살펴봐 주었다. 대체 이 남자는 어디까지 사람을 감동 줄 생각인 건가. 고맙고, 미안하고, 애틋한 감정들이 울컥 치밀어 우리는 다시 진원의 가슴에 안겼다.

"엄마가…… 겁을 드신 것 같아요."

"당연하지. 그러실 수 있어."

"아까 한 말은 진짜예요. 반대 안 하셨어요. 물론 허락도 안 해 주셨지만……."

"한두 해 연애하고 끝낼 사이 아니잖아, 우리야. 조급해하지 말자. 어머니께 우리 예쁘게 만나는 모습 꾸준히 보여 드리면, 언젠

가는 마음 돌려주실 거야."

구구절절 옳은 이야기에 우리는 그제야 안심이 됐는지 맘속에서 우러나는 기분 좋은 미소를 흘렸다. 우리의 웃는 모습을 본 진원도 입꼬리를 슬며시 올렸다.

"그래. 이렇게 웃으니까 예쁘다."

예쁘다는 말에 피식 웃음 지은 우리는 그대로 다가가 제 입술을 진원에게 내리눌렀다. 그녀의 귀여운 도발을 받아들이기라도 하듯 진원은 고개를 틀어 우리의 혀를 옭아매며 그녀의 말랑한 입술을 앗아 갔다. 달콤한 키스에 한껏 취해 있던 두 사람은 비상구 계단이 슬쩍 열렸다 닫히는 걸 미처 알아차리지 못했다.

❖

다음 날 평소보다 출근 시간이 늦은 우리는 급하게 엘리베이터 앞에 줄을 섰다.

"우리 씨 안녕?"

"안녕하세요."

엘리베이터 앞에서 우연히 만난 총무팀 은경이 그녀에게 아는 체를 했다. 그런데 묘하게 위아래를 훑으며 인사를 하는 그녀의 눈빛이 어딘가 모르게 불편하게 느껴졌다.

인사 후 별다른 이야기 없이 엘리베이터에 탄 우리는 뒤에 서서 자신을 힐끔거리는 타 팀 사람들의 시선을 의식하고 있었다. 무슨 일이냐고 물으려 뒤를 돌아보면 그들은 언제 그랬냐는 듯 시선을 피하며 자기네들끼리 이야기를 하는 척 속닥였다. 그 반응에 더욱 의아함을 느낀 우리는 고개를 갸웃거리며 엘리베이터에서 내렸다.

"좋은 아침입니다."

마음에 남은 찜찜함을 감추고 우리가 기분 좋은 목소리로 인사를 하며 사무실로 들어왔다. 옹기종기 모여서 이야기를 하고 있던 팀원들은 우리의 등장에 모두 귀신이라도 본 사람처럼 놀라며 자리에서 일어났다.

"우리 씨 왔어?"

"네. 안녕하세요."

팀원들의 분위기 역시 어수선한 것이 여느 때와 달리 수상했다. 하지만 곧 뒤이어 출근한 진원의 등장으로 팀원들은 모두 자리로 돌아갔다. 영은에게 무슨 일인지 확인하고자 메신저를 보내려는데 뜻밖에도 그녀에게 먼저 메신저가 걸려왔다.

[우리 나가서 커피 한잔할까?]

[네, 대리님.]

영은은 평소 커피를 좋아하지 않았다. 그런 그녀가 먼저 커피 마시기를 제안했다는 것만으로 제 직감이 맞아떨어짐을 확신한 우리는 조용히 사무실을 나왔다.

늘 하강백화점 사람들로 인산인해를 이루는 회사 앞 카페에는 출근 직후의 시간이라 사람이 없었다. 커피를 대신 받아 들고 온 영은은 어렵게 말을 꺼냈다.

"저기, 우리 씨."

"대리님, 회사에 무슨 일 생긴 거죠?"

영은은 나지막이 한숨을 쉬었다. 이 이야기를 어디서부터 어떻게 해야 할지 모르겠다는 난감함이 고스란히 드러났다. 그녀답지 않은 망설임에 답답해진 우리가 대답을 재촉했다.

"왜 그러세요, 대리님?"

"이왕 이렇게 된 거 내가 솔직히 말할게."

총대를 짊어진 영은이 커피 잔을 내려놓으며 말했다.

"회사에 자기랑 팀장님이 사귀고 있다는 거 들켰어."

"……네?"

영은을 따라 커피 잔을 들고 있던 우리는 너무 놀라 하마터면 입 안에 머금고 있던 아메리카노를 뿜을 뻔했다. 영은은 그녀에게 휴지를 내어 주며 안타까운 얼굴로 채근했다.

"아니, 그러니까…… 뭘 굳이 비상계단에서 안고 있어! 우리한테 다 이실직고한 마당에 그냥 팀장실에서 안고 있지!"

"대리님…… 다 알고 계셨어요?"

진원은 알고 있는 사실을 비밀로 해 달라고 했지만 모든 사내 직원들이 알게 된 이상 모른 척 숨기고 있는 것도 무용지물이 된 셈이었다. 영은은 솔직히 대답했다.

"팀장님이 한참 전에 알려 주셨어. 진지하게 만나고 있으니 우리 씨 잘 부탁한다고."

그가 진작 모든 사실을 팀원들에게 이실직고했다는 사실에 기가 막혔지만 일단 지금은 그 사실이 중요한 게 아니었다.

"심 팀장이 두 사람 비상계단에서 안고 있는 걸 본 모양이야. 그런데 그 가벼운 입이 오래가겠어? 어젯밤에 은경 씨가 나한테 전화해서 소문이 사실이냐고 묻더라고."

우리는 그제야 아침에 엘리베이터에서 마주쳤던 은경의 시선이 불편했던 이유를 알아차렸다.

"그래서요……?"

"그래서는. 일단 나는 잘 모른다고 잡아뗐는데 심 팀장이 두 사람 껴안고 있다는 걸 봤다는 것 때문에 이미 확신하는 분위기야. 게다가 워크숍 갔던 날 둘이 버스에 같이 앉아 있을 때부터 알아봤다고 엮기 시작하는데…… 어휴."

우리는 이 상황을 어떻게 받아들여야 할지 당황스러웠다. 게다가 회사에 소문이 나게 되면 자신보다도 진원의 입장이 더 난처해질 것이 분명했다.

"팀장님도 이 소문 전혀 모르시는 눈치던데."

"네. 그럴 거예요."

"다들 쑥덕이기 시작했으니까 소문나는 건 시간문제야. 사무실 올라가자마자 우리 눈치 보지 말고 팀장님한테 가서 진지하게 상의해서 알려 줘. 우리도 공범인데 입은 맞춰야 하지 않겠어?"

"네……."

이렇게까지 자신들을 신경 써 주는 팀원들이 고마워 우리는 차마 고개도 들지 못했다. 빨리 사무실로 들어가자는 영은의 말에 우리는 자리에서 일어나다가 그녀의 손을 덥석 잡았다.

"대리님."

"응?"

"감사해요. 그리고…… 죄송해요."

우리의 사과를 들은 영은은 피식 웃으며 말했다.

"나한테 죄지었어? 사과를 왜 해."

"팀장님이랑 저 때문에 불편하셨을 거잖아요."

"팀장님이랑 우리 씨 연애에 내가 왜 불편하니? 막말로 내가 팀장님을 좋아한 것도 아니고. 김 차장님이나 준오 씨나 전부 그렇게 생각 안 해. 걱정하지 마."

하지만 영은은 우리의 손을 맞잡으며 말했다.

"그런데 사람들이 전부 우리 같진 않아. 소문 돌기 시작하면 힘들 거야. 그래도 힘내. 알겠지?"

"네!"

진원이 우리를 얼마나 소중하게 생각하는지 알고 있기에 저도 모르게 버티라는 말이 나와 버렸다. 어찌 됐든 진원만 한 남자를 찾기 힘든 건 사실이니까. 영은은 커피를 들고 우리와 카페를 나왔다.

사무실로 돌아온 우리는 노크를 하고 조용히 팀장실을 방문했다. 보고서를 확인하고 있던 진원은 결재 서류도 없이 빈손으로 제 사무실을 찾은 우리를 보며 물었다.

"밖에 팀원들 없어?"

마음 같아서는 어떻게 한마디 상의도 없이 팀원들에게 몰래 말을 할 수가 있냐고 따져 묻고 싶었지만, 우선 눈앞에 둔 급한 문제부터 해결하자 싶어 본론부터 꺼냈다.

"회사에 우리 사귀는 거 소문났대요."

"뭐?"

웬만해선 잘 놀라는 경우가 없는 그가 자리에서 벌떡 일어서는 걸 보니 꽤 놀란 모양이었다. 이미 한차례 충격을 받았던 우리는 진원보다는 조금 덤덤한 얼굴로 그에게 영은과 했던 이야기를 들려주었다.

"심 팀장 진짜……."

소문의 근원지를 전해 들은 진원은 관자놀이를 지그시 눌렀다. 그가 장 대표를 넘겨줘서 아이리스 건을 맡은 덕에 우리와 더 가까워진 결정적 계기가 됐고, 그랬기에 귀찮은 일을 떠맡겼던 것에 대해서도 크게 마음에 담아 두지 않았었다. 하지만 이 상황은 정말 마음에 들지 않았다.

"우리 어떻게 해요?"

진원은 머릿속에 떠오른 심 팀장의 밉살스런 얼굴을 떠올리며 대답했다.

"어떻게 하긴. 사실대로 말해야지. 우리 연애한다고."

"뭐라고요?"

우리가 뒤이어 '미쳤어요?'라고 되묻자 진원이 심드렁하게 대답했다.

"그럼 사귀는데 안 사귄다고 거짓말해?"

그런 거짓말은 성격상 어울리지 않을뿐더러, 한 치도 부끄러울 것 없는 일에 우리를 부정하면서까지 상황을 무마하고 싶지도 않았다. 언젠간 들킬 일이었고, 다만 그 시기가 조금 앞당겨졌을 뿐이다.

"평생 숨길 수 있는 일도 아니었잖아."

"물론 그렇긴 하지만……"

"거짓말했다가 나중에 들키는 게 더 상황을 악화시키는 일 아닌가? 그리고 요즘은 공개 연애가 대세잖아."

우리도 물론 그와의 관계를 숨기고 싶지는 않았다. 서로가 서로를 좋아하는 것뿐인데 죄를 지은 사람처럼 굴고 싶지도 않았다. 하지만 사장님이 사내 연애를 반대한다던 인사팀 사람들의 이야기가 머릿속을 맴돌았다.

"괜찮겠어요? 사장님이 사내 연애 싫어한다고 하시던데……"

집안 이야기는 늘 조심스러운 부분이라 우리가 어렵게 말을 꺼냈다. 하지만 진원은 우리의 걱정에 픽 웃음을 흘렸다.

"형이랑 아버지도 사내 연애로 결혼했는데 나만 못하면 억울하잖아. 내 걱정은 하지 말고, 우리 너는 사람들 말에 너무 일희일비하지 마. 한 귀로 듣고 한 귀로 흘려."

"내 걱정은 안 해도 돼요."

기특한 대답을 하는 우리의 머리를 쓰다듬던 진원이 은근슬쩍 입을 맞추려고 하자 그녀가 냉큼 소파에서 일어났다. 그녀의 행동에 진원이 미간을 찡그렸다.

"뭐지, 이 거부는?"

"벌이에요."

"벌?"

"나랑 상의도 없이 팀원들한테 우리 연애 밝힌 벌이요. 당분간

반성하세요."

우리는 혀를 날름 내밀며 놀리듯 웃음 짓고 팀장실을 나갔다. 그 모습에 입가에 웃음을 띠던 진원은 자리로 돌아가 의자에 몸을 기댔다. 아직 그녀의 어머니에게도 허락받지 못했는데, 또 다른 시련이라니. 첩첩산중같이 들이닥치는 시련에 진원은 눈을 감고 한숨을 내뱉었다.

❖

시기에 맞물려 정기주주총회에 참석한 주주들이 하나둘 하강백화점 20층 대회의실로 속속들이 모이기 시작했다.

한 해 영업 보고를 발표하고 이익을 산출해 내는 자리이니만큼 맥캔 론칭으로 주가 상승을 이뤄 낸 기복과 진욱의 표정은 더할 나위 없이 떳떳하고 밝았다. 주주들 역시 주가 상승에 크게 이바지한 그들에게 박수갈채를 아끼지 않았다.

별 이슈 없이 주주총회가 성공리에 마무리되고 기복과 진욱은 대회의실 앞에서 주주들과 일일이 인사를 나눴다.

"올 한 해도 수고 많았어, 서 사장."

"우리 사이에 무슨 그런 말을. 아무쪼록 고맙네."

"어이, 서 사장."

그때 주주들 가운데 기복보다도 하강백화점의 주식을 가장 많이 보유하고 있는 L 컴퍼니 오정식이 아는 체를 하며 다가와 악수를 청했다.

"내년에도 잘 부탁한다고."

"나야말로 오 사장한테 잘 부탁해야지."

"그나저나 요즘 둘째 아들 연애한다는 소문이 자자하던데."

최고의 이익을 위해 늘 열린 귀를 가진 주주들이 회사 내부의 일들에 속속들이 알고 있는 건 어찌 보면 당연한 일이었다. 진욱은 노심초사하는 기색으로 기복을 바라봤다. 그러자 기복은 진욱에게 고개를 돌려 되레 물었다.

"짝사랑이라더니 기어이 연애를 시작한 거야?"

"아버지, 그게……."

"서 부사장도 그러더니 둘째 아들까지……. 이거 너무 자네를 닮아 가는 거 아니야?"

기복이 정식의 뼈 있는 말을 알아차리기도 전에 그는 일부러 고개를 갸웃거리며 말을 덧붙였다.

"아니지. 둘째 아들은 서 사장을 닮을 이유가 없잖아? 피가 안 섞였는데."

주변에 듣는 귀가 많은데도 의미심장한 말들을 서슴지 않는 정식의 태도에 기복의 표정이 싸늘하게 굳었다. 아니나 다를까 기복과의 인사를 위해 아직 장내를 나가지 않은 몇몇 주주들이 그들을 바라봤다.

"지금 무슨 소리를 하는 거야?"

"서 사장도 이 바닥 알잖아. 세상사 영원한 비밀이 어디 있겠나. 다들 알면서도 서 사장이 얼마나 그 아들을 제 자식처럼 키웠는지 알고 있으니까……."

"오 사장!"

"아버지."

기복이 참지 못하고 목소리를 높이자 옆에 있던 진욱이 다급하게 그의 팔을 붙들었다. 마음 같아서는 제가 대신 나서서 정식에게 따져 들고 싶었지만, 진원을 화두에 올려 좋을 것이 없었다.

"잠깐 자리 좀 비켜 줬으면 좋겠는데."

정식은 느긋한 태도로 진욱에게 부탁을 가장한 강요를 했다. 진욱이 물러서지 않을 것처럼 굴자 기복은 고갯짓으로 가 있으라고 명령했다. 진욱은 화를 억누르며 조용히 고개를 숙이고 뒤를 돌았다. 역시 작은 주식이라도 끌어모아 최대 주주 자리를 가져오는 것이 맞았다.

진욱이 멀찌감치 떨어지자 정식이 팔짱을 끼며 말했다.

"주주들이 서진욱 부사장 결혼에 유난히 민감하게 굴긴 했지. 장차 하강백화점을 물려받을 손이, 아무것도 가진 게 없는 여자와……"

"입조심하게, 오 사장. 이젠 어엿한 내 며느리일세."

기복이 으르렁대며 경고했지만 정식은 눈 하나 깜빡하지 않고 되레 웃으며 오른손을 들어 실수인 척 사과했다.

"서 사장, 난 말이야, 이런 그림을 기대했어. 자네 둘째 아들을 서 부사장과 함께 시험대에 올려 보면 어떨까? 물론 주주들 사이에서 서 부사장의 입지가 단단히 굳어지긴 했지만, 자네 둘째 아들 옆에 든든한 조력자가 붙는다면 이야기가 달라지지 않겠어? 예를 들면 우리 딸 같은 아이 말이지."

사실 정식은 앞으로의 발전 가능성이 무궁무진한 하강백화점을 호시탐탐 노리고 있었다. 그래서 진욱에게 붙어 꾸준히 제 외동딸을 만나 보기만 하라며 권유했지만 진욱은 꼼짝도 하지 않았다. 욕심이 있는 사장이라면 제 아들을 설득이라도 시킬 텐데 기복은 아들을 내몰면서까지 사업을 할 욕심은 없는 사람이었다.

가당치도 않은 검은 속내를 들이미는 정식에게 기복이 코웃음 쳤다. 자신의 이익을 위해서라면 가족들의 희생도 마다하지 않는 잔인한 부류. 물론 그의 도움이 없었더라면 지금의 하강백화점은 없었을 테지만 그의 공을 인정해 주는 것 역시 여기까지였다.

"오 사장, 자네는 가족애라는 걸 전혀 모르는 사람 같아. 나이 들면 가족만큼 소중한 게 없다는데, 지금이라도 늦지 않았으니 일에 너무 욕심내지 말고 자네 인생을 한번 돌아보는 게 어때?"

기복이 정식에게 할 수 있는 마지막 대우이자 옛정을 생각해 꺼낸 당부였다. 기복에게 참을 수 없는 모욕을 당했다 느낀 정식의 얼굴이 종잇장처럼 구겨졌다.

"충고 고맙네."

싸늘하게 돌아선 정식은 마치 방금 할 말이 떠오른 것처럼 비릿하게 입꼬리를 올리며 다시 몸을 돌렸다.

"내가 이 말을 깜빡했네."

얼마든지 들어 주겠다는 표정으로 너그럽게 서 있는 기복을 못마땅하게 바라보던 정식은 진욱을 한 번 쳐다보며 말했다.

"서진욱 부사장이 사내 연애나 하는 한심한 놈이라고 주주들한테 미운털이 박혔을 땐 자칫 내 주식에 영향을 미칠 수 있는 사안이라 동분서주했지만, 둘째 아들 소문은 내가…… 막아 줄 시간이 없을 것 같아. 자네 말대로 나도 내 인생을 돌아봐야 할 것 같아서 말이야."

이건 자존심을 긁힌 정식의 명백한 복수였다. 평생 수면 위로 드러나지 않아도 될 진원의 입양 사실을 밝히겠다는 의사를 밝힌 정식은 처음의 의기양양한 얼굴로 대회의실을 빠져나갔다.

"괜찮으세요?"

정식이 사라지자마자 진욱은 곧장 기복에게 다가와 그의 표정을 살폈다. 낮게 가라앉은 부친의 눈동자를 본 진욱은 곧 아무 말도 하지 못했다.

"진욱아."

이제껏 회사에서 자신이 아버지라고 부르는 경우는 있었어도, 기복은 단 한 번도 자신에게 호칭 없이 이름을 불렀던 적이 없었다. 그만큼 회사에서는 공과 사가 확실한 부친이었다.

"네, 아버지."

"지금 당장 진원이 사무실로 앞장서."

기복은 입을 꾹 다물고 씩씩거리며 정식이 나간 자리를 있는 힘껏 노려보았다. 저런 한심한 기회주의자 때문에 제 아들이 상처받는 모습을 두고 볼 수 없었다.

닫힌 문틈 사이로 복도에서부터 들리는 시끌벅적한 소리에 일하던 우리가 고개를 돌렸다. 복도 모퉁이를 지나 한 손에 종이컵을 들고 오는 준오의 뒤로 낯익은 얼굴들이 걸어오고 있었다. 우리는 자리에서 벌떡 일어났다.

"사장님이랑 부사장님이 여긴 왜……."

"뭐?"

임원진이 아니고서야 회사에서 좀처럼 얼굴을 볼 수 없는 기복의 등장에 천식은 물론, 영은까지도 일을 하다 말고 자리에서 벌떡 일어났다.

"서 팀장님이 다 잘 이끌어 주시는 덕분입니다."

좀처럼 듣기 힘든 준오의 깍듯한 목소리와 함께 마케팅팀 사무실의 문이 열렸다. 술렁거리던 세 사람은 바짝 긴장한 얼굴로 고개를 숙여 기복과 진욱에게 인사했다.

"다들 일하느라 고생이 많아요."

분명 사장과 부사장을 대면하는 자리임에도 우리는 진원의 아버지와 형을 마주하고 있다는 사실에 저절로 긴장이 됐다.

뒤에 잠자코 서 있던 진욱은 블라인드 쳐진 팀장실을 바라보더니 우리에게 물었다.

"서 팀장 자리에 있죠?"

"네. 계십……."

"자네가 한우리 사원인가?"

갑작스러운 기복의 질문에 팀원들과 진욱의 시선이 모두 그녀에게 쏠렸다. 우리는 바짝 마른침을 삼키고 허리를 더욱 숙이며 대답했다.

"네, 제가 한우리입니다."

이곳까지 오는 길에 기복은 진욱을 윽박질러 진원이 같은 팀인 한우리라는 사원과 연애를 하고 있다는 사실을 기어이 알아냈다.

기복은 깐깐한 시선으로 그녀를 바라봤다. 본인의 시선이 곱지 않을 거라는 걸 알면서도 기복은 우리에게서 눈을 떼지 않았다. 사내 연애를 하지 말라고 귀에 못이 박이도록 언질을 줬건만, 눈앞에 있는 한우리 사원이 대체 얼마나 대단하기에 그 경고를 깡그리 무시해 버렸는지 궁금했다.

그때 사무실이 술렁거리는 소리를 들은 진원이 문을 열고 밖으로 나왔다. 우리를 바라보는 부친의 눈빛이 아무리 봐도 공적인 일로서만 온 것 같지 않아 그는 곤란한 듯 이마를 문지르며 그들에게 다가갔다.

"사장님께서 여긴 어쩐 일로 오셨습니까?"

그제야 기복은 우리에게서 시선을 거두고 진원을 바라봤다.

"서 팀장한테 긴히 할 얘기가 있어서 왔네."

"그럼 안으로 들어오시죠."

진원은 팀원들이 불편해하기 전에 서둘러 기복을 팀장실로 들이려 했다. 헛기침하며 앞장서 걷던 기복은 홱 뒤를 돌아 우리를 한 번 바라보고는 성큼성큼 팀장실로 먼저 들어갔다. 진원은 어찌할 바를 모르고 서 있는 우리를 향해 걱정하지 말라는 듯 가볍게 웃으며 기복의 뒤를 따랐다.

소파 상석에 앉아 블라인드 쳐진 창문을 힐끔 주시하던 기복은 진원이 팀장실 문을 닫고 안으로 들어오자마자 혀를 끌끌 찼다.

"너 내가 사내 연애는 안 된다고 못 박았던 말 잊었어?"

기복의 엄한 꾸중에도 언제나 그렇듯 진원은 입가에 미소를 지으며 어깨를 으쓱거렸다.
"집안 내력인데 제 탓을 하시면 안 되죠."
"근데 이놈이!"
반성이나 기죽은 모습 하나 없이 되레 당당한 진원의 모습에 열이 바짝 오른 기복이 자리에서 벌떡 일어났다.
"아버지, 여기 회사예요. 밖에 직원들도 있고요."
두 사람의 신경전에 난감해하던 진욱은 아버지의 팔을 끌어 내리며 간신히 그를 앉혔다. 그런데도 진원은 눈 하나 깜빡하지 않고 태연한 얼굴로 앉아 있었다.
"그래서 기어이 사귀겠다 이거야?"
"아버지랑 형도, 어머니랑 형수 그렇게 만나셨잖아요."
"그때랑 지금 상황이 같아?"
당시는 사내 연애로 결혼하는 부자의 모습을 한심하게 본 사람들의 가벼운 수군거림이었지만, 만약 진원의 출생 문제에 그마저 사내 연애를 한다는 소문들이 한데 섞여 버리면 어떤 말도 안 되는 이야기들이 만들어져 세상 밖에 나돌지 모를 일이었다. 만약 정식의 농간으로 진원의 출생 문제가 알려질 수밖에 없다면, 다른 수군거림만은 최대한 막고 싶었다.
"다를 게 뭐가 있어요. 저도 한우리 책임지고 결혼할 겁니다. 설마 아버지랑 형은 되고, 저는 안 되는 그런 차별 하실 건 아니죠?"
"차별?"
예민한 단어를 들은 기복이 발끈했다. 평소 같으면 이 자식이!

하면서 가볍게 넘기고 말 얘기에 유난히 과민반응을 하는 부친의 태도에 진원이 진욱을 바라봤다.

"주주총회에서 무슨 일 있었어?"

잠자코 대화를 듣고 있던 진욱이 기복의 눈치를 보며 말하기를 망설였다. 그러자 진원이 한쪽 눈썹을 일그러뜨리며 기복에게 시선을 돌렸다.

"제 사내 연애로 주식이 곤두박질치진 않았을 테고. 무슨 일이신데요, 아버지."

차마 진원에게 네 출생에 얽힌 비밀이 회사에 떠돌 거라는 말을 전할 수가 없었다. 표현은 안 해도 그 일이 제 자식에게 얼마나 큰 상처로 남아 있는지 알고 있기 때문에 아예 거론 자체도 하고 싶지 않았다.

"……혹시 누가 저에 대해 말하고 다녀요?"

기복과 진욱이 덩달아 심각한 얼굴로 있는 모습을 보니 감이 왔다. 진원의 날카로운 질문에 기복은 착잡한지 깊은 한숨을 내쉬며 어르듯 그에게 말했다.

"사람들 입방아에 오르내려야 좋을 거 없어. 일단 넌 한우리 씨랑 얼른 정리하고……."

"아니요."

진원은 들을 것도 없다는 듯 자리에서 일어났다.

"못난 부모 밑에 태어나서 버림받은 사람은 저인데, 어떻게 제가 한우리를 정리해요."

"서진원!"

"전 이 관계에서 을이자, 약자이고, 호구예요. 정리하고 싶지도 않지만, 정리를 해도 제가 아니라 한우리가 해요."

진원은 본인이 한 번 맞다고 생각하는 일에는 좀처럼 뜻을 굽히지 않는 성격이었다. 저와 판박이처럼 구는 아들의 행동에 기복은 지끈거리는 머리를 부여잡았다.

✥

"그거 들었어요? 서 팀장님 입양아라는 거."
"입양이 뭐야. 사실 길에 버려져 있었다던데?"

아무것도 모르고 진원과 함께 마실 커피를 사기 위해 테이블에 앉아 기다리고 있던 우리의 몸이 딱딱하게 굳었다. 그들은 미처 우리의 존재를 알아차리지 못하고 자기들끼리 이야기를 이어 나갔다.

"어쩐지 자세히 보면 사장님이랑 부사장님은 좀 닮았는데, 서 팀장님은 하나도 안 닮았잖아요."
"그래. 잘생기긴 했어도 셋이 닮진 않았지."

너무 말도 안 되는 이야기를 들은 탓인지 우리의 입가에 기가 막힌 헛웃음이 흘러나왔다. 하지만 진동 벨을 들고 있는 우리의 손은 이미 파르르 떨리고 있었다.

"그래서 회사도 부사장님이 상속받는 거래."
"하긴. 친자식도 아닌 사람한테 어떻게 재산을 주겠어요?"

적어도 그녀가 알고 있는 진원의 가족들은 가진 사람들과 달리

재산을 문제로 다투고 등 돌릴 사람들이 아니었다. 진원 역시 그런 거에 연연하는 사람이었다면 처음부터 그를 만나려 하지 않았을 것이다. 우리는 이상한 소문을 듣고, 퍼뜨리는 그들에게 그럴 리가 없다며 먼저 나서서 따지려 자리에서 일어났다.

"그런데 상속 못 받는 이유가 우리 씨 때문이라는 소문도 있어."
"그게 무슨 소리예요?"
"원래는 사장님이 서진원 팀장 정략결혼을 시켜서 백화점 물려주려고 했었다더라. 그런데 서진원 팀장님이 한우리 씨랑 사귄다고 소문이 나 버린 거지!"
"어머머!"

그들은 군데군데에서 들은 근거 없는 소문을 그럴싸하게 엮어 말을 이어 붙여 냈다.

그때 우리의 테이블에 있던 진동 벨이 드르륵 울리기 시작했다. 우리는 고개를 숙이고 그들의 눈에 띄지 않게 조심히 자리를 피해 커피를 찾아가는 것도 잊고 카페를 빠져나왔다.

진욱과 진원이 닮진 않았어도 둘의 사이가 워낙 좋아 의심할 이유조차 없었고, 늘 밝게 웃는 사람이라 그런 아픔이 있을 거라고는 전혀 알아채지 못했다. 이런 상처를 가지고 있었으면서도 자신에게 아무 내색도 하지 않은, 슬픔을 나누려 하지 않은 그가 원망스러웠다.

'그런데 나 알고 보면 진짜 별 볼 일 없는 남잔데. 오히려 더 가진 것도 없고, 더…… 상처도 많고.'

진원에게 처음으로 고백받던 날, 그가 했던 말이 주마등처럼 스쳐 지나가자 결국 참고 있던 눈물이 터져 나왔다. 상처 난 부분을 가린다고 그 상처가 낫는 게 아니라면서, 자신에게 멋있게 조언까지 해 놓고 왜 정작 본인의 상처는 치료할 기회조차 주지 않았는지. 우리는 진원이 야속해 쏟아지는 눈물을 멈추지 못했다.

'겉으로 봤을 땐 두루두루 잘 지내는 것 같은데, 뭐랄까. 마음을 깊게 주는 성격은 아니었어요.'

우리는 미어지는 가슴을 어찌할 바를 모르고 그 자리에 주저앉았다.
"어떻게 해……."
그저 아무것도 모른 제 탓이었다. 매일 웃는 얼굴 속에 가려진 그의 아픔을 알아차리지 못한 제 탓이었다. 진원이 자신에 대해 모르는 게 없듯이, 자신 역시 다 알았어야 하는데 그러질 못했다. 우리는 자신을 스스로 자책하며 고개를 떨어뜨린 채 한참을 소리 없이 울었다.

퇴근 후 만나자는 약속 시간을 한참 지난 후에야 지하 주차장에 오게 된 우리는 멈추지 않고 볼을 타서 흐르는 눈물을 손으로 몇 번이나 쓸었다.
꾸역꾸역 울음을 삼키고 지하 3층에 도착한 우리는 멀리서 휴대폰을 귀에 대고 자신에게 전화를 걸고 있는 진원을 보자마자 완전히 추스르지 못한 눈물이 제멋대로 왈칵 터져 나왔다. 아무래도 지금은 멀쩡한 얼굴로 그를 볼 자신이 없었다. 우리는 잘게 떨리는 아랫입술을 꾹 다문 채로 진원을 두고 돌아섰다.

집으로 가기 위해 엘리베이터 쪽으로 걸어가고 있는데 다급하게 누군가가 뛰어오는 발소리가 들렸다. 제발 그가 아니었으면, 하고 바랐지만 가녀린 손목을 잡고 돌려세우는 사람은 예상대로 진원이었다.

"설마 했는데 왜 도망…… 한우리?"

기다리는 사람 잔뜩 불안하게 만들어 놓고 달려와 안기지는 못할망정 도망을 가는 우리가 야속해 한마디 하려던 진원이 싸늘하게 얼굴을 굳혔다.

"왜 그래. 무슨 일이야."

억지로 고개를 들게 한 우리의 얼굴은 그야말로 눈물범벅이었다. 추궁하던 목소리는 어디 가고, 금세 자신을 걱정하는 따뜻한 목소리에 마음이 아렸다.

참 잔인한 사람들이다. 이렇게 착하고, 따뜻하고, 좋은 사람을 왜 버린 걸까. 대체 이런 사람에게 왜 씻을 수 없는 상처를 준 걸까. 우리는 입안 여린 살을 깨물며 고개를 저어 봤지만, 단단히 붙잡고 있는 진원의 손등에 눈물이 비처럼 투두둑 떨어졌다. 제대로 말도 못 하고 어깨를 들썩이는 우리를 바라보던 진원은 그대로 그녀를 안아 주었다.

"소문 때문에 그래?"

차라리 근거 없는 소문이라고 말해 줬으면 싶었다. 사람들이 말하는 소문은 다 거짓말이라고. 네가 속은 거라고. 평소처럼 웃음기 서린 목소리로 그렇게 말해 주길 바랐다.

"잘생긴 나랑 사귀는데 사람들 수군거림 정도는 감수해야지, 한우리."

"흐으윽······."

"그래도 미안해, 우리야."

웃음기 서린 목소리는 맞았지만, 그는 우리가 울고 있는 걸 사내 연애 때문으로 잘못 짚고 있었다. 아무것도 모른 채 제 걱정만 하며 등을 다독여 주는 그가 너무 바보 같아서 우리는 안겨 있던 가슴을 밀치고 그의 가슴을 세게 내려쳤다. 그런데도 진원은 묵묵히 그녀의 주먹을 맞아 냈다.

"멍청아!"

"멍청아? 내가 이래 봬도 너보다 오빠다, 한우리?"

"왜 말 안 했어! 왜! 대체 왜!"

갈라진 목소리로 제 옷깃을 잡고 흔드는 우리의 한마디에 진원의 입매가 단단히 굳었다. 잠시 먹먹한 얼굴을 하던 그는 허공을 바라보며 잠시 숨을 고르고 그녀를 다시 안아 주었다.

"어떻게 알았어?"

그녀가 진짜 원하던 대답은 이게 아니었다. 자신이 친부모에게 잔인하게 버려졌음을 지금처럼 덤덤하게 묻기까지 얼마나 외로웠을까. 그 아픔이 가늠도 되지 않았다.

우리가 그대로 옷깃을 놓아 버리자 진원은 그녀를 놓칠세라 더욱 세게 끌어안았다.

"한우리가 나한테 완벽하게 빠져들면, 그래서 나 없이는 안 되겠다 싶어지는 날이 오면 그때 말하려고 했어."

진원은 그녀의 등을 다독여 주며 말했다.

"너한텐 버림받기가 싫었거든."

"흐으으윽……."

"내가 좀 비겁했지?"

행여나 이 눈물들이 그에게 동정으로 느껴질까 꾹꾹 참고 있었는데, 결국 진원의 한마디에 무너지고 말았다. 우리는 간신히 삼키고 있던 울음을 소리 내서 터뜨렸다.

언제 버려질지 모르는 불안감 때문에 사람들과 깊은 관계도 맺지 못하고, 능글맞은 웃음으로 그 불안감을 감춰 온 그는 얼마나 힘들었을까. 진원의 상처에 비하면 제 상처는 그저 아무것도 아니었는데. 보듬어 줘도 모자랄 이 남자를, 그동안 얼마나 밀어냈던가.

"내가 정말 미안…… 미안해……."

우리는 슬픔을 견딜 수 없을 만큼 그를 꼭 끌어안으며 차마 이어지지 못한 말을 행동으로 대신했다.

"사랑한다, 한우리."

간지러운 사랑 고백이었지만 목이 메어 있는 진원의 목소리에 더욱 애절하게 들려왔다. 그의 품에서 흐느끼던 우리는 한참 만에 고개를 들어 그의 손을 잡았다.

"약속해요. 다신 아무것도 안 숨기겠다고."

진원은 그녀의 새끼손가락에 자신의 손가락을 걸었다.

"약속할게."

우리는 그제야 눈물이 그렁그렁한 눈매를 접으며 간신히 입가에 미소를 띠었다.

"나도 사랑해요, 서진원 씨."

그녀의 고백에 진원은 잔잔하게 웃으며 눈물로 얼굴에 엉겨 붙은 머리카락을 다정하게 떼어 주었다. 그리고 저를 위해 한참을 고생한 두 눈에 살포시 입을 맞췄다. 짭조름한 눈물이 느껴졌지만, 진원은 아랑곳하지 않고 그녀의 양 볼에, 그리고 차가워진 입술에 제 온기를 전했다.

진원은 제 슬픔을 가슴으로 공유하며 슬퍼하는 우리를 보면서 다짐했다.

절대로 그녀를 불행하게 만들지 않겠다고.

더 노력해서, 꼭 괜찮은 사윗감이라는 인정을 받겠다고.


오늘만큼은 먼저 집에 바래다주겠다는 우리의 확고한 목소리 때문에 진원은 순순히 고개를 끄덕일 수밖에 없었다.

진원이 비밀번호를 누르고 문을 열자 우리는 잡고 있던 그의 손을 놓아주며 말했다.

"푹 쉬어요."

우리는 지금 그에게 안정이 필요하다고 생각했지만, 진원의 생각은 달랐다. 그에게 지금 가장 필요한 건 한우리였다. 진원은 헤어지기 아쉬운 마음을 담아 문과 밖의 애매한 경계선에서 그녀를 품에 안았다. 널찍한 품에 안긴 우리는 지그시 눈을 감고 말없이 진원의 허리에 손을 둘렀다.

"혼자 집에 들어가기 싫다."

그의 가슴팍에 고개를 묻고 있던 우리는 피식 웃음을 터뜨리며 빠끔히 고개를 들었다.

"그럼 오늘 나 울린 거, 피해보상 해 줄래요?"

"들어가서 울리는 건, 책임 안 질 거야."

너무 절정에 다다르면 가끔 눈물이 나기도 한다는 내용을 잡지에서 본 기억이 났다. 우리는 게슴츠레 눈을 뜨며 입꼬리를 올렸다.

"그건 정상참작 해 줄게요."

새침한 우리의 대답이 끝나기가 무섭게 진원이 그녀의 입술을 가로챘다. 아프게 한 만큼 행복하게 해 주고 싶었다. 울린 시간만큼의 몇 배로 웃게 해 주고 싶었고, 그녀에게서 슬픔의 흐느낌이 아닌 환희의 흐느낌을 듣고 싶었다. 우리 역시 기다렸다는 듯 까치발을 들고 진원의 목을 휘감았다. 뜨거운 그녀의 혀를 휘감고 희롱하던 진원은 우리를 아예 번쩍 들어 안고 집 안으로 들어갔다.

그는 제게 꼭 안겨 있는 우리를 한 손으로 받친 채로 다른 손으로 가볍게 원피스 지퍼를 끌어 내렸다. 장시간 비워 있던 집의 한기가 등을 덮치기도 전에 따뜻한 그의 손바닥이 우리의 등을 어루만져 주었다. 곧장 우리를 침대에 눕힌 진원은 그녀의 손길을 기다릴 틈 없이 제 셔츠를 벗어 던졌다.

속옷만 입은 채로 침대에 누워 자신을 나른히 올려다보는 우리의 눈빛이 요염했다. 호기롭게 생긋 웃으며 여유까지 부리는 그녀를 바라보던 진원은 그 미소에 빨려 들어가듯 몸을 숙여 다시 한 번 입을 맞추었다. 뜨거운 열기를 품은 입술이 미끄러지듯 목덜미에 안착하자 여유가 사라진 우리의 몸이 바르르 떨렸다. 그녀는 진원을 원하고 있는 자신을 숨기지 않았다.

"하……."

지난번 행동 하나하나 조심스럽게 굴던 진원이 아니었다. 우리는 급할 것 없다고, 나 어디 도망가지 않는다고 말하고 싶었지만 그럴 수가 없었다. 그의 손길에 전보다 빨리 반응하는 건 되레 자신이었으니까. 오히려 쇄골에 자잘하게 입을 맞추고 있는 진원의 행동에 더욱 애가 탔다.

그는 양손으로 브래지어를 끌어 내린 후 동그랗고 단단한 가슴 끝을 혀로 간질였다. 야릇한 기분에 우리가 본능적으로 다리를 움츠리려 했지만, 위에 올라와 있는 진원 때문에 쉽지 않았다.

"괜찮아."

잠시 고개를 든 진원은 열기 가득한 눈빛으로 움츠러든 어깨를 펴 주며 그녀를 달랬다. 오늘만큼은 그녀의 맨살에서 느껴지는 따뜻한 온기를 놓치고 싶지 않았다. 누구도 자신에게 줄 수 없었던, 한우리만이 가지고 있는 넘실대는 따뜻함을.

"아무래도 보상은 내가 받는 것 같다."

흥분된 호흡을 고르고 있던 우리가 나른한 눈빛으로 그를 올려다보았다. 늘 진원과 함께 있으면 분에 넘치는 사랑을 받고 있다고 느꼈다. 특히 이런 애정 어린 눈빛으로 지그시 바라봐 줄 때가 그랬다. 이런 절절한 사랑으로 보상받고 있는 건 자신인데, 되레 보상을 받고 있다는 진원의 말에 우리가 할 수 있는 거라고는 그를 향한 사랑을 열렬히 표현하는 것뿐이었다.

우리는 눈매를 접어 웃으며 진원의 목에 팔을 둘러 촉촉이 젖은 입술을 그의 입술에 가져다 댔다. 두 손으로 우리의 볼을 매만지며 입안 여린 살들을 핥아 내던 진원의 손이 점점 아래로 내려갔다. 팬티를 끌어 내린 손이 은밀한 곳으로 파고들자 그가 주는 짜릿함에 억눌린 신음이 새어 나왔다. 우리는 진원의 다부진 팔뚝을 붙잡았다.

"진원 씨……."

"응?"

그의 짓궂음이 제발 침대에서만큼은 나타나지 않기를 바랐건만. 제 허벅지 사이에서 달아오른 그의 중심부가 반응하고 있었는데도 진원의 표정은 태연 그 자체였다.

"빨리……."

우리가 지금 누구를 원하는지, 저를 얼마나 원하고 있는지 한 번쯤은 직접 듣고 싶었다.

"빨리, 뭐?"

"안아 줘요……. 지금."

적당히 부풀어 오른 도톰한 입술을 혀로 축이며 팔을 잡아당기는 그녀의 당돌함에 굴복하고 만 진원은 버티지 못하고 단 한 번에 우리의 몸속으로 파고들어 갔다. 단단한 그의 중심이 강하게 들어오자 걷잡을 수 없는 쾌감이 느껴졌다.

듣고 싶었던 환희의 흐느낌을 내며 엉덩이를 살짝 들어 제 분신을 움켜쥐듯 조이는 우리의 행동에 진원의 눈빛이 한층 더 거칠어졌다. 진원은 천천히 움직이기를 포기하고 속도를 높였다. 우리는 눈도 못 뜰 만큼 흥분에 젖어 있었지만, 진원은 그 표정을 하나도 놓치지 않으려 그녀에게서 눈을 떼지 않았다.

격렬한 그의 속도에 맞춰 움직이던 우리가 몽롱하게 풀린 눈을 깜짝이자 진원이 그녀를 일으켜 제 다리에 앉혔다. 동그란 이마에 가볍게 입을 맞춘 진원은 두 손으로 우리의 엉덩이를 들어 그녀의 예민한 속살을 깊숙이 파고들었다.

"으읏……."

"우리야……."

짙게 억눌린 그의 신음에 섞여 나지막이 불리는 제 이름까지도 이제 우리에겐 흥분의 대상이었다. 우리가 흥분이 고조된 얼굴로 허리를 움직이자 그가 손바닥으로 가슴을 움켜쥐었다.

"하, 진원 씨……."

진원은 우리의 허리를 더욱 바짝 끌어당겨 그녀 안에 좀 더 깊이 들어갔다. 서로의 살이 맞닿아 부딪치는 음란한 소리와 두 사람의 뜨거운 절정에 다다른 신음이 방 안을 가득 메웠다. 그렇게 두 사람은 열렬한 애정을 나누며 서로에게 녹아내렸다.

　퇴근 전, 의문의 번호로 연락을 받은 우리는 진원의 눈을 피해 몰래 일찍 퇴근했다. 그녀에게 전화를 건 사람은 다름 아닌 기복이었다. 조용한 곳에서 단둘이 봤으면 좋겠다는 이야기와 함께 차를 보내 주겠노라 말했다. 우리는 혼자 갈 수 있다며 한사코 거절했지만 전화는 금세 끊겼다.
　건물 로비로 내려가니 정말 기복이 보낸 차 한 대가 대기하고 있었다. 우리는 긴장한 얼굴로 운전기사가 열어 주는 차에 탔다.
　한참 달리던 차가 멈춰 선 곳은 처음으로 진원과 처음 식사를 했던 채향이었다. 긴장감에 뻣뻣하게 굳어 있던 우리는 그나마 아는 장소에 도착하고 나서야 안도했다. 차에서 내리자 구면인 영진이 다가와 그녀에게 살갑게 인사했다.

"어머, 우리 씨. 또 보네요."

"안녕하세요."

혼자서 뒷좌석에서 내려 문을 닫는 우리를 본 영진은 잠시 고개를 갸웃했다.

"진원이는 같이 안 왔어요?"

"아…… 네."

기복이 직접 예약을 해 온 거라 우리를 본 순간 진원과 함께 좋은 소식을 들고 온 것이라 확신했었는데, 그녀 혼자 온 것이 영 마음에 걸렸다. 하지만 영진은 겉으로는 내색하지 않고 웃는 얼굴로 우리를 예약한 방으로 안내했다.

"우리 씨."

"네?"

"무조건 당당하게. 절대 기에서 밀리면 안 돼요. 알았죠?"

짧은 조언을 되새길 틈도 없이 영진이 문을 열었다. 문 바로 앞자리에 앉아 있는 기복은 대추차의 향을 음미하며 차를 마시고 있었다. 우리는 조심스레 문을 닫고 최대한 얌전하게 인사했다.

"안녕하세요, 사장님."

"앉아요."

우리는 고개를 꾸벅 숙이고 자리에 앉았다.

지난번 회사에서 마주쳤을 때는 죄인처럼 고개를 푹 숙이고 있어서 미처 몰랐는데, 그의 얼굴에는 자수성가로 백화점을 세우기 위해 산전수전 다 겪은 그간의 노고가 여실히 드러나 있었다. 가까이서 느껴지는 기복의 범접할 수 없는 위압감에 우리의 어깨가

절로 위축됐다.

"같이 식사를 하기에는 한우리 씨가 불편해할 것 같으니 오늘은 가볍게 차로 합시다."

"네."

잠시 후 영진이 손수 유자차를 들고 방으로 잠시 들어왔다. 서로 말 한마디 오가지 않는 냉랭한 분위기를 감지한 영진은 눈치를 살피다가 기복과 눈이 마주쳤다. 크흠, 하고 헛기침을 하는 그의 의중을 알아차린 영진은 자리에서 일어나 조용히 방을 나섰다.

이제 방에 들어오는 이가 아무도 없을 거라 판단한 기복이 천천히 말을 꺼냈다.

"이 자리가 불편한가?"

"불편한 것보다…… 긴장되긴 합니다."

좋은 방법은 아니었지만, 기복도 나름대로 우리에 대해 미리 알아보고 자리를 마련했다. 그녀의 이력서를 살펴봄은 물론, 인사팀장을 통해 그녀의 인턴 당시의 이야기들도 들었다. 아들의 짝으로는 몰라도 하강백화점 측에서만 보자면 확실히 놓치기 아까운 인재였다.

그래서 더 걱정이었다. 회사에 이런 열정을 가지고 일하는 요즘 젊은이들을 찾기 쉽지 않은데, 만약 우리가 제 아들과 헤어지기라도 한다면 애석하게도 이곳을 떠나야 할 사람은 진원이 아닌 우리여야 했다. 그래서 기복은 우리와 진원이 이 연애를 얼마나 신중하게 하는 건지 알고 싶었다.

"만약 내가 절대 허락하지 않겠다고 하면 어쩔 생각인가?"

"아마 절대 허락하지 않으실 수 없으실 겁니다."

당돌한 우리의 대답에 기복의 입매가 올라갔다.

"어떻게 확신하지?"

"사장님이 얼마나 진원 씨를 아끼고 있는지 알고 있으니까요. 아들 상처 주는 일에 앞장서실 분이 아니라는 것도 당연히 알고 있고요."

기복이 소리 내서 웃음을 터뜨렸다. 똑같은 질문을 윤영에게 했을 때는 죄송하다는 소리를 백 번은 넘게 들었던 것 같은데, 우리는 그야말로 당당했다. 그 당당한 태도가 진원에 대한 확신이라고 생각하니 오히려 더 마음에 들었다.

"내가 회사에서 자네를 자르기라도 하면 어쩌려고 이렇게 당당하게 구는 건가?"

"후회하실 겁니다. 제가 이래 봬도 일도 잘하고, 회사에 대한 애정도 크거든요."

우리는 웃고 있었지만 사실 테이블 아래 다소곳하게 내려놓은 손은 안절부절 어쩔 줄을 몰랐다. 왠지 신뢰가 가는 조언에 무턱대고 당당하게 굴고 있긴 한데, 이러다가 밉보이는 건 아닌가 하는 불안감이 엄습했다.

"회사에 대한 애정은 큰데, 회사를 세운 나는 싫어한다는 건 영 앞뒤가 안 맞는데."

"그게 무슨 말씀이신지……?"

"진원이한테 나를 싫어한다고 하지 않았나?"

"네?"

목소리를 낮춘 기복의 진지한 물음에 우리는 크게 당황했다. 아무리 지난 기억을 곱씹어 봐도 그의 가족들을 싫다고 말한 적은 없었다. 전과 다르게 그녀가 똑 부러지게 대답하지 못하자 긍정의 뜻으로 받아들인 기복은 고개를 끄덕였다.

"나도 진원이 녀석에게 한우리 씨랑 당장 헤어지라고 했으니, 피차일반인 셈 치면 되겠네."

"사장님, 그게 아니라……."

역시 그의 집에서도 쉽게 허락받긴 쉽지 않겠구나, 라고 생각하던 찰나였다.

"아버지, 아들은 제쳐 두고 며느리 될 사람만 이렇게 챙기셔도 되는 거예요?"

어떻게 안 건지 문을 벌컥 열고 진원이 모습을 드러냈다. 기복이 의심의 눈초리로 바라보자, 우리는 손사래를 치며 부정했다.

"제가 말 안 했습니다, 사장님."

"애먼 사람 잡지 마세요. 우리가 말한 거 아니니까."

그때 영진이 문을 열고 진원이 마실 차를 내왔다. 기복은 차를 내려놓는 영진에게 눈을 흘기며 혼잣말하듯 중얼거렸다.

"앞으로 채향에 약속을 잡으면 안 되겠어."

진원이 입매를 끌어 올리자 우리는 그제야 영진이 그에게 연락해 줬다는 사실을 알아차렸다. 영진은 환하게 웃으며 기복에게 말했다.

"혈압도 높으신데 힘 빼지 마시고 허락해 주세요, 사장님."

영진의 핀잔에 진원과 우리가 피식 웃음을 터뜨렸다. 진원의 등장으로 처음 왔을 때보다 조금 편안해 보이는 우리를 확인한 영진은 다행이라는 미소를 지으며 제 역할을 다하고 다시 방을 나섰다.

진원은 앞에 앉은 기복이 들으라는 듯 우리에게 물었다.

"혹시 봉투 받았어?"

"봉투요?"

짓궂은 진원의 물음에 기복은 언성을 높였다.

"넌 네 애비를 뭐로 보고!"

"전 또 아버지가 집에 계시는 동안에 아침 드라마 마니아가 되신 줄 알았죠."

"이 녀석이!"

계속되는 말장난에 옆에 앉은 우리가 그의 옆구리를 찌르며 눈치를 줬다. 제 말은 여간해선 듣는 법 없는 진원이 그녀의 눈빛 하나에 잠잠해지는 걸 보고 기가 막혔지만, 기복은 일단 흥분을 가라앉히고 우리에게 시선을 돌렸다.

"아까 하던 얘기 계속하지."

"네, 사장님."

"그래서 진원이랑은 못 헤어지겠다?"

"당연하죠."

우리 대신 대답을 하는 진원 때문에 기복이 인상을 찌푸렸다.

"누가 너한테 물어봤어?"

"우리랑 저랑은 일심동체라 생각이 같아요. 맞지?"

우리는 진원의 질문에 저도 모르게 고개를 끄덕였다.

"진원이랑 결혼까지 생각하고 있는 건가?"

대답하기 전에 우리가 진원을 힐끔 바라봤다. 조금 전까지만 해도 나서서 대답하더니, 이번에는 진원 역시 대답이 궁금했는지 가만히 상황을 지켜보기만 했다.

"당장은 무리겠지만, 결혼을 생각할 만큼 진원 씨를 좋아하고 있습니다."

"왜 당장은 무리지?"

우리는 여러 가지 떠오르는 대답 중 가장 현실적인 대답을 골라잡았다.

"결혼은 제 힘으로 전부 벌어서 하고 싶습니다. 그리고 진원 씨랑 연애도 좀 더 하고 싶고……."

"차라리 결혼을 한다면 내가 생각해 볼 의향은 있어."

"네?"

얼마 전까지 자신과 헤어지라고 했다던 기복이 결혼이라는 말을 입에 올리자 우리가 눈을 동그랗게 떴다. 하지만 정작 기복은 턱을 매만지며 진지하게 대답했다.

"한동안은 너 나 할 것 없이 여러 사람의 눈이 진원이에게 쏠리게 될 거고, 그럼 자연스럽게 한우리 씨도 주목받겠지. 그럴 바에야 차라리 둘이 결혼을 한다고 아예 못을 박아 버리는 게 나을 것 같기도 해서 말이야."

기복의 말도 일리가 있었다. 연애가 다소 가벼운 느낌을 준다면, 결혼은 훨씬 더 묵직한 책임감이 드는 느낌이니까. 사내에서 여자를 만나 결혼하는 것이 졸지에 집안 내력처럼 굳어 버리는 것이 내키진 않았지만, 이제 와 진원에게 우리와의 연애는 안 된다고 못을 박는 것은 그의 말대로 차별과 다를 게 없었다.

하지만 막상 연애를 뛰어넘은 결혼 허락을 받은 우리는 난감한 얼굴을 했다. 연애마저도 반대하고 있는 제 모친에게 결혼이라는 이야기를 꺼내면 더 반감만 사게 될 것 같았다. 게다가 그녀는 정말로 결혼할 준비가 되어 있지 않은 상태였다. 우리가 정중하게 거절할 방법을 생각하고 있을 때, 진원이 대화에 다시 끼어들었다.

"아직 결혼은 좀 곤란해요."

기뻐서 펄쩍 뛸 줄 알았던 진원이 마른 얼굴을 쓸어내리며 고민하자 기복이 못마땅하게 되물었다.

"왜? 혹시 한우리 씨 집에서 너 반대하고 있는 거야?"

질문은 진원에게 하고 있었지만, 기복의 눈은 우리에게로 향했다. 당당하게 있었던 우리는 반대 이야기에 꿀 먹은 벙어리가 되어 고개를 푹 숙였다. 그 모습을 본 진원은 친절하게 그녀의 고개를 다시 들어 세웠다.

"아버지가 우리 씨를 싫어해서 반대하는 게 아니듯이, 우리 씨 어머니도 제가 싫어서 반대하시는 게 아니니까 신경 쓰지 마세요. 이해하시죠?"

아무리 사정이 있더라도 제 아들이 상대 집안에 환영은커녕 반대를 당한다는 소리에 기복의 기분이 좋을 리 없었다.

"네가 뭐가 부족해서 반대를 해?"

"그럼 아버지는 한우리 씨 뭐가 부족해서 반대하세요?"

두 사람의 팽팽한 기 싸움에 우리는 그야말로 좌불안석이었다. 여유롭게 웃으며 말장난을 치던 진원도 어느새 표정을 굳히고 말하고 있었다. 분위기가 급속도로 냉랭해지자 우리가 중재에 나섰다.

"아버님, 제가 설명을……."

"금지옥엽으로 키워 놨더니 엄한 집에서 홀대나 받고 있고!"

"누가 홀대를 받아요? 근사한 저녁에 과일까지 대접해 주셨는데."

그러더니 진원은 차 한 잔씩 달랑 놓여 있는 넓은 테이블을 톡톡 두드렸다.

"아버지야말로 저녁도 아니고, 달랑 차 한 잔이 뭐예요? 우리가 채향 음식을 얼마나 좋아하는데."

"진원 씨."

"나랑 밥 먹는 자리 불편해할까 봐 일부러 차 한 잔 시킨 거야, 이놈아! 너 아니었으면 이렇게 자리 길게 끌지도 않았어!"

"그럼 저희 일어서도 되죠?"

가뜩이나 가족들의 반대로 마음 불편할 우리에게 또 다른 부담을 주고 싶지 않았다. 진원은 자리에서 벌떡 일어났다.

"다음에는 맛있는 저녁 사 주세요. 우리만 불러서 불편하게 하지 마시고 저도 불러 주시고요."

진원은 가만히 자리에 앉아 있는 우리의 손을 끌어당겨 그녀를 일으켜 세웠다.

"가자."

"서진원!"

"진원 씨, 잠깐만요!"

기복의 성난 고함에도 그는 끄떡도 하지 않고 곧장 채향을 나섰다. 나가는 길에 영진에게 "잘 부탁해요."라고 말하던 진원은 카운터에 있던 누룽지 사탕까지 야무지게 챙겼다. 그의 손에 잡혀 속수무책으로 끌려가던 우리는 진원의 차 앞에 다다르고 나서야 간신히 손목을 풀어냈다.

"이렇게 무례하게 나오면 어떻게 해요?"

비록 기복이 다정다감한 아버지상은 아니었지만, 그가 툭툭 내뱉는 말 한마디에는 기본적으로 진원을 향한 애정이 담겨 있는 것이 대화 내내 느껴졌다. 그래서 더욱 이렇게 나온 것이 마음이 불편했다.

우리가 다시 들어가려고 하자, 진원이 잡았던 손목을 낚아채 빠른 손놀림으로 누룽지 사탕을 까서 그녀 입에 넣어 주었다.

"무례하게 군 건 아버지지. 나 몰래 너를 이런 식으로 부르는 경우가 어디 있어?"

"진원 씨가 생각하는 걱정할 만한 일 없었어요."

"그러실 만한 분 아니라는 건 나도 알아."

진원은 제 입에도 사탕 하나를 넣으며 조수석 문을 열어 주었다. 그의 못 말리는 행동에 당할 재간이 없는 우리는 한숨을 푹 내쉬며 차에 탔다. 잠시 후 운전석에 올라탄 진원은 걱정하는 얼굴을 하고 있는 그녀의 손을 잡았다.

"우리 아버지한테 기 싸움에서 이기려면 자리 정도는 박차고 나와 줘야 해."

"아버지를 꼭 이겨야 해요?"

"응. 안 그러면 일주일 만에 허락받을 수 있는 걸 한 달까지 끌고 가시니까."
"……진짜요?"
"그래. 그러니까 걱정 그만."
진원은 입술에 가볍게 입을 맞추는 걸로 그녀의 걱정을 덜어 주었다. 그제야 우리도 무거워 있던 표정을 풀었다.
"근데 한우리."
"네?"
시동을 걸고 출발하려던 진원은 잊고 있었던 게 생각났는지 행동을 멈추고 그녀를 바라봤다.
"아버지가 결혼 얘기 하시는데, 은근히 단호하더라."
물론 현실적으로 우리와 당장 결혼할 수 없다는 걸 모르는 건 아니었지만, 그녀가 막상 난감한 얼굴로 있던 모습은 유치하게도 묘한 아쉬움이 들게 했다.
"실망했어요?"
"아니."
아쉽다는 표정이 역력히 드러나는 진원을 바라본 우리가 픽 웃으며 손가락으로 그의 표정을 가리키며 놀렸다.
"에이, 실망한 표정 맞는데?"
"나 다음 주부터 야근에 특근까지 할 거니까 말리지 마."
"왜요?"
"빨리 돈 벌어서 결혼 준비할 거야."
진원의 대답에 우리는 못내 아쉽다는 눈빛으로 말했다.

"그럼 앞으로 진원 씨가 좋아하는 데이트도 못 하고, 뽀뽀도 못 하겠네요."

하지만 진원은 코웃음을 치며 미리 생각해 놓았던 해결책을 제시했다.

"왜 못해? 팀장실도 있고, 비상계단도 있는데. 말 나온 김에 지금 회사로 가서 사전 답사를……."

"못 말려! 진짜!"

그의 짓궂음을 핀잔하면서도 진원이 하는 말들이 싫지 않은지 우리의 입가에 미소가 맴돌았다.

그녀를 시종일관 웃음 짓게 하는 남자. 지금도, 앞으로도 쭉 우리를 가장 행복하게 해 줄 남자는 누가 뭐래도 진원뿐이었다.


우리를 집에 바래다주고 골목길을 빠져나오던 진원은 불 꺼진 상가들 사이에 유독 환하게 불이 켜진 세탁소를 발견했다. 세탁소 유리에 비친 이는 다름 아닌 그녀의 모친이었다.

"아직도 일하시네……."

진원은 잠시 차를 멈추고 유리창으로 비치는 현숙을 조용히 바라봤다. 그녀는 잠시도 쉴 틈 없이 다리미질을 했다. 이따금 팔이 아픈 건지 오른팔을 스스로 주무르다가 다시 다리미질을 이어 나갔다. 하지만 그 다리미질도 결국 오래가지 못하고 현숙이 다시 팔을 주물렀다. 그 모습을 보고 있던 진원은 안 되겠는지 차에서 내려 세탁소로 들어갔다.

"어서 오……."

손님인 줄 알고 인사하던 현숙은 진원을 알아보고 놀란 표정을 지었다. 줄줄이 걸려 있는 옷들 때문에 햇빛조차 제대로 들어오지 않는 누추한 공간이었지만, 진원은 당황하는 기색 하나 없이 생글생글 웃었다.

"어머니, 식사는 하셨어요?"

마치 아들처럼 제 저녁 식사 여부를 챙기는 진원이 살갑게 느껴졌지만, 그가 부잣집 아들이라는 걸 떠올린 현숙은 일부러 냉랭하게 되물었다.

"여긴 어쩐 일이에요?"

"우리 바래다주고 집에 가는 길이었어요."

현숙은 쓸쓸하게 고개를 끄덕였다. 서로가 서로를 바라보는 눈빛이 애틋한 두 사람의 연애를 반대할 수도, 그렇다고 마냥 찬성할 수도 없어 우리를 피할 수밖에 없었다. 곤히 잠든 딸의 얼굴을 바라보면 가진 것 없는 자신이 그렇게 초라해 보일 수가 없었다.

유라의 결혼 때 변변히 해 준 것 없는 자신 때문에 딸이 시댁에 무시당하고, 이혼까지 해야 했던 상황을 고스란히 지켜볼 수밖에 없던 현숙에게 그것만큼 잔인한 고문은 없었다. 그런데 우리가 유라와 똑같은 길을 밟으려 하니 속상하고 겁이 났다.

그래서 현숙은 가게 문 닫는 시간을 2시간이나 뒤로 미뤘다. 나이가 들어 힘이 부쳤지만 이렇게 해서라도 악착같이 돈을 벌어서 우리만큼은 무시당하게 하고 싶지 않았다.

현숙의 무거워진 표정을 지켜보던 진원은 분위기를 전환하기 위해 한쪽 구석에 겹겹이 쌓아 둔 옷들을 가리켰다.

"어머니, 이 옷들은 다 걸어 두면 되는 거죠?"

진원이 일을 도와주려고 하자 생각에서 빠져나온 현숙이 손사래를 쳤다.

"아니에요. 내가 할 테니까 내려놔요."

하지만 한 고집 하는 진원이 쉽게 내려놓을 리 없었다. 그는 눈웃음을 지으며 옷걸이로 저벅저벅 걸어갔다.

"어머니, 겨울옷이라 그런지 옷들이 다 무겁네요. 옷걸이도 너무 높이 있고요."

물론 장대를 사용하긴 했지만, 팔에 힘이 넘치는 진원도 무거운 코트나 패딩 같은 경우는 들어 올리기 버거운 것들도 간혹 있었다.

현숙은 10벌이 넘는 옷들을 옷걸이에 가뿐히 걸어 두는 진원의 뒷모습을 바라봤다. 이렇게까지 자신에게 잘 보이려고 구는 것이 퍽 안쓰러웠다. 우리가 자신에게 소중한 자식이듯, 진원 역시 그의 부모에게 소중한 자식일 테니까.

"그만하고 얼른 집에 가 봐요."

"가게 정리 도와 드리고 집까지 모셔다 드릴게요."

진원의 말에 현숙은 고개를 절레절레 흔들며 그의 손을 붙잡았다.

"괜찮으니까 얼른 가요."

진원은 쫓아내려는 현숙의 행동에도 물러서지 않고 힘주어 섰다.

"이렇게 해서라도 어머니께 점수 좀 따고 싶어서 그래요. 이참에 제가 퇴근하고 배달 서비스 같은 것도 해 볼까요?"

점점 앞서 나가는 진원 때문에 정신이 다 사나울 정도였다. 젊은 진원의 힘을 못 이긴 현숙은 그를 끌어내리려던 손을 내려놓았다. 생각해 주는 마음은 고마웠지만 아무리 돈이 없어도 연애를 허락하지도 않은 상황에 그의 도움을 넙죽 받겠다고 할 만큼 염치없지 않았다.

"서 팀장이라고 했죠? 서 팀장 가족이 이런 모습 보면 얼마나 안타까워하시겠어요. 이러지 말고 돌아가요."

현숙의 입장이 완고하자, 진원은 기다렸다는 듯 다른 수를 내놓았다.

"그럼 어머니, 제 부탁 하나만 들어주세요."

"우리랑 만나는 거 허락해 달라는 말이라면……."

"아니요. 그런 부탁 아닙니다."

그가 자신에게 부탁할 일이 연애 허락이 아니면 무엇일까 싶어 현숙은 일단 들어 보기로 했다.

"말해 봐요."

"저에게 평일 딱 하루만 시간을 내주세요."

예상치 못한 진원의 간곡한 부탁에 현숙은 당황스러웠다.

"평일은 힘들어요. 가게 문을 열어야 해서."

"그래서 부탁드리는 겁니다. 이 부탁 안 들어주시면, 저 매일 퇴근하고 가게로 와서 어머니 옆에 있을 거예요. 그게 괜찮으시다면 제 부탁 거절하셔도 됩니다."

자영업은 고객과의 신뢰가 곧 생명이었다. 가게를 열고 나서 단 한 번도 갑작스레 문을 닫아 본 적 없는 현숙은 고민에 빠졌다. 그렇다고 진원의 부탁을 거절하자니, 오늘 하는 행동으로 봐선 정말로 매일 퇴근 후에 가게로 찾아올 것 같았다.

"······반나절로는 안 되는 거예요?"

"네. 꼭 하루여야 합니다."

부탁하는 입장이면서도 참 까다롭게 굴었다. 현숙은 에라 모르겠다 싶은 심정으로 고개를 끄덕였다.

"알겠으니까 얼른 가 봐요."

"오늘은 가게 정리 도와 드리고 모셔다 드린다고 말씀드렸잖아요. 시간도 늦었는데 슬슬 정리할까요?"

진원은 마치 제 가게인 양 현숙을 대신해 정리를 시작했다. 곳곳에 널린 빨랫감을 한데 모아 두며 가게 구석구석을 치우는 그를 바라보던 현숙은 고맙고, 미안한 마음을 애써 감추느라 그의 시선을 한참 동안 피해야 했다.

❖

며칠 후, 현숙과 함께 진원이 향한 곳은 다름 아닌 서울대학병원이었다. 병원에 도착한 현숙은 어리둥절한 얼굴로 그를 바라보며 물었다.

"병원은 왜 온 거예요?"

"어머니 팔 검진 때문에요."

"멀쩡한 팔은 왜요?"

사실 겉으로만 보기에 멀쩡할 뿐, 몇십 년을 쉬지 않고 다리미질을 해 온 팔이 속까지 멀쩡할 리가 없었다. 다행히도 아직 크게 무리가 오지 않아 일하는 데 지장은 없었지만, 혹시 모를 부상을 미리 방지하기 위해서라도 검사를 해 두는 편이 좋았다.

"어머니 세탁소 일한 지도 오래되셨고, 간단한 검사 차원이니까 너무 긴장하지 않으셔도 돼요."

"난 괜찮으니까 그냥 돌아가요."

검사 비용이 만만치 않을 거라는 걸 짐작한 현숙이 다시 안전벨트를 매려고 했다.

"이 검사, 우리가 부탁한 거예요, 어머니."

완강히 거절하는 현숙 때문에 진원은 할 수 없이 거짓말을 했다.

"우리가요?"

"네. 회사 일이 바빠서 우리 대신 제가 병원으로 모신 거예요. 그러니까 검사 꼭 받으세요."

사실 현숙의 병원 검사는 우리가 모르는 일이었다. 상의해 볼까도 생각해 봤지만, 신세 지기 싫어하는 그녀 성격에 일단 자신이 알아서 하겠다며 선을 그어 버릴까 봐 말을 하지 않았다.

딸의 제안이라는 말에 전보다 기세가 누그러진 현숙은 잠시 고민하더니 고개를 끄덕였다. 진원은 안도의 미소를 지으며 안내 데스크에 접수를 하고 그녀를 진료실로 안내했다.

의사에게 간단한 검사 안내를 받은 현숙은 탈의실에서 병원복으로 갈아입고 나왔다. 살면서 처음 입어 본 병원복이 마냥 어색한 현숙은 긴장된 얼굴로 자리에 앉아 간호사와 이야기를 나누는 진원을 바라보았다. 모든 일에 한 발 나서 주는 그가 아들처럼 믿음직스러웠다.

분명 자신이 보인 반응을 우리에게 전해 들었을 텐데도 이렇게까지 살갑게 구는 그를 보니, 집안만 빼고 보면 볼수록 우리와 잘 어울리는 상대인 것 같아 반대하려던 마음이 추를 단 듯 무거워졌다.

그때 간호사와 대화를 마친 진원이 현숙에게 다가왔다.

"어머니, 곧 검사 시작할 거예요."

"고마워요. 가뜩이나 바쁠 텐데, 난 괜찮으니까 회사 들어가 봐요."

"저 하나도 안 바빠요. 그리고 오늘은 어머니랑 저랑 데이트하는 날이잖아요."

"데이트는 무슨……."

"김현숙 씨."

그때 차트를 한 손에 든 간호사가 현숙에게 다가왔다. 잔뜩 긴장하고 있는 현숙의 표정을 본 수간호사는 친절한 미소로 차트에 적힌 검사 내용을 차근차근 설명해 주었다.

제일 처음 받을 검사는 X-ray를 통한 뼈의 골절 확인 검사였다. 간호사에게 이끌려 이 방, 저 방 정신없이 사진을 찍으러 돌아다니던 현숙은 진원의 반강요로 하게 된 건강검진까지 받느라 무려 4시간이 넘도록 병원에 있어야 했다.

이리저리 돌아다니며 검사를 받는 현숙이야 지루할 틈이 없었지만, 진원은 군소리 없이 그녀를 묵묵히 따라다녔다.

마지막 검사까지 무사히 끝낸 현숙이 옷을 갈아입고 나오자 진원이 자리에서 일어났다.

"어머니, 불편하신 데는 없으시죠?"

"그럼요. 결과는 언제 나온대요?"

"오늘 찍은 X-ray 검사 결과는 내일 바로 나오고요. 건강검진 결과는 2주 정도 걸린다고 하더라고요. 간호사분께 슬쩍 여쭤봤는데 어머님 정도면 나이에 비해 다 평균 이상이시래요."

진원은 본인이 더욱 다행이라는 표정을 지으며 숨을 돌렸다. 현숙은 자신을 위해서 일까지 미루면서 이곳에 있어 준 그에게 어떻게 고마움을 전해야 할지 몰랐다. 아무리 잘 보이려고 하는 마음 때문이라고 해도 본인에게 호의적이지 않은 사람에게 이렇게 마음을 다해 대하는 것은 말처럼 쉬운 일이 아니었다. 현숙은 점심시간이 훌쩍 넘은 시간을 확인하며 말했다.

"괜찮으면 나랑 같이 밥 먹을래요?"

처음으로 마음을 내보인 현숙의 물음에 진원은 활짝 웃었다. 그 환한 미소에 현숙은 덩달아 웃어 버리고 말았다.

병원 근처에는 한식, 중식, 일식 등 다양한 음식점들이 즐비했다. 먹고 싶은 걸 고르라는 현숙의 말에 진원은 고심 끝에 부담이 적을 만한 백반집을 골랐다.

"나 때문에 종일 고생해서 미안해요."

"제가 더 감사드리죠. 어머님 아니었으면 저 오늘 이렇게 날씨 좋은 날에 회사 안에만 있었을 거예요."

가까이 두고 볼수록 형찬과 진원의 성격은 같은 듯했지만 묘하게 달랐다. 형찬이 늘 의견을 묻고 따라 주는 성격이라면, 진원은 묘하게 자신이 원하는 방향으로 상대방을 이끌었다. 그런데 우유부단한 형찬에게 유라가 상처받는 모습을 봐 와서 그런지 진원의 그런 모습이 오히려 추진력이 있어 보였다.

제 앞에 물 잔과 수저를 놓으며 넉살 좋게 웃어 보이는 진원을 보니 현숙도 절로 얼굴에 미소가 그려졌다. 오늘을 계기로 본의 아니게 진원과 가까워진 것 같았다.

늦은 점심을 먹고 나온 두 사람은 소화도 시킬 겸 병원 근처를 걷기로 했다. 현숙은 자신과 단둘이 있는 것을 어색해하지 않는 진원이 신기하면서도 퍽 대견스러웠다.

"낯을 가리는 성격이 아닌가 봐요."

"네. 어렸을 땐 사람을 너무 잘 따라서 걱정이셨대요."

기복이 들려준 말에 의하면, 갓난아기였던 진원은 처음 가족들을 봤을 때도 울지 않고 방긋방긋 웃었다고 했다. 그 후로 진원은 일부러 사교성을 길러 사람들과 어울렸다. 낯을 가리고, 소심하게 구는 것이 부모에게 버림받은 탓이라는 말을 듣고 싶지 않았기 때문이다.

"저, 어머니."

허락조차 받지 못할지 모르는 상황에서 제 출생 이야기를 하는 것은 그녀의 모친에게도 부담스러운 일이 될 것 같아 차마 첫 만남 때는 말하지 못했다. 지금 역시, 이 말을 꺼내는 게 잘하는 일인지는 모르겠지만 이젠 솔직히 털어놓고 정면 돌파를 해야 할 때라고 생각했다.

"사실 인사드리러 갔을 때 드리지 못한 말씀이 있습니다."

"무슨 말이요?"

"……지금 부모님은 제 친부모님이 아니십니다."

진원은 제 출생 이야기를 간략하게 털어놓았다. 충격적인 이야기에 적잖게 놀란 현숙은 걸음을 멈추고 진원을 바라봤다. 이렇게 상처 많은 가슴을 미처 모르고 가진 게 많아 보인다는 이유로 편견을 앞세워 진원을 외면했던 자신이 너무 옹졸하게 느껴졌다. 볼 때마다 늘 얼굴에 웃음이 묻어 있는 진원과는 어울리지 않는 길거리, 버림, 고아라는 단어들에 현숙은 어떤 말을 해야 할지 몰라 쉽게 입을 열지 못했다. 게다가 말하고 있는 그의 표정이 지나치게 담담하고 차분해 보여서 더욱 가슴이 아팠다.

"마음고생이, 심했겠네."

어렵게 위로의 말을 건네는 현숙에게 진원은 고개를 저으며 웃어 보였다.

"고생 같은 건 없었습니다. 부모님과 형이 저를 정말 가족처럼 대해 줬고, 사실 너무 어릴 적 일이라 버려진 건 기억도 나질 않으니까요."

기복이나 혜정에게는 차별이라는 것이 없었다. 심지어는 진욱도 처음부터 진원과 나이 차이가 났기 때문인지 몰라도 늘 무엇이든 진원에게 양보하는 것이 당연하다 여겼다. 그러니 형제간에 불화가 있었던 적도 없었고, 집 안에는 화목한 웃음만이 가득했다.

"이런 환경 앞세워서 말씀드리고 싶진 않았지만, 그래서 전 누구보다 가족의 소중함을 잘 압니다. 그래서 우리가 저 때문에 어머님과 소원해지는 것도 싫고요. 저, 무조건 어머님 허락 받아 낼 겁니다. 우리를 위해서라도요."

이미 현숙은 오늘 하루 자신에게 싹싹하게 구는 진원에게 점점 마음을 기울여 가던 중이었다. 게다가 제 딸을 살뜰히 아껴 주고 있는 마음이 이토록 고스란히 전달되는데, 그 마음을 모른 척 외면하기가 더는 힘들었다.

"우리한테서 유라 이야기도 다 들었죠?"

"네."

현숙은 딸들에게도 털어놓지 못했던 자신의 속내를 진원에게 처음 털어놓았다.

"자라 보고 놀란 가슴, 솥뚜껑 보고 놀란다고. 첫째 결혼에 크게 데이고 나니 우리가 서진원 씨를 만나는 게 걱정되긴 했어요. 유라가 당한 수모, 우리까지 겪게 하고 싶지는 않았으니까."

유라 이야기에 금세 눈시울이 붉어진 현숙을 본 진원은 말없이 손수건을 건네주었다. 현숙은 그의 배려에 멋쩍은 웃음을 지으며 손수건으로 눈물을 닦았다.

"나이 먹으니까 참 주책없죠?"

"주책없다니요. 아직 소녀 같으신데요."

진원의 아부에 현숙이 싫지 않은 미소를 지어 보였다.

"처음부터 서진원 씨가 싫은 건 아니었어요. 지난번 내 거절에 혹시라도 상처받았다면, 미안했어요."

현숙이 견고하게 세워 두었던 벽이 한결 허물어졌다는 걸 느낀 진원은 고개를 가로저었다.

"아닙니다."

"애초부터 내 허락이 필요했던 일인지는 모르겠지만, 우리 딸이랑 예쁘게 연애해요."

"감사합니다, 어머니. 걱정하지 마세요."

확신이 서린 진원의 대답에 현숙은 흐뭇한 표정으로 웃었다.

"대답이 씩씩해서 좋네."

그동안 두 사람을 반대하고 있던 것 때문에 마음이 편치 않았던 현숙의 얼굴에서 비로소 어두운 빛이 사라졌다. 진원은 하늘에 있는 혜정을 떠올리며 현숙에게 다정히 팔짱을 끼었다. 두 사람의 가까워진 사이만큼이나 유난히 햇볕이 따사로웠던, 포근한 하루였다.

곧 퇴근한다는 우리의 전화를 받은 진원은 현숙과 함께 회사 앞으로 그녀를 데리러 갔다. 아무것도 모르고 조수석 문을 연 우리는 뒷좌석에 타고 있는 제 모친을 보고 눈이 휘둥그레졌다.

"엄마!"

"아직 신입인데 이렇게 일찍 퇴근해도 되는 거야?"

오랜만에 자신에게 말을 걸어 주는 모친의 목소리에 울컥한 우리는 보조석 문을 닫아 버리고 뒷좌석 문을 열어 냉큼 현숙의 옆에 앉았다.

"엄마가 진원 씨랑 어떻게 같이 있어요? 가게는?"

"응? 네가 오늘 엄마 병원에 보낸 거 아니었어?"

이게 다 무슨 소리인가 싶어서 우리가 백미러로 진원을 바라봤다. 순식간에 거짓말이 들통 난 진원이 어색하게 모른 체를 하자 상황을 파악한 현숙이 짧게 웃었다.

"우리가 거짓말에 소질이 없어."

"그러게요. 진작 입을 맞춰 뒀어야 하는 건데."

알 수 없는 대화 내용에 우리가 두 사람을 번갈아 보며 말했다.

"무슨 말이에요? 엄마, 병원 다녀왔어? 어디 아파?"

우리는 금방이라도 울 것 같은 얼굴을 하고 모친의 상태를 이리저리 살폈다. 현숙은 잔잔하게 웃으며 그녀의 손을 잡아 주었다.

"요즘 팔이 조금씩 결렸는데, 서 팀장이 병원에 검사를 예약해 놨더라고. 네가 보냈다는 말에 엄마도 깜빡 속았어."

"어머니, 서 팀장 말고 진원이요."

"그래. 알겠어."

다정해진 두 사람의 말투를 알아차릴 새도 없이 우리는 현숙의 오른팔을 주무르기 시작했다. 진원을 소개한 이후 사이가 소원해진 바람에 모친의 건강을 신경 쓰지 못했던 것이 마음에 걸렸는지 우리의 눈가가 촉촉해졌다. 그 모습을 본 현숙은 당황하며 그녀를 다독였다.

"얘, 엄마 안 아파. 그냥 검사한 거야."

"결과는? 이상 없대?"

"X-ray 검사는 내일 나오고, 건강검진 결과는 2주 뒤에 나온대. 일단 간호사 말로는 큰 이상은 없어 보인다고 했으니까 걱정하지 마."

병원이라는 말에 놀란 우리를 진정시키려 진원이 대신 대답했다. 그에게 고맙다고 말하고 싶은데, 지금 말을 하면 떨리는 목소리가 고스란히 티가 날 것 같아 그녀는 연신 고개만 끄덕였다.
"우리야."
"응?"
자신을 나지막이 부르는 모친의 목소리에 우리는 어디 불편한 곳이 있는 건지 재빨리 고개를 돌렸다.
"둘이 하고 싶은 만큼, 맘껏 연애해 봐."
현숙의 진지한 허락에 우리의 눈이 번쩍 커다래졌다.
"엄마……,"
진원의 노력이 아니었더라면 결코 이렇게 쉽게 현숙의 허락이 떨어지지 못했을 거라는 걸 알고 있었다. 우리가 백미러로 진원을 바라보자, 그 역시 소리 없이 웃고 있었다.
"대신 나중에 엄마 원망하면 안 된다! 알겠어?"
"당연하지!"
현숙의 으름장에도 우리는 싱글벙글 웃으며 모친을 와락 껴안았다. 진원을 만난 것에 그 어떤 후회나 원망 따위 하지 않을 자신이 있었다.
우리는 현숙의 옆에서 하루 있었던 이야기를 털어놓으며 진원이 있는 것도 잊은 채 막내딸다운 애교를 가감 없이 부렸다. 이제껏 제 앞에서 보여 줬던 애교와는 비교도 안 될 정도로 귀여운 우리 모습에 그 역시 기분 좋은 미소를 흘렸다.

집 앞에 도착한 현숙은 자신과 함께 집에 들어오려는 눈치 없는 우리에게 멀찌감치 서 있는 진원을 가리키며 혼자 집으로 들어갔다.

단둘만 남게 되자 우리는 멋쩍은 웃음을 지으며 그에게 다가왔다.

"진원 씨를 깜빡했네."

"내가 한우리한테 깜빡 잊힐 남자였구나."

검사를 받느라 무리한 현숙 때문이라도 우리를 일찍 들여보낼 생각이었다. 그녀를 놀릴 생각으로 일부러 서운하다는 듯 말하자 우리가 혀를 날름 내밀며 사과했다.

"에이, 그럴 리가요."

우리는 마치 자석처럼 자연스럽게 그의 품에 와락 안겼다.

"고마워요."

그를 만나고 나서 날마다 고마운 것투성이였다. 먼저 고백을 해준 것도 고마웠고, 자신을 변함없이 사랑해 줘서 고마웠고, 가족들의 반대에 흔들리지 않아 줘서 고마웠고, 심지어는 첫 만남에 엉덩이를 만진 자신을 경찰서에 신고하지 않은 것까지 모든 것이 고마웠다.

"사랑한다는 말이면 더 좋을 텐데."

"그건 당연한 거고요, 사랑하는 서진원 씨."

"엎드려 절 받기였지만, 좋네."

듣고 싶었던 말을 들은 진원의 표정이 밝아지자 우리 입가도 덩달아 호를 그리며 말아 올라갔다. 그녀는 오늘 수고했다는 의미로 진원의 등을 쓰다듬어 주었다.

"어머니, 많이 여리신 분이더라."

소녀 같은 웃음이며, 자식을 생각하는 여린 현숙의 마음들이 어머니인 혜정을 생각나게 했다. 그래서 진원은 우리의 모친이 더 제 어머니같이 느껴졌다.

"진원 씨."

"응?"

"내가 더 잘할게요. 진짜 잘할게······."

당신이 마음고생을 하면서 나를 기다려 준 시간만큼, 내 가족을 이해해 주고 배려해 주는 그 마음보다 몇 배로, 내가 더 잘할게요.

이제 굳이 말하지 않아도 어떤 생각을 하고 있는지, 어떤 말을 하려고 하는지 알 수 있었다. 우리는 고개를 들어 자진해서 그에게 입을 맞추었다. 진원은 이곳이 그녀의 집 앞이라는 사실도 잊은 채 그녀의 입술을 머금었다. 입안에서부터 전신으로 퍼지는 행복의 달콤함에 심장이 터져 버릴 것 같았다.

짧지 않았던 뜨거운 입맞춤을 한 진원이 매끄러운 볼을 쓰다듬으며 잡고 있던 허리를 놓아주자 우리가 홍조 띤 얼굴로 그의 품에서 떨어졌다. 지나가던 동네 아주머니들은 그들의 얼굴이 떨어지자마자 구경을 멈추고 금세 가던 걸음을 재촉했다. 그 모습을 본 진원은 우리의 붉은 입술을 가볍게 손으로 쓸며 말했다.

"한우리 시집 다 갔다. 이제 무조건 나한테 와야 해."

"서진원 씨도 장가 다 갔어요. 이제 무조건 나한테 와야 해요."

"접수 완료."

한쪽 눈을 찡긋거린 진원은 다시 그녀의 손을 잡았다. 손을 꼭 잡은 채로 이따금 서로를 바라보고 웃으며 걸어가는 두 사람의 모습이 제법 닮아 있었다.

우리 지금 만나

　백화점 3층 문화관에서는 아이리스 예물 기획전 준비가 한창이었다. 그런데 분주하게 움직이는 마케팅팀 사람들 사이에서 어쩐지 우리는 보이지 않았다. 의자 개수를 세어 보던 영은은 시계를 한 번 바라보고 분장실로 서둘러 달려갔다.
　분장실 안에서는 울상인 얼굴로 거울 앞에 앉아 있는 우리가 메이크업을 받고 있었다. 분장실로 들어온 영은을 발견한 우리는 거울로 반사되는 짓궂게 웃고 있는 그녀를 향해 투덜거렸다.
　"대리님, 이건 정말 아닌 것 같아요."
　"왜? 예쁘기만 한데."
　기획전 준비에 발품을 팔아야 할 막내인 우리가 초조한 얼굴로 분장실에 앉아 있어야 하는 이유는 다름 아닌 당일 여자 모델의 평크 때문이었다. 항상 특별한 걸 추구하는 장 대표 때문에 이번 아이리스 기획전은 직접 모델들까지 섭외해 패션쇼 형식으로 아이리스 제품을 소개하려고 했다. 그런데 섭외한 모델이 갑작스러운 급체로 응급실이라는 것이다. 결국, 우리는 영은보다 직급이 낮다는 이유만으로 무대에 서야 하는 희생양이 돼야 했다.

"대리님, 지금이라도 늦지 않았으니까 우리 다른 모델 알아보는 게 어떨까요?"

"지금 구한다고 한들 사이즈에 맞는 옷 구하고, 동선 가르치고, 무대 설명해야 하는 시간이 더 걸려. 게다가 계약까지 새로 해야 하잖아. 어우, 생각만으로도 탈모 생기겠다."

"저 말고 대리님이 하셔도 되잖아요."

우리의 투덜거림에 영은은 그녀 앞에 있는 거울에 자신의 늘어지는 볼살을 꼬집어 보이며 말했다.

"나같이 한물간 여자가 한 예물이랑, 우리 씨 같은 젊은 여자가 한 예물 중에 어느 게 더 빛이 나겠니? 지금 나 놀리는 거지?"

"저 이제 젊은 피 아니에요!"

"나보다 젊으면 젊은 거야."

"그래도 이건 좀……."

"모델님 잠시만요."

메이크업 아티스트는 입술 색을 죽이기 위해 그녀의 입술에 퍼프를 톡톡 두드렸다. 우리가 아무 말도 못 하자 영은은 이때다 싶어 서둘러 분장실을 빠져나갔다.

영은이 쌩 나가는 걸 지켜보고 있던 우리는 한숨을 쉬며 거울에 비친 자신의 모습을 바라보았다. 이렇게 전문가의 손길을 받아 본 적이 처음이라 앉아 있는 것조차 너무 어색하게 느껴졌다. 그걸 메이크업 아티스트도 알아차렸는지 아이라이너를 들고 희미하게 웃어 보였다.

"예쁘게 해 드릴게요. 너무 걱정하지 마세요."

이왕 이렇게 된 것, 안 한다고 무를 수도 없는 노릇이었다. 아까까지만 해도 경직되어 있던 얼굴에 힘이 풀어지자 메이크업 아티스트는 본격적으로 그녀를 변신시키기 시작했다.

화장과 머리 손질이 끝나고 우리는 메이크업 아티스트의 도움을 받아 본래 모델이 입으려고 한 웨딩드레스를 입었다.

"진짜 신부님 같으세요."

웨딩드레스를 입고 선 우리는 메이크업 아티스트의 칭찬에 수줍은 얼굴로 거울을 바라봤다. 메이크업과 머리까지 완벽하게 하고 나니 예비 신부라고 해도 손색없을 정도였다.

"우리 씨 준비…… 어머! 대박!"

돌돌 만 팸플릿을 들고 우리를 찾으러 온 영은이 웨딩드레스를 입은 우리를 보고 큰 소리를 내며 호들갑을 떨었다.

"진짜 예쁘다! 거짓말 안 보태고 지금 여기 있는 모델 중에서 우리 씨가 제일 예뻐."

"저 너무 떨려서 걷다가 넘어질 것 같아요. 대리님, 나중에 아이리스 예물 안 팔리는 거 제 탓하시면 안 돼요!"

"하여간 엄살은."

우리는 영은의 도움을 받아 웨딩드레스를 입고 무대 뒤로 장소를 옮겼다. 모델들 사이에 혼자 엉거주춤 서 있던 우리는 휴대폰도 없이 이곳에서 비상 대기를 하고 있어야 한다는 것이 답답했다.

"대리님."

"응?"

"밖에 팀장님 오셨어요?"

"아니, 아직. 장 대표님이랑 같이 오신다고 하셨어."

"팀장님은 저 오늘 무대 서는 거 모르시죠?"

"음…… 그, 그럴걸?"

대답을 대충 얼버무리는 영은을 알아차리지 못한 우리는 웨딩드레스를 입고 있는 자신을 보고 놀랄 그를 생각하며 피식 웃음을 터뜨렸다.

"자, 이제 기획전 시작합니다!"

무전을 받은 영은은 어수선한 모델들을 향해 소리친 후 우리의 어깨를 다독이고 무대 밖으로 나갔다.

조명이 툭 꺼짐과 동시에 드디어 아이리스 예물 기획전이 시작됐다. 바깥 상황을 전혀 모르는 우리는 줄을 서서 자신의 순서가 오기만을 기다렸다. 그냥 무대일 뿐인데 진짜 결혼식에서 나올 법한 뉴에이지까지 흘러나오니 슬슬 긴장감에 입술이 바짝 말랐다. 게다가 예물들에 시선을 집중시키기 위해 무대 조명은 온통 모델들에게로 쐬어지고 있었다. 우리는 자신이 맡은 목걸이를 만지작거리며 무대로 나가는 모델들을 구경하고 있었다.

"이제 우리 씨 나갈 준비 하면 돼."

영은은 주먹에 힘을 불끈 쥐고 그녀에게 힘을 불어넣어 주었다.

영은의 신호를 받은 우리는 숨을 크게 한 번 들이마셨다가 내뱉으며 무대 통로로 조심스레 발을 디뎠다.

무대로 나가니 정면에는 기획전을 구경 온 백화점 손님들로 가득했다. 우리는 가볍게 미소를 지은 채로 천천히 무대 앞으로 걸어갔다. 기획전을 준비해 왔으니 어느 지점에서 멈춰서 자세를 취하고 돌아서야 하는지 잘 알고 있었다. 자신이 하고 있는 목걸이를 카메라가 화면에 충분히 비출 때까지 서 있던 우리가 천천히 뒤를 돌아섰다. 그런데 갑자기 조명이 툭 꺼지고 정면에서 또 다른 조명이 비쳤다.

예상치 못한 사고에 당황한 우리가 재빨리 무대 뒤에 있는 영은에게 신호를 보내려는데, 그 무대 뒤에서 거짓말처럼 말끔하게 양복을 차려입은 진원이 걸어 나오고 있었다.

"이게 무슨……."

너무 놀라 생각하던 말을 입 밖으로 꺼낸 우리는 걸어오는 진원을 그저 바라만 보고 있었다. 그는 특유의 장난기 가득한 표정으로 얼굴에 함박웃음을 머금은 채로 우리의 앞에 섰다.

우리와 마주 선 진원은 태연하게 그녀에게 손을 내밀었다. 그녀가 얼결에 손을 내밀자, 진원은 준비해 둔 반지를 그녀 손에 끼워 주었다. 그러고는 반지가 끼워진 손을 들어 올리며 보들보들한 손등에 가볍게 입을 맞췄다. 진원의 입맞춤과 동시에 지켜보고 있던 손님들이 약속이나 한 것처럼 박수를 쳤고, 화면에는 우리가 끼고 있는 아이리스 예물 반지가 소개됐다.

입 맞춘 손에 깍지를 낀 진원은 유유히 우리와 함께 뒤를 돌아섰다. 이 상황이 얼떨떨하기만 한 우리는 손님들을 향해 뒤돌아서자마자 그에게 추궁하듯 물었다.

"도대체 어떻게 된 거예요?"

"한우리가 무대 선다고 하길래 박 대리한테 나도 같이 세워 달라고 졸랐지."

"뭐라고요?"

무대 뒤로 돌아온 우리는 주변에 아무도 없는 것을 확인하고 그의 등을 있는 힘껏 때렸다.

"어? 이제 막 때리기까지 하는 거야?"

"아직 사람들이 우리 사내 연애로 말들이 많은데! 업무를 핑계로 이렇게 이벤트를 하면 어떻게 해요!"

"그래서 이왕 이렇게 된 거, 이번에 전국구로 소문내 보려고."

대체 무슨 꿍꿍이를 구상 중인 건가 싶어 우리가 그를 불안한 눈빛으로 바라봤다.

"이번 아이리스 기획전, 우리 백화점 카탈로그랑 다음 달 아이리스 월간지에 실어서 배포할 거야. 물론 우리 둘 사진을 메인으로. 장 대표님이랑 상의도 끝냈어."

"미, 미쳤어……!"

그 사진이 카탈로그와 월간지에 실린다는 건 진원과 자신이 사귀는 것을 만천하에 공개 발표 하는 것이나 다름없었다. 우리가 펄쩍 뛰며 말리자 진원이 소리 내 웃으며 한 발 앞으로 다가와 아까 자신이 끼워 준 반지를 눈으로 가리켰다.

"우리 아버지 꺾어 놓는 데 이만한 방법이 없거든. 제대로 보여 드리자. 허락 안 해 주셔도 한우리랑 서진원, 지금 잘 만나고 있다고."

그의 눈동자에 장난을 찾아볼 수 없는 진지함이 서려 있었다. 걱정을 드러내던 우리의 미간이 차츰 풀어지자, 진원은 곧장 주머니에서 자신의 손에 들어갈 반지를 우리에게 건넸다.

"이거 내 손에 끼워 주는 순간, 진짜 도망 못 간다."

"진원 씨가 내 혼삿길 다 막아 놔서 이제 도망 못 가요."

진원은 우리가 반지를 끼워 준 손을 뻗어 그녀의 볼을 어루만졌다. 지금 눈앞에서 반짝반짝 빛이 나는 그녀에게 점점 더 욕심이 났다. 많은 사람에게 제 여자라는 사실을 알려서 아무도 넘보지 못하게 하고 싶었다. 진원은 스스로도 유치한 생각이라며 자조했지만, 사랑이란 유치할수록 아름답다는 말도 있지 않은가.

아름다운 그녀를 바라보고만 있는 것은 더는 무리였다. 진원은 입꼬리를 끌어 올리며 우리에게 다가가 입을 맞췄다. 그의 혀가 입술을 가르고 들어오자 우리는 불편한 웨딩드레스를 입고도 그에게서 떨어지고 싶지 않아 까치발을 들고 진원의 목을 끌어안았다. 그 마음을 알아주기라도 하는 듯, 진원은 우리의 허리를 받쳐 주었다.

서로의 입술을 한참 동안 적시던 두 사람의 깊은 입맞춤이 끝나고, 진원과 우리는 서로의 눈동자 속에 담긴 자신들을 마주했다.

"사랑해, 한우리."

"나도, 많이 사랑해요."

사랑한다는 흔한 말을 듣는 것만으로도 가슴이 벅찰 만큼 기뻤다. 진원은 평생 지워지지 않는 문신과 같은 지금 이 순간의 설렘이 그녀에게 고스란히 새겨지길 바랐다.

에필로그

 청량한 바람이 시원하게 부는 주말 오후였다. 집안에 경사가 난 것을 축하하기 위해 가족 다 같이 모여 점심을 먹기로 한 날이라 우리는 진원과 함께 시댁을 찾았다.
 "조심, 조심."
 진원은 우리를 갓 걸음마를 시작한 아가 다루듯 그녀의 손을 잡고 천천히 계단을 올라갔다. 못 말리는 진원의 호들갑에 우리가 한숨을 쉬며 그를 바라봤다.
 "누가 보면 만삭이라도 된 줄 알겠네."
 우리는 현재 임신 7주 차로, 얼마 전에 막 임신 소식을 접한 임산부였다. 최근 들어 시도 때도 없이 잠이 쏟아지던 게 신혼을 만끽하고자 밤마다 괴롭히는 진원 때문인 줄 알았는데, 다른 이유가 있었던 것이다.

"의사 선생님 말씀 못 들었어? 임신 초기에 조심해야 한다잖아."

"이렇게까지 조심하는 사람이 어디 있어요?"

"여기 있지."

연애 때도 보는 사람을 닭살 돋게 하는 애정 행각을 서슴지 않더니 결혼하고 임신을 해서도 우리와 진원은 여전히 깨소금을 볶아 대고 있었다.

우리가 괜찮다며 혼자 걸으려고 했지만, 진원도 쉽게 뜻을 굽히지 않았다. 어쩔 수 없이 그의 부축을 받으며 계단을 오른 우리는 문을 열고 집 안으로 들어갔다.

"아버지, 저희 왔어요."

"우리 왔구나!"

며느리 사랑은 시아버지라는 말이 있듯 아침부터 우리가 오기만을 기다리던 기복이 우리를 보자마자 자리에서 벌떡 일어났다. 아들의 인사는 안중에도 없이 시선이 우리에게 고정된 기복은 그녀에게 다가가 손을 덥석 잡았다.

"기특하다, 기특해. 어찌 이렇게 예쁜 것이 예쁜 짓만 하는지."

손주 욕심이 많은 기복은 결혼한 지 이제 갓 1년이 지난 우리의 임신 소식에 반가움을 감추지 못했다. 임신했다는 전화를 받고 당장 회사에 찾아오겠다는 걸 우리가 어찌나 진땀을 빼며 말렸는지 모른다.

"아버지, 우리 좀 혼내 주세요. 여기 계단 올라오는데도 혼자 걷겠다고 얼마나 고집을 부렸다고요."

진원의 말을 들은 기복은 우리를 향해 어르는 투로 말했다.

"그래, 우리야. 내가 널 두고 저 녀석 편은 들어주기 싫지만, 계단 같은 건 조심해야 해. 진욱이는 윤영이가 준이 가졌을 때 정원 계단 다 없애자고까지 했어."

"그거 좋은 생각이네. 아버지, 이참에 계단 확 다 밀어 버리는 게 어때요?"

여차하면 집 안에 대대적인 공사를 시작할 기세인 기복을 부추기는 진원의 말을 들은 그녀가 그를 잡아 말렸다. 정말이지 서 씨 집안의 못 말리는 극성은 집안 내력이 틀림없었다.

그때 한창 몸에 흥이 많을 때인 세 살배기 준이가 쫑쫑 걸음으로 문 열린 집 안으로 먼저 들어왔다. 못 본 사이에 훌쩍 자란 준이를 본 우리가 쪼그려 앉아 준이와 눈을 마주쳤다.

"준이 잘 지냈어?"

고사리 같은 손으로 사탕을 쥐고 오물대는 준이는 그녀의 말을 알아듣기라도 한 듯 빵글 웃었다. 보조개가 쏙 들어가는 준이가 귀여워 견딜 수 없었는지 우리는 보드라운 볼에 뽀뽀했다.

"우리 준이 귀엽다, 진짜."

"동서 왔구나!"

준이와 함께 산책하러 다녀온 진욱과 윤영도 뒤늦게 모습을 드러냈다. 윤영과 포옹을 하는 중에도 우리는 준이에게서 한시도 눈을 못 뗐다.

"형님, 준이가 더 귀여워졌어요."

"우리 준이 개인기도 생겼다?"

"개인기요?"
"준아, 우리 작은아빠, 작은엄마한테 배꼽 인사 해 볼까?"

윤영이 인사하는 시늉을 하자 준이는 사탕을 손에서 놓고 배에 두 손을 척 얹더니 고개를 까딱 숙였다. 준이의 개인기에 어른들은 모두 무장 해제되는 미소를 지었다.

"여보, 제수씨 배고프겠다."
"어머, 내 정신 좀 봐. 국만 데우면 돼요."

윤영이 부엌으로 들어가자 따라 들어가서 준비를 도우려는 우리를 진원이 말렸다.

"너무 오래 서 있었어. 소파에 좀 앉아 있자."
"그래, 아가. 괜찮으니까 앉아 있어."

기복까지 나서서 거드는 바람에 우리는 할 수 없이 소파에 앉았다.

얼마 후 거실에서 식욕을 돋우는 고소한 냄새가 코끝을 자극했다. 임신하고 식욕이 더 왕성해진 우리가 배고픔을 참지 못하고 자리에서 일어나던 때였다. 갑자기 안색이 안 좋아진 진원이 자리를 박차고 일어났다.

"진원 씨!"

놀란 우리가 진원을 쫓아갔다. 진원은 2층에 있던 제 방으로 들어가 미간을 잔뜩 찌푸린 채 명치를 치며 숨을 고르고 있었다. 준이 손을 씻겨 주고 나오던 진욱은 다급하게 방으로 들어가는 진원을 보고 깜짝 놀란 얼굴이었다.

"제수씨, 진원이 왜 이래요?"

"아, 저 그게……."

진원이 우리 대신 입덧을 하기 시작한 건 지난주부터였다. 한동안 입맛이 없다고 며칠 동안 저녁을 거르더니, 급기야 지난주부터는 향이 강한 음식 냄새만 맡으면 지금과 같이 헛구역질을 하기 이르렀다. 병원에 가 보니 임신한 아내 대신 입덧을 하는 남편이 종종 있다며, 부부 금실이 좋다는 칭찬 아닌 칭찬을 들어야 했다.

"혹시 이거 지금 입덧이에요?"

우리의 어색한 미소에서 대답을 찾은 진욱은 호탕하게 웃으며 가족들에게 알리기 위해 준이를 안고 서둘러 1층으로 나갔다. 방으로 들어가자 창가 바람을 마시며 애처롭게 서 있는 진원의 뒷모습을 보니 미안하면서도 어쩔 수 없이 웃음이 났다.

"당신 이제 아주버님이랑 아버님께 놀림받게 생겼어요."
"이게 왜 놀림감이야? 자랑거리지."

아내 바보로 유명한 서 씨 부자 중에 입덧까지 한 경우는 처음이기에 그는 속이 안 좋은 와중에도 내심 뿌듯한 모양이었다.

겨우 속을 진정시킨 진원은 뒤돌아서 우리를 바라봤다. 그새 얼굴이 홀쭉해진 진원을 보고 나서야 우리는 그의 볼을 매만지며 속상함과 미안함이 섞인 얼굴로 사과했다.

"미안해요. 입덧은 내가 해야 하는 건데."
"그러니까 예쁜 것도 정도껏 예뻐야지."

콩깍지가 단단히 쓰인 진원의 대답에 우리가 풋 웃음을 터뜨렸다. 그때 노크 소리와 함께 방문이 벌컥 열렸다. 2층으로 올라온 기복은 고개를 빼꼼히 내밀며 진원을 향해 혀를 찼다.

"네가 입덧을 해서 우리를 고생시키면 어떻게 해?"

"그러게요. 제가 우리를 너무 사랑하는 바람에 이 사달이 났네요."

팔불출 같은 자식의 말에 기복은 고개를 절레절레 젓더니 우리에게 손짓했다.

"저 녀석 때문에 같이 굶지 말고 나와서 밥 먹자. 윤영이가 맛있는 음식을 잔뜩 해 놨어."

우리는 난감한 얼굴로 진원을 바라보며 우물쭈물거렸다. 그가 자신 대신 입덧을 하고 있는데 혼자서만 밥을 먹자니 마음에 걸리는 모양이었다. 그녀 마음을 알아차린 진원은 우리의 허리를 끌어안으며 기복을 향해 말했다.

"금방 내려보낼 테니까 먼저 내려가세요."

"우리 귀찮게 하지 말고 얼른 내려보내."

두 사람이 신혼임을 고려한 기복이 순순히 문을 닫고 1층으로 내려갔다. 진원은 우리의 머리카락을 부드럽게 쓸어 넘겨 주며 말했다.

"난 괜찮으니까 내려가서 점심 먹고 와."

"아버님께 말씀드리고 잠깐 나가서 밥 먹고 올래요?"

"당신 귀찮게 했다고 나 불호령 맞아."

"그래도……."

"대신 지금 나한테 해 줘야 할 게 있어."

"뭔데요?"

진원은 한 손으로 잡고 있던 우리의 허리를 바짝 끌어당겨 제 입술을 맞댔다. 그간 가벼운 뽀뽀로 애간장을 녹이던 우리에게 이번 기회로 보상을 받으려는 듯 그의 혀가 깊은 곳까지 파고들어 와 입안을 헤집었다. 갈수록 뜨겁게 달아오르는 입맞춤에 우리의 숨결이 점차 거칠어졌다. 이곳이 시댁이라는 걸 상기하고 있었지만, 어느새 상의 안으로 손을 넣어 제 살결을 어루만지는 진원의 손길을 도저히 거부할 수가 없었다.

한번 시작한 키스를 좀처럼 멈출 수 없었다. 임신하고 난 걸 알고 나서부턴 피곤하다고 곧장 뻗어 버리는 우리를 건드리지 못했기에 더욱 그녀에게 갈증이 났다.

한참 만에야 입술을 뗀 진원은 아무래도 아쉬웠는지 그녀의 이마부터 시작해 코, 볼, 입술을 차례대로 내려오며 가볍게 입을 맞췄다. 눈을 감은 채 그의 사랑을 온 얼굴에 받던 우리가 입매를 말아 올렸다.

"안 되겠다. 빨리 밥 먹고 와. 곧장 집에 가자."

그의 엉큼한 생각이 싫지 않은지 웃음을 터뜨린 우리가 고개를 끄덕였다. 아무래도 오늘 윤영이 만들어 준 음식을 제대로 맛보긴 힘들 것 같았다.

✥

회의가 길어지는 바람에 퇴근이 늦은 진원은 자신이 퇴근 전에 또 주아가 잠들어 버릴까 봐 부리나케 아파트 계단으로 뛰어 올라갔다.

비밀번호를 누르고 집 안에 들어서자 닭볶음탕 냄새가 그의 후각을 자극했다. 오늘 점심시간에 닭볶음탕 맛있겠다고 지나가듯이 말했던 걸 우리가 듣고 저녁 차림으로 준비한 것이다. 진원이 들어오는 소리를 들은 주아는 제 방에서 하던 인형 놀이를 멈추고 한달음에 달려 나와 고개를 꾸벅 숙였다.

"아빠! 다녀오셨습니까?"

어디서 배운 건지 주아는 간혹 말끝을 의문문으로 올리며 대답하곤 했는데, 그 말투가 매우 귀여워 들을 때마다 미소가 안 번지고는 배길 수가 없었다. 오랜만에 보는 딸의 애교에 녹아 버린 진원은 주아를 번쩍 안아 보드라운 볼에 뽀뽀했다.

"우리 주아 오늘 하루도 잘 지냈어?"

"응! 아빠도 잘 지냈습니까?"

"아빠는 주아 보고 싶어서 잘 못 지냈어."

울먹이는 진원의 우스운 표정에 주아가 까르르 웃으며 아빠 품에 꼭 안겼다.

거실에서 격한 부녀 상봉을 한 진원은 주아를 내려 주고 부엌에서 저녁을 준비하고 있는 우리에게 다가가 말없이 허리를 끌어안았다.

"너무하다. 나 퇴근했는데 나와서 반겨 주지도 않고."

"회사에서 종일 봤잖아요."

건성으로 대답한 우리는 옴짝달싹 못하게 만드는 진원의 손을 떼어 놓고 가스레인지에 불을 켜서 분주하게 음식을 만들기 바빴다.

"당신. 요즘 나에 대한 애정이 너무 식은 거 아니야?"

그녀의 말에 적잖게 충격을 받은 진원은 바닥에 발이 붙은 사람처럼 굳은 채로 서 있었다. 자신이 말하고도 순간 아차 싶었던 우리가 뒤를 돌았다. 그녀는 아랫입술을 잘근 깨문 채로 배시시 웃으며 진원에게 안겼다.

"여보오, 다녀오셨습니까?"

콧소리까지 내며 그가 좋아하는 주아의 말투를 따라 해 봤지만, 마음 상한 진원의 표정을 단박에 풀기란 쉽지 않았다. 작전을 바꾼 우리는 손에 들린 숟가락을 들어 보이며 자신의 몸을 아래로 훑었다.

"나 퇴근하자마자 옷도 못 갈아입고 저녁 만드는 중이었어요. 당신 닭볶음탕 먹고 싶어 하는 거 같아서 만들고 있었는데, 주아가 갑자기 김치볶음밥이 먹고 싶대서 그것도 만드느라······."

우리가 한숨을 쉬며 재료 준비하느라 여기저기 어질러진 부엌을 눈으로 가리켰다. 이제 회사에서 과장이라는 어엿한 직급을 단 우리는 눈코 뜰 새 없이 바빠 그와 눈 마주칠 시간조차 없었고, 집에서는 육아 때문에 전처럼 진원에게 많은 애정을 쏟아 내지 못하는 게 사실이었다.

진원은 출근 복장 그대로였던 우리를 바라보며 이마를 문지르더니 입고 있던 재킷을 벗어 부엌 의자에 걸어 두고 셔츠를 걷어 올렸다.

"주아 김치볶음밥 내가 만들게."

표정이 풀어진 그를 보고 슬쩍 회심의 미소를 지은 우리는 가스레인지 앞에 선 진원을 말렸다.
"거의 다 했어요. 옷 갈아입고 와요. 내가 닭볶음탕 진짜 맛있게 했어요."
"우리야."
"응?"
"다음부터 내가 뭐 먹고 싶다고 은연중에 말하면, 그 자리에서 내 입을 꿰매 버려."
 진원이 미안하다는 얼굴을 하고 두 손을 모은 채 고개를 숙였다. 집안일과 육아를 병행하는 우리를 지극정성으로 살피고 도와도 모자랄 판에 배부른 소리를 한 것이 잘못이었다.
"그럼 나 오늘 부탁 하나만 해도 돼요?"
"당연하지. 무슨 일이든 말해."
"오늘 주아 자기 전에 동화책 좀 읽어 줘요. 나 맥캔 월간 보고서 작성 마무리해야 해."
 분명 회사 일을 집까지 가져오지 말자고 신혼 초에 약속했는데 우리가 그 약속을 보기 좋게 어겨 버린 것이다. 하지만 누굴 탓하겠는가. 그 월간 보고서를 제출하라고 했던 사람이 진원 본인이거늘.
"알겠어. 오늘은 내가 주아 재울게."
"할 수 있죠?"
"당연하지."
 진원도 최근 바빠진 회사 일로 야근을 자주 해 주아와 함께 보내는 시간이 부쩍 적었던 터라 오늘 같은 날은 부녀간의 애정을 돈

독하게 다질 좋은 기회였다.

진원은 자신만만한 미소를 지어 보였다.


우리가 차려 준 맛있는 저녁을 먹은 진원은 주아가 가져온 세 권의 동화책을 모두 읽어 주었다. 보통 두 권째에서 잠이 든다고 했는데, 오늘따라 주아는 하품 한 번을 하지 않고 눈을 초롱초롱하게 빛냈다.

"우리 주아, 오늘 어린이집에서 뭐 했어?"

일단 주아에게 끊임없이 말을 걸어 피곤하게 하는 것이 첫 번째 작전이었다.

"오늘 재우랑 결혼했어!"

재우라는 이름을 입에 올리는 주아의 목소리가 천장을 뚫을 듯이 한껏 올라갔다. 딸의 입에서 남자 이름이 나온 것도 모자라 결혼이라는 단어까지 나오자 진원이 몸을 일으켰다.

"재우가 누구야?"

"재우는 주아 여보야."

"여보?"

"응! 내가 엄마고, 재우가 아빠야."

그제야 진원은 주아가 어린이집에서 소꿉놀이를 했다는 걸 알아차렸다. 하지만 아무리 역할놀이라 해도 벌써 여보라는 말을 쓰는 주아에게 묘하게 섭섭함이 생겼다.

"주아야, 결혼은 여보를 만날 때는 아빠 같은 여보를 만나야 하는 거야."

"아빠 같은 여보?"

진원은 진지하게 고개를 끄덕였다.

"응. 자고로 여보란 아빠처럼 엄마를 항상 사랑해 주고, 배려해 주고, 이해해 주고, 존중하는 사람이어야 하는 거야."

배려, 이해, 존중이라는 어려운 단어가 문장에 고루 섞이자 주아가 입을 내밀었다.

"너무 어려워."

주아에게 조금 더 쉽게 설명할 방법을 생각하던 진원은 문득 떠오르는 일화에 기세등등하게 어깨를 폈다.

"다시 말하자면 여보란, 아빠처럼 엄마를 위해 입덧 정도는 해 줄 수 있는 남자여야 하는 거야."

"입덧? 그게 뭐야?"

또다시 고차원적인 단어를 설명해야 하는 난관에 부딪힌 진원이 머리를 굴렸다.

"주아가 엄마 배 속에 있었던 건 알지?"

"응!"

"그때 주아가 싫어하는 시금치를 엄마가 먹으면 배 속에 있던 주아가 먹기 싫다고 떼를 썼거든? 그럼 엄마가 너무 속상해서 막 아파했어. 그런 걸 입덧이라고 해."

아프다는 말에 감정이입을 한 주아가 인상을 잔뜩 찡그린 채 진원의 품에 쏙 안겼다.

"입덧 많이 아파?"

"많이 아프다가 금방 안 아파져."

"그럼 아빠가 엄마 대신 아팠던 거야?"

"응."

본인 때문에 아빠를 아프게 했다는 것이 속상했는지 주아가 코를 훌쩍였다. 그러고는 조막만 한 손으로 진원의 가슴을 문지르며 말했다.

"이제 안 아프지 아빠?"

주아는 자신이 배가 아팠을 때 우리가 배를 문질러 주던 것을 기억하고 그걸 고스란히 따라 했다. 사랑하는 아내 행동을 쏙 빼닮은 주아를 으스러지게 껴안은 진원이 딸의 이마에 쪽 뽀뽀를 했다. 격한 진원의 포옹에 버둥거리던 주아가 고개를 들었다.

"그런데 아빠."

"응?"

"그럼 나도 입덧하는 여보를 만나면, 안 아플 수 있는 거야?"

"그렇지."

"우와! 그럼 나도 입덧하는 여보 만날 거야!"

얼마 전에 중이염으로 고생했던 주아는 아프지 않을 방법을 찾았다는 생각에 한껏 들떠 있었다. 주아의 당찬 대답에 진원이 손을 내밀자 주아가 화답하듯 손뼉을 마주쳤다.

"우리 주아 이제 코 자자."

"응."

주아는 그렇게 진원에게 세뇌당한 채 오늘 결혼을 한 재우가 입덧을 할 수 있기를 기도하며 스르르 잠이 들었다.

다음 날 오후, 우리는 어제 작성한 맥캔 보고서를 들고 진원의 사무실을 들어갔다. 회사에서 진원과 우리가 부부라는 사실을 모르는 사람은 아무도 없었지만, 그만큼 보는 눈도 많아져 더욱 조심스럽게 행동했다.

"팀장님, 말씀하셨던 맥캔 월간 보고서입니다."

단둘이 있을 때도 회사 안이라면 우리는 꼬박꼬박 그에게 팀장님이라고 존칭을 써서 불렀다.

"고마워요."

진원이 보고서를 받고 검토하는 모습을 지켜보고 있을 때 주머니에 넣어 놨던 휴대폰이 울렸다. 우리가 무음으로 바꾸려 휴대폰을 꺼냈는데 전화가 걸려 온 곳이 뜻밖의 장소였다. 우리는 보고서를 보고 있는 진원의 앞에 제 휴대폰을 보여 줬다.

"주아 어린이집에서 전화 왔어."

주아가 갑자기 아팠던 날을 제외하고는 오후에 어린이집에서 전화가 오는 경우는 없었다. 등원시킬 때만 해도 씩씩하게 걸어가던 주아에게 무슨 일이 생겼나 싶어 우리가 다급하게 전화를 받았다.

"네, 선생님. 아니에요. 통화 가능해요."

진원도 보고 있던 보고서를 덮어 두고 초조한 얼굴로 우리를 바라봤다.

그런데 주아의 담임선생님과 통화를 하는 우리가 돌연 진원을 바라봤다. 네, 네, 하며 친절한 목소리를 내고 있었지만 분명 우리의 눈은 그를 흘겨보고 있었다. 대화 내용을 듣지 못해 답답한 진원은 자리에서 일어나 우리에게 다가갔다.

"그래서 지금은 진정이 됐나요?"

-네. 조금 전까지 울다가 지금 막 잠들었어요.

"주아가 울었다고?"

휴대폰 너머로 들리는 울었다는 소리에 진원이 발끈하고 나섰다. 그러자 우리는 진원의 팔뚝을 때리며 그를 밀어냈다.

"감사합니다, 선생님. 네. 네. 그럼 이따 뵐게요. 네."

통화를 마친 우리는 곧장 진원에게 다가가 다시 한 번 그의 팔뚝을 때리려 했다. 두 번 당하지 않는 진원은 그녀의 손을 가볍게 제지하며 인상을 찡그렸다.

"왜 때리는 건지 알고 맞자."

"당신 어제 주아한테 동화책 읽어 주면서 뭐라고 한 거예요?"

"어제?"

우리는 진원이 기억을 더듬기도 전에 말을 이었다.

"주아한테 입덧하는 남자 만나라고 했다면서!"

"아, 그거? 응. 그랬지. 그게 왜?"

되레 당당하게 말하는 진원 때문에 우리는 잠시 할 말을 잃었다.

진원에게 입덧하는 남자를 만나라는 말을 들은 주아는 오늘 어린이집에 가자마자 자신이 맘에 둔 재우에게 입덧을 할 수 있냐고 물어본 모양이었다. 입덧이라는 단어를 알 리 없는 재우가 그 뜻을 물어봤고, 주아는 진원에게 설명 들은 대로 본인 대신 아파 주는 거라고 설명한 것이다.

"그래서, 재우가 싫다고 했대?"

"아픈 거라는데 당연히 싫다고 하지. 선생님 말씀으로는 주아가 시련당한 여자처럼 서럽게 울었대."

하나뿐인 딸에게 시련의 아픔을 겪게 해 놓고 웃음을 터뜨리는 진원을 보고 우리가 한숨을 푹 쉬었다.

"웃음이 나와요?"

"귀엽잖아. 난 또 우리 주아가 누구한테 맞기라도 한 줄 알았네."

"맞은 거나 다름없지! 여기를!"

우리는 주먹을 쥐고 진원의 가슴을 아프지 않을 정도로 쿡 때렸다. 그러자 진원이 뒤로 물러나며 아픈 척 연기를 하더니 곧 장난스럽게 웃었다.

"근데 나 진심이야. 주아가 나중에 나 같은 남자 만났으면 좋겠어. 당신은 동의 안 해?"

진원이 둘도 없는 남편감이라는 건 인정하는 바였지만, 저렇게 본인 스스로가 잘난 체를 할 때면 얄미워서라도 인정하고 싶지 않았다. 거짓말을 못 하는 우리가 대답을 회피하고 사무실을 나가려고 하자 진원이 그녀의 앞을 가로막았다.

"동의 안 하나 보네."

"당신 앞으로 주아랑 일대일 대화 금지예요."

"그럼 한우리가 나랑 놀아 주나?"

우리가 어림도 없다는 듯 콧방귀를 뀌자 진원이 닫힌 사무실 문을 바라보며 은근한 눈으로 그녀를 바라봤다.

"잘됐다. 그럼 난 오늘부터 주아 동생 만드는 데 힘 좀 써야겠네. 그런 의미로 지금 잠깐 옥상에 좀 다녀올까?"

"그러다가 둘째도 당신이 입덧하면 어떻게 하려고요?"
"그 참에 살 좀 빼서 더 멋있어지지, 뭐."
"유부남이 더 멋있어져서 뭐하게요?"
"한우리가 나한테 반하게 만들어서 셋째 만들어야지."

솔로몬도 울고 갈 명쾌한 답이었다. 음흉한 진원의 눈빛에 핀잔을 주며 냉정하게 돌아선 우리는 사무실을 나와 아무 일도 없었던 척 표정 관리를 했다.

하지만 진원에게 굴었던 행동과는 달리 제자리로 돌아와 자신의 가임기 날짜를 확인해 보는 우리 역시, 이제 더는 부정할 수 없는 진원의 아내였다.

마침

# 작가 후기

안녕하세요. 정희경(니니브)입니다.

글을 쓰는 동안에도 늘 즐겁고 설레지만, 저는 마지막 수정을 마치고 차분히 후기를 적는 이 시간이 제일 즐겁고 설레는 것 같습니다.

이번 〈우리 지금 만나〉는 제목처럼 만나자고 조르는 능글맞은 진원과 만날 수 없다고 도망가는 야물딱진 우리의 밀고 당기기, 그리고 그들의 가족애를 어우러지게 섞어 잘 버무려진 한 편의 이야기를 보여 드리고 싶었습니다. 이 글을 읽으시는 동안 귀한 시간 아깝지 않았던, 유쾌했던 시간이 되셨기를 바랍니다.

건강의 소중함을 새삼 깨닫게 된 최근, 제 인사의 끝은 항상 "건강하세요."라는 말이 돼 버렸습니다. 정말 건강이 최고입니다. 독자님들 모두, 언제나 건강하세요.

그리고 늘 감사합니다.

정희경(니니브) 드림